A CASA DOS ~~SONHOS~~

CB050669

CLAIRE DOUGLAS

A CASA DOS SONHOS

TRADUÇÃO
Regiane Winarski

TRAMA

Título original: *The Couple at No. 9*
Copyright © 2021 by Claire Douglas

Direitos de edição da obra em língua portuguesa no Brasil adquiridos pela Trama, selo da Editora Nova Fronteira Participações S.A. Todos os direitos reservados. Nenhuma parte desta obra pode ser apropriada e estocada em sistema de banco de dados ou processo similar, em qualquer forma ou meio, seja eletrônico, de fotocópia, gravação etc., sem a permissão do detentor do copirraite.

Editora Nova Fronteira Participações S.A.
Av. Rio Branco, 115 – Salas 1201 a 1205 – Centro – 20040-004
Rio de Janeiro — RJ — Brasil
Tel.: (21) 3882-8200

Dados Internacionais de Catalogação na Publicação (CIP)

D733c	Douglas, Claire	
	A casa dos sonhos / Claire Douglas; tradução de Regiane Winarski. – Rio de Janeiro: Trama, 2024.	
	336 p.; 15,5 x 23 cm	
	Título original: *The Couple at No. 9*	
	ISBN: 978-65-89132-91-2	
	1. Literatura inglesa. I. Winarski, Regiane. II. Título.	
		CDD: 820
		CDU: 820

André Felipe de Moraes Queiroz – Bibliotecário – CRB-4/2242

Visite nossa loja virtual em:

www.editoratrama.com.br
f X ⓘ /editoratrama

*Para Elizabeth Lane,
Rhoda Douglas e June Kennedy*

PARTE UM

1

Saffy

Abril de 2018

Estou no jardim da frente, arrancando ervas daninhas que saem das bordas da entrada da garagem como aranhas gigantescas, quando escuto gritos graves e guturais. Os empreiteiros estão no quintal dos fundos com a escavadeira. A manhã toda, enquanto eu podava a roseira debaixo da janela da sala, ouvi a vibração dela na brisa, como uma dor de cabeça chata. Mas agora parou. É o suficiente para fazer meu coração bater e Snowy, o cachorrinho Westie da vovó que está deitado do meu lado, levantar as orelhas. Eu me viro para o chalé, uma camada de suor surgindo no meio das costas. Aconteceu alguma coisa? Imagino membros cortados e sangue jorrando, um contraste com o céu azul e o sol forte, e meu estômago se embrulha. Nunca tive estômago forte, nem nos meus melhores momentos. Mas, estando grávida de quatorze semanas, eu ainda tenho enjoos matinais... ou melhor, matinais, vespertinos e noturnos.

Eu me levanto com manchas de lama nos joelhos da calça jeans, ainda do meu tamanho de sempre, apesar de a cintura estar um pouco apertada. Penso enquanto mordo a bochecha por dentro, me repreendendo internamente por ser tão indecisa. Snowy também se levanta, as orelhas de pé, e emite um latido solitário quando um dos empreiteiros (Jonty, o jovem e bonito) aparece de repente na lateral da casa. Ele está correndo na minha direção com círculos molhados de suor debaixo das axilas da camiseta enquanto sacode o boné no ar para chamar minha atenção, os cachos claros balançando a cada passo.

Merda, ele vai me dizer que houve um acidente. Luto contra o impulso de correr na direção oposta e protejo os olhos do sol que bate no telhado de sapê. Jonty não parece estar ferido, mas, quando ele chega mais perto, vejo que sua cara sardenta está em choque.

— Alguém se machucou? — grito, tentando deixar o pânico de fora da voz.

Ai, meu Deus, vou ter que chamar uma ambulância. Eu nunca liguei para a emergência na vida. E não sou boa com sangue. Eu queria ser enfermeira quando era mais nova, até que desmaiei quando minha melhor amiga caiu da bicicleta e abriu o joelho.

— Não. Desculpa incomodar, mas — ele parece sem fôlego e as palavras saem às pressas — nós encontramos uma coisa. Melhor você vir ver. Rápido!

Eu largo as luvas de jardinagem na grama e o sigo pela lateral do chalé, Snowy logo atrás, me perguntando o que pode ser. Um tesouro, talvez? Uma relíquia do passado que poderia ser exibida em um museu? Mas os gritos não foram de alegria pela descoberta de algo precioso. Eram gritos cheios de medo.

Eu queria que Tom estivesse junto. Não me sinto à vontade para lidar com os empreiteiros quando ele está no trabalho: eles ficam fazendo perguntas, esperando que eu tome decisões que tenho medo de serem erradas, e eu nunca fui muito autoritária. Tenho 24 anos, Tom e eu nos formamos na universidade há apenas três anos. Tudo isso, a mudança do apartamento em Croydon para Beggars Nook, um vilarejo pitoresco nas Cotswolds e o chalé com vista para o bosque, foi tão inesperado. Um presente surpresa.

Jonty me leva para o quintal. Antes de os empreiteiros chegarem, tinha uma aparência idílica, com vegetação madura, a madressilva serpenteando pelas treliças e as pedras no canto cheias de amores-perfeitos aveludados em uma explosão de rosa e lilás. Agora, tem uma escavadeira laranja feia cercada de um monte enorme de terra escavada. Os outros dois empreiteiros (Darren, com trinta e poucos anos e uma barba hipster que, pela postura confiante, é o chefe, e Karl, mais ou menos da minha idade e corpulento como um jogador de rúgbi) estão olhando para o buraco que eles fizeram no chão, as mãos na cintura, as botas pesadas afundando no solo. Eles viram a cabeça em perfeita sincronia quando me aproximo. Estão com expressões chocadas idênticas, mas os olhos de Karl estão brilhando com algo que parece empolgação. Sigo o olhar dele e reparo em um vislumbre de marfim no meio da terra, despontando como porcelana quebrada. Instintivamente, estico a mão e seguro a coleira de Snowy para impedi-lo de correr até o buraco.

— Quando estávamos cavando, nós encontramos... *uma coisa* — diz Darren, cruzando os braços sobre a camiseta suja de terra.

— O que é? — Snowy puxa minha mão e eu o seguro com mais força.

— Restos. — A expressão de Darren é sombria.

— Tipo... de um animal? — pergunto. Darren e os outros trocam um olhar.

Karl dá um passo à frente com confiança, quase euforia, chutando terra do chão ao andar.

— Parece uma mão...

Eu dou um passo para trás, horrorizada.

— Então você está dizendo... que são restos humanos?

Darren me olha com pena.

— Acho que são. É melhor você chamar a polícia.

2

Quando Tom chega, duas horas depois, estou andando de um lado para o outro na nossa cozinha pequena. Parece uma relíquia dos anos 1980, com armários no estilo casa de fazenda e cenas de porcos e ovelhas bochechudos nos azulejos. Nós conseguimos espremer nela nossa mesa de carvalho do apartamento, mas só dá para puxar duas das quatro cadeiras. Pouco depois que nos mudamos, em fevereiro, nós nos sentamos com o arquiteto, um homem baixo e calvo na casa dos sessenta anos chamado Clive, com boa reputação na região, para planejar os fundos da casa: a cozinha seria ampliada e acompanharia toda a largura do chalé, com portas de vidro levando ao quintal grande. E, para ser sincera, me fez parar de pensar na gravidez, que ainda me deixa nervosa apesar de eu ter feito o ultrassom de doze semanas e estar tudo bem. Mas eu morro de medo de todas as possibilidades. E se eu sofrer um aborto espontâneo? E se não crescer direito, nascer prematuro ou nascer morto? E se eu não aguentar quando o bebê nascer ou tiver depressão pós-parto?

A gravidez não foi planejada. Foi uma coisa sobre a qual Tom e eu tínhamos conversado por alto que poderia ser talvez para depois do casamento, mas nós estávamos ocupados começando a subir nas nossas respectivas carreiras e economizando para dar entrada no nosso apartamento próprio. Bebês e casamento eram para quando nós estivéssemos mais velhos. Para quando nos tornássemos adultos de verdade. Mas eu estava mal do estômago e tinha me esquecido de tomar as precauções. E um único escorregão resultou naquilo. *Um bebê.* Eu seria mãe jovem, mas não tão jovem quanto a minha mãe tinha sido.

Snowy está deitado na caminha perto do fogão, a cabeça entre as patas, me observando enquanto eu ando. Da janela de caixilhos de chumbo eu vejo a atividade no quintal. Uma tenda branca foi erigida sobre metade do gramado e policiais e homens com uniformes da perícia vêm e vão, junto com outro policial com uma câmera pendurada no pescoço. Uma fita amarela fluorescente foi colocada em volta da tenda e balança com a brisa leve. Nela, está escrito CENA DO CRIME NÃO PASSE, e fico enjoada cada vez que eu olho. Até parece uma cena de uma série sobre crimes da ITV, mas a presença dela ali faz a ficha sobre aquela situação cair. Eu tinha ficado surpresa (e até um pouco orgulhosa, para falar a verdade) comigo mesma pela rapidez com que assumi o controle das coisas depois que me recuperei do choque. Primeiro, liguei para a polícia, depois, quando tínhamos dado nossos depoimentos, mandei os empreiteiros embora e disse que avisaria quando eles pudessem retomar o trabalho, mesmo com o coração disparado o tempo todo. Em seguida, liguei para Tom no escritório de Londres; ele disse que pegaria o próximo trem para casa.

Ouço a lambreta do Tom parar na entrada; ele sempre quis uma e se deu de presente uma usada quando nos mudamos, para ir e voltar da estação. É mais barato do que ter dois carros, e todo o dinheiro que economizamos está indo para a obra.

Ouço a porta bater. Tom entra correndo na cozinha, o rosto tomado de preocupação. Ele está de óculos, o moderno com armação preta que ele comprou quando começou no emprego novo no departamento financeiro de uma empresa de tecnologia, mais de um ano antes. Ele achou que o deixava mais sério. A franja loura cai no rosto e ele está todo amassado, com a camisa de linho e o blazer por cima da calça jeans. Independentemente do que ele vista, sempre consegue parecer um estudante. Ele está com cheiro de Londres, de fumaça, trens, café de rua e dos perfumes caros das outras pessoas. Snowy está andando em volta das nossas pernas e Tom se inclina para fazer carinho nele com certa distração, com a atenção focada em mim.

— Ah, meu Deus, você está bem? Que susto... o bebê — diz ele, se empertigando.

— Está tudo bem. Nós estamos bem — digo, com as palmas das mãos na barriga de forma protetora. — A polícia ainda está lá fora. Já me interrogaram e falaram com os empreiteiros, agora colocaram fita de isolamento e uma tenda.

— Porra. — Ele olha para trás de mim, para a cena pela janela, e a expressão dele se fecha por alguns segundos. Ele se vira para mim. — Te deram alguma informação?

— Não, quase nada. É um esqueleto humano. Quem sabe há quanto tempo está aí? Pode ter umas centenas de anos até onde eu sei.

— Ou ser de tempos romanos — diz ele com um sorriso irônico.

— Exatamente. Capaz de estar ali antes de Skelton Place ser construída. E isso foi em... — Eu franzo a testa e percebo que não consigo lembrar.

— Em 1855. — Claro que Tom sabia. Ele só precisa ler as coisas uma vez para lembrar. Sempre era o primeiro a responder às perguntas de conhecimentos gerais em game shows e sempre está pesquisando fatos e curiosidades no celular. Ele é o oposto de mim: calmo, pragmático e nunca exagera na reação. — Mas parece que a coisa é séria — reflete Tom, os olhos ainda fixados na cena no quintal. Eu sigo o olhar dele. Alguém apareceu com dois cães farejadores de cadáveres. Será que desconfiam que haja mais corpos? Meu estômago fica embrulhado.

Tom se vira para mim, a voz séria.

— Não era o que esperávamos quando nos mudamos para o interior. — Um momento de silêncio antes de começarmos a rir de nervoso.

— Ah, Deus — digo, ficando séria de repente. — Parece errado rir. Alguém morreu, afinal.

Isso nos faz rir de novo.

Somos interrompidos por alguém pigarreando. Nos viramos e vemos uma policial uniformizada parada na porta dos fundos. É uma daquelas portas tipo de estábulo e só a metade de cima está aberta, de forma que parece que ela vai apresentar um teatrinho de marionetes. Ela está nos olhando como se fôssemos duas crianças malcomportadas na escola. Snowy começa a latir para ela.

— Está tudo bem — murmura Tom para Snowy.

— Desculpe interromper — diz a policial, sem parecer estar arrependida. — Eu bati. — Ela abre a metade de baixo da porta e fica parada na soleira.

— Tudo bem — diz Tom. Ele solta Snowy, que na mesma hora corre até a policial para cheirar a calça dela. Ela parece vagamente irritada enquanto o empurra com a perna.

— Policial Amanda Price. — Ela é uns 15 anos mais velha do que nós, com cabelo escuro nos ombros e olhos azuis intensos. — Posso só confirmar que vocês são os donos da propriedade? Tom Perkins e Saffron Cutler?

Tecnicamente, é a minha mãe, mas não quero complicar as coisas dizendo isso.

— Sim — diz Tom, arregalando os olhos para mim. — Este chalé é nosso.

— Certo — diz Price. — Nós vamos demorar mais um pouco, infelizmente. Tem alguém com quem vocês possam ficar esta noite, talvez este fim de semana?

Penso em Tara, que agora mora em Londres, e na minha amiga de escola, Beth, que mora em Kent. Os amigos de Tom estão em Poole, de onde ele é, ou em Croydon.

— Nós não moramos aqui há muito tempo. Ainda não fizemos amizades na região — digo, e me dou conta do quanto estamos isolados naquele novo vilarejo no meio do nada.

— Pais moram perto?

Tom faz que não.

— Os meus continuam lá em Poole e a mãe da Saffy está na Espanha.

— E meu pai mora em Londres — digo. — Mas ele só tem um apartamento de um quarto...

Ela franze a testa ao ouvir isso, como se fosse informação de que ela não precisa.

— Então vou sugerir um hotel, só até domingo. A polícia vai pagar seus gastos com essa inconveniência. É só enquanto a cena do crime é examinada e a escavação termina.

As palavras "cena do crime" e "escavação" me deixam enjoada.

— Quando a obra pode recomeçar? — pergunta Tom.

Ela suspira, como se essa pergunta estivesse sendo feita cedo demais.

— Infelizmente, vocês só vão poder usar o quintal quando a escavação e a remoção do esqueleto tiverem terminado. Vocês terão que esperar até o parecer do ODCC. É a sigla pra oficial de cena do crime — esclarece ela quando nós a olhamos com expressão intrigada.

— Então vocês acham que foi crime? — pergunto, lançando um olhar preocupado para Tom. Ele tenta sorrir para mim e me tranquilizar, mas o que sai é uma careta.

— Nós estamos tratando o local como cena do crime, sim — diz ela, como se eu fosse incrivelmente estúpida, mas não oferece mais nenhuma informação e sinto que não adiantaria nada perguntar.

— Nós estamos aqui há poucos meses — digo, sentindo necessidade de explicar, caso a policial durona achasse que nós tivemos alguma coisa a ver com aquilo, como se tivéssemos o hábito de esconder cadáveres no nosso quintal. — Pode estar aí há anos... séculos, até... — Mas a expressão na cara dela me faz hesitar.

A policial Price repuxa os lábios apertados.

— Eu não estou autorizada a falar mais nada agora. A perícia pediu que um antropólogo forense confirme que os ossos são humanos e nós vamos avisar o que descobrirmos.

Penso na mão que Karl alega ter visto. Não parece haver muita dúvida. Há alguns momentos de silêncio constrangedor antes de ela sair. Mas ela pausa, como se tivesse se lembrado de algo de repente.

— Ah, e por favor saiam daqui em uma hora.

Nós a vemos sair para o quintal e ir para o mundo horrendo de perícia policial, e eu me esforço para não chorar. Tom pega a minha mão em silêncio, como se tivesse perdido a capacidade de oferecer palavras de consolo.

E de repente me ocorre que aquilo está mesmo acontecendo. Nossa casa dos sonhos, nosso lindo chalé, agora é uma cena de crime.

Por sorte, o Veado e Faisão, no vilarejo, tem um quarto para ficarmos e permite cachorros. Nós vamos cada um com uma bolsa, que Tom insiste em carregar enquanto eu seguro a guia do Snowy.

A dona, Sandra Owens, nos olha com cara de questionamento.

— Vocês não são os novos donos do chalé em Skelton Place? — pergunta ela enquanto estamos na área do bar. Nós só fomos ao bar uma vez desde que nos mudamos para Beggars Nook, em um almoço de domingo no mês anterior. Nós ficamos impressionados com o bom gosto das paredes verde-claras, com a mobília rústica e a comida caseira deliciosa. Ao que parecia, passou por uma grande reforma quando os Owens o assumiram, cinco anos antes.

Eu não sei o que dizer. Quando a notícia se espalhar, vai ser por todo o vilarejo.

— Nós tivemos um probleminha com a reforma — diz Tom, com voz agradável e indiferente — e achamos melhor passar umas noites fora, até tudo se resolver.

— Certo — diz Sandra, embora não pareça particularmente convencida.

Ela tem cinquenta e tantos anos e é atraente, com o cabelo claro nos ombros e um vestido envelope elegante. Não vai demorar para ela saber a verdade, mas nenhum de nós quer contar naquela noite. O cansaço bateu e não são nem 19h, ainda está claro. Eu só quero ir para a cama.

Ela nos leva para um quarto de casal, que é pequeno e aconchegante com vista para a floresta pelas janelas dos fundos.

— O café da manhã é das 7h30 às 10h — diz ela antes de sair.

Tom está parado perto da mesinha com as coisas de chá, olhando pela janela para as árvores ao longe.

— Não estou acreditando nisso — diz ele de costas para mim.

Eu me deito na cama; é uma cama linda de dossel com uma colcha de retalhos em tons de azul. Normalmente, isso seria delicioso para nós. Não tiramos férias há séculos, todo o nosso dinheiro nos últimos cinco meses foi guardado para a ampliação, mas está maculado, manchado pela escavação no chalé. Cada vez que penso nisso, fico enjoada.

Snowy sobe na cama ao meu lado, coloca a cabeça no meu colo e me olha com os olhos castanhos cheios de ternura.

— Eu não acredito que fomos expulsos da nossa própria casa — digo enquanto acaricio a cabeça de Snowy. E puxo o casaco em volta do corpo. Ficou frio, talvez seja choque térmico.

Tom liga o interruptor da chaleira elétrica de plástico e se junta a nós na cama. O colchão é mais macio do que o nosso em casa.

— Eu sei. Mas vai ficar tudo bem — diz ele, voltando ao otimismo anterior. — Nós vamos poder seguir com a nossa reforma em breve e tudo vai voltar ao normal.

Eu me aconchego nele, querendo poder acreditar.

Nós resistimos à vontade de passar pelo chalé. Em vez disso, ficamos o fim de semana no bar ou fazendo longas caminhadas pelo vilarejo e pelo bosque.

— Pelo menos me dá uma folga da decoração neste fim de semana — diz Tom no sábado enquanto segura a minha mão e nós andamos pela praça do vilarejo.

Ele já fez tanta coisa no chalé desde que nos mudamos: tirou o carpete puído da escada, pintou a sala e o nosso quarto de cinza, lixou o piso. Agora, quer tirar o papel de parede do quartinho para ficar pronto para ser decorado antes da chegada do bebê, apesar de ter adiado isso até meu ultrassom de doze semanas para não provocar o destino.

Quando nós voltamos no domingo depois do almoço, com as bolsas nos pés, como visitantes na nossa própria casa, meu coração despenca. Ainda tem viaturas e furgões da polícia estacionados na entrada da nossa casa. Outro policial uniformizado, desta vez um homem de meia-idade, nos informa que a escavação deve acabar até o fim do dia e que podemos entrar no chalé, mas não no quintal, até eles terminarem. Eu me pergunto se revistaram dentro. O pensamento me deixa inquieta: eu odeio pensar na polícia remexendo nas nossas coisas. Quando falo isso para Tom, ele me garante que eles teriam avisado caso fossem fazer isso.

Tom e eu passamos o resto da tarde escondidos na sala.

— O que os vizinhos devem estar pensando? — digo, parada na janela tomando um café descafeinado.

Penso em Jack e Brenda, o casal de idosos da casa ao lado. Uma cerca-viva esconde a propriedade deles da nossa, mas ela é do tipo que xereta atrás da cortina e, quando Clive propôs a planta da ampliação da cozinha, eles foram contra.

Uma pequena multidão se reuniu no começo da nossa entrada de carros, parcialmente escondida pelas viaturas da polícia.

— Aposto que são jornalistas — diz Tom por cima do meu ombro, os dedos segurando uma caneca. — Talvez seja bom você ligar para o seu pai e pedir conselhos.

Meu pai é chefe de reportagem de um tabloide nacional. Eu faço que sim com gravidade. Eu me sinto tão exposta quanto se alguém tivesse arrancado o telhado da nossa casa.

— Isso é um pesadelo — murmuro.

Pela primeira vez, Tom não oferece palavras de tranquilização. O rosto dele está sério, um músculo latejando perto da mandíbula enquanto ele olha pela janela, tomando o café em silêncio.

Ligo para o meu pai, pois quero pedir conselho.

— Não quer dar uma exclusiva para o seu velho pai? — pergunta ele.

Eu dou uma risada.

— Eu não sei de nada! Vai ver que tem uns cem anos de idade.

— Bem, se não tiver, preciso te avisar que, assim que a polícia confirmar um crime e tiver identificado o corpo, vocês vão ser cercados pela imprensa.

— É melhor a gente se mudar daqui? — Se bem que, quando falo isso, não tenho ideia de para onde nós iríamos. Nós não podemos pagar um hotel. Eu queria que meu pai morasse mais perto. Ou a minha mãe, mas ela está mais longe ainda.

— Não. Não, não faz isso. Só se prepara. E, se precisar de alguma coisa, informações ou conselhos, me avisa. — Percebo que ele está na redação pelo som de telefones tocando ao fundo e pelo burburinho de conversas e atividades.

— Vocês vão mandar alguém vir para cá?

— Acho que vamos usar uma agência de notícias agora. Mas, se você for falar com a imprensa, lembre-se de mim, está bem? Falando sério, Saff, se você estiver insegura com alguma coisa, com a polícia ou com os repórteres, fala comigo primeiro.

— Obrigada, pai — digo, me sentindo mais calma. Meu pai sempre teve a capacidade de me fazer sentir segura.

Na manhã seguinte, a polícia tira a tenda e a fita. Tom e eu olhamos horrorizados o buraco enorme que ficou no quintal. É quatro vezes maior do que quando os empreiteiros saíram. Tom pergunta ao chefe se pode trabalhar de casa por alguns dias e os passamos tentando evitar a quantidade enorme de jornalistas que continua rondando.

E aí, na quarta-feira, o dia em que Tom volta ao trabalho, a polícia liga.

— Infelizmente a notícia não é boa — diz o detetive com voz rouca, cujo nome esqueço na mesma hora.

Eu fico tensa e espero.

— Dois corpos foram encontrados.

Eu quase deixo o telefone cair.

— Dois corpos?

— Infelizmente, sim. Todos os ossos foram recuperados e a perícia pôde determinar que um era de homem e o outro de mulher. Nós também identificamos as idades das vítimas com base na formação óssea e na maturidade. Ambas as vítimas tinham entre 30 e 45 anos.

Não consigo falar, vou ficando nauseada.

— Infelizmente — continua ele — a vítima mulher morreu de trauma por objeto contundente na cabeça. Ainda estamos tentando descobrir como o homem morreu. A decomposição dos tecidos dificulta. No esqueleto feminino, ficou mais óbvio por causa da fratura no crânio.

Eu aperto bem os olhos, tentando não imaginar.

— Isso é... isso é horrível. — Eu mal consigo absorver. — Vocês... vocês têm certeza de que não tem mais nenhum?

De repente, tenho visões do quintal todo sendo escavado para revelar uma cova coletiva e tremo com o pensamento. Outras "casas dos horrores", como a imprensa as descreve lugubremente, surgem na minha cabeça: a 25 Cromwell Street e a White House Farm. Será que nosso chalé vai ficar famoso? Vou ficar presa ali para sempre, sem ninguém querendo comprar? Meu coração começa a bater mais rápido e eu engulo em seco, tentando me concentrar no que o detetive está dizendo.

— Nós levamos cachorros farejadores de cadáveres para o local. Estamos confiantes de que não há mais corpos.

— Há... quanto tempo os corpos estavam lá?

— Não temos como ter certeza ainda. A terra do seu quintal é mais alcalina e as condições, portanto, preservaram um pouco das roupas e dos sapatos, mas achamos que no máximo por volta de 1970 e, pela decomposição, não depois de 1990.

Minha pele fica toda arrepiada. Duas pessoas foram assassinadas na minha casa. *No meu chalé idílico.* Tudo de repente ganha um tom escuro e surreal.

— E, claro, temos que falar com todo mundo que ocupou a casa entre 1970 e 1990 — continua ele. — Infelizmente, por ser a dona anterior do chalé, nós vamos precisar falar com a sra. Rose Grey.

O aposento gira.

Rose Grey é minha avó.

3

Maio de 2018

Não consigo parar de pensar nos corpos. Estão na minha mente quando levo Snowy para os passeios diários pelo vilarejo, quando estou vendo televisão com Tom, quando estou trabalhando em um projeto no quartinho na frente do chalé, que eu uso como escritório, com o papel de parede florido dos anos 1970.

Não demorou para a notícia se espalhar pelo vilarejo e, apesar de mais de dez dias terem se passado desde a escavação, as pessoas continuam especulando. Elas ainda não sabem as informações recentes, como e onde as vítimas morreram, mas, enquanto eu estava na lojinha da esquina mais cedo, ouvi a velha sra. McNulty fofocando sobre isso com uma das amigas idosas, uma mulher curvada com um lenço na cabeça e empurrando uma sacola xadrez com rodinhas.

— Não posso imaginar que os Turners sejam responsáveis — disse ela. — Eles ficaram anos lá. A sra. Turner era muito tímida.

— Se bem que — a sra. McNulty baixou a voz, os olhos brilhantes faiscando de empolgação —, não houve aquela confusão uns anos atrás? Com o sobrinho dele e a mercadoria roubada?

— Ah, sim, eu me lembro disso. Bom, eles foram embora meio apressados mesmo — disse a mulher de lenço. — Quando foi isso mesmo? Dois anos atrás? E eu soube que eles deixaram o chalé em péssimo estado. — Ela baixou a voz. — Eram acumuladores, ao que parece. Mas cuidavam do jardim. A sra. Turner gostava de plantar flores.

— E agora vieram esses jovens.

— Eu soube que eles ganharam o chalé de *graça*. Herança, ao que parece.

— Quem pode, pode.

Eu senti minhas bochechas ardendo. Botei a lata de feijão na prateleira e saí da loja antes que elas me notassem.

Agora eu pego o cardigã no encosto da cadeira. Está mais fresco hoje, o sol tentando aparecer entre as nuvens, e eu me curvo sobre a caminha do Snowy para beijar o alto da sua cabeça peluda.

— Até mais tarde, mocinho.

Estou terminando o trabalho cedo hoje, como faço todas as quintas, para visitar a vovó. Sinto uma pontada de culpa quando penso que acabei não indo fazer a visita da semana anterior por causa da imprensa aglomerada do lado de fora da casa. Mas hoje não vai ser como todas as outras quintas. Hoje, quando eu me sentar em frente à minha avó, eu vou ficar imaginando o que aconteceu tantos anos antes. Como duas pessoas acabaram mortas e enterradas no quintal dela?

Piso com meu All Star amarelo em um cascalho, quando corro até o meu carro Mini. Estou usando um macacão jeans com a barra dobrada. Fica bem mais confortável agora que minha barriga está crescendo. Estou com 16 semanas de gravidez e já tenho uma barriguinha. Se bem que não parece que eu estou grávida e sim inchada. Eu amarrei meus cachos escuros com um scrunchie amarelo combinando. Minha mãe sempre torce o nariz para a minha coleção de scrunchies. "São tão… *anos oitenta*", diz ela, revirando os olhos. "Não acredito que isso voltou." Eu não a vejo desde o Natal e não foi nada bom daquela vez, graças ao namorado grosseiro dela, o Alberto. As semanas estão voando e eu ainda não contei que ela vai ser avó. Cada vez que penso em contar para ela, eu imagino a decepção.

Quando sento atrás do volante, reparo em um homem parado na pista, parcialmente escondido pelo nosso muro da frente, olhando para o chalé. Ele é corpulento, tem um rosto de buldogue, uns cinquenta e tantos anos, está de calça jeans e jaqueta encerada. Quando repara em mim, ele se afasta. Ele estava tirando fotos do chalé? Deve ser mais um jornalista. A maioria deles desistiu por enquanto… até haver novas informações. Mas de vez em quando outro aparece, como as ervas daninhas do meu jardim. No sábado, quando seguimos pela garagem para passear com Snowy, um jornalista pulou na nossa frente, bloqueou nosso caminho e tirou uma foto nossa. Tom ficou furioso e o xingou enquanto ele corria de volta ao carro.

Eu saio da entrada de carros e passo lentamente por ele, tomando o cuidado de dar bastante espaço para ele não precisar se agarrar na cerca-viva, mas, quando passo, reparo nele me olhando de um jeito tão intenso que fico chocada. Pelo retrovisor eu o vejo entrando em um carro preto mais abaixo na colina, junto ao número oito.

Tom voltou para casa do trabalho no dia anterior dizendo que tinha visto um artigo sobre os corpos no quintal em um exemplar do *Sun* que tinham deixado no metrô. Tinha uma manchete sensacionalista que brincava com esqueletos em Skelton Place, acompanhada da foto que o jornalista tirou de nós no sábado, com expressões sobressaltadas nos nossos rostos.

— Ah, Deus, Tom — eu disse, meu rosto corado de medo. — Vão dizer que somos a resposta de Wiltshire a Fred e Rosemary West!

Ele riu alto nessa hora.

— Não vão, não. Aconteceu pelo menos trinta anos atrás. Nós nem tínhamos nascido.

Mas minha avó tinha.

Afasto o homem do meu pensamento enquanto sigo colina abaixo, passando pelo Veado e Faisão lá embaixo. Penso de novo em como nossa Beggars Nook é pacífica, com as lindas construções de pedras das Cotswolds. Dirijo pela praça do vilarejo, observo a cruz do mercado, a igreja bonita, a lojinha da esquina, um café e a única butique que vende bugigangas, cartas e roupas caras e casuais. Dá para ir andando do chalé e fica em uma baixada, com o bosque em volta e os carvalhos grossos que sobem na direção do céu. Dá a impressão de que o vilarejo é escondido do resto do mundo. Atravesso a ponte e continuo pela pista longa e sinuosa, com bonitas casas de pedra dos dois lados, até chegar à fazenda no final. É tão diferente da populosa Croydon. Tão seguro. Ou era o que eu pensava. Agora, não tenho tanta certeza.

Os assassinatos devem ter acontecido antes da vovó ter comprado a casa nos anos 1970. Eu sei que ela o alugou por décadas depois que se mudou para Bristol; nós só descobrimos esse detalhe recentemente, depois que ela foi para um lar de idosos. Minha mãe e eu ficamos um pouco surpresas. Até onde nós sabíamos, a vovó só era dona de uma propriedade: a casa de tijolos vermelhos na região de Bristol chamada Bishopston, onde a minha mãe cresceu e onde eu passava os verões. A vovó, que, antes de a demência tomar conta, amava fazer bolos e cuidar das plantas, era calma e prática, nunca erguia a voz. Bem diferente da minha mãe, que tem pavio curto e não tem filtro, apesar de estar um pouco melhor agora. Aqueles verões com a vovó, na casa de Bristol com o jardim grande e o terreno adjunto no final, eram meu santuário, um descanso da minha mãe e do drama que sempre parecia cercá-la.

Eu amava o labrador preto gordo da vovó com bigodes cinzentos, Bruce (minha mãe nunca quis que a gente tivesse um bichinho. Fediam demais, dizia ela, mas a casa da vovó nunca fedia), e os sofás antiquados e confortáveis com capas de algodão branco nos braços que a vovó lavava e engomava toda semana. Os doces de caramelo que ela guardava em uma lata no alto do armário e o jardim com cerca de arame que o separava dos vizinhos. O cheiro quente e mofado da estufa e dos tomateiros dentro. Era reconfortante ver a vovó na estufa cuidando das plantas, falando com elas suavemente para encorajar o crescimento. Eu amo muito a minha mãe, mas ela tinha (e ainda tem) muita energia, era tão efusiva e extrovertida, com roupas coloridas e personalidade extravagante, que às vezes me deixa exausta. Eu sempre tive mais afinidade com a vovó, nós duas amantes da natureza e do ar livre, meio reclusas, preferindo nossas próprias companhias a multidões.

Vovó fazia eu me sentir normal quando eu admitia que preferia ficar em casa e ver *EastEnders* a sair e brincar com as outras crianças na rua e que estava tudo bem não ficar na rua e falar alto o tempo todo. Minha mãe sempre me dizia quando eu era criança que eu era "quieta demais" e "tímida demais" e perguntava "Por que você não vai brincar com as outras meninas da sua turma em vez de ficar só com uma amiga?". Mas a minha mãe é uma borboleta social, que voa de um grupo de amigos para outro com uma facilidade que eu sempre invejei, mesmo não querendo ser assim. Como resultado, eu me sentia esquisita e desinteressante quando era adolescente, sem nunca saber o que dizer. Até conhecer Tom na faculdade. Tom me dava a sensação de que eu podia ser eu mesma e percebi que, com ele, eu era capaz de ser espirituosa e engraçada.

O trânsito aumenta quando eu sigo na direção de Bristol. O lar onde a vovó vive é perto de uma rodovia de mão dupla em uma cidade chamada Filton.

Havia quase um ano que eu comecei a perceber que tinha algo muito errado com ela. Começou de forma bem inócua. A vovó sempre ficava esquecida, sempre dizia "Você viu minha bolsa?" ou "Onde eu botei meus óculos?" com o sotaque cockney que ela nunca perdeu apesar de ter saído de Londres com vinte e poucos anos. Até o ano passado ela estava forte e capaz o suficiente para entrar em um trem e me visitar em Croydon, seguindo um mapa (ela tinha um celular antigo e um guia de ruas todo marcado que vivia na bolsa dela), com o Westie dela, Snowy, junto. Ela se recusava a deixar que eu ou Tom fôssemos buscá-la na estação apesar de nós sempre oferecermos.

O primeiro sinal foram os dois cartões de aniversário que ela me enviou, um alguns dias depois do outro, como se ela tivesse esquecido que tinha mandado o primeiro. Então, quando ela foi ficar conosco alguns meses depois, ela parecia mais esquecida. O nome do Snowy escapava facilmente da cabeça dela, e ela se esquecia de passear com ele ou dar comida até eu ter que lembrá-la ou eu mesma fazer. E aí, depois de ficar conosco por alguns dias, ela se virou para mim e para Tom uma noite quando estávamos vendo televisão e disse: "Pra onde foi o outro casal?" Eu senti um arrepio na espinha. Porque não havia outro casal. A vovó tinha passado a noite com a gente. E partia meu coração ver que, às vezes, a vovó não tinha ideia de quem Tom era ou de quem eu era, a memória indo e vindo como um rádio com sinal ruim.

Naquela visita, ficou óbvio que a vovó estava tendo dificuldade de cuidar do Snowy e, quando eu ofereci de ficar com ele, ela concordou. Eu chorei por trás dos óculos escuros quando vi a vovó entrar no trem sem o amado cachorro, puxando a mala de rodinhas, e fiquei preocupada até ela ligar mais tarde para avisar que tinha chegado bem em casa.

Mas três dias depois a vovó me ligou em pânico para dizer que tinha perdido o cachorro, e eu tive que lembrar a ela delicadamente que Snowy estava morando comigo e com o Tom agora.

Mas o que fez diferença no final, o que me fez ligar para a minha mãe e contar tudo, foi quando uma das vizinhas da vovó, Esme, entrou em contato comigo.

— É a sua avó, meu bem — dissera ela. — Ela deixou uma panela ferver até secar. Sorte que eu apareci lá, ela podia ter botado fogo na casa.

Quando confessei minhas preocupações para a minha mãe, ela veio da Espanha e levou a vovó ao médico. Depois disso, as coisas aconteceram rapidamente (a minha mãe sempre resolvia as coisas, ela era esse tipo de pessoa, bem decidida) e uma clínica particular foi encontrada para a vovó, não muito longe de onde ela morava, na casa de Bristol com o terreno que eu sempre vou pensar como sendo meu lar.

Paro na vaga grande em frente ao prédio enorme e cinzento de aparência gótica chamado Elm Brook, o que o faz parecer mais um retiro do que um lar de cuidados para idosos. Se bem que a minha mãe disse que era um manicômio com grades nas janelas. Mas era bonito, Elm Brooks. O preço era mediano, embora a vovó tenha precisado vender a casa para pagar a moradia. Me dá um nó na garganta quando lembro como me senti quando fui arrumar as coisas dela e esvaziar a casa.

Foi em um dos momentos mais lúcidos da minha avó, em novembro passado, que ela contou para mim e para a minha mãe sobre o chalé. Foi a primeira vez que soubemos da existência dele.

— Está no seu nome, Lorna — sussurrou vovó, inclinada para a frente na poltrona de encosto alto, segurando a mão da minha mãe. — Eu transferi a escritura dez anos atrás.

E eu fiquei maravilhada com a astúcia da minha avó. Ao colocar o chalé no nome da minha mãe, ele não teria que ser vendido para pagar pelos cuidados da minha avó.

Depois, quando eu e minha mãe estávamos do lado de fora do lar nos despedindo, minha mãe, tremendo de frio dentro do casaco laranja, se virou para mim e disse:

— Eu sempre soube que a minha mãe era danada e guardava o dinheirinho dela. Ela deve ter comprado aquele chalé como investimento. — Ela soprou as mãos. — Mas eu não quero. É seu se você quiser. Sei que você odeia morar na cidade.

Eu fiquei chocada porque, pela primeira vez, senti que a minha mãe me entendia de verdade.

— Mas você nem o viu ainda — protestei.

— Pra que eu vou querer um chalé no meio do nada?

E eu entendia o que ela queria dizer. Um chalé no campo seria mundano demais para a minha mãe. Não, ela precisava de sol, sangria e homens exóticos que não eram muito mais velhos do que eu.

A minha mãe pegou o avião para San Sebastián sem nem visitar o chalé. Ela não poderia estar menos interessada. Isso ajudou a aliviar a minha culpa de aceitar a proposta. Uma casa de graça. Sem hipoteca. Representava o tipo de liberdade financeira que Tom e eu nunca tínhamos esperado ter, principalmente com vinte e poucos anos. Significava que eu poderia abrir mão do meu emprego em Croydon e virar freelancer, cercada pelo campo idílico. Um sonho virando realidade.

Mas, agora, eu repassava a conversa. Dez anos antes, a vovó tinha passado a escritura para o nome da minha mãe. Por quê? Teria sido só por questões financeiras? Para evitar o imposto sobre herança? Ou porque ela sabia que tinha havido um assassinato ali?

Não, isso é ridículo. Não tem como a vovó saber qualquer coisa sobre isso. Eu sei disso como sei que amo café preto, sanduíche de pasta de amendoim, as áreas macias de pelo nas orelhas do Snowy e o cheiro de grama cortada.

Respiro fundo e aperto o volante como se para me firmar. Eu nunca consigo prever qual vovó vou encontrar numa visita. Às vezes, ela me reconhece, em outras age como se eu fosse funcionária, e cada vez é como se eu a perdesse de novo.

Quando saio do carro, reparo em um carro preto mais devagar na estrada, passando por mim. Não tenho como ter certeza, mas parece o mesmo automóvel que estava parado perto do meu chalé mais cedo. O rosto do motorista está virado na minha direção quando ele passa. É um homem, mas não consigo identificar as feições. É o mesmo cara de antes? Ele vai entrar no estacionamento também? Mas o carro acelera e segue pela estrada. Eu fico parada um momento olhando, me perguntando se estou me preocupando à toa ou se é algo que eu devia dar importância.

4

A vovó está sentada na sala perto do janelão com vista para o gramado bem-cuidado, com uma mesa de centro e uma cadeira vazia em frente. O sol está brilhando e entra pelas cortinas, iluminando a poeira que dança em volta da cabeça dela, como esferas. Meu coração se contrai com tanto amor que meus olhos lacrimejam. Vê-la ali me faz sofrer de vontade de voltar no tempo, para como era antes: vovó trabalhando na cozinha, fazendo infinitas xícaras de chá da cor de melado, ou na estufa, mostrando para meu eu adolescente como plantar rabanete.

A cabeça da vovó está inclinada para baixo. Ela perdeu o viço do rosto, a pele está pendendo flácida na papada, as maçãs estão proeminentes. O cabelo branco como neve (antes era de um ruivo-acobreado lindo, de uma tintura que a vovó sempre comprava) é fofinho, com textura de lã de algodão. Ela está empurrando peças de um quebra-cabeça na mesa e, por um momento, isso me leva a quando eu era criança e nós nos sentávamos juntas em um silêncio cúmplice à noite, quando o sol estava se pondo, tentando pensar na melhor forma de montar um quebra-cabeça.

Fico alguns minutos parada na porta, só olhando. A sala está quente demais e com cheiro de mofo, de jantares assados e vegetais fervidos por tempo demais. O carpete é do tipo que se encontraria em uma velha hospedaria perto do mar, todo vermelho com espirais douradas.

— Rose está num bom dia — diz uma voz atrás de mim.

É Millie, uma das cuidadoras, a minha favorita. Millie é alguns anos mais nova do que eu, tem um rosto gentil e o sorriso mais largo que já vi. Tem cabelo preto curto e espetado e piercings em metade das duas orelhas.

— Ah. Fico tão feliz. Eu tenho novidades pra ela.

Millie ergue uma sobrancelha.

— Aah. Espero que boas.

Eu encosto na barriga com timidez e faço que sim. Não quero pensar na outra coisa. Na notícia ruim. Nos corpos.

Millie aperta meu ombro de forma encorajadora e vai ajudar um homem idoso que está tentando se levantar da cadeira. Vou até o fim da sala, desviando de outros residentes amontoados em volta da televisão e do homem lendo jornal de cabeça para baixo no canto, e chego à vovó.

Ela ergue o rosto quando me aproximo e, por um momento, a confusão fica tão evidente nas feições dela que preciso engolir minha decepção. Ela não me reconhece. Hoje não é um dia bom, no fim das contas.

Eu me sento na cadeira em frente. O encosto é tão alto que parece que estou sentada em um trono.

— Oi, vovó. Sou eu, Saffy.

A vovó fica uns segundos sem falar e continua a mexer as peças do quebra-cabeça apesar de ainda não ter começado a imagem. A caixa está apoiada no fim da mesa. Tem um filhote de labrador preto na frente, cercado de flores. "Vamos procurar as bordas primeiro", ela sempre dizia, as mãos maltratadas, resultado de muitas horas de jardinagem, procurando agilmente as peças certas. Mas agora não há método, a vovó só fica mexendo as peças sem sentido, os dedos retorcidos e enrugados.

— Saffy. Saffy... — murmura ela sem me olhar. Ela levanta a cabeça e os olhos cintilam com reconhecimento. — Saffy! É você. Você veio me ver. Por onde você andou?

O rosto dela se ilumina, eu estico a mão e toco na mão frágil dela. Ela tem 75 anos, mas desde que foi morar lá envelheceu bastante.

Eu sei que não tenho muito tempo até a mente da vovó retroceder. Nunca deixa de me impressionar o quanto ela se lembra do passado, mas não consegue lembrar uma coisa recente como o que comeu no café da manhã.

— Eu estou grávida, vovó. Vou ter um bebê — digo, sem conseguir deixar a alegria e o medo de fora da minha voz.

— Um bebê. Um bebê. Que maravilha. Que presente. — Ela segura as minhas mãos com força demais. — Garota de sorte. O... — Os olhos dela se desfocam e percebo que ela está tendo dificuldade de acessar as lembranças. — O Tim está feliz?

— Tom. E, sim, ele está feliz da vida.

A vovó gostava do Tom antes do diagnóstico de demência. Fazia tudo por ele quando o via. Ela enviava coisinhas para ele: um bolo caseiro, um sloe gin que ela mesma tinha feito, ruibarbo do jardim porque ela sabia que ele amava e eu não. "Você precisa dar comida pra ele", ela dizia. Era uma coisa geracional, eu lembrava a mim mesma. Manter seu homem feliz. Não que eu me lembrasse da vovó tendo um homem. Meu avô morreu antes mesmo da minha mãe nascer.

O rosto da vovó se fecha.

— Victor não ficou feliz. Ah, não, ele não ficou nada feliz.

Victor? Eu nunca a tinha ouvido mencionar um Victor antes. Ela me contou que meu avô se chamava William, não que ela falasse dele. Nem a minha mãe sabia muito. Mas não quero interromper o fluxo da vovó com perguntas, então fico quieta.

— Ele queria machucar o bebê — diz ela, o rosto se fechando.

— Bem, Tom nunca faria mal ao bebê. Tom é um homem bom. Você ama o Tom, lembra?

A expressão dela muda de novo.

— Ah, sim. Tom é um amor. Tom gosta de fritura no café da manhã.

Eu abro um sorriso. A vovó sempre preparou um café da manhã bem inglês para o Tom quando ficávamos na casa dela.

— Isso mesmo.

Como vou tocar no assunto dos restos de duas pessoas mortas no quintal? Será que devo falar disso? Talvez seja melhor deixar de lado por enquanto. Mas aí penso na polícia, que vai precisar falar com ela em algum momento, por saber que ela foi dona do chalé por tantos anos, mesmo ela tendo tido inquilinos. Se eu já tiver contado a ela, vai ser menos chocante quando a polícia a procurar.

— E... nós adoramos morar em Skelton Place — começo com hesitação.

O rosto dela se fecha.

— Skelton Place?

— O chalé, vovó. Beggars Nook, sabe?

— Você está morando no chalé de Skelton Place?

— Estou. A minha mãe quis ficar na Espanha. Você sabe como ela é. Ela ama o sol. Então, Tom e eu estamos morando lá. E é tanta generosidade sua... — Eu já falei isso antes, claro.

A vovó começa a mexer as peças do quebra-cabeça pela mesa e fico com medo de tê-la perdido. Eu tenho que dizer alguma coisa agora, rapidamente, antes que ela recue para dentro de si.

— E o esquisito é que... nós começamos a cavar no quintal pra fazer uma obra e encontramos dois corpos...

Vovó levanta a cabeça.

— Corpos?

— É, vovó. Enterrados no quintal.

— Corpos de mortos?

— Há... Sim. — Existe algum outro tipo?

— Em Skelton Place?

Eu faço que sim como incentivo.

— Uma mulher e um homem.

Vovó me olha por tanto tempo que tenho medo de ela ter entrado em um estado catatônico. Mas seus olhos se enevoam, como se ela estivesse lembrando. De repente, ela segura minhas mãos de novo, espalhando as peças do quebra-cabeça, e algumas caem no chão.

— É a Sheila? — sussurra ela.

Sheila?

— Quem é Sheila, vovó?

Vovó puxa as mãos, uma camada de confusão nos olhos como se fosse catarata. Ela parece uma criança assustada enquanto se encolhe mais na poltrona.

— Uma garotinha tão malvada. Era o que todos diziam. Uma garotinha tão malvada.

— Quem? Quem é uma garotinha malvada?

— Era o que todos diziam.

Eu preciso mudar de assunto. Vovó está ficando agitada. Eu me inclino e pego as peças no carpete.

— Os jardins aqui são lindos — digo quando me levanto, olhando para trás da vovó, pela janela. — Você ainda consegue ir lá fora todos os dias? — A mente da vovó pode estar indo embora, mas não tem nada de errado com ela fisicamente.

Mas a vovó ainda está murmurando sobre Sheila e uma garotinha malvada.

Eu me estico por cima da mesa e seguro a mão retorcida dela entre as minhas.

— Vovó. Quem é Sheila?

Vovó para de murmurar e olha diretamente para mim, os olhos se focando.

— Eu não... sei...

— A polícia vai querer conversar com você em algum momento, mas só porque você era dona do chalé e...

Uma onda de pânico surge no rosto da vovó.

— A polícia? — Ela olha em volta com desespero, como se esperasse que estivessem atrás dela.

— Está tudo bem. Eles só vão querer fazer algumas perguntas. Não há nada com que se preocupar. É praxe. Uma coisa pra riscar da lista.

— É a Lorna? Lorna morreu?

Eu engulo a culpa.

— Não, vovó. A mamãe está na Espanha. Lembra?

— Garotinha malvada.

Solto a mão da vovó delicadamente e me encosto na cadeira. Vovó está murmurando sozinha de novo. Eu não vou conseguir mais nada dela hoje. Eu não devia ter mencionado os corpos. Foi injusto. Claro que ela não vai saber de nada. Por que saberia? Eu estico a mão e ajudo vovó com o quebra-cabeça em um silêncio cúmplice, como nós fazíamos quando eu era criança. As bordas primeiro.

Theo

Theo para na entrada da garagem e estaciona o Volvo velho ao lado do Mercedes preto do pai, que parece um rabecão. A casa velha e estranha está na frente dele parecendo saída de um filme de terror, eclipsando o sol e fazendo-o tremer. Ele odeia o lugar. Sempre odiou. Seus amigos achavam impressionante quando visitavam, o que era raro; ele tentava mantê-los longe o máximo possível. Mas as pedras cinzentas deprimentes e as gárgulas feias que espiam do telhado como se estivessem prestes a descer voando ainda lhe causam arrepios. A casa é grande demais para um homem idoso morando sozinho. Theo não entende por que seu pai se recusa a vendê-la. Duvida que ele se apegue por motivos sentimentais. Símbolo de status, imagina ele. Theo nunca sentiu necessidade de exibir o que tem. Não que ele tenha muito no âmbito material, mas não é assim que ele mede seu valor. Outra coisa que seu pai não entende.

Ele entra no corredor cavernoso com painéis de madeira, a escadaria sinuosa que ele odeia visceralmente desde a morte da mãe e as cabeças de cervos na parede. Aquelas cabeças provocavam pesadelos nele quando criança. Ele inspira o cheiro familiar de fumaça de lareira e cera de piso. Seu pai tem uma empregada, Mavis, que vem esporadicamente para limpar e lavar as roupas dele, mas ela só vai no dia seguinte.

— Pai! É o Theo — grita ele.

Não há resposta e ele sobe a escada até o escritório, que fica na frente da casa, as solas de borracha dos tênis gemendo no piso encerado. Seu pai passa muito tempo no escritório, Theo nem imagina fazendo o quê. Ele está aposentado há anos.

Ele abre a porta do escritório e percebe na mesma hora que seu pai está de mau humor, a raiva emanando dele. O rosto grande com o nariz achatado familiar que Theo herdou está mais vermelho do que o habitual. Até a careca no alto da cabeça está rosa, aparecendo no meio dos restos dos fiapos de cabelo branco.

Quando ele age assim, Theo acha seu pai um babaca. Na verdade, ele acha seu pai um babaca na maior parte do tempo, mesmo quando ele não está se comportando como uma criança mimada em vez de o consultor aposentado de 76 anos que é. Ele se pergunta o que o irritou agora. Não precisa de muito. Mavis deve ter colocado um dos troféus de golfe no lugar errado. Theo fica grato por não ter mais que morar com ele.

Theo só passou lá para dar uma olhada nele. Como faz toda semana. Porque, apesar de o seu pai não ter sido o melhor pai nem o melhor marido, ele sente que tem esse dever. E sabe que é o que sua mãe teria desejado. Theo é o único familiar que o pai ainda tem. E, às vezes, quando seu pai se esquece de agir como um escroto, nos momentos mais vulneráveis, como quando eles se sentam lado a lado vendo um filme juntos no sofá e ele adormece, o rosto pacífico e velho com o queixo apoiado no peito, ele sente uma onda de carinho pelo pai. E aí seu pai acorda e volta a ser o velho homem rabugento e exigente, e o sentimento que Theo estava tendo momentos antes evapora.

Apesar disso tudo, Theo tenta dar um desconto ao pai. Ele entende que perder a esposa, a mãe de Theo, quatorze anos antes foi destruidor. Caroline Carmichael só tinha 45 anos quando morreu e era tão vibrante, tão atenciosa. A perda dela deixou um buraco na vida de todos. Não que seu pai fosse admitir os sentimentos. Para ele, demonstrar vulnerabilidade é fraqueza. Ele prefere esconder as emoções por trás de uma fachada grosseira. Apesar disso, Theo sempre sentiu, a contragosto, um respeito por ele. Ele é um homem brilhante. Excepcionalmente inteligente e imensamente talentoso na área dele. Mesmo agora, aposentado, ele ainda escreve artigos para publicações médicas.

Theo pigarreia. Seu pai está tão ocupado batendo gavetas e abrindo e fechando portas de armário que não o ouve de primeira. Theo precisa repetir a ação várias vezes para o pai olhar.

— O que você quer?

Que gentileza, pensa Theo. Ele teve um dia horrível ajudando o cunhado, Simon, a se mudar e está no último turno do restaurante. Não é um restaurante chique que impressionaria seu pai, mesmo sendo em uma das melhores ruas de Harrogate, mas ainda assim ele gosta de trabalhar lá como chef. Ele se sente sujo depois de tirar móveis da van e precisa de um banho antes de começar a trabalhar às 18h.

— Só pensei em dar uma passada e ver se você está comendo direito. Eu fiz umas lasanhas pra você congelar. — Ele mostra uma sacola para ilustrar o que disse.

Seu pai grunhe uma resposta antes de dar as costas para Theo e continuar revirando uma gaveta.

Theo passa a mão pelo queixo. Nossa, ele precisa se barbear. Jen odeia quando ele fica com a barba por fazer, diz que arranha o rosto dela quando ele a beija. Ele entra mais na sala.

— Posso ajudar?
— Não.
— Tudo bem. Entendi. Bom, vou deixar isto aqui no freezer e vou embora. Vou trabalhar hoje.

Seu pai não diz nada, o corpo um ponto de interrogação quando ele se curva sobre uma gaveta. Theo vê o contorno das omoplatas pela camisa polo. Ele sempre se arruma; é uma coisa pela qual Theo pode agradecer. Toma banho todos os dias, passa a mesma loção pós-barba Prada que usa há anos e se veste com o uniforme favorito de calça caqui e camisa Ralph Lauren arrumada com um suéter de gola em V se estiver frio. Se o pai parasse de se cuidar, ele começaria a se preocupar.

— Não deixa de comer a lasanha. Pra manter as forças.
— Você fala demais. Como a sua mãe fazia.

Ele tem uma imagem da mãe adorável se desdobrando em uma tentativa infrutífera de fazer o pai feliz. Havia uma diferença de 18 anos entre seus pais. Os amigos da escola achavam que seu pai era seu avô. Theo ficava constrangido, mas talvez não tivesse se importado se seu pai agisse como um avô gentil. Ainda assim, seus amigos ficavam impressionados quando o pai o buscava na escola com o carro caro.

Quando ele está saindo da sala, seu pai se levanta e limpa a calça. Ele é alto, ainda mais alto do que Theo, com os mesmos membros compridos e físico esguio. Theo tem que admitir que seu pai ainda é bonito e está em forma para a idade, por jogar golfe regularmente no clube.

— Vou olhar lá embaixo — diz ele, passando por Theo. Ele não diz o que está procurando. — Você vai ficar pra uma xícara de chá?

Porra. Agora Theo vai se sentir obrigado.

— Um chá rapidinho. Eu tenho que trabalhar hoje.

— Sim, você falou.

O pai queria que ele estudasse medicina, que seguisse os passos de tamanho 43 da família. Ele acha que o emprego de Theo como chef não passa de um hobby. Theo ainda se irrita quando pensa nisso, por isso ele tenta não pensar.

— Vou botar a chaleira no fogo — promete Theo, mas seu pai não responde e sai pela porta, as solas dos sapatos batendo no assoalho encerado.

Quando Theo está para sair da sala, uma coisa chama sua atenção na mesa do pai. Está imaculada, como tudo no escritório sempre está, mesmo depois de ele remexer tanto nas coisas, mas no mata-borrão de couro verde-escuro tem um recorte de jornal. Theo se pergunta se tem a ver com a mãe. Seu pai guardou obsessivamente tudo que mencionava o nome dela ao mesmo tempo que nunca queria falar da morte dela. Ele pega o recorte, confuso quando vê que não é sobre a mãe. Está datado da semana anterior e é um artigo pequeno, de poucos parágrafos, acompanhado de uma foto, sobre um casal jovem de um vilarejo de Cotswold, em Wiltshire, que encontrou dois corpos no quintal. CASA DOS ESQUELETOS, grita a manchete. Os nomes do casal estão sublinhados de vermelho, assim como outro: Rose Grey. Embaixo do artigo, alguém escreveu: *Encontrá-la.*

6

Lorna

Está chovendo forte e Lorna fala um palavrão baixinho quando uma ponta do guarda-chuva se solta do tecido e sacode acima da cabeça dela, não mais oferecendo cobertura adequada para o cabelo recém-cortado. E agora o cabelo, que levou ao cabeleireiro (o musculoso Marco) uma eternidade para secar de um jeito estiloso, vai armar e ficar no formato de um sino. Ela queria ficar bonita para Alberto, se esforçar para o encontro da noite. Depois de quase dois anos juntos, ela tem medo de que as coisas tenham estagnado entre eles; ela trabalha durante o dia e ele trabalha à noite supervisionando o bar do qual é dono. Ela o imagina flertando com as jovens, fingindo que é Tom Cruise em *Cocktail*. Por que, ah, por que ela sempre tem que escolher os homens errados? Jovens demais. Bonitos demais. Egoístas demais. Ela vai fazer 41 anos em três meses. Devia saber. Mas, não, ela não vai pensar de forma negativa. Não é seu estilo. Além do mais, ele prometeu levá-la para dançar depois de fechar o bar. Talvez até consigam recuperar um pouco do fogo.

Ela só está usando um blazer fino de linho por cima do uniforme sem graça do hotel (blusa off-white e saia verde-escura até os joelhos, embora esteja usando um lenço rosa-chiclete) pois estava quente quando ela saiu do apartamento de manhã. O sapato está machucando o calcanhar. Quando terminar a caminhada de dez minutos até o apartamento onde mora com Alberto, ela vai estar encharcada. Mas ela segue andando pela praça movimentada, tentando ignorar a pele do calcanhar sendo arranhada pelo sapato. Ela não ousa parar, senão alguém vai bater nas costas dela. Não que ela esteja reclamando. Ela adora a movimentação de San Sebastián. O mar está agitado hoje: ondas brancas furiosas rolando na direção da margem e um tolo surfando na espuma. Apesar do clima ruim, um grupo de veranistas está empoleirado na praia, determinado a não se incomodar pela chuva.

O dia de trabalho foi puxado. O hotel onde ela é recepcionista começou a ficar movimentado, como sempre acontece naquela época do ano.

Eles receberam muitas famílias do Reino Unido naquela semana e algumas reclamaram do tempo, sem esperar sair de uma onda de calor precoce em maio na Inglaterra e dar de cara com chuvas de verão na Espanha. Ela indicou o aquário coberto. Entendia a decepção deles: eles tinham ido de férias por causa do sol, das praias e dos *tapas* ao ar livre em restaurantes. Ela sentiu o mesmo quando se mudou para lá, surpresa com a chuva na Espanha. Mas ela ama o lugar, ama o apartamentinho com pátio próprio em um lindo prédio antigo em uma rua de paralelepípedos na Cidade Velha. E a comida. Ela poderia comer *paella*, camarão e lula, isso sem contar os *pintxos*, todos os dias.

Ela toca nas pontas do cabelo molhado. Durante toda a tarde, enquanto estava sentada atrás da recepção ouvindo os hóspedes do hotel entrarem no saguão, encharcados e decepcionados, ela estava ansiosa para fazer o cabelo, mas agora está estragado.

Uma caminhada de mais cinco minutos por um labirinto de ruas lotadas e prédios altos de pedra colorida com as varandas pretas de ferro forjado dos dois lados e ela chega ao apartamento. Ela entra pela porta da frente enorme no saguão. Continua pelo corredor estreito e comprido, passa pelo elevador de vidro que vai até o segundo andar e entra por outra porta no final do corredor. Leva a um pátio aberto com duas *maisonettes* perpendiculares: a dela e a da Mari. Ao olhar para a fachada, ninguém imaginaria que havia tanta coisa escondida lá atrás.

Mari, uma mulher pequena de cinquenta e tantos anos com cabelo escuro na cintura, está parada na soleira tirando o pó de um tapete.

— *Buenas noches* — diz ela enquanto Lorna anda com cuidado pelo pátio para não escorregar nos ladrilhos escorregadios da chuva.

Lorna sorri e acena, ciente de que deve estar parecendo um pinto molhado. Entra pela porta da casa, que leva direto para a área de estar e jantar, com uma escada de madeira que sobe para um mezanino onde fica a suíte. A cozinha e o armário de casacos ficam nos fundos do apartamento, com vista para os fundos de prédios onde também tem uma quadra de basquete cheia de pichações. Às vezes, ela ouve as crianças da região brincando lá ou ouvindo música tarde da noite. É reconfortante, faz com que ela não se sinta sozinha enquanto Alberto trabalha.

Ela tira o blazer molhado e os sapatos, se inclina e examina o calcanhar, onde uma bolha se formou. Ela entra na cozinha e bota a chaleira no fogão. Fica tentada por uma garrafa de vinho branco que está na geladeira, mas decide não beber. Mais tarde, ela pode se jogar, como não faz há séculos. Ela se apoia na bancada enquanto espera a água ferver e olha o relógio. Quase 18h. Ela deve ter tempo de arrumar o cabelo antes de Alberto chegar em casa. Ele prometeu estar de volta às 19h.

Ela repara em duas taças de vinho na pia. Mas tinha certeza de que tinha lavado a louça antes de ir trabalhar de manhã. Ela nunca deixa bagunça, a cozinha é pequena demais. A desordem a incomodaria. Ela tinha deixado Alberto na cama, com um braço bronzeado sobre o rosto, de manhã. Ele só tinha que estar no bar às 16h, ele dissera. Então o que ele ficou fazendo o dia todo e, mais importante, com quem? Ela pega as taças de vinho e procura marcas de batom. Não tem nada e ela as recoloca na pia. Ela está sendo ridícula, conclui. É aí que mora a loucura. Ela não costuma ser assim. Costuma ser confiante. Confiante demais, no fim das contas: seu último namorado, Sven, a deixou por outra pessoa depois de dezoito meses juntos. Ela estava morando em Amsterdã na época, tinha saído da Inglaterra quando Saffy conheceu Tom. Depois que terminou com Sven, ela não quis mais ficar e decidiu arrumar um lugar para morar na Espanha. Em meses ela conheceu e se apaixonou por Alberto. O alto, sarado e bronzeado Alberto, seis anos mais novo. Ela achou que se sentiria mais jovem, mas o efeito é o contrário.

Seu celular vibra na bancada e ela se inclina para pegá-lo. O nome Saffy pisca na tela e Lorna sente uma felicidade enorme, seguida de uma pontada de culpa. Ela não vê a filha desde o Natal e está com saudade.

— Oi, querida — diz ela ao telefone.

— Mãe. — Saffy parece hesitante, e na mesma hora as antenas de Lorna tremem. Ela se levanta e imagina o rosto lindo e meio ansioso da filha.

— Está tudo bem?

— Sim... bom, não. Uma coisa estranha aconteceu.

Nada de trivialidades. Ela adora isso na filha. Ela sempre vai direto ao ponto.

— Manda ver. — Lorna se prepara para as muitas catástrofes com as quais tenta não se preocupar de acontecerem com a única filha com ela morando tão longe. Seu estômago se contrai.

A ligação falha e Lorna vai para a sala enquanto Saffy fala. Ela falou alguma coisa sobre cadáveres?

— ... dez dias atrás, no quintal, quando os empreiteiros estavam cavando... — A voz dela é tão jovem.

Lorna se senta na poltrona verde-limão, o celular ainda grudado no ouvido, o estômago despencando.

— O quê? — Fica boquiaberta enquanto a filha conta. E por que ela só está sabendo sobre isso agora? Saffy disse que aconteceu dez dias antes.

— A polícia vai querer falar com a vovó, mas eu ainda não tive notícias — diz Saffy. — Você sabe a data exata em que ela comprou o chalé? Eu sei que a vovó dizia que foi nos anos 1970, mas ela talvez tenha se enganado.

Lorna dobra as pernas embaixo do corpo. A chuva encharcou sua blusa e ela está com frio e molhada.

— Eu não tenho ideia. Eu nem sabia sobre Skelton Place até ela nos contar no ano passado. Até onde eu sei, ela nunca morou lá.

— Você tem a escritura, não tem? Deve dizer quando a vovó comprou.

Lorna franze a testa.

— Está em algum lugar comigo, sim. Vou procurar. Mas a polícia talvez já tenha essa informação.

— Mesmo assim, eu gostaria de saber — diz Saffy. — E a lista de inquilinos.

— Talvez seja melhor você falar com o advogado dela... Vou ver se eu tenho o contato.

Saffy não devia ter que lidar com isso sozinha. Lorna sabe como ela é próxima da avó. Elas têm um laço que Lorna nunca teve com a mãe. Ela a ama, claro, mas elas sempre foram muito diferentes. Sua mãe ficava na dela, nunca queria socializar nem se envolver, e como resultado Lorna se viu se rebelando bem jovem. Bebendo e farreando aos quatorze anos, grávida com quinze. Sua mãe a chamou de criança rebelde com resignação, tristeza. Saffy foi o maior presente que Lorna poderia ter dado a ela para compensar. Uma filha quieta e estudiosa, que preferia ficar em casa no sábado à noite a sair e farrear. Seu coração ficava quentinho quando via como as duas se amavam. E foi arrasador, principalmente para Saffy, quando sua mãe foi diagnosticada com Alzheimer.

— Eu vou pra Inglaterra — diz Lorna de repente. — Posso ficar com vocês no chalé? Eu ia gostar de vê-lo.

— Vir pra cá? Mas... não precisa. Não tem necessidade.

Lorna engole a decepção.

— Eu quero te ver. Estou com saudade. E eu não vejo a mamãe tem um tempo. Posso ajudar a resolver as coisas.

— Mãe... acho que não vai ser tão fácil assim.

— Eu sei. Mas eu gostaria de estar aí. Principalmente se a polícia estiver farejando, fazendo perguntas e incomodando. Eu posso ficar num hotel...

— Não, não é isso. Claro que você pode ficar aqui. Nós temos um futon. — Uma pausa. — Você vai vir com o Alberto?

Lorna pensa nas duas taças de vinho na pia e se encosta nas almofadas macias da poltrona.

— Não. Um tempo longe seria bom pra nós, pra ser sincera.

— Ah, mãe.

— Tudo bem. As coisas estão bem. Nós vamos sair hoje. Mas ele está ocupado com o bar...

Ela deixa as palavras no ar. Sua filha é inteligente e mais sensata do que ela era naquela idade. Não vai se deixar enganar. Quando os papéis se inverteram? Saffy que deveria estar ligando para falar de problemas com o namorado. Mas ela está com Tom há quatro anos, e Lorna mal consegue manter uma relação com um homem por quatro minutos.

— O que você vai fazer hoje?

A filha ri sem a menor vergonha.

— O de sempre. Vou ficar em casa, pedir comida e ver Netflix.

Lorna sorri no telefone. De repente, ela deseja estar lá. Com a filha, comendo peixe empanado com os pratos no colo vendo um filme.

— Vou pegar um avião sábado de manhã. Está bom?

— Eu te pego no aeroporto de Bristol. Me avisa quando souber a hora.

Elas se despedem e Lorna sobe a escada de madeira para o quarto, onde coloca um vestido vermelho colado que ela sabe que é o favorito do

Alberto. Ele chama de vestido da Jessica Rabbit porque acentua seu busto. Quando tenta resolver o estrago no cabelo, ela pensa na conversa com a filha. Dois corpos enterrados no quintal. Um homem e uma mulher. Uma lembrança, indefinida e distorcida, passa pela mente dela, um vislumbre de quintal, a escuridão pontuada por fogos explodindo no céu noturno, mas, antes que ela entenda, a lembrança escapa, como as sementes de um dente-de-leão na brisa, fora do seu alcance.

7

Saffy

Imediatamente vejo a minha mãe. Ela está andando pelo Desembarque no aeroporto de Bristol com um chapéu de palha grande e maleável e uma calça rosa que mostra todas as curvas dela. Ela usa um monte de pulseiras no pulso e brincos enormes pendurados que refletem a luz quando ela anda. Ela parece um candelabro. Os homens olham para a minha mãe. Eu ficava constrangida quando era mais nova: a exuberância da minha mãe, a forma como flertava por natureza e o decote sempre à mostra. Além do mais, ela era bem mais jovem do que as outras mães no portão da escola. Mas não agora. Nós duas morarmos em países diferentes me fez perceber o quanto eu sinto a falta dela. Eu me pergunto se é porque eu estou prestes a ser mãe. Não sei bem como a mamãe vai se sentir de ser avó aos 41 anos. Será que vai fazer com que ela se sinta velha? Eu engulo minhas preocupações. Não posso ficar pensando nisso agora. Tenho coisas demais na cabeça.

Como uma ligação na noite anterior, do detetive.

Quando minha mãe me vê, um sorriso largo ilumina todo o rosto dela e ela vem andando, estalando com as sandálias de salto e puxando uma mala de oncinha.

— Querida — grita ela, me envolvendo em um abraço. Ela tem um cheiro familiar, de perfume Tom Ford e protetor solar de coco. — É tão bom te ver.

— Você também. Está ótima, mãe.

Minha mãe me segura com os braços esticados para me avaliar.

— Você também — diz ela, e preciso dar uma risada por causa da surpresa na voz dela. — Parece ter engordado um pouco. Fica bem em você. Sabe que eu te acho magrela demais. — Ela olha em volta. — Cadê o Tom?

— Está esperando no carro com Snowy.

Ela passa o braço no meu.

— Vai ser ótimo vê-lo. Agora, me conta sobre os esqueletos. Parece inacreditável, né?

Eu abro a boca pra falar, mas minha mãe continua.

— Isso desde que a polícia não entre lá e incomode sua avó com um monte de perguntas. Preciso saber o nome do policial que está cuidando disso e vou descobrir exatamente o que estão planejando fazer. Eu vou...

Sinto uma dor de cabeça chegando. Eu a amo demais, mas, meu Deus, ela não para de falar.

Eu a deixo tagarelar enquanto andamos até o carro. Tom está encostado no Mini, um sorriso divertido no rosto que ele sempre adota quando a minha mãe está por perto. Snowy está cheirando o chão aos pés dele.

— Tom! — exclama a minha mãe, que corre até ele e o envolve em um abraço, o amontoado de pulseiras quase enroscando na orelha dele. Ele olha para mim por cima do ombro dela com as sobrancelhas erguidas e eu sufoco uma risada.

— É muito bom te ver. Teve um bom voo? — diz ele, se soltando do abraço.

Ela balança a mão em um gesto indiferente.

— Foi apertado. Eu vim espremida entre duas pessoas bem grandes, mas... — Ela dá de ombros. — Estou aqui agora. E preciso dizer que o tempo está melhor do que em San Sebastián no momento.

Vejo minha mãe entrar sem elegância nenhuma no banco de trás enquanto Tom pega a mala dela e coloca no porta-malas. Nós já conversamos: com o bebê chegando, vamos precisar trocar de carro, para um de quatro portas. Mas, com a reforma, o dinheiro está apertado.

— Estou animada pra ver o chalé — diz minha mãe, sentada para a frente e se segurando no encosto do banco de Tom enquanto eu saio do estacionamento. — Depois que falei com você no telefone, eu encontrei a escritura e fiz uma ligação para o advogado...

Claro que ligou. Aposto que a minha mãe fez isso assim que desligamos. Mas fico grata de não ter precisado ser eu.

— Ao que parece, sua avó comprou o chalé em março de 1977 e morou lá até alugá-lo, na primavera de 1981. Aí ela comprou a casa de Bristol. — Ela fala isso tudo sem parar para respirar.

— Então vocês teriam morado no chalé por um tempo? — pergunto, surpresa. — Você lembra?

— Hum... Não lembro. Eu teria três anos quando saímos de lá. Mas talvez vê-lo desperte as lembranças.

— Bom, é meio antiquado por dentro — explico. — Principalmente a cozinha, se bem que Tom está fazendo grande progresso com o resto. — Abro um sorriso para Tom. — Infelizmente, o quarto extra ainda tem paredes amarelas.

Minha mãe ri.

— Vai combinar perfeitamente comigo. Me conta mais sobre a sua avó.

Olho para a minha mãe pelo retrovisor. Ela tirou o chapéu e os olhos castanho-escuros estão brilhando de empolgação, mas tem outra coisa, uma dor que ela está tentando esconder. Eu me pergunto o que está acontecendo de verdade entre ela e Alberto. Eu sempre tenho a sensação de que a minha mãe está fugindo.

Abro a boca para falar, torcendo para não ser interrompida desta vez.

— Eu recebi uma ligação do detetive ontem à noite. Um chamado Matthew Barnes. Ele pareceu simpático, mas disse que tinha falado com a gerente do lar de idosos, Joy. Ela aconselhou a polícia de que seria melhor que a vovó fosse interrogada em Elm Brooks, um lugar onde ela se sente segura. E que você ou eu devíamos estar lá. Eles acham que ela vai estar apta mentalmente para ser interrogada porque ela tem momentos lúcidos e parece lembrar muita coisa do passado, então pode ser útil.

— Eu também vou — insiste ela.

— Tudo bem, ótimo. Há... quanto tempo você está pensando em ficar? E o trabalho?

Minha mãe faz um ruído com a boca.

— Eu tirei a semana de folga. Acho que isso pode ser classificado como circunstâncias atenuantes, não?

— Eu... bem, sim... mas é só uma formalidade. Eles precisam falar com todo mundo que ocupou a propriedade nos vinte anos.

— Eu sei. Mas seria ótimo passar um tempo com você, querida. Eu não te vejo direito desde o Natal.

E que pesadelo foi aquilo, eu penso. E, para ser justa, não havia sido culpa da minha mãe. Foi mais daquele imbecil que ela chama de namorado, sendo grosseiro, arrogante e que agiu como se preferisse estar em qualquer outro lugar, de preferência uma praia na Espanha, a ficar o dia no nosso apartamentinho em Croydon. E, no passado, quando eu passei um tempo com a minha mãe, ela sempre me deu a impressão de que mal podia esperar para voltar à vida agitada que tem.

Com o canto do olho, vejo Tom olhando para a frente com uma expressão de "me deixa fora disso" na cara.

Entro no viaduto Long Ashton. Não tem nada que eu possa dizer. E não é que eu não queira passar um tempo com a minha mãe, mas no momento eu não tenho energia para ela... bem, *energia*. Ela nunca diz, não precisa, mas eu sei que não aprova eu ter tomado uma decisão tão cedo. Quando Tom e eu fomos morar juntos alguns anos antes, ela tentou me convencer a não ir. E, quando eu falei que estávamos economizando para dar entrada numa casa, ela me avisou sobre "me amarrar" a uma hipoteca "nova demais". Obviamente, me ter aos 16 anos estragou a adolescência dela. Ela parece estar querendo compensar agora, a julgar pelas fotos dela no Facebook.

— Pode ficar o tempo que quiser — digo, tentando ignorar a sensação pesada na boca do estômago.

Quarenta minutos depois, chegamos em Beggars Nook.

Minha mãe inspira por tempo suficiente para olhar pela janela para as construções de pedra de Cotswold.

— Que lugar deslumbrante. O nome é estranho. Meio sinistro. Sei lá, é familiar, mas pode ser porque me lembra daqueles vilarejos fofinhos em *Agatha Raisin*. Qual é a distância até a cidade grande mais próxima?

Eu reviro os olhos mentalmente. Pode acreditar, ela já deve estar planejando um dia de compras. Esse vilarejo vai ser remoto demais para ela.

— Chippenham, a doze ou treze quilômetros daqui.

— Treze quilômetros. Uau. — Ela olha em volta com uma expressão de pânico nos olhos, como um pônei prestes a fugir.

Nós seguimos pelo centro do vilarejo e, quando passamos pela praça, ela faz um ruído.

— O que é aquilo? — diz ela, apontando para a construção de pedra em formato de cubo com laterais abertas e um telhado com um pináculo no alto. Fica na beirada da praça, onde as três ruas principais convergem, e na frente da igreja. É um marco impressionante, com degraus de pedra dos quatro lados.

— É a cruz do mercado — diz Tom, o rosto se iluminando com a chance de poder relatar um fato. — Eu pesquisei quando viemos morar aqui. É do século XIV. É uma coisa bem comum em cidades e vilarejos com mercados, ao que parece, mas eu nunca vi uma tão linda quanto essa.

Minha mãe está franzindo a testa.

— Eu... me lembro disso...

— É mesmo?

Ela pensa.

— É bem confuso. Mas eu já vi isso antes. Eu... — Ela balança a cabeça. — É frustrante, mas parece que a imagem está aqui, na minha mente bem brevemente, e tem um sentimento. — Ela coloca uma das mãos no coração e eu vejo pelo retrovisor que ela fechou os olhos. — Esse sentimento... — Ela abre os olhos. — Mas aí, some.

— Eu li uma vez — diz Tom — que as nossas lembranças estão sempre evoluindo, e nós só nos lembramos da versão da lembrança que lembramos da última vez, e não do evento original.

Eu reviro os olhos e dou uma risada. Mas minha mãe fica atipicamente séria, o nariz encostado no vidro, como uma criança cheia de expectativa, mas meio hesitante. Olho para Tom e ele dá de ombros. Eu continuo subindo a colina até chegarmos no grupo de doze propriedades que é conhecido como Skelton Place. Entro no caminho de cascalho pela frente e fico aliviada de não haver nenhum jornalista por ali. Tem duas semanas que os corpos foram descobertos e estou torcendo para eles terem ido atrás de outra notícia.

— Meu Deus, o bosque é bem sombrio, hein? — diz a minha mãe.

— Envolve o vilarejo todo. Parece que estou na história da *Chapeuzinho Vermelho*.

— Fica bem sombrio, ainda mais em dia nublado — digo.

— Estou surpresa de os chalés não terem nomes — diz minha mãe. — Olha aquela glicínia linda. E o telhado de sapê. Skelton Place, 9 é tão... sei lá. — Ela dá de ombros. — Sinistro.

Eu entendo o que ela quer dizer, embora me irrite ela estar encontrando defeito em tudo. Não é exatamente um nome bonito. Não parece combinar com nossa pequena propriedade. O chalé não é muito grande e não vale tanto quanto a casa da vovó de Bristol, mas eu nunca morei em um lugar tão lindo, tão pitoresco e com cara de cartão-postal. A glicínia está a toda no momento e contorna a frente da casa, como um boá de penas lilás. E, da entrada, não dá para ver o buraco enorme no quintal.

Por direito, minha mãe que deveria estar morando ali, com o carinha da vez, não eu e Tom. Eu ofereci de pagar um dinheiro para a minha mãe, das nossas economias. Ela recusou. Até onde eu sei, minha mãe não tem outra propriedade. O apartamento onde eu passei a infância, em Bromley, Kent, era alugado. Ela disse que não gostava de ficar presa, mas, para mim, sempre pareceu meio... *irresponsável.*

Nós ainda não transferimos a escritura para o meu nome e do Tom. Eu estava pretendendo tocar no assunto com a minha mãe antes de começarmos a trabalhar na ampliação da cozinha, mas ainda não consegui. Assim como não consegui tocar no assunto da minha gravidez. Estou ciente de que é um tema recorrente.

Eu saio do carro e me alongo. Minhas costas estão doendo e eu estou enjoada. Respiro fundo lufadas de ar do campo enquanto minha mãe e Tom saem do carro, minha mãe rindo quando o salto fica preso no cinto de segurança e Tom rindo junto enquanto a ajuda. Tom é tão bom com as pessoas. Tão paciente. Eu sei que ele vai ser um ótimo pai.

— É meio fedorento aqui — diz ela quando sai. — É o esterco?

Eu faço uma careta para Tom. Quando contorno o carro para me juntar a eles, vejo uma pessoa perto da cerca-viva do nosso lado da entrada de carros. Eu fico imóvel. É aquele homem de novo. O que eu vi outro dia se esgueirando perto do chalé e que eu tenho certeza de que vi passando pelo lar onde a vovó mora.

— Tom! Aquele homem... — eu começo a falar, mas Tom também reparou nele. Ele entrega Snowy para a minha mãe.

— Malditos jornalistas — murmura ele baixinho.

— Por que eles ainda estão rondando se a polícia não tem informações novas? — grito. A polícia ainda não divulgou informações sobre o crânio rachado.

— Ei! — grita ele, dando um passo à frente. Mas o homem desaparece atrás da cerca-viva. Vejo Tom correr atrás dele. — Ei! Espera! — Quando chega na entrada, ele para, olha para nós e dá de ombros. — Ele sumiu.

8

Lorna

Lorna vê Tom correr na direção delas. Quando chega a Saffy, ele passa um braço protetor em volta dos ombros dela, e ela sente uma pontada de inveja pelo laço que eles dividem. Já foi assim com ela e Euan. Mas ter um bebê quando eles eram adolescentes teve um peso no relacionamento. Saffy está uma graça com o macacão enorme, mordendo o lábio. Ela sempre fazia isso quando criança. Lorna vivia mandando que ela parasse.

— Isso foi estranho — diz Tom, parecendo sem fôlego. — Ele deve ser jornalista, mas por que fugir quando eu o confrontei? Por que não fazer perguntas?

Lorna entrega a guia do cachorro para ele, aliviada. Ela nunca se deu muito bem com animais.

O rosto de Saffy está contraído de preocupação.

— Eu já o vi antes. Outro dia — diz ela.

Ela já sabe que a filha vai interpretar mais do que há. Ela tem imaginação fértil. Sempre se preocupa. Quando tinha quatro anos, ela botou na cabeça que um monstro ou um dragão poderia entrar no apartamento, e Lorna se sentou na beira da cama de Saffy todas as noites por alguns meses explicando que isso não era possível.

— Querida, é só um repórter — diz ela, apertando o braço de Saffy delicadamente. — Isso já é esperado. Venha, estou animada pra ver o chalé por dentro.

Saffy olha para a estrada, os olhos castanhos enormes para lá e para cá como os de um cachorrinho assustado, mas ela se vira para Lorna, a boca apertada, e assente.

Tom as leva pela porta em arco até o corredorzinho com vigas no alto e o piso exposto. Ele fica para trás para deixar que elas atravessem a soleira primeiro. Ela repara que a cabeça de Tom quase chega nas vigas. Ele está com uma expressão de orgulho no rosto e ela se lembra das palavras de Saffy no carro.

— Está lindo, Tom — diz ela, olhando para as paredes pintadas e para o piso lixado.

— A sala é por aqui — diz Saffy, apontando para uma porta de madeira à esquerda — e, no fim do corredor, fica a cozinha. É pequena, mas tem espaço pra uma mesa. Certinho. E...

Mas Lorna se virou instintivamente para a direita, para o quarto na frente da escada. Ela abre a porta e uma lembrança explode na cabeça dela. Uma máquina de costura. O som de um pedal, claque-claque-claque. Ela pisca rapidamente. Quando sua visão se define, ela vê que não tem máquina de costura. Só uma mesa e um computador debaixo da janela, as paredes decoradas com um papel de parede antiquado marrom e amarelo.

— Meu escritório — diz Saffy atrás dela. — Nós ainda não fizemos a decoração. Acho que esse papel de parede não é trocado há cinquenta anos!

Lorna se vira para a filha, um sorriso grudado no rosto. Uma máquina de costura. Sua mãe nunca teve uma na casa de Bristol.

— É fofo — diz ela. — Vai ficar lindo pintado.

Saffy abre um sorriso incerto como se sentindo que algo deixou Lorna nervosa.

— E lá em cima — ela indica a escada: piso exposto. Era assim antes? — tem três quartos. O principal na frente, um menor e um pequenininho com vista para o quintal, onde vamos botar o be... — Ela para com uma expressão horrorizada no rosto.

— O quê? Você ia... — De repente, Lorna se dá conta. O rosto arredondado de Saffy, o leve ganho de peso. — Você ia dizer *bebê*?

As bochechas de Saffy ficam vermelhas e ela assente, a expressão de culpa.

— Sim. Eu estou grávida.

Lorna fica tonta. Grávida. Merda. Ela ainda é tão nova. Ainda é *seu* bebê. Lorna sente uma pontada de decepção. Saffy só tem 24 anos e viveu muito pouco. Ela não aprendeu nada com Lorna? Ela vivia dizendo para a filha esperar até estar mais velha e estar com a carreira estabelecida antes de casamento e filhos.

— Eu... Uau, que notícia maravilhosa, querida — ela consegue dizer, engolindo os sentimentos reais. — Parabéns.

Ela envolve a filha em um abraço, embora Saffy fique tensa em seus braços. Foi pouco convincente assim? Ela se afasta para falar com Tom, que está parado constrangido perto da porta, ainda segurando a mala, com Snowy aos pés, a cabeça inclinada para o lado, olhando para ela.

— Pra você também, Tom. Uau. — Ela se vira para a filha. — Quanto tempo? Já fez o ultrassom de três meses?

Saffy assente, um rubor descendo pelo pescoço e na direção da camiseta listrada de azul e branco.

— Já. Eu estou de 17 semanas agora. O bebê deve nascer dia 13 de outubro.

Dezessete semanas. Quer dizer que Saffy já sabia por uns dois, talvez três meses. É impossível para Lorna não ficar magoada por ela não tê-la procurado imediatamente. Lorna tinha escondido da mãe, claro, mas isso porque ela não tinha nem dezesseis anos quando descobriu e Euan era só um ano mais velho. Lorna estava de cinco meses quando Rose reparou. A filha única louca da tranquila e careta Rose Grey fez o que os vizinhos previam havia anos. Engravidou ainda na escola. Todos a chamavam de mãe adolescente. Não que Lorna se arrependesse de alguma coisa. Ela podia ter se separado de Euan quando Saffy tinha apenas cinco anos, mas eles tentaram, foram morar juntos e se casaram, mesmo se divorciando uns anos depois. Mas ele continuou sendo uma parte importante da vida de Saffy: ela passava fins de semana de quinze em quinze dias com ele no apartamentinho de Londres quando era pequena, e Lorna sabe que os dois continuaram próximos. Nem Lorna nem Euan se casaram de novo, e Lorna ficou com o sobrenome dele.

Lorna tinha imaginado o dia em que se tornaria avó. Ela sabia que não poderia estar velha porque foi mãe tão jovem. Mas esperava estar mais velha do que com apenas 41. O que Alberto vai pensar?

Isso tudo passa pela mente dela a toda velocidade. E aí ela se recompõe. Ela está sendo egoísta. A questão ali não é ela. É Saffy, Tom e o bebê.

— Estou tão feliz por você, querida. De verdade.

Saffy parece relaxar de alívio.

— Não foi planejado, mas... — Ela solta uma risada nervosa. — Bom, você sabe.

Lorna também ri.

— Sei. Você... contou para o seu pai?

— Ainda não. Eu queria contar pra você primeiro.

Ela tenta não ficar eufórica de pelo menos ter sabido antes de Euan.

— Bom, então vamos lá. Vamos botar a água pra ferver e você pode me mostrar onde os corpos foram enterrados. Uma frase que eu achei que nunca diria.

Tom anuncia que vai passear com Snowy no quarteirão para dar tempo de elas conversarem e desaparece pela porta de entrada. Por que ela tem a sensação de que ele mal pode esperar para se afastar? Mas Lorna fica aliviada de ter ficado com a filha só para si um pouco.

A cozinha é pequena e antiquada. Assim que Lorna entra, ela vai direto para a janela. Pelo vidro, ela vê a confusão no quintal: a escavadeira abandonada, as placas do pátio retiradas, o buraco enorme no chão e o bosque denso, um pano de fundo deprimente. Ela fica arrepiada. Sente Saffy logo atrás, mas não se vira. Parece que tem alguém soprando de leve na sua nuca e ela treme. No fim do quintal, antes do bosque, tem uma árvore grande com flores roxas e um galho grosso que parece um braço esticado para a casa. Ela inspira fundo.

— O que foi, mãe? — pergunta Saffy.

— Aquela árvore... — Ela balança a cabeça. As pétalas roxas. Ela as colocava no balde e misturava com água. Lembra-se disso. — Eu brincava naquele quintal — diz Lorna. — É bem familiar. Eu acho... acho até que já teve um balanço de corda nela. Eu brincava de fazer perfume com as flores.

Ela sente a mão quente de Saffy apertando seu ombro.

— Uau, mãe.

Lorna se vira para a filha.

— Você está feliz de ficar aqui? Sabendo o que aconteceu?

Saffy está pálida e meio lacrimosa.

— Eu... Nós não temos pra onde ir. E antes disso eu amava este lugar.

Lorna sente um nó repentino na garganta.

— Eu sei.

— E aconteceu muito tempo atrás, né? Não tanto quanto eu esperava. — Ela abre um sorriso amarelo. E desvia o olhar para a janela. — Eu queria saber quem são.

— Pode ser que a polícia descubra pelos registros odontológicos. Nós podemos ir lá fora? Eu gostaria de olhar melhor.

— Agora que a polícia terminou, nós podemos. Vou pegar a chave dos fundos. Um segundo.

Saffy se move devagar, os ombros curvados, e Lorna tem vontade de abraçá-la.

— Pronto.

Saffy volta e Lorna sai da frente para ela poder abrir a porta dividida ao meio. Elas vão para o quintal juntas. O sol está descendo agora e as árvores lançam sombras no gramado.

Elas seguem pelo terreno irregular até o buraco; é bem fundo, e, quando elas chegam perto, Lorna sente cheiro de terra úmida.

— A polícia verificou se não há mais corpos? — pergunta ela.

Ela tem a mesma sensação de quando visita um cemitério ocasionalmente, ciente de todos os cadáveres abaixo dos pés, apesar de saber que aqueles ali foram removidos.

Saffy assente.

— Trouxeram uns cachorros especiais. Não tem mais nenhum, não se preocupe...

Lorna passa o braço pelos ombros de Saffy.

— Vem, vamos tomar aquela xícara de chá e você pode me mostrar meu quarto.

Mais tarde, depois de Tom voltar com Snowy e eles se reunirem em torno da mesinha da cozinha para jantar (Saffy a afasta da parede para ter espaço para Lorna), ela toca de novo no assunto do bebê.

— Vocês já pensaram em nomes?

— Não — diz Saffy com a boca cheia de macarrão à bolonhesa.

— Você vai tentar saber o sexo?

Saffy olha para Tom.

— Não. Nós queremos que seja surpresa.

— *Você* quer — diz Tom com bom humor. — Eu não ia achar ruim saber.

— Eu só acho que vai ser uma surpresa legal.

— Mas, se a gente souber, vamos saber de que cor pintar o quarto!

Saffy revira os olhos.

— Sempre prático — diz ela com carinho. — Podemos pintar de cinza-clarinho.

Lorna tenta não fazer uma careta. Como assim, cinza? E as cores?

Saffy estica a mão por cima da mesa, pega a mão de Tom e a aperta. A filha é mais como o pai quando o assunto é demonstrar afeto, mas o amor que ela tem por aquele homem emana dela. Fica ainda mais claro o quanto ela está perdendo com Alberto. Na verdade, com todos os homens do passado, exceto talvez Euan. Mas eles eram tão jovens.

Saffy bota a faca e o garfo no prato com um olhar perdido no rosto.

— Eu fico pensando na vovó. Ela deveria estar aqui, com a gente.

— Eu sei, querida — diz Lorna com gentileza.

Os olhos da filha se enchem de lágrimas.

— Você acha que ela é feliz naquele lugar? Eu tenho medo de ela ser infeliz e não entender por que está lá. De ela ter momentos em que sente medo. Será que a gente pode trazê-la aqui pra uma visita?

— Pode deixá-la confusa. E ela está sendo bem-cuidada lá. É um lar bom, eu pesquisei.

Saffy sempre viveu muito perto do poço, como Lorna dizia. Ela era uma criança tão sensível. Uma vez, de férias em Portugal quando tinha nove anos, ela caiu no choro em um restaurante quando viu as lagostas em um tanque, prontas para irem à panela. Ela levou dias para se recuperar. Ficava horas preocupada com um homem em situação de rua ou um cachorro perdido.

— Mas... não é a casa *dela*, é?

— Estar aqui deve fazer você pensar nela.

O rosto de Saffy desmorona.

— Faz. E eu sinto saudade dela.

— Eu também.

Lorna percebe com um susto que é verdade. Quando Saffy nasceu, sua mãe ficou doida pela neta única e as duas sempre foram muito unidas. Lorna ficava feliz de as duas se amarem tanto, e ela tentou de verdade não se importar em ficar de fora quando elas estavam as três juntas. Elas eram tão parecidas, dava para ver isso. Mas, enquanto sua mãe deixava as diferenças criarem uma distância entre elas, Lorna sempre prometeu não deixar que isso acontecesse com Saffy.

— Por que você não me mostra onde vai ser o quarto do bebê? — sugere Lorna, torcendo para animar Saffy.

O rosto de Saffy se alegra e ela leva Lorna para o corredor e escada acima.

— Nós vamos colocar um tapete aqui, mas ainda não conseguimos escolher. Talvez de lã natural... — ela dá de ombros — ... sei lá.

No topo da escada, elas entram no quartinho. Não tem mais do que 2,5 por 3 metros, com lareira na parede esquerda, mas Lorna percebe que seria um quartinho perfeito. Está vazio no momento, só tem umas caixas empilhadas no canto. O carpete foi arrancado, o que deixou à mostra o piso, e o papel de parede está desbotado. Mas, assim que Lorna entra, ela é tomada por um *déjà vu* tão forte que precisa se segurar no parapeito da janela.

— O que foi? — pergunta Saffy com a voz alarmada. — Você está bem?

— É que...

Lorna se vira para a janela, que tem vista para o quintal. Ela vê a árvore roxa dali. Só ficava roxa na primavera e ficava verde depois, para as folhas caírem todas no inverno. Nessa época, cobriam o gramado. Ela se vira e estica a mão para o papel de parede. Ela lembra. Lembra-se de estar deitada na cama naquele quarto, tentando decifrar formas de rostos nos botões de rosas do papel de parede.

Lorna se vira para a filha.

— Acho que este era o meu quarto.

9

Theo

O túmulo parece vazio. As rosas amarelas que Theo colocou ali na semana anterior já estão marrons e murchas. O tempo quente deve ter acelerado a decomposição.

— Seu pai não veio de novo, então? — diz Jen ao lado dele, falando o que ele está pensando.

— Você está surpresa? — pergunta ele, tentando manter a voz leve.

A esposa de Theo ergue as sobrancelhas bem contornadas em resposta. Ela aperta o braço dele com delicadeza, mas não diz nada. Ele sabe que ela não gosta do pai dele... e por que gostaria depois do jeito como ele age com ela? Mas ela nunca fala mal dele. Ela lhe entrega um buquê de flores coloridas que eles compraram no caminho.

— Vou te deixar um pouco sozinho...

— Não precisa.

— Eu sei que você gosta de falar com ela.

Ele abre um sorrisinho.

— Você acha estranho. — Ele tinha contado uma vez, no começo do relacionamento, depois se arrependeu. Não queria que ela pensasse que ele era um filhinho da mamãe triste.

— Claro que não é estranho. Eu só queria ter tido a oportunidade de conhecê-la.

— Ela teria te amado. — E teria mesmo. Todo mundo ama. Jen é amável de imediato, com a personalidade efervescente e o jeito caloroso. Deixa qualquer um à vontade na hora.

A esposa se aproxima e o beija. Ela precisa ficar nas pontas dos pés.

— Eu vou estar ali, lendo os túmulos velhos.

— *Isso sim* é estranho... — Ele ri.

— Ei! É interessante! — Ela abre um sorriso olhando para trás enquanto anda na direção de uma lápide velha e rachada com um anjo enorme em cima.

Ele a vê se afastar com uma saia rodada e comprida de verão e uma camiseta justa. Os ombros dela estão para trás, o andar é confiante, o coque de cabelo louro-avermelhado no alto da cabeça balança conforme ela anda na direção da parte antiga do cemitério.

Ele se vira para o túmulo da mãe.

— Ela está sendo corajosa, mãe — diz ele. — Ela ainda não está grávida e eu sei que está preocupada. Nós estamos tentando há quase um ano.

Ele se pergunta se teria sido tão honesto sobre aquilo tudo caso a mãe ainda estivesse viva. Ele se curva para tirar as rosas mortas do vaso. O cheiro fétido da água podre sobe até as narinas e o atinge no fundo da garganta. Ele as coloca no saco plástico pronto para a composteira e coloca o buquê novo no lugar.

Theo vai lá todas as manhãs de sábado, em geral sem Jen porque ela costuma estar trabalhando no salão de beleza na cidade e só tem um sábado de folga por mês, e todas as vezes ele torce para ver algo diferente das flores podres da semana anterior, algo que mostrasse que o pai foi até lá. Que ele se importa. Mas há anos não tem nada. Aconteceu gradualmente ao longo do primeiro ou do segundo ano, ele acha ao pensar no passado, a falta de interesse do pai. Ele desconfia que seu pai não visita mais o túmulo porque acha emotivo demais. Se não visitar, ele pode fingir que não aconteceu.

Theo se ajoelha na grama suja e passa o dedo na data gravada na lápide. *Quarta-feira, 12 de maio de 2004.* Hoje é o décimo quarto aniversário da morte dela. Como podem ter passado quatorze anos, ele se pergunta, se ainda parece que foi ontem? Theo estava na universidade em York quando recebeu a ligação que mudou sua vida. Ele tinha dezenove anos. E, apesar do calor do dia, ele treme quando lembra. A voz grave e controladora do pai, densa de emoção do outro lado da linha. *Ela caiu*, dissera ele. *Ela caiu da escada e está morta. Sinto muito, filho. Sinto muito.* Theo estava no bar do grêmio estudantil com um grupo de amigos de cada lado, o celular na mão, sem conseguir entender o que o pai estava dizendo enquanto todos em volta bebiam, alegres e cantando. *Você precisa vir pra casa.* Ele pegou o ônibus imediatamente, agradecido que a bebedeira que ele estava planejando estava só no começo e ele só tinha tido tempo de tomar meia caneca. Ele se lembra claramente da viagem de York até Harrogate mesmo depois de tantos anos. Lembra-se de torcer para seu pai estar confuso e ter entendido errado, apesar de ele saber que não havia nada de errado com a mente afiada do pai.

No hospital, ele parecia quebrado. Pequeno e velho. *O que eu vou fazer?*, dissera ele sem parar, o rosto cinzento. *O que eu vou fazer agora?*

Theo nunca voltou para terminar a faculdade de medicina. Pelo resto do ano letivo, ele ficou com o pai na mansão feia que ele sempre odiou e tentou encontrar lembranças da mãe em cada canto. Mas, quando fechava os olhos à noite, ele só via a imagem dela caindo por aquela porra de escadaria elaborada de carvalho, depois caída e quebrada lá embaixo. Ela tinha ficado lá o dia inteiro, ao que parecia, até o pai voltar do trabalho e a encontrar. Seu pai disse que ela morreu na hora, mas até hoje Theo não sabe se acredita. Ele ainda se tortura por ela ter ficado lá, naquele assoalho encerado, agonizando sem conseguir se mexer para pegar um telefone e pedir ajuda. Ela morreu quando Theo estava ocupado transando com sua primeira namorada no quartinho apertado em uma república de estudantes em York. Aquele setembro mudou seu rumo para comida e hospitalidade, para o desprezo do pai. Mas ele sabia que sua mãe teria ficado feliz por ele, teria dito para ele que a vida é curta demais.

O cemitério está silencioso, mas mesmo assim Theo abaixa a voz enquanto fala com a mãe. Ele descreve o artigo que encontrou no escritório do pai dois dias antes.

— Eu acho que o papai está tentando encontrar alguém — diz ele, puxando a grama com os dedos. Parece palha. Ele não conseguiu parar de pensar nisso. Ele tinha decorado os dois nomes do artigo. Saffron Cutler e Rose Grey. *Encontrá-la.* Mas qual delas e por quê?

Durante anos depois que sua mãe morreu, seu pai permaneceu sendo um enigma para Theo, escondendo parte de si, se recusando a falar sobre qualquer coisa importante. Naqueles meses depois da morte, os dois ficaram vagando pela casa e ele pensou, agora percebe que com ingenuidade, que eles poderiam dar consolo um ao outro. Talvez até ficar mais próximos. Mas, depois daquela primeira noite no hospital e da demonstração rara de emoção do pai, não houve nada. Só silêncio. Seu pai voltou ao trabalho depois do velório, deixando Theo mergulhado em solidão e luto.

Ele sabia que o casamento dos pais não tinha sido perfeito. Ao olhar para trás agora, ele percebe que o pai era possessivo. A forma como ele mandava que sua mãe trocasse de roupa se achasse que ela estava usando algo "ousado demais", como ele dizia. Theo nunca achou que sua mãe parecesse ousada. Jen daria um tapa na cara de Theo se ele dissesse qualquer coisa assim para ela, e seria a reação correta mesmo. Ele sorri ao pensar em sua esposa esfuziante. Sua danadinha. Mas sua mãe só dava um suspiro bem-humorado e trocava a roupa por algo mais puritano para agradar o marido. Ela raramente saía com amigas... na verdade, ele não se lembrava de ela ter amigas. Seus pais saíam para jantar com outros casais, casais mais velhos do trabalho do pai, bailes chiques e jantares. Mas sua mãe nunca ia longe sem o pai.

O que ela fazia em casa o dia todo enquanto o pai estava no trabalho ele não sabe, mas ela nunca teve emprego. Uma vez, quando ele tinha uns dezesseis anos, ele voltou da escola mais cedo e a encontrou chorando na penteadeira. Seus olhos estavam inchados e ele teve certeza de ter visto um hematoma feio no ombro, que ela cobriu rapidamente com um casaco quando ele entrou no quarto dela. Quando ele perguntou se ela estava bem, ela disse, em um momento raro de honestidade: "Eu me sinto uma prisioneira." Depois, abriu um sorriso trêmulo e falou que era bobeira, que eram os hormônios, para ele deixar para lá. Mas isso deixou Theo com uma sensação de inquietação por dias. Ele observou os pais com mais atenção. Eles eram tão diferentes da forma como os pais dos amigos agiam uns com os outros. *É só o jeito dele, querido. Seu pai é um homem brilhante. Trabalha muito. Só fica estressado de vez em quando.* Mas ele nunca viu o pai levantar a mão para ela. Se tivesse visto, teria batido nele.

— Tem tantas coisas que eu queria poder te perguntar — diz ele agora. — E eu juro, se um dia tiver a sorte de ser pai, eu não vou ser emocionalmente distante, como *ele*. — Ele se levanta e tira a terra da calça jeans. — Até semana que vem. Te amo, mãe.

Ele anda até Jen, que está parada ao lado de uma lápide enorme de duzentos anos com uns dez integrantes da mesma família listados. Ele se aproxima por trás e passa os braços pela cintura dela.

— Pronto — diz ele.

— Vamos tomar um café agora? — diz ela, se virando para ele. Ela franze a testa. — O que foi? Você parece... preocupado.

— Não sei. Tem alguma coisa estranha. Com o meu pai. Aquele artigo. — Ele tinha contado a Jen sobre o artigo depois do trabalho naquela noite.

— Por que você não pergunta pra ele?

— Meu pai não é como o seu. — O sogro dele é o oposto radical: caloroso, gentil, divertido e amoroso.

— Eu sei, mas, se você falar na cara, ele não vai ter como enrolar. Theo — diz ela suavemente —, você sabe que eu te amo, mas, no que diz respeito ao seu pai, você... sei lá... fica muito cheio de dedos com ele.

Ele ri.

— Cheio de dedos!

— Sim, cheio de dedos. Parece que você tem medo dele.

— Você conhece o meu pai!

— Sim. Ele é impressionante. Eu não vou mentir.

Sua esposa está sendo diplomática. Nem a personalidade efusiva e animada de Jen conseguiu conquistar o pai dele. Ele nunca contou isso a Jen, mas, depois que a levou em casa pela primeira vez, seu pai disse que ela era comum. Foi a única vez que Theo o enfrentou depois da morte da mãe. Ele falou que a amava e que, se o ouvisse falar ou fazer algo ruim com ela, ele nunca mais falaria com ele. Seu pai pareceu chocado e murmurou alguma coisa sobre não durar. Mas ali estavam eles, cinco anos depois, casados havia três.

— Ele não vai me dizer a verdade. Meu pai deveria ter sido político.

— Deve haver alguém pra quem você pode perguntar. Eu sei que seus avós estão mortos, mas... um primo, talvez?

Ele segura a mão da esposa e eles saem do cemitério juntos. Ele não conhece os primos. É difícil para Jen entender porque a família dela é enorme e todos se dão bem.

— Vou começar perguntando a ele. E, se ele não me der o que eu quero, vou descobrir sozinho.

— Ótimo. E eu vou te ajudar. Vai ser uma distração. — Ela sorri, mas os olhos dela estão brilhando demais.

Parece que tem alguém apertando o coração dele.

— Jen... Nós podemos procurar ajuda. Fazer uns exames?

Ela balança a cabeça e um cacho louro cai nos olhos dela.

— Ainda não. Ainda não estou pronta pra encarar isso. Vamos esperar por enquanto.

Ele beija a mão dela em resposta, a mente já voltando para o pai e o artigo no jornal. *Amanhã*, promete ele. *Amanhã eu vou descobrir quem meu pai está procurando e por quê.*

10

Lorna

Está muito escuro e silencioso e Lorna está tendo dificuldade de dormir no futon duro sabendo que a filha e o namorado estão do outro lado da parede. Ela ainda tem dificuldade de se acostumar com a ideia da filha única fazer sexo e agora estar com um bebê na barriga. *Um bebê.* Ela não acredita que vai ser avó.

Ela sente falta dos sons de San Sebastián: as ocasionais risadas e gritinhos de adolescentes, a batida de música de um restaurante de *tapas* vizinho. Os ruídos reconfortantes da vida na cidade, não aquele silêncio horroroso. Sua mente se desloca para Alberto. Ela se vira de lado e pega o telefone na mesa de cabeceira de pinho. Passa da meia-noite. A Espanha está uma hora à frente. Ela espera que ele ainda esteja no bar, sendo ele uma típica criatura noturna.

Ela se senta e tenta afastar a imagem do namorado cercado de um bando de mulheres com pouca roupa. Não adianta ficar deitada tentando dormir; ela já sofreu de insônia, e todos os conselhos que já leu sobre o assunto dizem para se levantar. Ela coloca o quimono rosa-choque, abre a porta do quarto silenciosamente para não acordar Saffy e Tom e anda nas pontas dos pés pelo corredor na direção do quartinho. Ela está atraída por ele, aquele quarto, aquela visão do passado. Abre a porta e faz uma careta quando escuta um rangido antes de entrar no quarto.

Não tem cortina na janela e um raio de luar ilumina uma área de verniz preto grudada como piche em uma das tábuas. Ela para na janela que dá vista para o quintal. O buraco no chão parece ainda mais ameaçador no escuro. O bosque, denso e fechado, ocupa toda a parte de trás. Ela obriga o cérebro a lembrar mais. *O que aconteceu aqui?*, sussurra ela para seu próprio reflexo. Mas o reflexo só a encara, como um espectro com cabelo cacheado volumoso e olhos arregalados e assombrados. Ela se vira da janela e observa o quarto. Sua cama ficava naquele canto, perto da porta, onde agora estão as caixas. Sim, sim, ela lembra. Tinha uma cabeceira branca de ferro e uma colcha colorida de crochê com margaridas amarelas grandes, e embaixo ela deixava sapatinhos vermelhos como os da Dorothy em *O mágico de Oz*. Ela não pensa nesses sapatos há muito tempo. Eram seus favoritos. Para onde foram quando elas se mudaram para Bristol? E a cama de ferro e a colcha de crochê?

O papel de parede está desbotado em algumas partes e amarelado em outras. A lareira parece precisar ser reformada e tem uma camada grossa de poeira na cornija de madeira. Os moradores anteriores não usavam aquele quarto, obviamente. Saffy e Tom vão ter trabalho se quiserem transformá-lo em um quarto de bebê. Ela se vira para a janela. Uma nuvem passa sobre a lua e, por alguns momentos, o bosque e o quintal ficam sombrios e sinistros.

Ela devia voltar para a cama e ler. Está com o livro novo da Marian Keyes pronto para começar. Ela enrola o quimono no corpo. Está com frio agora e treme de leve.

Quando ela está começando a se virar para sair, algo brilhante chama sua atenção. Um brilho de luz entre as árvores no bosque. Ela encosta o nariz no vidro e fecha as mãos em concha em volta do rosto. Seu coração acelera. Parece uma lanterna. Tem alguém lá, observando a casa? Ela pisca sem tirar os olhos do ponto de luz, o raio parecendo uma auréola se mexendo na escuridão das árvores. Com a mesma rapidez, desaparece. Ela fica parada lá por mais dez minutos, tentando ver, mas não há nada.

Na manhã seguinte, Lorna não fala nada com a filha. Ela sabe que só vai provocar preocupação, e essa é a última coisa que ela quer. Depois de se vestir e tomar café da manhã, um café da manhã completo preparado por Tom que ela repara que Saffy fica empurrando no prato, ela diz que quer andar no quintal.

— Eu vou com você — diz Saffy, fazendo que vai se levantar da mesa. Tom já está com as roupas velhas que usa para a reforma e diz que quer começar a pintar o corrimão do corredor.

— Não, tudo bem. Termina seu café. Vou ver se alguma coisa desperta lembranças.

— Ah... tudo bem. Boa ideia.

O sol está forte naquela manhã, embora o ar esteja meio frio e haja orvalho na grama quando Lorna sai, a umidade penetrando pelas laterais das sandálias. Ela respira fundo o ar não poluído do campo. O cheiro está mais refrescante naquela manhã, como roupa lavada depois de ficar no varal. Ela ignora o buraco no chão e segue até chegar no fim do quintal, com a árvore roxa linda. Ela se pergunta qual é o nome. Pensa que precisa se lembrar de perguntar a Saffy. Ela se vira na direção do chalé para ter certeza de que a filha não está olhando e pisa nos galhos grossos baixos, só o suficiente para ela poder pular o muro. A ação é tão natural que ela já devia ter feito aquilo antes. Ela se segura no tronco para se apoiar quando pula do outro lado.

O chão lá é mais alto, com pequenos caminhos à frente serpenteando entre as árvores e pontilhado de jacintos. Lorna observa o local onde viu a luz na noite anterior. Ela não sabe bem o que espera encontrar. Pegadas, talvez? Se bem que o chão está muito seco. Mas ela repara em uma coisa. Uma área de jacintos está amassada, como se alguém tivesse pisado neles recentemente. Ela chega mais perto, os olhos observando o chão, e então vê outra coisa em meio às flores pisoteadas. Três bitucas de cigarro.

Ela não imaginou o que viu na noite anterior. Alguém andou pela escuridão do bosque. Alguém ficou observando a casa. Observando-*os*.

PARTE DOIS

Rose

Véspera de Natal, 1979

O vilarejo nunca tinha estado tão bonito quanto na noite em que eu conheci Daphne Hartall.

Luzes brancas aconchegantes estavam penduradas entre postes na rua e cintilavam embaixo do céu escuro; o coral da igreja ocupava os degraus da cruz do mercado e cantava "Noite feliz" na frente de uma árvore de Natal enorme, e algumas barracas bambas tinham sido montadas nas extremidades da praça. Melissa Brown, dona do único café em Beggars Nook, criativamente chamado Melissa's, tinha deixado o local aberto para servir bebidas quentes e torta de carne. O cheiro de amêndoas assadas e vinho quente preenchia o ar.

E, naquele Natal, você já tinha idade para apreciar a magia de tudo aquilo.

— Mamãe. Bebida?

Eu olhei para você. Seu narizinho estava vermelho de frio e o cachecol rosa que eu tinha tricotado estava puxado até o seu queixo. Já estava escuro e nem era hora do chá ainda.

— Por que não? — Eu sorri e segurei sua mão macia coberta de lã. — Que tal um chocolate quente?

Você deu gritinhos de empolgação e tentou me puxar pela praça.

Foi nessa hora que eu a vi.

A mulher que ia mudar a minha vida. Se bem que, claro, eu ainda não sabia disso.

Ela parecia triste. Esse foi meu pensamento inicial. Ela estava parada sozinha perto da cruz do mercado, soprando as mãos expostas enquanto assistia aos cantores do coral. Estava usando um casaco fino de veludo verde-oliva com remendos coloridos e a calça estava larga nas coxas. Ela era magra, observei, os ossos da clavícula se projetando na camisa. A boina de crochê estava enfiada no cabelo louro comprido dividido no meio e ela estava com uma bolsa grande no ombro. Ela era nova no vilarejo, eu percebi. Estava na cara. E eu fazia questão de ficar de olho nos recém-chegados, ainda que ficasse quieta no meu canto. Eu tinha que fazer isso. Pela minha segurança. E pela sua. Aquele vilarejo tranquilo nos cafundós das Cotswolds era aonde as pessoas iam para se esconder. E eu reconhecia uma semelhante quando via.

— Mamãe — você chamou.

— Desculpa, Lolly — falei, afastando meu olhar da estranha e te seguindo para o café.

Seus olhos castanhos enormes se iluminaram quando Melissa entregou o chocolate quente em um copo de isopor, com uma espiral de chantili em cima. Eu ri e falei que você nunca ia conseguir tomar tudo. Depois, paramos do lado de fora do café, os dedos em volta dos copos quentes, você lambendo o chantili de cima do chocolate quente e eu a procurando no meio das pessoas reunidas perto da árvore de Natal. Eu a via se movendo pela multidão, os ombros encolhidos por causa do frio, o olhar inquieto como o de quem tem medo. Ela parecia um animal acuado. Era assim que eu estava quando fui para o vilarejo três anos antes, grávida de você e desesperada por um novo começo?

— Espera um segundo, querida. Eu só quero falar rapidinho com a Melissa.

Soltei a sua mão e entrei no café. Melissa Brown era uma mulher grande com cabelo grisalho até os ombros, dividido no meio e preso nas laterais, com quarenta e tantos anos, antiquada tanto na postura quanto na aparência. Ela nunca tinha se casado e viveu em Beggars Nook a vida toda. Como resultado disso, ela sabia tudo sobre todo mundo. Bem, quase todo mundo. Eu sabia que ela me achava um enigma porque já tinha me dito em várias ocasiões. *Rose querida*, normalmente dito quando minhas mãos estavam entre as dela, grandes e úmidas. *Você é um enigma.* Isso costumava ser dito depois que eu evitava uma das muitas perguntas dela. Mas ela sempre tinha sido gentil comigo e tentado me envolver na vida do vilarejo.

O café estava tranquilo. A maioria das pessoas ainda estava perto da cruz do mercado ou vendo as barracas cheias de festões coloridos e decorações exageradas. Você já tinha me convencido a comprar uma delas: uma fadinha dourada para colocar no alto da árvore.

— Melissa — falei, baixando a voz embora só estivéssemos nós duas no café. — Você não sabe quem é aquela mulher, sabe? A magra de boina de crochê?

Melissa secou as mãos no avental florido e olhou na direção da mulher. Ela fez que não.

— Nunca a vi. Ela pode ser do vilarejo ao lado. Ah, e antes que eu esqueça, Nancy falou que alguém se interessou pelo anúncio que você botou na vitrine dela. De inquilino, sabe?

Nancy trabalhava na loja do vilarejo e era irmã mais nova de Melissa. Eu deixei o anúncio vago de propósito e pedi a Nancy para anotar os detalhes de qualquer pessoa interessada para que eu fizesse contato em vez de dar minhas informações. Nem nome botei. Não podia correr o risco.

— Que ótimo. — Eu já sabia que, se fosse um homem que tivesse perguntado, eu não faria contato.

Eu tinha cometido um erro com a inquilina anterior. Ela era do sexo certo, mas tinha feito perguntas demais. Queria ser amiga. Ela teve que ir embora.

— Vou pedir a Nancy pra te passar os detalhes. Pode ser amanhã?

Eu assenti, mas já estava distraída, me afastando do balcão na direção de onde eu tinha te deixado, ao lado da porta aberta.

Eu congelei. Você tinha sumido.

Eu só tinha dado as costas por uns poucos minutos. Foi burrice minha. Eu normalmente não te perdia de vista. Mas me senti atipicamente segura naquele momento, sabe, cercada de uma alegria coletiva de Natal e de pessoas que não me conheciam de verdade, mas que eu observava havia três anos, de longe, para ver em quem podia confiar. Todas pareciam pessoas honestas e trabalhadoras. O sal da terra. E eu achava que podia confiar em você, que eu tinha incutido em você, desde que você aprendera a andar, que era para ser cuidadosa e ficar perto de mim. Não sair andando por aí. Mas você era só uma garotinha. Só tinha dois anos e meio. Uma garotinha hipnotizada pelo brilho do Natal.

Você tinha sumido.

— Lolly! — gritei, sem conseguir afastar o pânico da voz.

Eu saí do café e fui para a rua. Meus olhos percorreram as calçadas e a praça, o grupo de cantores do coral, que tinha terminado "Noite feliz" e começado a se dispersar. Só um minuto tinha se passado, no máximo dois. Você não podia ter ido muito longe. Mas eu não te via em lugar nenhum. Não via seu casaquinho vermelho nem seu cachecol rosa nem o gorro estampado com pompom no alto. O sangue ecoou nos meus ouvidos.

— Você está bem? — Ouvi a voz de Melissa atrás de mim, mas estava distorcida, como se debaixo d'água.

— Ela sumiu! Lolly sumiu! — gritei. — Não estou vendo ela. Não estou vendo ela em lugar nenhum.

As pessoas estavam andando ao redor, rindo, conversando, tomando vinho quente. Eu queria gritar com todas. SAIAM DA FRENTE! CADÊ ELA? CADÊ MINHA FILHA? Eu sentia as lágrimas surgindo nos olhos, o pânico apertando meu peito.

Ele levou você. Era a única coisa em que eu conseguia pensar, sem parar, se repetindo como um filme de terror na minha mente.

Eu passava pelas pessoas chamando seu nome. Sentia Melissa atrás de mim, tentando me acalmar, mas eu não conseguia absorver o que ela estava dizendo. Eu estava em pânico. Um pânico cego: eu tinha ouvido pessoas o chamando assim e a sensação era exatamente essa. Eu estava cega de medo.

Eu abria caminho entre as pessoas, Melissa logo atrás. Eu a ouvia perguntando se alguém tinha visto uma garotinha de casaco vermelho de lona.

Mas aí, você apareceu. Eu te vi no meio da multidão, segurando a mão da mulher misteriosa que depois passei a conhecer como Daphne Hartall. Você estava sorrindo, mas estava com marcas de lágrimas secas nas bochechas.

Eu corri até você, quase arranquei você da mulher alta e magra curvada e me abaixei, abracei você, inspirei seu cheiro doce familiar.

— Graças a Deus, graças a Deus, graças a Deus.

— Desculpe — disse a mulher. A voz dela era rouca. — Ela parecia perdida e eu falei que a ajudaria a encontrar a mãe. — Eu reparei que ela estava segurando seu copo de isopor, a borda grudenta de chocolate.

Eu me empertiguei, segurando sua mão. Sem querer soltar nunca mais.

— Viu? — disse uma voz atrás de mim. Era Melissa, os seios fartos subindo e descendo enquanto ela tentava recuperar o fôlego. — Eu sabia... — respira, respira — ... que ela estaria bem.

— Obrigada, Melissa. Me desculpe... pela reação exagerada.

Ela assentiu, a mão apertando o peito, e disse que tudo bem e que ela tinha que voltar para o café. Mas me olhou de um jeito estranho por cima do ombro quando foi se afastando. Eu sabia o que ela estava pensando: que eu era uma mãe superprotetora. Histérica.

Houve alguns momentos de silêncio constrangedor e a mulher disse:

— Eu sou Daphne.

— Rose. E essa é a Lolly.

Ela sorriu e seu rosto se iluminou todo, fazendo com que ela parecesse menos severa, menos angular. Agora que estava perto dela, eu via que as pontas dos cílios compridos estavam azuis.

— Sim, ela me falou. Um nome incomum.

— É Lorna. Mas ela tem dificuldade de dizer. Ela se chamou de Lolly e ficou. Bom, obrigada de novo. — Eu hesitei, me perguntando se deveria perguntar. — Você é nova no vilarejo?

Ela assentiu.

— Estou ficando em um dos quartos no Veado e Faisão. Mas estou procurando um lugar pra morar. Um lugar mais permanente. Ao menos por um tempo.

Eu me perguntei se tinha sido ela quem perguntou sobre meu anúncio.

— Eu talvez possa ajudar com isso.

Eu sorri para ela. Ela sorriu com timidez e mostrou os dentinhos brancos. Era o destino, pensei. Era para nos conhecermos.

Como eu me enganei.

12

Saffy

Minha mãe está atipicamente calada no trajeto para ver a vovó. Fica olhando pela janela quando passamos pela praça do vilarejo, pela cruz do mercado e pelo café, o Beggars Bowl. Atrás, a torre da igreja cintila no sol forte. Choveu à noite e o ar está com um toque fresco e lavado, fazendo tudo parecer mais colorido e mais intenso. Ela está pensando no Alberto? Ela não falou muito nele. Eu passei boa parte da tarde anterior mostrando o vilarejo para ela enquanto nos lembrávamos da vovó, Tom discretamente para trás com Snowy. Minha mãe pareceu saber instintivamente o caminho até o café e, quando subiu os degraus de pedra da cruz do mercado, ela disse que teve sensação de *déjà vu*.

— Aquilo ali — disse ela, apontando para uma construção ao lado da igreja. — Tenho certeza de que era uma escolinha ou escola dominical ou algo do tipo.

Eu tinha reservado uma mesa para nós almoçarmos no Veado e Faisão, sabendo que ela adoraria, pois já ganhou prêmios pela comida; a minha mãe é a maior fã de boa comida que eu conheço. Ela estava atipicamente tensa quando andamos pelas ruas de paralelepípedo e ficava perguntando se era fácil chegar no bosque atrás do chalé. Minha mãe raramente fica tensa. Ela é uma pessoa descontraída e feliz, sempre procurava o lado bom das situações. Quando eu perguntei o que havia de errado, ela balançou a cabeça, quase agredindo a si mesma com os brincos enormes, e passou o braço no meu.

— Nada, minha doce menina. Eu amo estar aqui com você. Agora, me mostra onde fica o tal gastro pub adorável. Eu daria tudo por um rosbife.

— Está tudo bem com você? — pergunto agora enquanto saímos do vilarejo e vamos na direção da M4.

Ela se vira para mim e abre um sorriso deslumbrante. Mas, por baixo da maquiagem bem-feita, ela parece cansada.

— Claro. Por quê?

Porque você não está falando como uma metralhadora, como sempre.

— Você só está um pouco... *mais calada* do que o habitual — digo, querendo ser diplomática.

— Eu estou pensando na sua avó, só isso. Será que ela vai estar lúcida pra esse interrogatório de hoje?

O sol some de repente e tudo fica meio sombrio.

— Eu também estou preocupada com isso. Não quero que ela sinta medo, mas pelo menos vai acontecer lá onde ela mora. E é bom que você só vai embora no sábado, pra poder ver a vovó de novo antes de ir.

Minha mãe se mexe no banco e ajeita a roupa. Ela está usando uma blusa justa estilo corpete de brim que aperta um pouco o peito, calça branca e sandálias de salto castanhas. As unhas dos pés estão recém-pintadas de fúcsia. Eu não faço as minhas desde o Natal. Não que importe, porque eu vivo de tênis, mesmo no calor. Se eu usar sandálias, vão ser minhas Birkenstocks velhas de guerra, que minha mãe sempre chamou de *incrivelmente feias*.

— Estou pensando em ficar um pouco mais. — Ela faz uma pausa. — Você se importa?

Tento imaginar o que a fez decidir prolongar a estada. Eu achei que uma semana seria mais do que suficiente para ela. Ao fim desse tempo, ela já vai estar morrendo de saudade do Alberto e da praia.

— Claro que não me importo — digo, embora não seja exatamente verdade.

A personalidade da minha mãe ocupa o chalé todo e tudo parece menor ainda. Ela não consegue evitar de tomar conta de tudo: cozinha para nós mesmo se não estivermos com fome e, quando estamos prestes a relaxar no sofá, me pede para pegar roupas que ela possa botar na máquina. Eu me sinto culpada quando ela começa a lavar tudo e penso que preciso ajudar, apesar de Tom e eu normalmente deixarmos para o dia seguinte e preferirmos relaxar na frente da televisão. Tom é ótimo com ela, mas eu vi a tensão no rosto dele quando ela conversou com ele na noite anterior enquanto ele tentava ver *The IT Crowd*. — E o seu trabalho?

— Eu posso tirar uns dias de licença não remunerada. Eles me devem mesmo muitos dias de férias.

— Tudo bem. Você sabe que pode ficar o tempo que quiser, mas eu preciso trabalhar. Tenho um prazo — digo, o que é verdade e com sorte significa que ela vai entender que eu não tenho tempo de ficar o dia todo batendo papo.

Ela estica a mão e bate com carinho no meu joelho, as pulseiras tilintando.

— Não precisa se preocupar comigo. Faz o que você costuma fazer e finge que eu não estou aqui.

Tenho vontade de rir. Isso não é possível com a minha mãe.

— Alberto não vai se importar?

Ela balança a mão em um gesto de desdém.

— Deixa isso comigo. Vai ficar tudo bem.

Eu afasto minha preocupação. Não consigo deixar de pensar que minha mãe está fugindo da vida na Espanha, dos problemas que ela sem dúvida está tendo com Alberto. Sinto culpa de ter Tom e um bebê a caminho e minha mãe nunca ter conseguido se acertar.

Ela solta uma risada estridente que me faz pular.

— Querida, você está tão séria. Para de se preocupar.

— Eu não estou.

— Você está mordendo o lábio de novo. Você sempre faz isso quando fica preocupada. Eu sou uma mulher adulta. Vou ficar bem. Não precisa se preocupar comigo... Eu que preciso me preocupar com *você*.

Eu franzo a testa.

— Por que você precisa se preocupar comigo?

— Eu quis dizer... — Ela gira o anel no indicador. Meu pai que deu para ela. É de safira, é lindo e, apesar de eles terem se separado anos antes, ela nunca o tira. — Ah, no geral, sabe. Coisa de mãe.

Por que tenho a sensação de que tem alguma coisa que ela não está dizendo?

O sol sai de trás de uma nuvem, forte e ofuscante, e eu preciso baixar o para-sol. Mas minha mãe está certa. Eu estou tensa. Estou com medo de acabar vomitando meu chá descafeinado e meia torrada, de ver a polícia, desse interrogatório da vovó. Do que ela vai dizer.

Quando chegamos, vovó está sentada na cadeira de sempre no canto da sala. O sol entra pelo vidro e está quente e abafado lá dentro. As portas de vidro estão fechadas e a vovó está usando um suéter rosa. Ela deve estar morrendo de calor.

Ela não está montando quebra-cabeça hoje. Só está olhando pelas portas de vidro, mergulhada em pensamentos, para o quintal lá fora. Eu queria saber em que ela está pensando.

— Nossa — diz a minha mãe, botando a mão no pescoço. — Ela está tão menor e mais magra do quando a vi pela última vez. — A voz dela trava.

Eu engulo o nervosismo e olho o relógio. Passa um pouco das 10h. A polícia disse que ia chegar às 10h30.

Joy, a gerente da casa, uma mulher magra e eficiente com cinquenta e tantos anos, vai até onde estamos, na porta.

— Rose está num dia bom — diz ela. Ela sorri, mas o sorriso não chega aos olhos por trás dos óculos de aro de chifre. Ela sempre está com ar de incomodada. — Eu aviso quando a polícia chegar. Não quero que eles entrem e distraiam os outros residentes.

Minha mãe assente, agradece a Joy e nós vamos até a vovó. Tem um sofá de madeira de dois lugares ao lado dela e nós nos sentamos nele juntas.

Vovó não repara quando chegamos lá, só continua olhando para longe. Ela está de dentadura. Estou tão acostumada a vê-la sem que o efeito muda o formato do rosto, acentua a mandíbula e faz com que ela pareça mais severa.

— Oi, vovó — começo, me mexendo na direção dela. Estou sentada mais perto.

Minha mãe se inclina por cima de mim e estica a mão para segurar a da vovó.

— É muito bom te ver, mãe. Você está ótima.

Mas a vovó se vira e franze a testa para a minha mãe. O rosto dela está vazio.

— Quem é você?

Meu coração despenca.

— Sou eu. Lorna. Sua filha. — A voz da minha mãe oscila.

O rosto da vovó é tomado de pânico.

— Eu não tenho filha.

Meus olhos se enchem de lágrimas quando vejo a expressão arrasada da minha mãe e pisco rapidamente para que não caiam. Isso não vai ajudar ninguém. Minha mãe se recupera rapidamente.

— Claro que tem. É uma neta. — Mas ela puxa a mão da mão da vovó.

Vovó se vira para mim com uma fagulha de reconhecimento nos olhos.

— Saffy!

Eu abro um sorriso e tento não olhar para a minha mãe.

— Oi, vovó.

— Como está aquele amor de homem que você tem?

— Está bem.

— Espero que você continue dando comida pra ele.

Eu dou uma risada. Minha mãe se encostou no sofá, se sentindo arrasada.

— Não é quinta-feira. Você costuma vir me ver às quintas.

Às vezes, eu fico chocada com o quanto a vovó consegue ser ligada. E em outras vezes parece que alguém entrou escondido na casa de madrugada e apagou a memória dela. Parece muito cruel ela não conseguir se lembrar da minha mãe se está tão lúcida para outras coisas.

— É segunda, você tem razão. Mas hoje a polícia vem. Lembra que na semana passada eu contei sobre os corpos no quintal?

Vovó fica tensa e a minha mãe se inclina para a frente com expectativa.

— Por que a polícia precisa me ver?

— Só querem te fazer umas perguntas, só isso, porque você morava na casa.

Ela aperta os olhos.

— Tenta responder da melhor maneira que puder. Você... você falou sobre uma Sheila da última vez. E um Victor.

— Sheila. Garotinha malvada.

Quem é essa Sheila de quem ela fica falando? Mesmo que eu queira saber mais, eu preciso que ela se concentre no assunto da vez.

— Você se lembra de quando morou no chalé, vovó?

Vovó enrijece.

— Claro que lembro. Eu não sou burra, porra.

Eu fico surpresa. Vovó nunca falou comigo assim e eu nunca a ouvi falar palavrão.

— Eu sei que você não é burra — digo suavemente.

A voz da minha mãe soa mais alta.

— Acho que devemos deixar o interrogatório pra polícia, querida.

— Eu não estou interrogando — digo, lançando um olhar para a minha mãe. Mesmo sabendo que estou.

Mas minha mãe não sabe como lidar com a vovó. E eu sei. Nós três caímos em um silêncio tenso. Eu sei que minha mãe está pensando que a vovó esqueceu quem ela é. E eu entendo o quanto isso é doloroso, mas ela faz isso comigo também às vezes. Minha mãe não veio ver a vovó com muita frequência desde que ela foi internada na casa. Eu devia tê-la avisado que às vezes isso acontece.

— Jean bateu nela — diz vovó de repente, quebrando o silêncio.

Eu me inclino para ela.

— Quem é Jean?

— Jean bateu nela. Jean bateu na cabeça dela e ela caiu no chão.

Prendo a respiração, sem querer interromper o fluxo. Sinto a tensão que irradia da minha mãe.

Será que a vovó sabia alguma coisa sobre os corpos, afinal?

Nós esperamos... um momento, dois... Ao meu lado, minha mãe abre a boca e eu balanço a cabeça para ela. *Não*, eu imploro silenciosamente para ela. *Não fale.*

— Eu não sabia o que fazer. Todos diziam que ela era malvada. Todos diziam que ela era má pelo que fez. Victor estava tentando nos machucar.

Eu me inclino para frente com cuidado para não atrapalhar.

— Vovó... você está dizendo que alguém que se chama Jean matou a mulher em Skelton Place? — Eu me viro para olhar para a minha mãe, horrorizada.

— Victor... Sheila...

Eu massageio as têmporas. Sinto uma dor de cabeça chegando. Vovó está confusa e eu também. É só a demência falando, digo para mim mesma. Antes da minha última visita, eu nunca a tinha ouvido mencionar aqueles nomes.

Felizmente, Joy se aproxima de nós naquele momento.

— A polícia está aqui — sussurra ela, olhando ao redor para ter certeza de que os outros residentes não ouviram. — Acho que vocês deviam vir comigo.

13

Lorna

Elas seguem Joy até uma sala no corredor, que tem lareira e papel de parede flocado em azul-claro. Saffy está segurando o braço da avó e o coração de Lorna está silenciosamente partido. Partido não só com a visão da mãe parecendo muito mais velha do que na última vez em que ela a visitou, seis meses antes, mas pelo choque de ela não a reconhecer. Ela sabe que não tem visitado tanto quanto deveria. Fica difícil, estando da Espanha. Isso é o que ela sempre disse para si mesma, pelo menos. No entanto, no fundo, ela reconhece que poderia ter feito isso mais vezes se realmente quisesse. É uma viagem de apenas noventa minutos de avião. Mas tinha sido mais fácil não pensar na mãe definhando na casa de repouso, o cérebro confuso. Tinha sido mais fácil em vez disso focar homens ridiculamente sarados e inadequados. Agora, a culpa a consome. Ela tem sido uma filha terrível.

As duas poltronas floridas posicionadas uma de cada lado da lareira estão ocupadas por homens, ambos de camisa de gola aberta, calças elegantes e um brilho de suor no rosto. Está ainda mais quente ali do que na sala. O mais velho dos dois, com uns quarenta e poucos anos, desconfia Lorna, calvo, olhos azuis e mandíbula esculpida, se levanta quando elas entram. O mais jovem, com vinte e tantos anos, baixo e atarracado com cabelo espetado da cor de água suja de lavar a louça, permanece sentado. Ele está tomando o que parece ser um milk-shake de chocolate em um copo transparente do Starbucks.

— Sou o detetive Matthew Barnes — diz o mais velho, apertando as mãos delas por cima da mesa de centro. — E esse é o meu colega, o detetive Ben Worthing. Nós somos da polícia de Wiltshire. — Ben acena com a cabeça para todas elas. Ela percebe que seu olhar permanece em Saffy.

O detetive Barnes volta ao seu lugar e Joy se agita em volta delas, conduzindo-as para as cadeiras em frente aos policiais, anotando pedidos de café e chá. Lorna e Saffy ladeiam sua mãe, que fica pequena na cadeira e parece muito confusa, os dedos entrelaçados no colo, os olhos indo de um homem para o outro como uma criança nervosa. Lorna estende a mão e pega a da mãe para tranquilizá-la. Ela fica aliviada quando Rose a deixa fazer isso.

— Não quero que você se preocupe, Rose — diz o detetive Barnes, gentilmente. — Este é um bate-papo informal. Só estamos reunindo informações neste momento. Como estamos fazendo com todos ligados à propriedade. — Ele deixou um caderno e uma esferográfica na mesa à frente. Ele abre o caderno e tira a tampa da caneta, preparado.

Sua mãe não diz nada, só olha para frente, bebendo o chá que Joy fez a gentileza de levar.

— Posso pegar umas informações primeiro, Rose? Tipo sua data de nascimento?

Sua mãe de repente parece em pânico e baixa a caneca.

— Eu... hum... julho... não, agosto... 1939, eu acho...

— Você nasceu em 1943, mãe — diz Lorna. Ela se vira para o detetive Barnes. — Vinte de março de 1943.

— Ah, sim, sim, 1943. No meio da guerra, sabe.

Sua mãe toma outro gole de chá e estala os lábios. Lorna olha por cima da cabeça dela para Saffy, que olha de volta para ela com ansiedade.

Vai ser um desastre. Como eles podem prosseguir com aquilo se sua mãe nem consegue se lembrar da própria data de nascimento?

— E você foi diagnosticada com Alzheimer? — pergunta o detetive Barnes.

Sua mãe não diz nada, então Lorna acrescenta:

— Sim, no verão passado.

Saffy se mexe na cadeira. Lorna percebe que ela mal tocou no copo de água.

— Obrigado, Lorna — diz o detetive Barnes, assentindo para ela se sorrir. — Então, Rose, minhas anotações dizem que você começou o processo para alugar a casa em abril de 1981.

Ela balança a cabeça.

— Eu... não sei.

Ele olha o caderninho preto.

— Nós sabemos que seu primeiro inquilino foi em junho de 1981. Um casal que alugou sua casa por dez anos. Já falamos com eles. Mas antes disso você morou na propriedade por quase quatro anos. Alguém morava lá com você?

— Eu... tinha uma pessoa.

Isso é novidade para Lorna. Ela se senta mais ereta. E percebe que Saffy faz o mesmo.

— Uma pessoa? Inquilino ou inquilina? — pergunta o detetive Barnes.

— Inquilina. Daphne... Daphne Hartall. — Ela diz o nome quase com prazer, como se não o dissesse havia muito tempo e gostasse de como se forma nos lábios.

Sua mãe nunca mencionou uma Daphne antes.

— Você lembra em que ano foi isso? — pergunta Barnes.

— Acho que em 1979. Não, 1980. — Ela toma o chá fazendo barulho e respinga um pouco no suéter rosa. A mão de Saffy paira perto da caneca, pronta para ajudá-la. — O último ano em que fiquei no chalé.

— E quantos anos Daphne tinha?

— Ela tinha... ela tinha a mesma idade que eu, eu acho. Uns trinta e poucos. Ou... talvez quarenta... eu... — Os olhos dela vão de um lado ao outro. — Não lembro exatamente...

— E o que aconteceu com ela?

— Eu... não sei. Ela foi embora. Nós perdemos contato.

— Vocês eram amigas?

— Sim. Sim, nós éramos amigas. — Ela parece mal-humorada agora. Como ela ficava com Lorna quando ela perguntava sobre o pai.

— E alguma de vocês recebia... amigos do sexo masculino naquela época?

Sua mãe se move de repente e um pouco de chá salta do copo e escorre pelo peito.

Saffy está com uma expressão de dor.

— Aqui, vovó, me dá a caneca — diz ela, o alívio inundando o rosto quando ela a segura nas suas mãos e coloca na mesa.

— Rose... — pergunta o detetive Barnes. — Visitantes do sexo masculino?

Sua mãe estremece.

— Não. Não, nós estávamos com medo... do Victor.

Lorna franze a testa. Victor novamente. Quem é esse Victor?

— Por que você estava com medo, Rose? — pergunta o detetive Barnes gentilmente.

— Victor queria machucar o bebê. — Ela toca na barriga macia como se lembrasse como era estar grávida. *Ela quer dizer eu?*, especula Lorna. *Não pode ser eu. Ela me disse que meu pai morreu antes de eu nascer.*

Sua mãe sempre foi tão superprotetora quando Lorna era criança, insistia em pegá-la no ônibus da escola todas as tardes, quando todos os seus amigos tinham permissão para caminhar para casa sozinhos. Ela nunca a deixava ir longe, sempre queria saber aonde Lorna estava indo e que horas estaria de volta e, caso ela se atrasasse, ligava para os pais dos seus amigos. Isso era tão constrangedor que Lorna fazia questão de sempre voltar a tempo. Era por isso? Porque ela estava com medo de um homem chamado Victor?

O detetive Barnes franze a testa.

— Quem é Victor? Você se lembra do sobrenome dele?

Ela balança a cabeça.

— Já tem tanto tempo... — Ela se vira para Saffy e diz: — Eu não quero responder a mais perguntas. Quero assistir a *Bargain Hunt*.

— Ah, vovó — diz Saffy, pegando a mão dela. — Não vai demorar, não é, detetive?

O detetive Barnes assente.

— Só mais um pouco, por favor, Rose. Você se lembra de mais alguma coisa sobre Victor? Ele foi ao chalé alguma vez?

— Não. Não sei. Eu... — Ela pisca rapidamente. — Eu não lembro.

— Há mais alguma coisa que você possa me contar sobre Daphne?

— Não. Como eu já disse, ela morou no chalé comigo por um tempo. Um ano, eu acho. E foi embora. Seguiu em frente. Sim... sim, ela seguiu em frente.

— E você teve outros inquilinos nessa época?

— Não. Ah, sim, sim, eu tive. Antes da Daphne. Mas ela não ficou muito tempo.

— Você se lembra do nome dela?

— Não...

O detetive Barnes respira fundo.

— Tudo bem. Bom, nós vamos precisar investigar isso. E você testemunhou alguém se machucando no chalé?

— Jean bateu na cabeça dela.

O coração de Lorna se aperta.

O detetive Barnes olha para o colega e de volta para sua mãe.

— Jean? Quem é Jean, Rose?

— Jean bateu na cabeça dela e ela não se levantou mais.

O detetive Barnes descruza as pernas, o rosto passivo, mas Lorna vê o tremor de excitação nos cantos da boca dele.

— Jean bateu na cabeça de Daphne?

— Não.

— Então de quem?

Há confusão no rosto da sua mãe. Ela parece cansada, com olheiras.

— Não sei.

— Acho que já é o suficiente para minha mãe, não é? — interrompe Lorna. Aquilo parece errado para ela. Como é possível acreditar em qualquer coisa que sua mãe diga?

O detetive Barnes assente, derrotado.

— Tudo bem. — Ele se vira para Lorna. — Mas, se sua mãe se lembrar de mais alguma coisa, qualquer coisa, por mais insignificante que possa parecer, por favor, nos avise.

Lorna fica no corredor e observa Saffy e Joy acompanhando a mãe de volta à sala. Ela está tagarelando sobre *Bargain Hunt* e ainda dá para ouvir a voz dela quando ela vira a esquina: um sotaque cockney forte mesmo depois de tantos anos. Não parece haver nenhum dano duradouro, mas ela ainda está furiosa com o detetive Barnes. Ela quer ter uma conversinha com ele.

Ela fica no corredor até ele sair da sala, com Ben Worthing logo atrás. Ela pendura a bolsa no ombro e anda até ele.

— Aquilo foi mesmo necessário? Ela é uma mulher idosa com demência, caramba. Espero que você não tenha levado essa história de Victor e Jean a sério. Ela está confusa, só isso. Não sabe o que está dizendo.

O detetive Barnes parece surpreso com a explosão dela.

— Nós temos que interrogar todo mundo que morou na propriedade durante aquela janela de tempo — diz ele calmamente. Ela não consegue imaginá-lo erguendo a voz. — Esse é um crime sério e nós precisamos do máximo de informações que pudermos obter. Mas, sim, eu entendo que Rose tem demência. Não vou levar tudo que ela diz estritamente a sério. No entanto, pode haver algo no que ela está dizendo, e eu não estaria fazendo meu trabalho se não investigasse isso.

— Minha mãe não vai saber de nada. Você disse que falou com as pessoas que alugaram a casa dela. Alguém deu alguma luz?

Ele suspira.

— Não até o momento. Mas, como falei, neste estágio nós só estamos tentando verificar o máximo que podemos sobre quem estava morando na propriedade e quando. Também estamos trabalhando para identificar os corpos. Quando soubermos quem eram e quando exatamente morreram, vai ser mais fácil...

Eles são interrompidos pelo ruído gorgolejante de um líquido sendo sugado por um canudo e se viram a tempo de ver o detetive Worthing terminando um milk-shake. Lorna olha para ele de cara feia e ele tem a dignidade de parecer envergonhado.

— Te encontro no carro, chefia — diz ele, e sai do prédio.

Chefia? Sério? Ela revira os olhos. O detetive Barnes repara porque diz na mesma hora:

— Ele é novo. Acho que viu episódios demais de *The Sweeney*.

Os lábios dela tremem, mas ela se recusa a rir. Ele não vai escapar tão fácil.

Ela mexe os pés. Uma das sandálias está roçando na bolha nova.

— O que vai acontecer agora?

Ele olha para ela longamente com uma expressão que ela não consegue interpretar. Ela se pergunta se é pena.

— Vamos manter contato.

14

Saffy

Quando voltamos, Tom ainda está trabalhando, e minha mãe diz que vai começar o jantar e levar Snowy para dar uma volta. Ainda está quente, o sol aparecendo entre as árvores. Quando passo pelo número oito, Brenda Morrison sai correndo, ainda de chinelos de pele de cordeiro.

— Ei, eu queria ter uma palavrinha com você! — diz ela de cara amarrada.

Eu paro e tento sorrir educadamente, me virando para ela. Eu nunca falei com Brenda nem com o marido dela, Jack. Nenhum dos dois nos fez nos sentir bem-vindos quando nos mudamos. Sem mencionar que foram contra a obra. Eles sempre estão reclamando de alguma coisa: a posição da nossa lixeira, o som dos empreiteiros perfurando, Snowy latindo no quintal.

— Como vai, Brenda? — pergunto.

— Nada bem. Estou de saco cheio desses jornalistas vindo aqui o tempo todo. Semana passada tinha um no nosso quintal, tirando fotos por cima da cerca. É inaceitável. Está fazendo o refluxo do meu Jack voltar.

— Eu sinto muito. Eu também odeio a presença deles.

— Nós moramos aqui há mais de trinta anos e nunca passamos por isso.

— Eu não sei o que eles querem. Não há nenhuma informação nova e talvez não tenha por um tempo — digo. O detetive Barnes falou mais cedo que está examinando as listas de pessoas desaparecidas entre 1970 e 1990 pra tentar identificar os corpos. Pode levar meses.

— E a polícia também veio aqui semana passada pra fazer perguntas — continua ela, como se eu não tivesse falado. — E posso te dizer o que falei pra eles: nós moramos aqui há mais de trinta anos, e se duas pessoas tivessem sido mortas e enterradas no quintal vizinho, bem — ela cruza os braços sobre o peito —, nós teríamos visto. Nada passa batido por mim.

Isso não me surpreende.

— Trinta anos? Então vocês chegaram aqui em...

— Em 1986. Compramos a casa de um casal adorável. Eles queriam se mudar para um bangalô perto do filho.

— Você não conheceu a minha avó? Rose Grey? Ela não morava aqui na época, mas era a proprietária. Não sei se ela vinha ou...?

Mas ela balança a cabeça.

— Não. Quando nós nos mudamos, eram Beryl e Colin Jenkins que moravam na sua casa e eu não me lembro de ter conhecido nenhuma Rose Grey.

Snowy puxa a guia e eu me curvo para fazer carinho nele.

— E depois deles foram o sr. e a sra. Turner? — pergunto, lembrando a conversa da sra. McNulty no mercado.

Brenda me olha de cara feia e, quando penso que ela vai se recusar a falar, ela se inclina na minha direção e percebo que, apesar de toda a chatice dela, ela está gostando da fofoca. Ela puxa o cardigã creme em volta do corpo magrelo.

— Os Turners, Valerie e Stan, se mudaram pra cá por volta de 1988 ou 1989. Tinham um filho esquisitinho. Sempre se metia em confusão.

— Você se lembra do nome do filho?

— Harrison. Sim, é isso, eu lembro por causa do George Harrison. Ele era louco. Eu sentia pena da mãe e do pai. Eles eram mais velhos. Stan tinha uma artrite horrível.

— Você contou isso pra polícia?

— Claro que sim. Contei semana passada.

Espero que tenham investigado o filho. Tomo uma nota mental de perguntar ao detetive Barnes.

— De qualquer modo — falo, tentando parecer alegre —, não tem nenhum jornalista agora. Talvez estejam tirando o dia de folga.

Mas ela pigarreia e volta correndo para dentro sem se despedir.

Mais tarde, conto minha conversa com Brenda para Tom enquanto estamos lado a lado na pia da cozinha, lavando as coisas do jantar antes que minha mãe insista em lavar tudo. Ela já rearrumou a gaveta de talheres. Eu contei nossa visita à vovó quando estávamos comendo.

Minha mãe foi para o quarto cuidar das bolhas nos pés. Não sei por que ela insiste em usar saltos para cima e para baixo. Uma pele de salmão prateada está grudada na travessa e eu desconto minha frustração esfregando com força. Estou desesperada por uma lava-louça, mas só Deus sabe quando poderemos recomeçar a obra. Parece que vai demorar para eu ter minha cozinha dos sonhos. Apesar de o quintal não estar mais sendo tratado como cena de crime e a polícia ter dito que podemos continuar a reforma, os empreiteiros só podem voltar em alguns meses porque agora eles pegaram um trabalho novo. Não consigo deixar de pensar se não é uma desculpa.

— O filho pode ser uma linha de investigação interessante para a polícia — diz Tom. — Talvez os pais dele tenham ajudado a encobrir tudo. — Reparo em uma gota de tinta branca no cabelo dele. Ele voltou do trabalho e colocou as roupas de obra, dizendo "Posso passar uma demão de tinta antes do jantar". O corrimão está quase pronto e ele quer começar o quartinho. Mas algo me impede... Toda vez que entro lá, eu me sinto estranha. É só desde que os corpos foram encontrados e eu sei que é porque as janelas de trás dão para o quintal e para o buraco gigante. É só um lembrete do que aconteceu, só isso. Eu sei que vou superar. Quando tudo acabar.

— Vovó mencionou Jean e Victor hoje — digo. — Eu acho que ela só está confusa, mas — eu suspiro — pela primeira vez eu comecei a questionar se ela sabe alguma coisa sobre os corpos. Como se estivesse tentando se lembrar de alguma coisa. Mas, depois de falar com Brenda... — Eu deixei as palavras no ar.

O detetive Barnes nos contou quando estávamos indo embora que a mulher que vendeu a casa para a vovó em 1977 está morta faz tempo. Ela não tem filhos, mas uma irmã com quem eles conversaram. Ele acrescentou que eles ainda estavam falando com as duas famílias que alugaram a casa da vovó entre 1981 e 1990, mas não mencionaram o filho dos Turners. Também disse que eles vão investigar Daphne Hartall e a outra inquilina. Parece que estão se esforçando para identificar os corpos, mas ele disse que seria um processo longo por causa do estado de decomposição. Parece uma tarefa hercúlea.

— Deve ser tão difícil pra sua avó. E difícil de saber se o que ela está dizendo significa alguma coisa ou é só falação por causa da demência — diz Tom enquanto seca um prato. Quase escorrega da mão dele.

— Cuidado! Esse é um dos únicos sem lascas.

Ele faz uma careta. É uma piada antiga o quanto ele é estabanado. Na noite em que nos conhecemos na faculdade em Bournemouth, ele me levou para o meu alojamento depois de eu beber demais. Deu para perceber na hora que ele era gentil: cuidou de mim, pegou água e fez uma torrada para eu mordiscar. Eu me lembro de olhar para o Tom enquanto ele atravessava minha sala com uma bandeja e de sentir uma pontada de carinho por ele, um cara gato, meio nerd, com cabelo louro um pouco grandinho e tentando me impressionar, quando ele tropeçou no tapete e o prato e a caneca voaram pela sala. Ele ficou paralisado de pavor e me olhou. Nós dois caímos na gargalhada e aquilo quebrou o gelo.

Desde então, ele escorregou no deque molhado quando fomos visitar com o corretor o primeiro imóvel que alugamos, tropeçou em um toco de árvore e quebrou o tornozelo em uma caminhada romântica no bosque e só no ano passado tropeçou no Snowy e deu mau jeito nas costas por uma semana. Sem mencionar todos os copos e pratos que ele deixou cair ao longo dos anos. Ele diz que não tem coordenação porque não se acostumou aos membros compridos e ao corpo alto. "Como um pastor alemão filhote crescendo rápido demais", brincava ele.

Tom coloca o prato com cuidado na superfície de alumínio e pega a travessa no escorredor com um cuidado exagerado que me faz rir.

Minha mãe entra correndo na cozinha. Ela está afobada.

— Eu acabei de ter uma ótima ideia — diz ela. — Por que nós não vamos olhar as coisas da sua avó? Com toda essa conversa sobre Jean e Victor, eu fiquei curiosa.

— As coisas dela? — digo, pegando o pano de prato de Tom para secar minhas mãos.

— Sim. Você sabe, as coisas que encaixotamos quando estávamos arrumando as coisas da casa de Bristol.

Eu franzo a testa.

— Nós demos tudo pra caridade. Os móveis e tal.

— Sim, sim, mas ficamos com as coisas pessoais, não foi, papelada e tal?

Ela parece impaciente. Eu faço que sim, me lembrando dos envelopes e caixas de papel que estavam enfiados no aparador e nós não tivemos tempo de olhar, ficamos dizendo que íamos fazer depois. Mas esquecemos e a minha mãe voltou para a Espanha. — O que você fez com tudo aquilo?

— Eu... — Eu tento pensar. — Pode estar no quartinho do sótão agora. Ainda temos muita coisa pra desencaixotar.

Minha mãe ergue uma sobrancelha para mim como quem diz "Mas você está morando aqui há meses!". Eu sei que ela teria feito tudo na primeira semana.

— Tudo bem. Nós temos que achar as caixas e olhar o que tem dentro.

Meu coração despenca.

— Peraí, mas agora?

Eu estava ansiosa por um pacote de Minstrels na frente da televisão e uma comédia romântica levinha, algo engraçado que afastasse minha mente de tudo que anda acontecendo.

O rosto dela se suaviza.

— Desculpa, querida. Eu sei que você deve estar cansada. Eu tinha esquecido como o segundo trimestre é exaustivo. Me mostra onde estão e eu olho.

Fico tentada, não vou mentir. Mas não posso deixar que ela faça tudo sozinha. Não seria certo.

— Tudo bem. Eu ajudo. Vem.

Lanço um olhar exasperado para Tom por cima do ombro. Ele sorri em solidariedade e diz que vai esquentar a água.

Nós as encontramos no sótão. As duas caixas grandes mais distantes, enfiadas em um canto debaixo das calhas. Tom subiu para ajudar a descê-las pela escada. Nós três nos sentamos no chão com uma bebida quente e remexemos nelas, Snowy com a cabeça no colo do Tom.

— Meu Deus, como sua avó guardava tralha — diz ele enquanto mexe em uma pilha de notas fiscais.

— Olha isso. — Eu mostro um livro castanho com capa de couro. — É um livro de poemas. Parece antigo. — Eu abro. As páginas estão amareladas e com cheiro de mofo. — Ah... uau.

— O que foi? — pergunta a minha mãe.

Com cuidado, eu tiro uma flor prensada do meio das páginas.

— É uma rosa prensada. — Está seca e quebradiça, mas o tom carmim-queimado ainda está vívido. — Alguém que ela amava deu isso a ela. — Eu coloco a flor com cuidado no livro e o entrego para a minha mãe. — São poemas de amor.

Os olhos da minha mãe brilham quando ela pega o livro e o vira nas mãos. Eu sei o que ela está sentindo. A vovó sempre foi tão fechada, nunca falava sobre o passado, os amantes, o marido. É difícil imaginar que ela tinha vida antes de ser mãe e avó. Uma vida em que ela ganhou uma rosa prensada em um livro de poemas. Uma vida em que ela esteve apaixonada.

— Pode ser que meu pai tenha dado pra ela — diz a minha mãe. — E fotos antigas? Tem alguma na sua caixa?

— Ela sempre teve poucas — digo, lembrando que pedi uma vez para ver umas fotos do meu avô e ela declarou que não tinha nenhuma, que as pessoas não tiravam fotos na época, o que eu achei difícil de ser verdade. Ela não cresceu na época vitoriana. — Você já viu alguma do seu pai? — pergunto para a minha mãe, que ainda está olhando para o livrinho de poesia. Ela o coloca no chão ao lado dos pés, relutante.

— Não, nunca. Ela disse que se perderam em uma mudança.

— Então você não sabe nada sobre ele?

— Não. Não muito. Ela não gostava de falar sobre ele, dizia que a chateava muito. — Ela continua remexendo na caixa. — Disse que ele tinha morrido antes de eu nascer. De ataque cardíaco. Nós nunca visitamos nenhum túmulo.

Eu penso no homem enterrado no quintal. Por um momento horrível eu me pergunto se podia ser meu avô. Afasto o pensamento da cabeça. Isso é ridículo. Eu não posso começar a duvidar da vovó agora. E aquele livro de poesias, a rosa seca. Eles devem ter sido apaixonados.

— Você conheceu alguém da família do seu pai? — pergunto à minha mãe.

Ela balança a cabeça.

— Não. Sua avó sempre dizia que os pais dele tinham morrido cedo, como os dela, e que os dois eram filhos únicos.

— E você não sabe mais nada sobre ele?

Minha mãe ergue o olhar da caixa e pensa sobre isso.

— Não. Acho que eu parei de perguntar. Ela nunca parecia querer falar sobre ele. — Ela se vira para a caixa e dá um grito de alegria que me faz pular. Está segurando um envelope A4 pardo na mão. — Tem fotos aqui!

Vou até onde ela está sentada, perto da janela.

— Quero ver.

Ela tira uma pilha de tamanhos diferentes e começa a olhar. A maioria é da minha mãe em vários estágios da infância, no quintal da casa de Bristol, mas aí ela puxa cinco ou seis fotos quadradas.

— Olha essas — diz ela, entregando-as a mim.

Estou sentada quase em cima dela de tão ansiosa que estou para ver as fotos raras. Elas parecem ter sido tiradas com uma daquelas câmeras Polaroid antigas e são da minha mãe quando ela era bem pequena, com no máximo dois ou três anos. A maioria é dela sentada de pernas cruzadas no que parece ser o quintal daqui, com o chalé levemente visível ao fundo. Uma é dela com a vovó bem mais jovem, mais magra do que já a vi e usando uma calça boca de sino e uma regata listrada.

— Ah, meu Deus — diz a minha mãe, olhando outra foto.

Eu espio por cima do ombro dela. É da minha mãe de novo quando pequena e ela está na frente do chalé, a glicínia florida lilás visível acima dela. Curvada ao lado dela está uma mulher que não reconheço. Elas não estão de perto e é difícil distinguir as feições, mas não é a vovó. Minha mãe se vira para me olhar, os olhos castanhos arregalados.

— Quem é essa mulher? Você acha que pode ser Daphne?

— Talvez. — Pego a foto da mão dela e a viro. Na parte de trás há as palavras *Lolly, abril de 1980. Skelton Place, 9.* Eu franzo a testa. — Quem é Lolly?

— Sou eu — diz a minha mãe. — Era como eu dizia meu nome. Ao que parece, não conseguia dizer Lorna.

— Eu nunca ouvi a vovó te chamar assim.

Minha mãe ri.

— Eu devo ter reclamado. É o tipo de coisa que me deixaria com vergonha conforme fui ficando mais velha, imagino.

Entrego a foto para Tom, que olha e solta uma gargalhada.

— Lindo corte de cuia, Lorna.

— Minha mãe que cortava. Essa franja!

Eu volto para a caixa que estava olhando e tiro um envelope, na esperança de encontrar mais fotos. Mas só encontro um recorte amarelado de jornal.

— O que é isso? — digo quando puxo o recorte. Estou com medo de desintegrar nas minhas mãos de tão velho. — É de janeiro de 1977, de um jornal chamado *Thanet Echo*.

— O quê? — Desta vez, minha mãe chega perto de mim e lemos ao mesmo tempo.

MULHER DE BROADSTAIRS QUE ESTÁ DESAPARECIDA HÁ MAIS DE UMA SEMANA POSSIVELMENTE SOFREU TRÁGICO AFOGAMENTO.

Sheila Watts, 37 anos, foi vista pela última vez na véspera de Ano-novo no bar da cidade, o Cavalo do Condado. Frequentadores da madrugada disseram que ela se juntou a eles nas praias de Viking Bay para continuar a comemoração.

Testemunhas contaram à polícia que a srta. Watts estava na praia pouco depois da meia-noite e foi observada entrando no mar. Suas roupas foram encontradas na margem, mas a srta. Watts não foi mais vista.

Alan Hartall, 38 anos, vizinho da srta. Watts, disse: "Sheila era meio solitária. Ficava recolhida no canto dela, apesar de eu ter passado a conhecê-la bem. Como era véspera de Ano-novo, ela decidiu se juntar a nós para um drinque no bar e foi conosco para a praia. Ela foi a única que entrou no mar. Nós estávamos ocupados bebendo e tínhamos nos esquecido dela. Só quando ela não voltou para casa que eu me dei conta do que devia ter acontecido e alertei a polícia."

A guarda costeira percorreu a baía sem obter resultados e a polícia local emitiu uma declaração dizendo que acredita que a srta. Watts teve morte acidental.

Eu me viro para a minha mãe.

— Sheila! Você acha que era dela que a vovó estava falando hoje?

Ela parece tão intrigada quanto eu me sinto.

— Talvez ela a conhecesse.

— Em Broadstairs? Mas eu achava que a vovó era de Londres.

— Eu acho que ela morou em vários lugares antes de eu nascer.

Passo o recorte para Tom, que o lê. A luz fraca pela janela lança uma sombra de um lado do rosto dele, fazendo o nariz dele parecer torto. Ele me devolve o artigo.

— Isso só pode ser importante — diz ele, olhando de mim para a minha mãe e falando o que estamos pensando. — Por que mais se guardaria um artigo por quarenta anos?

Theo

Theo está observando o pai com atenção desde que deu de cara com aquele artigo de jornal na semana anterior, encontrando desculpas para aparecer na mansão desalmada entre seus turnos de trabalho, arrumando coragem de abordar o assunto do casal em Wiltshire. Seu pai nunca foi aberto com Theo nos melhores momentos, mas, ultimamente, cada vez que Theo aparece na casa, seu pai age como se ele fosse um intruso e pergunta o motivo da visita. Pelo menos uma vez, Theo gostaria que seu pai parecesse um pouco feliz de o ver. Mas ele prometeu a Jen que perguntaria. Jen não teria medo de perguntar nada à família calorosa e aberta.

Lá está ele de novo, no almoço de terça, antes de começar no restaurante. Por que é tão difícil abordar o assunto com o pai? Ele é um homem adulto. Mas quando está perto do pai ele se sente aquele adolescente inseguro de novo, obedecendo aos desejos da mãe de ficar de boca calada, de fazer o que o pai diz para não o chatear. De manter as coisas amenas, como ela sempre fazia. De impedir que seu pai ficasse com raiva.

— Eu não preciso de mais comida — diz o pai com rispidez quando Theo entra na cozinha com a sacola térmica de sempre, carregando curry de frango e uma torta de cottage. — Minha geladeira está cheia. Eu como no clube de golfe quase todas as noites.

Sinceramente, Theo não sabe por que se dá ao trabalho. Nossa, ele adoraria mandar o pai para aquele lugar. Mas, embora sua mãe esteja morta há quatorze anos, ele não consegue. Ela ficaria decepcionada com ele, ele sabe.

— Pra falar a verdade — diz Theo, colocando a bolsa na mesa —, eu vim até aqui perguntar uma coisa. — Seu coração dispara debaixo da camiseta. Ele imagina Jen atrás, o encorajando a continuar.

— O que você quer saber?

O pai está com um dos tacos de golfe na mão e está polindo a ponta com um pano. Ele tinha tentado ensinar golfe a Theo, quando ele tinha treze anos. Comprou um conjunto de tacos e ensinou o nome de cada um. Theo odiou cada minuto, mas insistiu por mais de um ano para agradá-lo. Mas, quando o pai percebeu que Theo nunca seria bom, ele perdeu o interesse em ensinar.

Theo respira fundo.

— Semana passada, quando vim aqui, eu encontrei um artigo de jornal na sua mesa. Era sobre um casal de Wiltshire que estava fazendo alguma reforma e encontrou dois esqueletos no quintal. Você sublinhou os nomes de duas mulheres e havia as palavras "Encontrá-la".

Seu pai para de polir o taco, mas não ergue o olhar. Os ombros musculosos se contraem e o tendão do pescoço salta.

— Você andou xeretando minhas coisas?

— Não, claro que não.

Seu pai se levanta, o taco de golfe ainda na mão. Num momento de loucura, Theo se pergunta se ele vai bater no filho com ele. Seu pai está olhando para ele agora. Os olhos azuis estão gelados.

— Então cuida da porra da sua vida.

Theo tenta esconder o choque. Seu pai não fala assim com ele há anos.

— Quem você está tentando encontrar?

— Você não me ouviu? — Seu pai dá dois passos na direção dele. O rosto se fechou. O velho medo familiar ressurge em Theo.

Eu não sou mais aquele garotinho assustado, ele lembra a si mesmo.

— Por que você não quer falar? Talvez eu possa ajudar.

Seu pai solta uma gargalhada horrível.

— Você?

Por que você é tão babaca?, pensa Theo. Mas se mantém firme. Recusa-se a voltar na direção da porta.

— Sim, eu. Você conhece o casal de Wiltshire?

— Claro que não.

— Então por que o artigo?

Ele coloca o taco de golfe de lado e se apoia na mesa da cozinha; Theo solta um suspirinho de alívio.

— Eu só o usei pra escrever. Não que seja da sua conta.

Ele está mentindo. Seu pai deve achar que ele é um idiota.

— E o que *Encontrá-la* quer dizer?

— Por que tudo tem que ter um significado oculto pra você? O que você realmente quer me perguntar, hein? Qual é o verdadeiro assunto aqui? — Ele encara Theo, a boca firme. — Eu sou um homem adulto e não preciso te falar tudo que eu faço. Entendeu?

Theo o encara. *O que você está escondendo, pai? Porque eu sei que você está escondendo alguma coisa.*

— Eu não estou fazendo joguinhos — diz Theo, tentando manter a voz firme. — Estou perguntando sobre o artigo, só isso. Você anda preocupado ultimamente, como se algo o estivesse incomodando.

— A única coisa que me incomoda é *você* — diz ele rispidamente.

Theo respira fundo. Não adianta discutir com seu pai quando ele está com aquele humor. Ele levanta as mãos.

— Tudo bem, vou te deixar em paz. — Ele pega a bolsa térmica na mesa. — Então você não quer isso?

Seu pai só amarra a cara em resposta.

— Então vou levar de volta. Jen e eu vamos comer.

Ele sai da cozinha com a bolsa e só olha para trás quando está atrás do volante do Volvo. Ele quase espera que o pai o siga para pedir desculpas. Mas, claro, ele não faz isso. Theo coloca a bolsa no banco do passageiro e fica parado alguns momentos, sem girar a ignição, tomado de culpa, como sempre. Ele passou dos limites? Deveria ter lidado com a situação de outro jeito?

Seu pai só é antiquado, sua mãe dizia com gentileza. *Ele não é muito bom em demonstrar emoções. Mas ele nos ama.* Ele nunca teve certeza se ela estava tentando convencê-lo ou a si mesma.

Theo sabe que não deveria ficar surpreso de seu pai não ter revelado nada. Depois que sua mãe morreu, Theo tentou falar sobre ela, mas seu pai se recusou a engajar na conversa. Ficou enterrado na dor debaixo de mais camadas de amargura e raiva, como uma lasanha ressecada.

E, agora, isso. Esse novo mistério. Os dois corpos em um quintal de Wiltshire, a mais de 300 quilômetros. E as palavras *Encontrá-la* na caligrafia inclinada do pai.

Ele finalmente se dá conta de que nunca vai obter respostas com o pai. Faz tempo demais. Perguntas demais sem resposta. Theo vai ter que investigar por conta própria.

Mas por onde começar?, pensa ele depois, bem depois, quando o turno no restaurante termina. Jen está dormindo no andar de cima, mas ele ainda está pilhado. Seu corpo está exausto, os pés estão doendo depois de ficar de pé a noite toda, mas a mente está ativa demais e ele não consegue desligar.

Google, pensa ele. Começará por lá.

Ele vai até o laptop, que fica na mesa da sala da casa vitoriana de dois quartos, a única luz do aposento é o brilho da tela. Está refletido na porta de vidro que leva ao jardim.

Theo começa digitando "Saffron Cutler". Alguns artigos aparecem sobre os corpos encontrados no quintal, mas nada que não estivesse no recorte na mesa do pai. Ele continua olhando. Tem muitos artigos de alguém chamado Euan Cutler, que escreve em um tabloide. Rose Grey também é um beco sem saída: ele não tem ideia de qual das muitas Rose Greys pode ser a citada no artigo que ele encontrou.

Ele digita o nome do seu pai.

Vários resultados aparecem. Seu pai é um homem eminente. Theo demora um tempo para olhar tudo e quase desiste. Ele não sabe o que está esperando encontrar. Tem uma página detalhando sua longa e bem-sucedida carreira médica e aí ele repara em outro artigo sobre um consultório particular montado em 1974. Está acompanhado de uma foto preta e branca granulada do seu pai bem mais jovem com outro homem de smoking. Ele olha com mais atenção para a tela. *Larry Knight, sócio no consultório*. Isso é estranho, pensa Theo. Até onde ele sabe, seu pai nunca teve sócio na pequena clínica que tinha e que vendeu quando se aposentou, seis anos antes.

Ele digita o nome do pai e "dr. Larry Knight" no Google. Aparecem alguns artigos de vários periódicos médicos. Parece que eles se separaram uns quatro anos depois de montar a clínica. Theo se pergunta por quê. Seu pai sempre foi um enigma para ele; tem tanto sobre o passado dele que Theo não sabe. Talvez Larry Knight possa dar algumas respostas. Ele percebe que está atirando para todos os lados. Não tem nada ali que ligue seu pai aos corpos em Wiltshire. Mas talvez Larry Knight consiga fornecer um pouco de luz sobre como era a vida do seu pai antes de ele conhecer a mãe de Theo; ele talvez até conheça Rose Grey.

Theo esfrega os olhos. Está exausto e pilhado ao mesmo tempo. Não consegue arrancar os olhos da tela, apesar de não haver informações novas ali.

Ele pisca para afastar o cansaço, mas o nome do seu pai dança na frente dele.

Dr. Victor Carmichael.

16

Rose

Janeiro de 1980

Daphne foi morar conosco no primeiro dia do ano. Ela apareceu na porta depois do almoço, o cabelo louro em uma trança estilo francês, tremendo com o casaco fino, carregando só uma mochila e a roupa do corpo.

Muitas vezes me perguntei, nos dias e semanas que vieram em seguida, por que uma mulher já com seus trinta e tantos anos, como ela supunha, não tinha outros bens. Fiquei achando que ela saiu da última moradia correndo.

Tinha sido precipitado da minha parte convidar uma estranha para a nossa casa? Eu achava que não. Ao menos não na época. Na ocasião, ela não passava de uma inquilina para mim, alguém que pagava um aluguel para eu ter outra fonte de renda e não precisar acabar com o que restava da herança dos meus pais. Pela postura dela na véspera de Natal, eu achei que ela estava tão desesperada quanto eu para se esconder. E eu apostaria tudo no palpite de que era por motivos parecidos: para fugir de um homem.

Aquela primeira noite foi meio esquisita. Eu mostrei o chalé e o quarto dela, para ela poder deixar as coisas lá. Vi o chalé pelos olhos dela: o piso sem verniz que eu ainda não tinha coberto com carpete, exceto no seu quarto (rosa, como você queria); a cozinha velha com azulejos marrons; as lareiras em vez de aquecedores; o velho fogão à lenha Rayburn que ficava sempre aceso e onde eu fervia água, dentro de uma chaleira de ferro.

— Pra que você usa isso aqui? — perguntou Daphne, apontando para a porta à esquerda quando descemos a escada.

— Nada no momento — falei, levando-a para o quarto vazio com papel de parede marrom e amarelo que ficou do dono anterior. — Não é um quarto muito grande. Acho que já foi uma salinha.

Ela franziu a testa.

— Você poderia usar como sala de jantar.

— Verdade, mas nós temos mesa na cozinha.

— Ou um quartinho de brinquedos pra Lolly.

— Ela costuma brincar junto comigo na sala. Ou no quarto dela. Mas... — eu hesitei e olhei para ela — ... pode ficar à vontade pra usar. Para o que você quiser.

O rosto dela se iluminou e ela se virou para mim, arregalando os olhos.

— Sério? Seria ótimo. Se bem que — o rosto dela se transformou — eu não tenho mais minha máquina de costura.

— Você costura?

— Eu fazia minhas roupas antes... — Ela corou. — Mas vou economizar e comprar outra.

Eu me perguntei se ela tinha feito o casaco verde remendado que ela estava usando. Parecia meio caseiro.

— Talvez você consiga uma usada. Posso perguntar por aí.

— Obrigada.

Ela ergueu os olhos para me encarar e sustentou meu olhar por mais tempo do que era confortável. Os cílios estavam com rímel azul e um pouco dele tinha caído na bochecha pálida. Ela tinha um pontinho preto bem pequeno na íris que mais parecia uma pintinha.

Eu baixei o olhar primeiro.

— Imagina. Bom, eu tenho que dar uma olhada na Lolly — falei, me virando e subindo a escada.

Mais tarde, quando eu já tinha te colocado na caminha de ferro, Daphne e eu nos sentamos no sofá de veludo marrom, como um casal nervoso no primeiro encontro. Ela ainda estava com o casaco e um par de botas plataforma azul-marinho que pareciam ter sido pintadas com canetinha nas pontas por baixo da calça boca de sino. Eu servi uma taça de Babycham para cada uma que Joel, o dono do Veado e Faisão, tinha me dado de Natal, e nos sentamos e olhamos as chamas e a lenha cuspirem e estalarem. O cheiro de madeira queimada e fluido de isqueiro estava pesado e intoxicante. O rádio estava ligado, tocando "Heart of Glass", de Blondie, ao fundo.

Eu via Daphne observando a sala modesta com papel de parede florido de azul e rosa que eu mesma tinha colocado quando nos mudamos e o abajur de piso com cúpula franjada no canto que não combinava.

— Espero que não seja básica demais pra você — falei para ela. — Pelo menos nós temos banheiro em casa. Os últimos donos que fizeram.

Daphne abriu um sorriso enigmático e olhou a sala.

— Já morei em lugares piores — disse ela, e tentei não me sentir ofendida. Eu tinha deixado o mais aconchegante possível para você.

— Foi barato. — Eu sorri e dei de ombros, tentando parecer indiferente e não mostrar que estava secretamente orgulhosa de ser dona da minha casa. Uma coisa que ninguém poderia tirar de mim. Minha segurança. — Eu não queria gastar tudo que tinha em uma propriedade.

Eu havia ignorado o aviso do corretor sobre o telhado de sapê ter que ser trocado a cada dez anos. Parecia tão distante. Eu talvez já tivesse me mudado até lá.

Ela ergueu uma das sobrancelhas finas desenhadas.

— Deve ser difícil ser mãe solteira.

Eu assenti. Melhor do que a alternativa, pensei, mas não falei.

— Seu marido deixou esse chalé pra você?

Eu hesitei. Ela achava que eu era viúva. O que contar sem me entregar? Você precisa entender, Lolly, que eu sempre fui muito honesta. Antes. Contava tudo para as pessoas: o preço de uma blusa nova, quanto eu ganhava, com quem estava saindo. Quer elas quisessem saber ou não. Mas eu tinha aprendido da pior maneira a ficar de boca calada.

Eu assenti e tomei um gole de bebida.

— Há quanto tempo seu marido morreu?

— Quando eu estava grávida — respondi. Eu me senti péssima por mentir.

— Que horrível — disse ela, brincando com o cabo da taça. Ela olhou a minha mão e reparou na ausência de aliança. Eu não queria admitir que nunca tinha havido uma.

— Você... já foi casada? — perguntei.

Ela tremeu.

— Meu Deus, não. Eu nunca vou me casar.

— É mesmo?

— Eu não entendo por que alguém pode querer se prender a um homem.

Seria porque ela também foi maltratada? Ou eu tinha entendido mal? Talvez ela fosse só um espírito livre. Ou hippie. Talvez ela acreditasse no amor livre. Ela era atraente, com olhos grandes de pálpebras destacadas, um rosto fino e comprido, cabelo pintado de louro com as raízes castanhas visíveis. Eu tinha certeza de que não faltaria interesse masculino. Eu sempre me vi como razoavelmente atraente, não deslumbrante nem de parar o trânsito, nada do tipo, mas natural, nada ameaçadora. Eu via que Daphne era mais impressionante.

— Hum... — Eu pigarreei. — Sei que isso é meio delicado e que deveríamos ter falado sobre isso antes de você vir morar aqui. Mas... com Lolly e tudo mais... acho melhor que não haja... — Como eu podia dizer isso de maneira delicada? — ... visitantes noturnos.

Ela me encarou por alguns momentos e soltou uma risada.

— Ah, Rose! Olha só, você ficou vermelha! Eu prometo que não vou receber homens no quarto. Sinceramente, homens são última coisa que me passa pela cabeça.

Tomei um gole de bebida, aliviada.

— Você se importa se eu fumar?

Eu fiz que não.

— Eu tento não fumar perto da Lolly, se não for problema.

Ela pareceu um pouco surpresa, mas deu de ombros.

— Tudo bem. Vou para o quintal.

Ela colocou a bebida na mesinha lateral e se levantou. Eu a segui até a cozinha e pela porta dos fundos. Ela parou no pátio lá fora, tremendo com a camisa polo de ribana e o casaco fino, e senti tanta culpa que falei que podíamos ficar na porta. Ela me entregou um cigarro que havia enrolado. Ficamos em silêncio, fumando os cigarros enquanto uma camada fina de gelo cobria o piso na nossa frente.

— Obrigada — ela acabou dizendo. — Por aceitar alugar um quarto pra mim. Acho que isso vai funcionar bem.

Eu não sabia se era o álcool, a nicotina ou uma combinação dos dois, mas de repente tive certeza de que ela estava certa. Nós duas queríamos a mesma coisa, eu já percebia. Paz e tranquilidade. Anonimato.

Quando estava ali fora com ela naquele primeiro dia de um novo ano, de uma nova década, eu nunca sonhei, nem em um milhão de anos, que a bagagem dela, o passado dela, nos colocaria em perigo.

17

Lorna

Na manhã seguinte, Lorna oferece de levar Snowy para passear, para dar privacidade a Saffy. Apesar de terem sido só quatro dias, Lorna percebe pela expressão meio contrariada da filha que ela a está irritando. Quanto mais Lorna tenta ser útil na casa, mais parece que Saffy chupou limão. Ela pensou, teve esperanças, de que aquela *descoberta horrenda* fosse aproximá-las. Ela sabe que é egoísmo, mas, agora que Saffy está grávida, ela tem medo de que o distanciamento entre elas aumente ainda mais.

Ela percebe que cometeu erros quando Saffy era pequena. Lorna ficou feliz em deixar sua mãe assumir. Tinha mandado Saffy para lá todos os verões para poder ter um descanso, agir como a adolescente e depois a jovem que ela era na época, ir a boates e bares e, quando ela e Euan se separaram, ficar com homens inadequados.

E, agora, Saffy finalmente precisa dela. Precisa de verdade. Mesmo que ainda não saiba.

Lorna deixa Saffy no escritoriozinho deprimente, curvada sobre o computador, e sai no sol. Respira fundo e tosse quando o cheiro do campo bate no fundo da garganta. O céu está limpo; ela está usando uma blusinha leve, calça jeans e sandálias. Ela devia ter levado algum sapato baixo. Saltos não são a melhor escolha para as subidas e descidas de Beggars Nook.

Enquanto anda pelo caminho de cascalho com Snowy, ela repara em uma van grande estacionada. Uma mulher jovem e bem-vestida de terninho roxo e cabelo escuro que não se mexe na brisa está falando para uma câmera na calçada.

— Esse pode parecer só mais um chalé idílico de Cotswold — diz ela ao microfone em tom sepulcral. — Mas as aparências enganam. Dois corpos foram encontrados aqui, em Skelton Place.

Ela se vira para mostrar o chalé e Lorna fica paralisada, sem saber se deve continuar andando ou ficar parada. O rosto da jornalista se ilumina quando ela a vê.

— E aqui está uma das donas. — Ela vai na direção de Lorna. — Deve ter sido um choque encontrar os corpos — diz ela, enfiando o microfone na cara de Lorna.

Lorna se irrita.

— Essa casa não é minha.

— Ah. — A repórter parece abalada, mas logo diz profissionalmente: — Então você não é Saffron Cutler?

— Não sou.

— Eu soube que esse chalé era da avó de Saffron. É isso mesmo?

— Sem comentários — diz Lorna. — Agora, se você me dá licença...

— Corta! — grita o câmera. Ele está parado na rua e um motorista irritado buzina para ele sair da frente. Ele vai até a calçada, mas não pede desculpas nem olha para o motorista.

A repórter o fuzila com o olhar antes de se virar para Lorna.

— Seria ótimo se pudéssemos entrevistar você pra nossa reportagem. Sou Heleana Phillips, prazer. — Ela estica a mão, mas Lorna não a aperta.

— Não tem história nenhuma aqui — diz Lorna com rispidez. — Nós não sabemos nada sobre os corpos. Aconteceu anos antes da minha filha vir morar aqui.

Heleana prende uma mecha do cabelo liso atrás da orelha.

— Bem — diz ela com uma voz suave que Lorna desconfia que seja para bajular —, eu acho a história muito interessante. Não é todo dia que dois corpos são encontrados, não é? Tem certeza de que não tem mais?

— Absoluta — diz Lorna, puxando Snowy delicadamente e se afastando.

Ela repara que algumas das senhoras idosas que moram do outro lado da rua se reuniram na calçada e estão olhando a cena com expressões reprovadoras, os braços cruzados sobre o peito. Lorna entende que aquela Heleana e os outros repórteres só estão fazendo seu trabalho (e ela está acostumada, afinal, pois já morou com Euan), mas adoraria que fossem embora. Especialmente por Saffy: ela repara como a filha se esconde quando elas saem, como uma prisioneira na própria casa.

Lorna desce a colina com os sapatos inadequados, ignorando os chamados de Heleana. Seu coração está batendo rápido, mas ela só diminui a velocidade quando chega no Veado e Faisão, no pé da ladeira. Lá, ela para e recupera o fôlego antes de continuar pela praça do vilarejo. Abre-se como uma cena de um livro infantil pop-up e, quando passa pela cruz do mercado e pela igrejinha pitoresca, ela é tomada por aquela lembrança diáfana de novo. Foge do seu alcance de um jeito frustrante. A cruz do mercado é tão familiar que ela se vê indo para lá. Senta-se em um dos degraus frios, observando o resto da praça. E vem com tudo. Uma lembrança, lutando para se solidificar na mente dela. Ela se lembra de andar por aquela praça, ladeada por duas mulheres, cada uma segurando uma de suas mãos. Sua mãe... e outra pessoa. Uma pessoa sem rosto. A mulher da fotografia, talvez? É mais um sentimento do que uma lembrança, e ela sente melancolia e um pouco de dor.

O que tem este lugar?, pensa ela, se levantando. Quando está ali, ela se sente envolta em uma tristeza que não é capaz de explicar, como se uma névoa fria tivesse descido sobre ela e a coberto como um véu.

Assim não vai dar certo, ela pensa. Ela precisa dar um jeito de lembrar por que está ali. Ela registra mentalmente todas as coisas que quer comprar: ingredientes para fazer uma paella espanhola tradicional para Saffy e Tom naquela noite. Ela vai até a pequena ponte, para no mercado no final de uma sequência de lojas e amarra Snowy em um poste. Ela está se acostumando com ele agora. Chegaria até a dizer que sente alguma afeição por ele.

O mercado da esquina não tem todos os ingredientes de que ela precisa, ela vai ter que improvisar. Enquanto caminha pelos corredores estreitos, percebe alguns olhares de outros clientes. Ela os ignora. Está acostumada a ser encarada. Ela paga e, com Snowy, caminha até o pequeno café da esquina, o Beggars Bowl.

O café permite cães e ela entra com Snowy. É apertado, com espaço para apenas duas mesas redondas no fundo. Há um homem idoso com uma cabeleira branca na frente dela conversando com o rapaz que está servindo atrás do balcão, e ela ouve só o fim da conversa.

— ... um lugar tão tranquilo, mas agora tem jornalistas pra todo lado, além de policiais. Um bateu na minha porta ontem à noite e fez perguntas. Era hora do jantar. Quem vem bater na hora do jantar?, eu pergunto. É o que acontece quando os jovens chegam e reformam as casas... — Ele vacila quando repara em Lorna. Levanta as sobrancelhas brancas e peludas para ela, mas não continua o discurso. Lorna fica tentada a dizer para ele não parar por causa dela, mas não quer piorar as coisas para Saffy. É ela que tem que viver com aqueles aldeões, afinal.

O homem pega o copo com o cara do balcão, assente para ela sem sorrir e sai do café.

— O que posso servir pra você? — pergunta o jovem.

Se ele sabe quem ela é, não demonstra, e ela fica grata. Ela pede um latte e conversa trivialidades enquanto ele o prepara. Ela descobre que o nome dele é Seth, cresceu no vilarejo, a tia era dona do café e ele vai embora para estudar engenharia em Nottingham em outubro. Ela está sorrindo sozinha quando sai com o precioso café. Ele é a primeira pessoa simpática que ela encontra no vilarejo desde que chegou.

Quando anda mais devagar para tomar um gole de café, ela ouve alguém pigarreando logo atrás. Vira-se e vê um homem com cinquenta e tantos anos, usando uma camisa quadriculada e calça jeans. Tem cabelo curto grisalho e olhos pequenos que parecem a estar avaliando por mais tempo do que seria educado. Ela para de andar e Snowy se senta aos pés dela.

— Oi — diz ele, sorrindo de forma agradável. — Você mora em Skelton Place, 9, não é? — Ele tem sotaque do norte e tem algo na postura e no tom dele que parece coisa de ex-militar.

— Não. Eu só estou de visita — responde ela.

— Eu também não sou daqui — diz ele, surpreendendo-a.

— Ah. Certo. — Nessa hora, passa pela cabeça dela: — Você é jornalista?

Ele parece surpreso.

— Ah, não... não. Eu só estou de visita também. Meu nome é Glen. — Ele estica a mão e ela acha que seria falta de educação se recusar a apertá-la.

— Sou Lorna.

O aperto dele é firme.

— Eu ouvi sobre os corpos em Skelton Place. Todo mundo do vilarejo está falando sobre isso.

— Posso imaginar.

Ele sorri para ela, ainda segurando sua mão. Ela se pergunta se ele está tentando dar em cima dela. Ele deve ser pelo menos uns 15 anos mais velho do que ela. Ela acha que ele até é bonito de um jeito meio idoso, embora o rosto dele seja rígido. Ela puxa a mão de volta.

— Olha — diz ela —, eu tenho que voltar. Foi um prazer te conhecer, Glen.

— Foi um prazer te conhecer também — diz ele, mas fica onde está.

Quando sai andando, ela tem certeza de que o escuta dizer "Manda lembranças pra Rose". Mas, quando se vira, ele está indo na direção do bosque. Ela franze a testa para as costas dele, se questionando se devia correr atrás dele e perguntar se ele conhece sua mãe. Mas conclui que deve ter ouvido errado.

Quando Lorna chega ao chalé, ela fica aliviada de ver que Heleana e a equipe foram embora. Ela toca a campainha e Saffy a deixa entrar com um ar de distração.

— Oi, querida — diz ela, soltando a guia da coleira de Snowy.

Saffy se curva para beijar a cabeça dele e volta para o escritório. Na tela tem a imagem de uma capa de livro com o nome Leon Bronsky em letras vermelhas enormes no alto e uma boneca de porcelana de aparência sinistra em chamas embaixo. Lorna leu alguns livros dele. São excepcionalmente sombrios. — Você que fez isso?

Saffy assente.

— A editora nos contratou pra fazer a capa e os materiais de marketing. Pôsteres, arte pra publicidade em revistas, esse tipo de coisa. Uma nova cara. Ele começou a escrever terror. Pagam bem. Ele é importante.

Lorna faz uma careta ao imaginar o quanto aquele livro deve ser mais grotesco.

— Você teve que ler?

Saffy ri.

— Tive. Acabei tendo pesadelos. — Ela tira um cacho do rosto, os olhos grudados na tela e na capa sinistra. — Estou feliz de os repórteres terem ido embora, finalmente.

— Eu também. Uma me abordou mais cedo. Mas não se preocupe, eu não disse nada. — Ela mostra a sacola. — Comprei umas coisas pra de noite. Não consegui tudo que eu queria, mas vou fazer uma espécie de paella.

Saffy grunhe em resposta, a testa franzida enquanto ela se concentra na tela. Lorna decide que é melhor deixá-la trabalhar e vai guardar as compras na cozinha. Depois, vai para a sala. Estavam todos cansados demais para terminar de olhar as caixas na noite anterior e Tom teve que acordar cedinho para trabalhar.

Lorna se acomoda e continua o que eles tinham começado no dia anterior. Dá para ver uma camada de poeira no aparador, mas ela resiste à vontade de ir buscar um pano. Ela tira as sandálias, cruza as pernas no piso de madeira e está tentando decifrar se uns papéis são importantes ou só notas fiscais quando o telefone toca.

É Alberto.

O estômago dela se contrai. Ela está tentando ligar para ele há dias. Ele mandou algumas mensagens breves quando ela chegou, mas, toda vez que ligou, o celular dele caiu direto na caixa postal.

— *Mi tesoro*, estou com saudade — diz ele assim que ela atende. — Quando você volta pra casa?

— Eu também estou com saudade. — Ela não tem certeza se é verdade. — Vou ficar até o fim de semana pelo menos.

— O apartamento fica vazio sem você. — Ela duvida disso. Ele costuma ficar no bar até tarde. Mas ele parece mesmo estar com saudade. Talvez as desconfianças dela estejam erradas.

Mas ele não pergunta sobre Saffy nem sobre a mãe, ela pensa com uma pontada de decepção.

— Precisam de mim aqui agora. Saffy está grávida... — Ela conta tudo que aconteceu desde que chegou em Beggars Nook, mas desconfia que ele se desligou em algum momento, porque ele parece entediado quando responde.

— Desde que você volte logo, *mi amor. Me muero por verte.*

— Eu também não vejo a hora de te ver — mente ela, encerrando a ligação com o coração pesado.

Ela passa uma hora mexendo nos papéis da mãe, torcendo para encontrar alguma outra coisa interessante, mais algumas fotos, talvez. Do seu pai, quem sabe. Na maior parte do tempo, ela não pensava muito nele, mas houve ocasiões em que ela sentiu falta de ter um pai presente. Ela se lembra de uma época na escola, quando tinha uns dez anos, e eles tiveram que fazer um teste de conhecimentos gerais. Ao longo de uma semana, eles tiveram que ver quem conseguia apurar mais fatos, mas a biblioteca ficava na cidade, e sem carro para ir até lá ela só podia usar a enciclopédia antiga que a mãe tinha em casa. Sua melhor amiga, Anne, ganhou porque o pai a levava à biblioteca todas as noites para ajudá-la a encontrar tudo de que ela precisava. Ela sentiu inveja da Anne na época, com o pai dedicado e o Mini Metro que ele tinha. Lorna foi a última no teste.

Sua mão encosta no artigo de jornal sobre Sheila que elas tinham encontrado no dia anterior. Ela o lê de novo e se pergunta por que sua mãe o guardou. Sheila teria sido amiga da sua mãe? Será que ela sempre teve esperanças de descobrir o que tinha acontecido? Parece um caso simples de afogamento. Mas aí, ela repara. E fica surpresa de não ter percebido no dia anterior.

Alan Hartall, 38 anos, vizinho da srta. Watts, disse: "Sheila era meio solitária. Ficava recolhida no canto dela, apesar de eu ter passado a conhecê-la bem."

Alan Hartall. Não era o mesmo sobrenome da inquilina da mãe dela, Daphne? Foi por isso que sua mãe guardou o artigo? Ela se levanta e sai da sala para procurar Saffy, entra sem bater.

Saffy ergue o olhar.

— O que foi, mãe? Eu já estou atrasada graças aos repórteres batendo na porta a manhã inteira.

Lorna coloca o artigo na mesa na frente dela.

— Desculpa, querida, mas olha isso — diz ela, indicando a frase. — Alan Hartall. O mesmo sobrenome da Daphne.

Saffy se vira para a mãe com os olhos iluminados.

— Ah.

— Nós temos que investigar. Pode ser uma ligação para encontrarmos Daphne, se eles forem parentes.

— Foi quarenta anos atrás. Alan Hartall pode estar morto.

Lorna revira os olhos mentalmente. Uma resposta típica da filha pessimista.

— E, se não tiver morrido, ele vai ter mais ou menos a idade da sua avó. Nós temos que tentar. Ele talvez possa nos contar sobre essa Daphne.

— Sim... mas... — Saffy pega um scrunchie no pulso e prende o cabelo. — Eu não sei de que adiantaria, mãe. Duvido que a vovó estivesse morando aqui quando os homicídios aconteceram.

— Eu sei, mas Daphne pode dar alguma luz. A polícia está interrogando todo mundo que morou aqui. E — ela engole em seco — seria bom encontrar alguém que conheceu sua avó. Quando ela era jovem.

— A gente devia deixar com a polícia.

— Estão demorando uma eternidade. — Lorna começa a andar pelo quartinho, a frustração crescendo. Agora que teve a ideia, ela não consegue deixá-la de lado. — Eles têm tanta gente pra falar. Inquilinos antigos, moradores antigos e, mesmo que encontrem e falem com a Daphne, eles não vão nos contar muita coisa, né? Se Daphne ainda estiver viva, seria fascinante falar com ela, não seria? Ela conheceu a sua avó. Morou aqui com ela. *Comigo*. Não vai ter problema nenhum. Ela pode saber alguma coisa sobre essa Sheila. Ela é importante, obviamente, senão sua avó não teria guardado o recorte de jornal. Talvez todos fossem amigos...

— Eu já pedi ao papai pra pesquisar sobre a Sheila e o afogamento.

— Ah. Certo. Você... contou a ele sobre o bebê?

Saffy assente.

— Ele ficou surpreso. Mas feliz, espero.

— Que ótimo. — Os olhos de Lorna permanecem na mesa de Saffy até sua filha dar um suspiro resignado.

— Tudo bem. Como vamos fazer? — pergunta ela.

Lorna une as mãos.

— Bom, acho que você devia fazer contato com seu pai de novo, se você não se importar. Ele consegue entrar no cadastro de eleitores pelo jornal e descobrir se tem algum Alan Hartall ainda morando na área de Broadstairs. Mas não se preocupe com isso por enquanto. Você está trabalhando.

Saffy entrega o artigo para Lorna.

— Vou ligar pra ele mais tarde, só preciso terminar isso.

— Ótimo. — Lorna dá um abraço rápido em Saffy e volta para a sala.

Não é um grande ponto de partida, ela pensa enquanto continua remexendo na caixa. Mas é tudo que temos agora.

18

Saffy

Eu entro na sala com o celular na mão. Minha mãe está sentada no sofá segurando uma das almofadas mostarda no peito. Levanta o olhar quando eu entro, os olhos escuros faiscando de empolgação.

— E aí? Falou com ele?

— Falei. Meu pai disse que vai tentar descobrir o que der amanhã. Ele não está na redação hoje.

Minha mãe dá um pulo do sofá. Vai até a janela. Seus pés estão descalços e bronzeados e ela fica pulando de um para o outro. A energia dela é quase palpável, como o brilho nas crianças nos antigos comerciais de Ready Brek que a minha mãe me fez ver uma vez no YouTube.

— Estou sentindo que preciso fazer mais alguma coisa pra encontrar a Daphne. — Ela toca no colar volumoso no pescoço, passa as contas azuis pelos dedos por alguns momentos e se vira para mim, os olhos faiscando. — Eu vou pra Londres.

— O quê? Por quê?

— Vou visitar seu pai. Eu não o vejo desde a sua formatura. Seria bom conversar.

Isso é uma coisa estranha sobre meus pais divorciados. Eles ainda se gostam. Passaram o tempo todo na minha formatura bebendo e rindo juntos. Quando contei para Tara que eles eram divorciados, ela ficou chocada. Muitas vezes, me perguntei se eles teriam ficado juntos caso tivessem se encontrado em outro momento da vida.

— Talvez o papai não consiga descobrir nada sobre Alan Hartall — digo. — O máximo que vai conseguir é um endereço, e isso dá pra conseguir pelo telefone.

— Eu sei, mas vai ser alguma coisa pra eu fazer. Pra largar do seu pé. Você tem trabalho e eu fico rondando por aqui, sem nenhuma utilidade. Vou pegar o trem amanhã. Você se importa de me levar na estação? — Antes que eu possa responder, ela já tirou o celular do bolso de trás da calça jeans. — Tem um trem amanhã pra Paddington às... — Ela olha com mais atenção. — Às 9h28. — Ela ergue o rosto. — É cedo demais pra você?

Minha mãe ainda acha que sou a adolescente que fica na cama até meio-dia.

— Está ótimo — digo.

Eu acho uma ideia maluca, mas pelo menos vai tirá-la de casa ao longo do dia e vai me dar espaço para terminar a capa do livro para a minha chefe, Caitlin. Ela não ficou feliz com a última proposta de capa. Estou com medo de estar perdendo o jeito. Ando distraída demais com a mudança, o bebê, a vovó, a minha mãe. E, claro, a questãozinha dos cadáveres.

— Para de morder o lábio — diz ela quando passa por mim. — Vou botar água pra ferver.

Minha mãe já está vestida e passando maquiagem à mesa da cozinha quando acordo na manhã seguinte. Tom saiu de casa às 6h. O trajeto para ele é longo todos os dias e acho que já não é tão legal assim. Ele chegou tarde em casa na noite anterior por causa de atrasos nos trens e caiu na cama, exausto, passou os braços pela minha barriga e apagou quase na mesma hora.

— Está bonita — digo, o que é verdade apesar de ser uma roupa que eu nunca usaria.

Ela está com uma jaqueta de tweed preta e branca ajustada com botões grandes de metal, sua calça cereja favorita, justíssima, e uma camiseta branca decotada com o mesmo colar pesado do dia anterior. Sinto-me malvestida com o macacão largo e a camiseta verde-limão.

— Obrigada. — Ela sorri para mim por cima do espelhinho. Abaixa-o e franze a testa. — Você está bem? Está meio... pálida.

— Estou bem. Eu só fico meio enjoada de manhã.

O perfume dela está me dando dor de cabeça. Mas não é só isso. Eu fico meio incomodada de ficar no chalé sozinha o dia todo. Em geral, estou acostumada. E estou querendo um tempo sem a minha mãe por perto. Mas agora que ela está indo (e com Tom em Londres também), caiu a ficha de que vou ficar sozinha naquele chalé sinistro com o espectro dos dois corpos assombrando.

Eu tento não olhar pela janela quando vou pegar um copo de água. Tom acha que talvez a gente tenha que contratar novos empreiteiros. Quanto antes o buraco for coberto, melhor. Cada vez que eu olho, sinto um arrepio.

Minha mãe empurra a cadeira para trás.

— Senta, querida. O que você quer? Torrada? Cracker pra mordiscar?

Eu reparei que ela já lavou e guardou tudo da noite anterior. Sinto-me uma hóspede na casa dela, o que acho que tecnicamente eu sou mesmo. Ela até botou a comida do cachorro. Uma coisa que eu nunca achei que ela fosse fazer.

Ela pega uns crackers e eu me sento em uma cadeira enquanto ela faz coisas ao redor. Estou cansada demais para protestar. Estou ficando ansiosa. Parece até que sou eu quem vai pegar o trem para Londres. O que meu pai pode descobrir? É como abrir a caixa de Pandora.

— E aí, qual é o plano? — digo, botando o cracker no prato. Não está ajudando.

— Vou encontrar seu pai pra almoçar cedo. — Ela olha o delicado relógio dourado no pulso. — É melhor a gente ir. Tem certeza de que você está bem pra me levar? Posso pegar um táxi.

Eu me levanto.

— Está tudo bem, mãe. Vamos.

Ela fala até a estação. Quando chegamos, eu estou com uma dor de cabeça horrível. Ela ainda está falando quando sai do carro.

— Eu te ligo depois pra contar. Vou voltar de táxi, não precisa se preocupar de vir me pegar. Eu...

Um carro atrás de mim buzina.

— Mãe, eu não posso parar aqui.

— Está bem, estou indo, estou indo. — Ela fecha a porta do passageiro, acena e joga beijos quando me afasto.

O caminho de volta para o chalé é uma paz e tranquilidade.

Eu entro e decido ligar para o meu pai. Ele atende no segundo toque.

— Oi, querida. Eu ia te ligar, mas achei que talvez fosse meio cedo.

São 9h30. Qual é a dos meus pais?

— Por acaso você teve sorte com Sheila Watts? — pergunto.

Pela respiração, parece que ele está andando. Gosto de imaginar ele andando pelas ruas de Londres talvez com um café na mão, o caderno dentro do casaco, a caminho de um trabalho. Meu pai, grande e bonito.

— Bom, eu encontrei uma coisinha — diz ele.

Eu me levanto mais ereta.

— Ah, é?

— Nos arquivos, encontrei um documento sobre ela.

Eu ofego.

— Sério? O que tem no documento? Era a mesma Sheila?

— Imagino que sim. Estou por aqui a trabalho, tenho que terminar um artigo grande, então só olhei rapidamente. Não pareceu muita coisa, infelizmente. Estou surpreso de não ter ido para o lixo. Muita coisa dos arquivos foi esquecida. Mas pode ser útil. Posso tirar fotos e mandar pra você.

— Seria ótimo.

— Eu tenho que ir. Estou trabalhando agora, mas mando um e-mail depois.

— Obrigada, pai.

Encerro a ligação intrigada para ver o documento.

Preciso espairecer antes de começar a trabalhar e decido levar Snowy para dar uma volta. Ele roda em volta das minhas pernas com ansiedade enquanto pego a guia e prendo na coleira. Antes de sair de casa, olho pelo pedacinho de vidro da porta para ver se não tem jornalistas lá fora. Quando vejo que a barra está limpa, abro a porta e saio. Enquanto visto o casaco, sigo para a viela estreita algumas casas depois que leva ao bosque atrás das propriedades de Skelton Place. Minha mãe acha o bosque sinistro e opressivo, mas para mim é lindo e tranquilo. Adoro o aroma amadeirado das árvores, a terra molhada, os jacintos que formam um tapete violeta nessa época do ano e a forma como o sol cintila nas folhas. Sinto que consigo respirar direito ali, sem poluição, só a natureza.

Sigo para o meio do bosque, onde as árvores são tão densas que o sol tem dificuldade de entrar, e tremo de leve com o casaco fino. Snowy puxa a guia e seguimos por caminhos sinuosos e raízes retorcidas que se projetam do chão, como uma rede de canos.

Estou tão absorta nos meus próprios pensamentos que não escuto ninguém atrás de mim no começo.

Mas, aí, um graveto estala.

Tão alto que me faz pular e eu viro a cabeça. Tem um homem a poucos metros de distância. Eu o reconheço, era o que estava em frente à minha casa outro dia, o que sei que me seguiu até a casa de repouso da vovó na semana anterior.

Meu rosto é tomado de calor e minha boca fica seca. Snowy desiste de farejar o tronco de árvore e para do meu lado, as orelhas para a frente.

O homem está com a jaqueta e as botas pesadas de antes. Parece alguém que deveria estar em uma propriedade chique com um rifle de caça na mão.

— Oi — diz ele, sorrindo.

Eu faço um cumprimento com a cabeça e continuo andando.

— Saffron, não é?

Eu paro. Quem é ele? É jornalista? Eu me viro para ele e tento manter a voz firme.

— Olha, se você for repórter, eu não sei mais nada sobre os corpos que foram encontrados no meu quintal. Estou tão perdida nisso quanto você. Aconteceu bem antes da minha época.

Ele levanta as mãos.

— Eu não sou da imprensa.

— Ah.

Não sei o que mais dizer. Sinto a primeira pontada de inquietação. O bosque está deserto, pelo que posso perceber, e fico terrivelmente ciente de que estou sozinha com aquele homem estranho.

— Na verdade — diz ele —, meu nome é Davies. Eu sou detetive particular…

— Detetive… particular? — Por que um detetive particular estaria me seguindo no bosque? Por que ele não bateu na porta, simplesmente?

— Eu não estava te seguindo — diz ele com uma risadinha, como se tivesse lido minha mente. — Eu achei que talvez fosse meio cedo pra fazer uma visita e decidi que um passeio no bosque era uma boa ideia. É tão lindo aqui.

Eu franzo a testa para ele.

— Hum... quem te contratou?

— Infelizmente, não estou autorizado a revelar.

Ele me olha de volta como se aquela fosse só uma conversa casual, que não tem muita importância para ele, mas percebo pela tensão no corpo dele que está atuando.

— Certo. Bom, eu não sei nada, infelizmente, então... — Eu saio andando.

— Espera! — chama ele, apesar de não ir atrás de mim. Eu paro e me viro para ele. — É com a sua avó que eu preciso falar.

— Minha avó? Por quê?

— É... Bom, é um assunto pessoal.

— Minha avó está em uma casa de repouso. Não está apta a falar com ninguém.

Uma sombra surge no rosto dele e o deixa parecendo menos dócil.

— Ela está doente?

— Ela tem demência.

Ele passa a mão no queixo com barba por fazer.

— Ah. Isso dificulta as coisas. Dificulta muito. É que meu cliente precisa de informações dela. — O tom dele está mais frio agora, toda a simpatia que estava fingindo desapareceu.

Meu coração acelera.

— Que tipo de informação?

— Sobre algo que aconteceu muito tempo atrás.

— Entendo — digo, embora esteja completamente desconcertada.

— Há quanto tempo sua avó saiu do chalé?

— Anos atrás. Ela não mora lá há muito tempo.

— Você se lembra do ano?

— Não exatamente. — Eu que não vou contar nada. Ele parece pensar por um momento. Snowy começa a puxar a guia com impaciência. — Olha, eu não sei nada mesmo. Minha mãe e eu só soubemos que a vovó tinha esse chalé quando ela foi pra casa de repouso. Eu realmente não tenho como ajudar.

Ele enfia a mão no casaco e vem na minha direção.

— Posso te dar isto? — Ele pega um cartão de visitas creme. Eu estico a mão e o pego. *G. E. Davies. T&D Investigações Particulares* está escrito na frente e embaixo tem um número de celular. — Meu cliente está procurando uma coisa que está com a sua avó. Meu cliente tem certeza de que ela guardou por vários anos.

Penso nas duas caixas cheias de coisas dela e prometo remexer nelas de novo.

— Que tipo de coisa?

Ele suspira, parecendo frustrado.

— Uma espécie de arquivo. Papéis.

— Do que estamos falando, afinal?

— Eu só estou seguindo ordens, Saffron. — Ele baixa a voz, embora não haja ninguém por perto, e sou tomada de medo. Dou um passo para trás. — Meu cliente diz que esse arquivo é muito importante. Pertence ao meu cliente e ele o quer de volta.

— Mesmo depois de tantos anos?

— Sim, principalmente depois de tantos anos. Se você o encontrar, me ligue. Se cair nas mãos erradas, pode provocar um monte de problemas pra sua avó. Está bem?

— Eu... Como assim?

— É complicado. Mas é muito importante. Você entende isso, não é?

Eu faço que sim.

— Que bom. Então espero ter notícias suas.

Ele se vira. Eu o vejo seguir pelo caminho, pisar em raízes grossas, até sumir de vista.

19

Theo

A casa de Larry Knight é de estilo eduardiano, de tijolos vermelhos, em um dos subúrbios abastados de Leeds, com duas árvores em miniatura podadas em forma de bola em vasos quadrados de metal dos dois lados da porta pintada de preto.

Theo acha uma vaga debaixo de uma cerejeira enorme que está perdendo as flores e cujas pétalas cobrem a calçada. O fim de tarde está lindo: o sol está baixo no céu, lançando cores estriadas de sorvete no horizonte, e a rua está tranquila, fora o canto dos pássaros e o som distante de crianças brincando.

Foi um pouco de sorte encontrar Larry, na opinião de Theo. Depois de várias ligações, ele conseguiu falar com uma clínica que o citava como funcionário e ouviu, como já esperava, que ele tinha se aposentado. Quando estava prestes a desligar, a recepcionista revelou que o negócio agora estava nas mãos capazes do filho de Larry, Hugo. Ele deixou uma mensagem e Hugo telefonou de volta para dizer que falaria com o pai. Algumas horas depois, Larry ligou para ele e aceitou um encontro. Ali está ele agora, naquela rua desconhecida de Leeds. Em uma bela tarde de quarta-feira.

Ele está só alguns minutos atrasado, mas desconfia que Larry estava esperando, pois a porta se abre antes de ele tocar a campainha. Um homem idoso, que compensou as entradas na cabeça com uma barba densa, para na soleira. Ele está usando um cardigã por cima de uma camisa esticada na barriga. Tem o tipo de olhos azuis que se apertam quando ele sorri, o que ele faz assim que vê Theo.

— Meu Deus do céu — diz ele. — Você é a cara do seu pai na sua idade.

— Espero que as semelhanças fiquem por aí. — Theo ri para suavizar as palavras.

Larry parece surpreso, mas chega para trás e o deixa entrar. Theo para no saguão amplo. As paredes estão decoradas com uma ampla coleção de fotos familiares, todas de tamanhos diferentes, mas se complementando de alguma forma. Ele dá uma olhada nelas. Férias de família em locais exóticos; fotografias de casamento; crianças açoitadas pelo vento em praias, usando galochas; netos aconchegados debaixo de cobertores quadriculados em sofás macios; até bichinhos de estimação. Não poderia ser mais diferente da casa onde ele passou a infância, em que a única foto na parede é do pai recebendo um troféu de golfe em 1984.

Ele se vira para o homem idoso, Larry Knight. Dá para ver por que a sociedade com seu pai não deu certo. Eles são extremos opostos. Theo sente uma pontada súbita de inveja pelo que sua infância poderia ter sido se ele tivesse sido criado naquela família, com irmãos de galochas, fazendo castelos de areia em praias no inverno, uma casa cheia de cachorros, gatos, porquinhos da índia e hamsters. Uma casa cheia de amor e risadas, não medo e intimidação. Uma vida documentada em paredes de corredor. Ele quer isso tudo para ele e Jen se eles tiverem a sorte de ter filhos.

Em seguida, ele pensa em como Jen parecia triste quando ele a deixou naquela noite. Que ela ficou sentada no sofá com uma bolsa de água quente na barriga, os olhos verdes lindos brilhando com as lágrimas que ela estava tentando não derramar. Outro ciclo menstrual, outra chance perdida. Ele não queria sair, mas ela insistiu. "Desde que você traga chocolate Maltesers", disse ela com bom humor quando ele se despediu com um beijo.

— Linda casa — diz Theo agora, com sinceridade. Dois golden retrievers idosos com bigodes grisalhos se aproximam e ele se curva para fazer carinho.

Larry responde com um sorriso.

— Venha — diz ele, dando um tapinha nas costas de Theo como se o conhecesse há anos. — Vamos para a sala. Quer uma xícara de chá? Marge — grita ele antes que Theo pudesse responder.

Uma versão mais idosa da mulher abraçada a Larry nas fotos aparece no corredor. Ela é alta, tem maçãs salientes no rosto, cabelo branco na altura do ombro e está elegante, com uma blusa de seda e calça marinho.

— Esse é o Theo, filho do Victor.

— Oi, Theo — diz ela, apertando a mão dele calorosamente. — É um prazer te conhecer. Uma xícara de chá?

Theo diz que adoraria e segue Larry até uma sala aconchegante na frente da casa. Ele se acomoda na beira do sofá enquanto Larry se senta em uma poltrona, um dos retrievers aos pés. O outro cachorro se senta ao lado de Theo no sofá e apoia a cabeça no colo dele.

Larry ri.

— Bonnie gostou de você.

Theo faz carinho na cabeça dela.

— Eu amo cachorros. Com sorte, um dia eu e minha esposa vamos ter um.

— Bem — diz Larry, as mãos na barriga redonda —, eu fiquei surpreso com o seu contato. Não vejo Victor há… nossa… anos. Como ele está?

— Bem, obrigado. Está aposentado.

— Como está sua mãe? Eu fui ao casamento… Há quanto tempo foi? Trinta e cinco anos atrás.

— Minha mãe… morreu quatorze anos atrás. Um acidente.

O rosto de Larry se transforma.

— Eu lamento ouvir isso. Ela devia ser jovem.

— Sim. Jovem demais. — Theo engole em seco. — Sei que deve parecer estranho eu pedir para me encontrar com você, mas… — Ele olha para o homem de rosto gentil, com a família grande e feliz, e sabe que pode ser sincero. — Eu encontrei uma coisa do meu pai que gerou mais perguntas do que respostas.

— Certo.

— Você e meu pai tiveram uma clínica juntos. Nos anos 1970.

— Sim, isso mesmo. Um consultório particular. Nós trabalhamos juntos por anos.

— E eu queria saber… — Ele faz uma pausa quando Marge chega com duas canecas. Ele pega uma e toma o cuidado para manter longe da cabeça de Bonnie, que ainda está apoiada no seu colo.

— E você queria saber? — diz Larry quando Marge sai.

Theo se concentra em organizar os pensamentos.

— Não sei. Isso tudo começou depois que eu encontrei um artigo de jornal na mesa do meu pai. — Ele hesita. — Você já ouviu falar em uma Rose Grey?

Larry pensa.

— Eu não reconheço esse nome.

— Saffron Cutler?

Larry faz que não.

— Meu pai é muito cheio de segredos. Ele nunca me contou que tinha um sócio.

Larry olha para Theo com paciência por cima da borda da caneca, esperando que ele chegasse ao ponto.

— Por que você e meu pai decidiram encerrar a sociedade?

Larry parece triste.

— Sim. Foi um negócio ruim.

O coração de Theo se acelera de expectativa... e também de medo do que Larry pode revelar.

— Meu pai fez alguma coisa errada?

— Hum... bom, ninguém sabe ao certo. Claro que Victor sempre alegou ser inocente. Mas houve reclamação de uma jovem. Me desculpe, não vai ser fácil de ouvir.

Theo se prepara. Seja lá o que for, ele sabe que provavelmente já imaginou.

— Uma mulher reclamou que Victor agiu de forma imprópria com ela durante um exame.

O coração dele despenca. De todos os cenários diferentes que ele estava imaginando, aquilo não tinha passado pela cabeça dele.

— Não havia uma enfermeira junto?

— Isso foi nos anos 1970 — diz Larry como explicação.

— A mulher o denunciou?

— Ela procurou a polícia. Mas era a palavra dela contra a dele.

Theo consegue imaginar como uma mulher, quarenta anos antes, teria tido dificuldade em ser ouvida, em acreditarem nela.

Uma raiva quente cresce dentro dele com a ideia de que seu pai seria capaz de algo tão horrível e ele toma um gole de chá para tentar sufocá-la. Ele não pode se emocionar, não agora. Ainda não.

— Você se lembra do nome da mulher?

Larry pensa por alguns instantes.

— Não lembro. O nome que me vem à cabeça é Sandra, mas acho que está errado. Infelizmente, ela se matou um ano depois.

O chá pesa no estômago de Theo.

— Ah, meu Deus, que *horror*.

Larry assente gravemente.

— Eu sei.

— Você pediu ao meu pai pra sair da clínica depois disso?

— Eu queria acreditar nele...

— Mas não acreditou?

Ele suspira.

— Não foi só isso. Teve mais.

Theo sempre soube que seu pai era controlador e intimidador, mas acreditava que era um médico brilhante. Podia ser meio merda em casa, mas no trabalho ajudava a mudar a vida das pessoas.

— Houve mais reclamações?

— Não dessa natureza, felizmente. — Larry bebe chá.

— Mas você disse que houve outras coisas, né?

— Bem, nós só deixamos de... nos entender tão bem, eu acho, nos meses depois da acusação. Acho que queríamos coisas diferentes. Seu pai, como você deve saber, é um homem muito ambicioso. Eu... eu acho que queria uma vida mais tranquila. — Theo sente que há mais que Larry não está dizendo.

— Vocês mantiveram contato?

Ele assente.

— Pouco, ao longo dos anos. Nós acabávamos indo aos mesmos congressos. Ele encontrou Marge algumas vezes, mas nunca levava sua mãe nessas coisas.

Isso não surpreende Theo. Seu pai sempre gostou de separar o trabalho da vida pessoal, fora ocasiões atípicas em que sua mãe precisou receber alguns colegas dele para jantar.

— Eu segui a carreira dele. Fiquei feliz de ver que ele estava indo bem. Eu esperava... de verdade... que tivesse havido um mal-entendido entre Victor e a jovem.

— Quando foi a última vez que você o viu?

Larry aperta os olhos.

— Ah, preciso pensar. Deve ter sido uns bons quatorze ou quinze anos atrás. Sim, isso mesmo, foi em um congresso no outono de 2004.

— Isso foi alguns meses depois da minha mãe morrer.

Larry parece perturbado.

— Ah... ele não falou, mas eu não conversei muito com ele. Nós tivemos uma conversa rápida, mas sobre trabalho.

Bonnie decide que o sofá está quente demais e desce para os pés de Theo. Ele se curva para colocar a caneca na mesa de centro.

— Posso perguntar uma coisa? — diz ele. — E, por favor, me dê uma resposta honesta. Não se preocupe com meus sentimentos.

— Claro — diz Larry.

— Você acha que meu pai teve comportamento impróprio com a tal jovem? Acha que ela falou a verdade?

O rosto de Larry se fecha.

— Ah, bem, seria apenas uma opinião. Não houve acusação contra o seu pai, você precisa entender isso. E, na ocasião, eu quis muito acreditar nele.

— Eu sei... mas acredita agora?

Larry fica em silêncio por um tempo. Theo quase consegue ver o cérebro dele pesando tudo. Ele acaba dizendo:

— Nós nunca vamos ter certeza. Mas meu coração me diz que a jovem não estava inventando. O que quer que tenha acontecido naquela clínica naquele dia, a mulher realmente acreditou que seu pai agiu de forma imprópria.

Theo fica gelado.

Ele foi atrás de respostas, mas agora tinha mais perguntas do que nunca.

20

Rose

Janeiro de 1980

Eu estava tão acostumada a sermos só nós duas que no começo foi estranho ter outra pessoa em casa, dividindo nosso único banheiro, nossa cozinha pequena, tendo que ser educada ao extremo sobre qual dos quatro canais de televisão assistir. Era como ter uma hóspede permanente em casa e era difícil relaxar. Tive a mesma sensação com nossa inquilina anterior, Kay, e a sensação nunca passou. Eu esperava arrumar um emprego quando você tivesse idade para ir à escola, mas até lá o único jeito de eu ganhar dinheiro era alugando um quarto em casa.

No entanto, diferentemente de Kay, você se acostumou com Daphne rapidinho. Ela era como uma tia para você e, embora fosse calada comigo, ela conversava com você como se estivesse mais à vontade na companhia de crianças. Ficava horas no tapete de pele de carneiro na sala da frente com você, brincando com suas bonecas Sindy. Até tricotou um suéter para a sua boneca favorita, em verde-acinzentado e creme. Você adorou.

Eu achava que ela ficaria no quarto com mais frequência, mas todas as noites ela vinha e se sentava conosco, me dava uma xícara de chá apesar de ter acabado de chegar do trabalho no bar. Todas as semanas, ela levava lenha para o fogo. Ela era atenciosa.

Daphne recebia por dia em seu trabalho como faxineira no Veado e Faisão e ficava fora quase todas as tardes; você ia para a escolinha três manhãs por semana. Nós costumávamos jantar no mesmo horário; Daphne gostava de fazer ensopado nas minhas panelas marrons antigas, que tinham sido dos meus pais. Na maioria das vezes, havia uma borbulhando no fogão, e às vezes, se ela estivesse se sentindo criativa, tinha bolinhos. Isso foi basicamente o que ela comeu naquele inverno: ensopados grossos e com carne.

— É barato e fácil — dizia ela, cortando cenoura de um jeito tão profissional que eu me perguntava se ela já tinha trabalhado em um restaurante.

Ela passava séculos na cozinha com os suéteres largos com buracos nos pulsos que eu desconfiava que ela mesma tinha tricotado, cortando a carne que conseguia comprar no açougue, parada na frente da bancada com uma perna dobrada, como um flamingo.

— Ah, eu tive tantos empregos diferentes ao longo dos anos — disse ela quando perguntei. — O que eu não fiz?

Mesmo então, no começo, quando as coisas estavam boas, quando eu estava alheia ao que havia pela frente, algo em Daphne me intrigava. Fora aquela primeira noite, nós parecemos ter criado um acordo tácito de não falar do passado. Mas me vi querendo saber mais sobre ela, percebendo que, se eu cutucasse fundo demais, ela talvez fizesse o mesmo comigo, e isso poderia revelar coisas que nos colocariam em perigo.

De que ou de quem Daphne estava fugindo?

Mas, naquelas semanas, principalmente nas primeiras, eu me senti mais segura de ter outra adulta em casa. Eu me senti cuidada, e foi um sentimento gostoso e incomum. Uma coisa que eu não sentia desde Audrey.

Foi um inverno frio. Nossas janelas ficavam embaçadas e havia uma camada fina de gelo na parte de dentro do vidro. Pisar no chão de pedra da cozinha era como pisar em um rinque de gelo, dava até para sentir através das meias, mas o chalé era aconchegante, só nós três, longe dos forasteiros. Era seguro.

Algumas semanas depois da mudança de Daphne, quando você estava na cama e nós estávamos vendo *Casal 20* na televisão, ela perguntou se eu gostaria de ir ao bar com ela uma noite. O máximo de socialização que eu fazia era em uma reunião ou outra do Women's Institute com Melissa ou quando eu ajudava na igreja quando você estava na escolinha, e mesmo assim eu ficava com medo de ser excessivo, de eu estar sendo complacente demais.

— Será que Joyce e Roy poderiam cuidar dela? — sugeriu ela. — Nós não precisaríamos voltar tarde.

Joyce e Roy eram o casal idoso gentil que morava na casa ao lado, um chalé parecido com esse, mas sem o telhado de sapê. Eles lhe adoravam e às vezes cuidavam de você quando eu ia tocar o sino da igreja duas vezes por mês. Eu confiava neles. Eles não eram fofoqueiros, não faziam perguntas demais, tinham um filho um pouco mais novo do que eu, que raramente viam, e não tinham netos. Davam presente no seu aniversário e no Natal, cordas de pular com cabos pintados e conjuntos Weeble e, quando Joyce estava no jardim podando rosas, ela sempre vinha dar um oi e o rosto dela se iluminava quando via você.

Eu me senti mal de pedir que eles cuidassem de você para eu poder ir ao bar. Mas Daphne ficou tão empolgada com a perspectiva, com o sorriso de dentes separados, o cabelo caindo desgrenhado pelos ombros. Ela era a única outra mulher da minha idade que eu conhecia no vilarejo. Que mal haveria em sair uma noite? Em tomar uns drinques e agir como mulheres normais de trinta e poucos anos em vez de duas eremitas?

Eu concordei e, quando pedi a Joyce e Roy no dia seguinte, eles ficaram felizes em ajudar. Foram para o chalé na noite seguinte, uma sexta, com um tubinho de Smarties para você, e eu falei que você podia ficar acordada até um pouco mais tarde para ficar com eles. Mas meu coração estava pesado quando me despedi na porta, você de pé entre eles, Roy com o cardigã marrom com botões grandes e Joyce de vestido florido, a luz do corredor se espalhando na entrada de casa. E, quando Joyce fechou a porta, nós mergulhamos na escuridão. O ar estava tão frio que saía fumaça de nossa respiração e havia geada no chão. Nós nos seguramos uma na outra enquanto descíamos a colina até o vilarejo sem escorregar. Daphne estava usando o casaco de veludo remendado, uma camisa polo preta e uma calça boca de sino de veludo vinho, com um cachecol comprido em volta do pescoço. Eu tinha colocado um vestido florido longo e botas por baixo do casaco de pele de carneiro que tinha comprado em um bazar de caridade cinco anos antes. Tentei não ficar nervosa, só nós duas no escuro, tentei não pensar em ser observada das sebes, fiquei dizendo para mim mesma que ninguém pensaria em me procurar em Beggars Nook. Tentei me concentrar em Daphne, minha inquilina, a pessoa que, apesar de todas as promessas que eu tinha feito para mim mesma depois de Kay, estava se tornando uma amiga.

— Tem certeza de que quer ir ao Veado e Faisão, mesmo você trabalhando lá? — perguntei.

Ela deu de ombros.

— Eu não me importo. É quente. Tem álcool. E assim não precisamos dirigir pra algum lugar.

Eu odiava dirigir, apesar de fazer isso de vez em quando, sempre que necessário. Mas saber que o Morris Marina da minha mãe estava parado em frente ao chalé me dava segurança: eu podia fugir rapidamente com você caso precisássemos algum dia.

Visto de fora, o bar estava bonito como um cartão de Natal. Ainda estava com um fio de luzinhas em volta da porta, e as janelas quadradas de pedra estavam embaçadas, mas dava para ver o contorno das pessoas lá dentro. Fomos atingidas por uma cacofonia quando entramos e pelo cheiro de álcool misturado com amendoim. Um grupo de homens mais velhos estava parado no canto jogando dardos e alguém tinha colocado "Don't Bring Me Down", do ELO, na jukebox. Joel, o dono, olhou do balcão quando entramos. Ele abriu um sorriso gentil para mim, como sempre fazia. E vi sua expressão se fechar um pouco quando ele reparou em Daphne. Eu me perguntei por quê. Minha antena tremeu e fui lembrada novamente que não conhecia Daphne. Não podia baixar a guarda. Era exaustivo estar alerta o tempo todo, como um dos guardas do Palácio de Buckingham, mas eu estava fazendo isso havia quatro anos. Normalmente, Joel era tão animado, naquele estilo bem jovial, com marcas de riso em volta da boca quando ele sorria, o que era frequente. Quarenta e tantos anos, bonito de um jeito vivido e experiente, com sotaque do interior e um amor por suéteres Aran. E ele tinha sido gentil comigo no passado. Quando cheguei ao vilarejo, grávida de você e com medo até da minha própria sombra, ele me ajudou quando achei erroneamente que estava sendo seguida porque um homem, que no fim das contas era Mick Bracken da fazenda na extremidade de Beggars Nook, estava passando inocentemente com o cachorro atrás de mim em um terreno que agora sei que é dele. Joel se sentou comigo em um dos bancos do bar, fez uma xícara de café e esperou que eu parasse de tremer. Ele nunca fez perguntas, nunca tentou me fazer dizer de que ou de quem eu tinha tanto medo. Só foi uma presença tranquilizadora. Eu muitas vezes desejei que ele fosse meu tipo.

— Como posso ajudar, senhoritas? — perguntou Joel atrás do bar.

— O que você quer beber? Por minha conta — disse Daphne, enfiando a mão na bolsa para pegar a carteira. — É um agradecimento por me deixar morar com você. — Vi a expressão que passou entre ela e Joel e tive uma sensação ruim, como se eles soubessem de algo que eu não sabia.

Pedi um vinho branco seco e Daphne pediu a mesma coisa, então fomos nos sentar no canto, perto do fogo, do lado oposto de onde os homens estavam jogando dardos.

— Você se dá bem com Joel? — perguntei, tentando parecer casual enquanto tirava o casaco. Ele estava de costas para nós, enchendo uma taça de bebida cor de âmbar de uma garrafa que estava na prateleira.

— Acho que sim. Por quê?

— Eu só achei que havia... sei lá... uma tensão entre vocês.

Ela tirou o cabelo do rosto. Estava com mais maquiagem do que o habitual, com muito delineador azul. Fazia com que os olhos dela parecessem enormes. Ela estaria com esperança de ficar com alguém? Tive vontade de rir com a ideia. Joel era o único homem disponível ali. Ela baixou a voz e se curvou por cima da mesa. Deu para sentir o cheiro de vinho no hálito dela.

— Ele deu em cima de mim. Pouco depois que eu cheguei. Foi bem insistente, forçou a barra comigo.

— O quê? — falei, horrorizada. Eu desconfiei algumas vezes que Joel talvez tivesse interesse em mim, mas ele nunca tinha feito nada. E nunca tinha me deixado incomodada.

— É. Eu estava passando aspirador no carpete aqui depois de fechar à tarde e ele se aproximou por trás. Passou os braços em volta de mim com força para eu não conseguir escapar e passou o nariz no meu pescoço. Se encostou em mim. — Ela fez cara de nojo. — Eu senti... — ela tremeu — ... tudo.

— Ah, meu Deus. — Eu era pior em avaliar caráter do que achava. Eu jamais acharia isso do Joel. Ele sempre me pareceu um perfeito cavalheiro.

Ela se encostou na cadeira com um sorriso satisfeito e cruzou os braços sobre o peito.

— Pois é.

— O que você fez?

— Eu o empurrei. Falei que, se ele tentasse qualquer coisa do tipo de novo, eu cortaria o pau dele.

Eu quase engasguei com o vinho.

— E ele passou a dificultar a minha vida. Obviamente, não gostou de ser rejeitado. Aff. Sinceramente, estou tão puta da vida com os homens acharem que podem fazer essas coisas com as mulheres. Bom, para cima de mim, não.

Não pude deixar de admirar a atitude corajosa, tão diferente da mulher nervosa e tensa que eu tinha visto na véspera de Natal. Mas aquilo dava concretude a tudo que eu achava que sabia sobre o passado dela. Ela tinha sido vítima de um homem cruel e misógino, como eu.

Ela esticou a mão e segurou a minha.

— Nós temos que ficar juntas, você e eu, Rose. O mundo lá fora é uma merda. Nós temos que cuidar uma da outra.

Olhei para Joel, que estava agora servindo dois caras idosos no bar, rindo de algo que eles disseram, e meu estômago se contraiu de decepção. Eu tinha sido enganada por ele. Ele era como os outros.

Ele deve ter sentido que eu estava olhando para ele porque se virou para mim e abriu um sorriso caloroso.

Eu não sorri de volta.

Lorna

Ela o vê antes que ele a veja. Um homem grande como um urso. Ele está sentado no canto do restaurante, de camisa azul-clara esticada nos ombros largos, o cabelo escuro desgrenhado e uma leve barba por fazer no rosto bonito. Seu estômago se contrai.

Euan Cutler. Seu ex-marido, amante e melhor amigo.

Ele está com a cabeça curvada sobre um bloco de anotações, mordendo a ponta de uma caneta e, quando é conduzida até ele por um garçom empolgado, ela vê manchas de tinta no dedo indicador dele. Isso a leva de volta para quando eles se casaram e ele começou o curso de jornalismo, sempre rabiscando no canto do apartamentinho deles.

Ele olha para a frente quando ela se aproxima e larga a caneta. Ele tem um daqueles rostos que parecem severos, um pouco intensos, como um boxeador antes de uma luta, até que sorri, e as feições se suavizam instantaneamente.

— Lorna!

Ele se levanta. Com 1,87 metro, ele é bem maior do que ela. Ele se abaixa para beijar a bochecha dela. Como sempre, ele está com cheiro de loção pós-barba almiscarada e sabão de lavar roupa, em desacordo com a aparência desgrenhada.

Ela se senta na cadeira em frente. Eles esperam até receberem o cardápio e pedirem as bebidas para começar a falar.

— Você está ótima — diz ele.

— Você também.

E é verdade, ele está. Ainda largo, mas mais magro, menos barrigudo. E, apesar de ter linhas ao redor dos olhos, aos 42 anos ele ainda tem um jeito de menino.

— Como está sendo morar na Espanha?

— Bom. Você me conhece. Não paro quieta.

Ele ri.

— É bem isso mesmo.
— E você? Já conheceu a mulher dos seus sonhos?
— Ando muito ocupado trabalhando.
— Bem isso — ela brinca de volta. Eles sustentam o olhar do outro.
— Sinto muito pela Rose — diz ele, rompendo o contato visual.
— Por causa da demência ou dos corpos? — pergunta ela, tentando fazer uma piada, mas ele não ri.
— Deve ser difícil para você e Saffy.
Ela brinca com o guardanapo no colo sem o encarar.
— É como se a tivéssemos perdido, mas ela ainda está viva. Quando eu fui vê-la, ela... — sua voz falha — ... ela não me reconheceu.
Ele estende a mão sobre a mesa e pega a mão dela.
— Rose foi legal comigo... mesmo depois de nos separarmos.
Lorna assente, envergonhada por estar com um nó na garganta. Ela se esforçou tanto ao longo da semana para ser forte para Saffy, para ser otimista e positiva.
— É difícil porque ela fica confusa e eu não quero que Saffy se preocupe por causa do bebê. — Ela olha para ele. — O que você está achando? Avós com quarenta e poucos anos.
Ele sorri.
— Era de se esperar, suponho. Saffy nunca ia viver experiências casuais por aí. Ela nasceu adulta, aquela lá. — Ele tira a mão da dela.
— Uma garotinha tão séria — concorda ela, e eles sorriem um para o outro, lembrando-se de sua história compartilhada.
Eles ficam em silêncio e seus olhares se encontram por alguns segundos, até que Lorna desvia o dela. Ela precisa ser proativa e prática. É para isso que está ali, afinal. Ela se abaixa para pegar o recorte de jornal na bolsa e a empurra sobre a mesa em direção a Euan.
Ele coloca a mão em cima, mas não o pega.
— Antes de entrarmos nisso, vamos dar uma olhada no cardápio. Estou morrendo de fome e não posso demorar mais de uma hora e meia.
— Ah, Deus, é claro.
Ele ri.
— E você sabe como somos quando começamos a falar.

O garçom aparece na mesa com as bebidas; Euan pede um bife e Lorna, peixe.

— Agora que isso está resolvido, vamos dar uma olhada — diz ele, pegando o artigo. — O *Thanet Echo*. Esse jornal ainda existe.

Lorna explica as descobertas.

— Parece que essa tal Sheila se matou.

Euan franze a testa.

— Ou morte por acidente. De qualquer forma, eu já falei com Saffy sobre isso. Eu encontrei um arquivo.

— Ah, é? Sobre Sheila?

— Sim. Não é grande coisa, mas prometi a Saffy que enviarei por e-mail pra ela mais tarde. — Ele devolve o recorte para ela. — Você não acha que sua mãe sabe alguma coisa sobre os corpos no quintal, né?

Lorna pega o artigo e o coloca de volta na bolsa.

— Duvido. É que... devem ser divagações de uma velha, mas ela falou sobre Jean bater em alguém na cabeça e depois que foi Sheila. E a gente encontrou esse recorte. E a ligação entre Alan Hartall e Daphne Hartall. Fiquei intrigada, só isso.

Ele ri.

— Talvez você devesse ter sido jornalista!

— Estou surpresa que o seu pessoal não tenha ido para Skelton Place para conferir — diz ela, tomando um gole de Coca diet.

— Nós usamos uma agência de notícias e publicamos um artigo, claro. Mas será mais interessante se e quando as vítimas forem identificadas e quando a polícia tiver uma ideia de quem foi responsável. Aí, infelizmente, vai aparecer mais um monte de gente lá. Só avisa a Saffy, está bem?

O garçom está de volta e o estômago de Lorna ronca quando o robalo é colocado na frente dela. Parece delicioso. Ela pega uma garfada.

— E você tem algum contato de Alan Hartall? — pergunta ela com a boca cheia.

Euan corta o bife. Ele obviamente ainda gosta de carne tão malpassada que está quase viva.

— Só endereços. Tudo de listas antigas. Encontrei dois Alan Hartalls morando na área de Broadstairs, mas não tenho ideia de suas idades.

— Vou para lá esta tarde.
Ele ergue os olhos do bife.
— É uma hora e meia de trem.
— Eu sei.
— Muita coisa pra fazer em um dia. Você vai ter cuidado, não vai?
Ela ri.
— Duvido que Alan Hartall, quem quer que seja, seja perigoso. Ele seria um homem velho agora.
Mas Euan não ri. Só passa uma das mãos grandes na barba por fazer. Algo que ele sempre fez quando está ansioso.
— Até os velhos podem ser perigosos.

Já são 16h quando Lorna chega a Broadstairs. Seu trem de volta para St. Pancras é às 18h30. Não sobra muito tempo para ela tentar encontrar o Alan Hartall certo. Quando está na frente da estação com o cheiro suave de batatas fritas e maresia, ela vacila. *Isso é loucura demais?* Aquela tentativa maluca de encontrar um Alan Hartall que podia estar morto ou ter se mudado?
O primeiro endereço fica na avenida Pierremont, a cinco minutos a pé da estação de acordo com o Google Maps, que ela tem no celular. Ela segue o pontinho azul, os saltos estalando na calçada, passando por casas comuns até chegar lá. Parece uma rua comprida com casas de vários graus de atratividade e épocas. Aquilo ali poderia ser em qualquer lugar, pensa, porque, fora os gritos de gaivotas, ela não se sente como se estivesse em uma cidade litorânea. O ponto azul pisca na frente de uma casa estilo anos 1970 com uma caçamba de entulho na frente. Ela hesita, ajeita o casaco e endireita os ombros. Sente a expectativa vibrar no corpo. Impulsionada pela esperança, ela marcha até a porta da frente e bate forte. Leva um tempo até alguém responder: uma mulher da idade dela de legging, camiseta larga e expressão transtornada. Tem uma garotinha agarrada à sua perna.
— Desculpe incomodá-la — diz Lorna.
— Se você está vendendo alguma coisa, não estou interessada — diz a mulher, sem sorrir.

— Não, estou tentando encontrar alguém — diz Lorna rapidamente, antes que a mulher possa fechar a porta na cara dela. — Um Alan Hartall.

Ela balança a cabeça.

— Desculpe. Não tem nenhum Alan Hartall aqui. Nós acabamos de nos mudar.

— Você conhece alguém chamado Alan Hartall?

A mulher parece irritada agora.

— Não. — A garotinha começa a chorar. — Se você me der licença... — Ela não termina a frase e fecha a porta na cara de Lorna.

Lorna solta um longo suspiro. Que perda de tempo. Por que ela achou que o Alan Hartall que era amigo da Sheila Watts ainda estaria morando ali?

Ela puxa a bolsa no ombro, sai pelo portão e para junto ao muro para digitar o outro endereço que tem. Parece que é à beira-mar. Pelo menos se não der sorte lá, ela pode andar até a praia, talvez tomar um café e aproveitar o sol do final da tarde. Ainda bem que os dois lugares são próximos um do outro.

Nossa, que calor. Ela tira o casaco e o enfia entre as alças da bolsa. O sol queima sua nuca. Ela olha para o celular. O próximo endereço fica no final da estrada Wrotham e, enquanto se dirige rua abaixo, ela vê uma névoa azul ao longe. O mar. Aí sim, ela pensa, a empolgação borbulhando dentro dela. Esse endereço é um apartamento em uma construção vitoriana de tijolos vermelhos adaptada. Ela toca no apartamento C e espera, mantendo mentalmente tudo cruzado para conseguir algum tipo de pista.

Mas ninguém atende, mesmo ela tocando a campainha três vezes e tendo mantido o botão pressionado por pelo menos dez segundos. A decepção é aguda. O que fazer agora? Colocar um bilhete na porta torcendo para que Alan Hartall ainda more ali? Torcer que não seja retirado e jogado fora por um morador de um dos outros apartamentos?

Ela está remexendo na bolsa, tentando encontrar uma caneta e algo em que escrever, quando ouve um estalo do interfone e a voz de um homem:

— Alô.

Ela sente uma injeção de adrenalina.

— Oi. É Alan Hartall?

— Sim? — A voz está rouca. Velha. — Quem é?

Ela mal pode acreditar. Pode mesmo ser *o* Alan Hartall?

— Meu nome é Lorna. Peço desculpas por aparecer do nada assim, mas estou tentando encontrar o Alan Hartall que conheceu uma Sheila Watts nos anos 1970.

— Certo — diz a voz. — Você é da polícia?

— Não, não, nada do tipo. É que... é alguém que eu acho que talvez minha mãe também conhecesse. Você conhecia uma Sheila Watts?

Há uma pausa, só o crepitar de estática. Ela se pergunta se ele a ouviu.

— Olá — diz ela novamente.

Não há resposta. Ela disse algo errado? Talvez ele também esteja no início de demência. Talvez esteja com problemas de audição. Ou...

Seus pensamentos são interrompidos pela porta principal se abrindo. Do outro lado da soleira está um homem na casa dos setenta anos com uma cabeleira branca de fios grossos e crespos. Ele está segurando uma bengala, mas parece cheio de energia, de jeans e camiseta.

Ele tem olhos castanhos, nariz grande e sobrancelhas peludas e grisalhas.

— Você conhecia Sheila Watts? — pergunta ele.

É ele. Só pode ser, ela pensa.

— Sim! Bem, não... não exatamente. Minha mãe conhecia, eu acho. Achei um recorte nas coisas dela sobre a morte da Sheila.

— Sim, foi um negócio triste. Ela parecia uma garota legal. Não que eu possa falar muito sobre ela. Eu não a conheci tão bem assim.

Lorna hesita, imaginando a melhor forma de fazer a próxima pergunta.

— Na verdade, é uma longa história, mas também estou tentando encontrar outra pessoa que minha mãe conhecia. Uma Daphne Hartall. Eu me perguntei se ela tinha alguma relação com você.

Ele parece confuso, as sobrancelhas grossas sobem e descem.

— Daphne Hartall é minha irmã.

— Daphne Hartall é sua irmã? — Ela sabia! Ela sabia que não podia ser coincidência. Hartall é um sobrenome muito incomum.

— Por que você está perguntando sobre Daphne? — Há dor por trás dos olhos dele quando ele diz o nome dela.

Lorna muda de posição. Como pode começar a explicar tudo?

— Sua irmã foi inquilina da minha mãe, isso em 1980. E eu acho que as duas devem ter conhecido Sheila Watts. Acho que talvez minha mãe também tenha morado aqui em Broadstairs em algum momento. Você a conheceu? Rose Grey?

Ele balança a cabeça, parecendo confuso. Ela não sabe se o que diz está fazendo algum sentido.

— De qualquer forma, eu só queria falar com Daphne. Pra descobrir sobre minha mãe. Ela tem demência agora e...

Alan limpa a garganta.

— Espere — diz ele, as sobrancelhas grossas franzidas. — Você disse que sua mãe conheceu Daphne em 1980?

— Sim, elas moraram juntas. Em Wiltshire.

Ele estala a língua, o rosto impaciente.

— Não, não. Tem alguma coisa errada aí. Daphne nasceu e viveu em Broadstairs. Nunca saiu daqui. E... — Seus olhos ficam úmidos. — Daphne morreu. Aos trinta e dois anos, de câncer. Em 1971.

22

Saffy

Quando entro no chalé, estou trêmula após a conversa com o detetive particular. Para quem ele está trabalhando? E que tipo de informação ele acha que a vovó tem? Eu me pergunto se tem algo a ver com Sheila. Mas descarto o pensamento imediatamente. O detetive particular só apareceu depois que os corpos foram encontrados, deve ter algo a ver com isso. Mas o quê? Será que a vovó sabe mais do que é capaz de nos dizer?

Vou ligar a chaleira elétrica e me irrito quando vejo que a minha mãe a colocou do outro lado do micro-ondas. Eu a coloco no lugar enquanto Snowy morde um brinquedo aos meus pés.

Uma batida na porta me faz pular.

Eu fico paralisada. Ah, meu Deus. É ele. Aquele detetive particular. Ele me seguiu até em casa. Será que sabe que estou sozinha? Será que vai forçar a entrada aqui e me fazer revistar a casa? Minha imaginação fica sobrecarregada e eu tenho que me obrigar a me acalmar. Snowy dá um pulo e segue pelo corredor, latindo. Vou até a janela da sala e espio para fora, tentando ver quem é, meu coração batendo forte. Talvez seja apenas um repórter, eu acho, *eu espero*, pela primeira vez. Tem um carro desconhecido estacionado ao lado do meu Mini, um carro grande azul. É o carro do detetive particular? Se ele tentar entrar eu chamo a polícia. Mas, não, calma, há dois homens lá fora. Eu os reconheço como os detetives da polícia do dia anterior.

Com alívio, vou até a porta da frente e a abro. Devem ter novidades. Por que outro motivo eles teriam esse trabalho em vez de ligar? Minha garganta fica seca.

— Oi, Saffron — diz o mais velho, detetive Barnes. Ele mostra o distintivo desnecessariamente. — Podemos entrar?

— Claro — digo, e chego para o lado. Eu os levo até a sala de estar e ofereço uma bebida, que ambos recusam.

O detetive Barnes se senta no sofá e o detetive Worthing se acomoda na beira da poltrona. Ambos são imponentes na salinha, mas me sinto mais segura na mesma hora só por tê-los ali. Por alguns segundos há silêncio, rompido apenas pelos pássaros cantando lá fora.

Eu me sento na extremidade do sofá oposta ao detetive Barnes. Ele inclina o corpo para mim. Vejo a tatuagem de teia de aranha no braço dele. Ele percebe que estou olhando e puxa o punho da camisa.

— A sra. Cutler está aqui?

— Hum. Não. Ela... ela está em Londres hoje. — Agora que eles estão ali, eu posso perguntar se eles têm alguma novidade sobre o Harrison Turner que Brenda mencionou.

Um lampejo de preocupação cruza seu rosto.

— Temos más notícias, infelizmente.

Eu faço que sim e me preparo.

— Certo.

— Nós identificamos o corpo masculino.

Minha boca fica seca.

— Certo — digo, me perguntando por que isso seria uma má notícia. A menos que eu o conhecesse. Mas isso não é possível. E então eu penso na vovó e meu estômago se revira.

O detetive Barnes pega o caderninho preto no bolso interno do paletó e vira algumas páginas.

— O nome Neil Lewisham significa alguma coisa pra você?

Eu balanço a cabeça.

— Nunca ouvi falar. — *Vai direto ao ponto.*

— Bem, como você pode imaginar, foi um trabalho difícil tentar identificar os dois corpos, considerando que morreram há muito tempo. Mas verificamos uma lista de pessoas que foram dadas como desaparecidas de 1975 a 1990 no sudoeste da Inglaterra em particular, e de 30 a 45 anos de idade. Um homem de 39 anos chamado Neil Lewisham foi declarado como desaparecido em abril de 1980 pela esposa. Embora ele fosse de Surrey, o que chamou nossa atenção foi que a esposa disse em depoimento da época que ele foi visitar alguém na área de Chippenham antes de desaparecer. Isso, claro, foi investigado nos anos 1980, mas não deu em nada. Infelizmente, a esposa dele já morreu, e nós falamos com o filho, que concordou em fazer um teste de DNA. O DNA deu compatível.

Sinto como se alguém tivesse tirado meu ar.

— Então, você está dizendo que ele morreu nesta casa... enquanto minha avó estava morando aqui?

— É o que parece, sim. Ele foi visto pela última vez na estação de Chippenham no dia 7 de abril de 1980. Não foi mais visto e nunca mexeu na conta bancária. Por isso, podemos supor que ele morreu no dia 7 ou por volta disso.

— Tem certeza de que é esse homem? O DNA... Quer dizer... — Eu franzo a testa. — Como? — O corpo já teria se decomposto, com certeza.

— É possível extrair DNA de ossos e dentes. O filho dele é compatível. Com certeza é ele.

Estou enjoada. Vovó estava morando ali quando ele morreu.

— Eu... Eu não acredito nisso.

O detetive Barnes se mexe no sofá.

— Sinto muito — diz ele, sustentando meu olhar, os olhos sinceros. Ele se vira para o caderno na mão e bate a caneta na página. — Ainda estamos tentando identificar o outro corpo. Por enquanto — continua ele — só podemos pesquisar as mulheres desaparecidas por volta desse período e qualquer pessoa com uma possível conexão com Neil Lewisham. Agora que temos uma data, pelo menos o período de tempo fica reduzido. Pode demorar um pouco, mas temos uma equipe trabalhando nisso. Além disso, vários policiais têm feito visitas de porta em porta no vilarejo para perguntar aos moradores se eles moravam em Beggars Nook na época e o que lembram. Também temos policiais fazendo verificações de antecedentes desta casa para ver se alguém já relatou uma perturbação ocorrendo aqui, ou qualquer outra coisa. E estamos trabalhando na vitimologia.

— Vitimologia?

— Sim, de Neil Lewisham. Informações sobre a vítima, essencialmente. Para ver se conseguimos descobrir por que ele foi morto. Eu só quero garantir a você que estamos fazendo tudo o que podemos.

Eu engulo a náusea.

— O que isso significa... pra minha avó?

Ele tira um fiapo imaginário da calça e evita o contato visual.

— Bem, vamos precisar falar com ela novamente, para ver o que ela lembra. Também estamos tentando localizar o paradeiro das duas inquilinas da sua avó. Uma tal de Kay Groves e, claro, Daphne Hartall.

Não digo a ele que minha mãe está atualmente em Kent tentando encontrar Daphne.

— E aquelas outras pessoas que a minha avó mencionou? Victor e Jean?

— Sim, isso é mais difícil sem os sobrenomes.

Olho para o detetive mais jovem. Ele está rabiscando algo no caderno e olha para a frente quando sente que estou olhando. Ele me dá um sorriso solidário.

— Tem outra coisa — digo, voltando a atenção para Barnes. Pego o cartão que o detetive particular me deu e entrego a ele. — Um homem me parou no bosque hoje. — Explico nossa conversa. — Ele ficou muito agitado no final, como se realmente quisesse essa informação, seja lá o que for. Ele disse que seu nome era Davies.

O detetive Barnes franze a testa para o cartão.

— Vou investigar — diz ele. Ele escreve o número no caderno e me devolve o cartão. — Se você encontrar o que acha que ele está procurando, por favor, me ligue. Aconselho que você não ligue para ele.

— Está bem.

Concordo com a cabeça e, ao fazê-lo, tenho uma sensação de experiência extracorpórea, como se eu estivesse olhando para mim mesma conversando com a polícia sobre minha avó. Dois meses antes, eu teria entrado em pânico com a ideia de ter que falar com a polícia sem Tom ao meu lado.

— Precisamos falar com Rose o mais rápido possível — diz ele, levantando-se, e o detetive Worthing faz o mesmo.

— Vou ligar para a casa de repouso e marcar, depois aviso.

Levo-os até a porta. Enquanto os vejo irem embora, percebo que não cheguei a perguntar sobre Harrison Turner, afinal. Parece inútil agora, de qualquer maneira.

Vovó era quem morava aqui quando Neil Lewisham foi assassinado.

As palavras dela surgem na minha mente. *Jean bateu na cabeça dela.* Seriam as divagações dela tão inócuas quanto eu pensei a princípio? As menções que ela fez a Jean, Victor e Sheila foram sua maneira de tentar me dizer o que realmente aconteceu quarenta anos antes?

23

Lorna

— Ela morreu? — Lorna cambaleia e se apoia na parede. — Em 1971? Mas... mas isso não pode estar certo.

— Acho que eu saberia quando minha irmã morreu — responde Alan secamente.

— É claro. Eu não quis dizer... Eu sinto muito... eu só não entendo.

Ele olha para ela, as sobrancelhas peludas franzidas. A expressão dele se suaviza.

— Você está um pouco pálida. Quer entrar para tomar um copo de água?

Lorna está com sede, mas se lembra das palavras de Euan. *Até os velhos podem ser perigosos.*

— Há... não, tudo bem. Obrigada. Eu vou... Tem um café por aqui?

— Lá na frente. — Ele aponta para o mar. — Tem um ótimo na praia.

— Obrigada.

Ele a avalia em silêncio.

— Como é mesmo seu nome?

— Lorna. Lorna Cutler.

— Eu realmente não estou entendendo do que se trata tudo isso — diz ele, mais gentil agora.

Ela puxa a bolsa com mais firmeza no ombro.

— Eu também não — diz ela, suspirando. — Deve ser outra Daphne Hartall... mas a conexão com Sheila...

Ele fica em silêncio, como se estivesse pensando em algo.

— Quer companhia no café? Nós podemos beber alguma coisa e você pode me contar tudo. Eu conhecia a Sheila Watts e talvez possa ajudar.

Ela se anima. Não é irresponsável da parte dela ir para o café com ele, não é? Em plena luz do dia, em um lugar público?

— Seria ótimo — diz ela.

— Vamos, então.

Os olhos dele brilham e ela sorri em uma onda de gratidão. Ele fecha a porta e eles caminham em direção a uma rua principal. Agora sim, pensa Lorna quando eles atravessam a rua, passam por alguns belos jardins e por um coreto, seguindo o caminho até a praia. As pessoas estão andando de bermuda e camiseta, tomando sorvete e curtindo o agradável clima de maio. Alan fala sobre a bengala e o quadril ruim que precisa de prótese. Mas ele é surpreendentemente firme no caminhar, anda mais rápido do que ela. Ela tem que ir trotando de salto para acompanhá-lo.

Ele leva Lorna a um café descolado com música e mesas ao ar livre em um terraço com vista para a praia. As pessoas estão circulando, algumas bebendo cervejas e outras tomando cappuccinos em enormes canecas e pires coloridos.

— O que você gostaria? Por minha conta — diz ela, descartando a proposta dele de pagar. — É gentil da sua parte falar comigo.

— O prazer é meu. Estou feliz por ter companhia.

Ele sorri. Ele tem uma covinha na bochecha esquerda. Diz que adoraria uma cerveja e Lorna decide pedir uma taça de vinho. Não vai ter que dirigir mesmo, ela diz a si mesma. Ela pode pedir um café para levar depois, para ir tomando no trem.

Alan encontrou uma mesa no canto do terraço, com vista para a baía e para a fileira de cabanas de praia de cores de sorvete. Ela se senta ao lado dele e respira fundo o ar do mar. Ela poderia viver ali, pensa, com o sol nas costas, a música, a agitação. De repente, ela anseia por estar de volta a San Sebastián.

Alan agradece a ela pela cerveja e toma um longo gole, a espuma grudando no lábio superior.

— Caiu muito bem.

Ela ri. O vinho, o sol e a música a deixaram eufórica e ajudaram a aliviar a decepção de descobrir que Daphne morreu antes que pudesse se tornar inquilina da sua mãe.

— Então me diga — diz ele, colocando a cerveja na mesa de madeira —, o que tudo isso tem a ver com Sheila Watts?

Lorna explica sobre os corpos encontrados no quintal, o artigo sobre Sheila e a inquilina da sua mãe que também se chamava Daphne Hartall. Ela puxa o recorte de jornal da bolsa e o entrega para Alan.

— E aí eu vi isso, sua fala para o jornal.

Ele o examina e o devolve para ela.

— Eu estou sem meus óculos. Você se importaria de ler?

Ela faz o que ele pede, certificando-se de ler devagar e claramente; ela é frequentemente acusada de falar rápido. Quando chega ao fim, ele está olhando para o mar, como se esperasse ver Sheila na praia.

— Ela era estranha — diz ele, o olhar ainda distante. — Um pouco solitária, sabe como é. Mas éramos amigos. — Ele se vira para ela. — Ela morava no apartamento embaixo do meu. Não onde eu moro agora. Na rua Stone.

Lorna não tem ideia de onde é, mas concorda.

— Mas você não conheceu uma Rose Grey? — pergunta ela.

Ele faz que não.

— Não, não, com certeza não.

— Eu só não entendo por que minha mãe teria guardado um artigo sobre Sheila Watts, a menos que ela ou a inquilina a conhecesse.

Alan toma um gole barulhento da cerveja em resposta.

Na praia abaixo ela vê um adolescente brincando no mar com um cachorro cockapoo marrom. Ela levanta os olhos para Alan.

— O que aconteceu na noite em que Sheila morreu? Você lembra?

— Era véspera de Ano-novo. Parte do meu grupo foi ao bar e decidiu passar a virada na praia. Sheila não conhecia nenhum dos meus amigos, mas foi junto. Como eu disse, ela era mesmo reservada. Só estava em Broadstairs havia alguns anos. Ela era de Londres, eu acho. E disse que viajava muito.

— Minha mãe era de Londres. Talvez elas se conhecessem de antes de Sheila vir pra cá. — Uma brisa sopra do mar e Lorna volta a vestir o casaco. Eles estão sentados na sombra parcial agora.

— Pode ser. De qualquer forma, naquela noite Sheila estava particularmente calada. Ela mal falou no bar. Ficou sentada de cara amarrada no canto, bebendo. Apesar de não parecer bêbada, eu perguntei a ela algumas vezes o que estava acontecendo. Como eu disse, não éramos tão próximos, mas eu a conheci um pouco ao longo dos dois anos em que ela foi minha vizinha. Às vezes, ela ia até o meu apartamento tomar uma xícara de chá.

Nós conversávamos muito. Eram conversas bem profundas. Sobre a morte da minha irmã e uma pessoa que ela também perdeu, mas não disse quem. Na noite em que Sheila morreu, ela parecia nervosa e tensa. Pessoalmente, eu sempre me perguntei se ela era ex-viciada. Era muito magra. Paranoica.

— Paranoica? Com quê?

— Vivia achando que estava sendo seguida. Muitas vezes, pensei se ela não estaria devendo dinheiro a um traficante ou algo assim. — Ele ri. É um som profundo e gutural, como se ele estivesse se recuperando de uma bronquite. — Eu devo estar vendo coisa a mais nessa história agora, ao repensar nela. Mas ela era arredia. Essa é a palavra certa.

— E o que aconteceu quando vocês chegaram à praia naquela noite?

— Sheila saiu andando sozinha. Perguntei se ela queria companhia, mas ela se afastou, disse que estava emotiva, que sempre ficava assim no Ano-novo e que queria ficar só. Eu e meus amigos estávamos sentados bebendo e notei que Sheila estava tirando a roupa pra entrar no mar. Loucura, se você quiser saber. — Ele estremece. — Frio pra caramba, o mar em dezembro.

Lorna sorri.

— Eu posso imaginar.

— Fiquei com uns amigos, acabando com algumas latas. Todos nós acabamos bêbados e nos esquecemos da Sheila. Foi só mais tarde, quando começamos a caminhar para casa, que percebemos que ela não estava conosco. Meu amigo Phil e eu corremos de volta pra praia, pra onde ela havia deixado as roupas, mas não a vimos no mar. Era como se ela tivesse sido — ele faz uma careta — engolida pela água.

— E foi nessa hora que você deu o alerta?

— Foi. Ela se afogou, obviamente. Talvez tivesse bebido mais do que sabíamos. Nós ficamos mal.

— Que horrível — diz Lorna, e apesar do calor do dia sente arrepios nos braços. O mar, por mais que ela o ame, sempre a apavorou. Parece uma fera poderosa e você nunca sabe com que humor estará. Merece respeito. — Você acha que foi acidente ou suicídio?

— Sinceramente, não sei dizer — responde ele. — Foi triste, de verdade, depois. Ninguém foi esvaziar o apartamento. Acho que ela não tinha família. Então, eu fui lá. Não havia muitos pertences. Só ficaram roupas e comida nos armários e na geladeira. Era um apartamento mobiliado. Nada pertencia a ela. Não havia itens pessoais. Nenhuma desordem, nenhuma bagunça. Nada, na verdade, que desse qualquer pista sobre que tipo de pessoa Sheila Watts tinha sido.

— E bolsa? Ou chaves?

— As chaves do apartamento estavam na calça que ela deixou na praia. Não havia bolsa nem carteira. A polícia na época sugeriu que podiam ter sido roubadas enquanto ela estava na água. Tinha pouca gente na praia naquela noite.

Uma ideia começa a se formar na cabeça de Lorna, como uma fotografia sendo revelada.

— Você acha que ela pode ter fingido a própria morte?

Alan se encosta na cadeira, a boca formando um O.

— Isso é meio forçado.

— É só... — Ela está tentando organizar as imagens que tem na cabeça em algum tipo de paisagem que faça sentido. — É estranho que minha mãe tenha esse recorte de jornal sobre a Sheila e a inquilina dela se chamava Daphne Hartall. Daphne Hartall não é um nome comum, é? É coincidência demais. Deve haver uma ligação.

— O que você está tentando dizer?

— Pode ser que eu esteja viajando. Mas... — o coração dela vibra de empolgação — ... não é possível que a Daphne Hartall que minha mãe conheceu e a Sheila Watts, que você conheceu, sejam a mesma pessoa?

— Você acha que Sheila forjou a morte e roubou a identidade da minha irmã? — Ele parece incrédulo.

— As pessoas fazem isso. Alguma vez ela pareceu particularmente interessada em Daphne?

— Bem — ele esfrega o queixo —, sim, acho que sim, agora que você mencionou. E uma coisa ficou me incomodando. Depois que Sheila morreu, eu estava arrumando as coisas da Daphne que eu guardava em uma caixinha na minha estante e não consegui encontrar a certidão de nascimento, mas isso pode ser apenas por eu ser desorganizado...

— Você acha que Sheila pode ter tirado de lá?

Ele parece perturbado.

— Pode ser. Ela teve a oportunidade.

— E que maneira perfeita de desaparecer se alguém estivesse tentando encontrá-la.

Quanto mais ela pensa nisso, mais convencida fica.

Sheila Watts e Daphne Hartall são a mesma pessoa.

24

Rose

Fevereiro de 1980

Com o passar dos dias, fiquei ainda mais intrigada com Daphne. Ela era tão forte em alguns aspectos, e em outros havia uma vulnerabilidade nela que despertou meu lado materno, embora tivéssemos mais ou menos a mesma idade. Eu queria protegê-la, assim como queria proteger você. Aquela mulher esbelta e atraente que, agora eu tinha certeza, tinha sido aterrorizada por um homem, assim como eu.

Depois da nossa noite no Veado e Faisão na semana anterior e da revelação sobre Joel, tive ainda mais certeza de que devíamos ficar juntas. Os homens, ao que parecia, não eram confiáveis. Até Joel, um homem que eu achava gentil e confiável, era na verdade um predador esperando o momento certo para atacar. Nós ficávamos acordadas até tarde na maioria das noites discutindo os direitos das mulheres.

— Por que os homens acham que não há problema em dar um tapinha na nossa bunda e nos chamar de "querida"? — disse ela, abraçando os joelhos, as mangas do suéter deformado puxadas sobre as mãos. — Estamos em 1980, não 1950.

Ela estava certíssima. Tão moderna. Tão diferente de mim: eu tinha morado ali, no fim do mundo, nos últimos três anos.

E ela era tão fácil de conviver. Parecia sentir quando eu queria ficar sozinha com você e, com muito tato, ficava no quarto ou dava um passeio até o vilarejo. Ela tinha conseguido comprar uma máquina de costura usada, uma Singer velha e volumosa com pedal, que montou na salinha do outro lado do corredor. Muitas vezes eu ouvia o zumbido enquanto ela fazia padrões ou remendava a calça jeans. Ela queria fazer para você um lindo vestido de verão, e voltei para casa um dia com um rolo de tecido amarelo estampado. Você ficou encantada com essa ideia. Ela era capaz e autossuficiente, cheia de habilidades práticas úteis, e eu a admirava por isso.

Foi um inverno frio, fevereiro ainda pior que janeiro. O gelo formava crostas na grama e o nevoeiro rolava no bosque, de modo que mal dava para ver da janela do seu quarto. Isso me deixava nervosa, ficava preocupada com quem poderia estar vigiando a casa. Daphne deve ter sentido o mesmo: uma noite, quando você estava na cama e nós estávamos de pé na cozinha, fumando e encolhidas junto ao fogão para nos aquecer, ela disse:

— É estranho. — Seu olhar foi para a janela enquanto ela exalava uma nuvem de fumaça. Ela tinha ido trabalhar naquele dia; ela se recusava a desistir do trabalho de faxineira só porque Joel tinha dado em cima dela. — Pensar que este lugar pode ser nosso santuário ou nossa ruína.

As palavras me arrepiaram.

— O que você quer dizer?

Ela voltou o olhar para mim, intenso e enervante.

— Nós achamos que estamos seguras nos escondendo aqui, longe do mundo, longe do perigo, mas o perigo pode estar presente de qualquer maneira. Preso neste lugar, conosco.

Eu nunca disse que estava me escondendo, mas era como se ela soubesse. Como se pudesse sentir. Talvez por ela estar fazendo o mesmo.

— Nesta casa? — perguntei, intrigada e um pouco assustada. O que ela estava tentando dizer?

— Não, neste vilarejo. Nós não temos como fugir, Rose. Você não vê?

Eu apaguei o cigarro e passei os braços em volta do corpo.

— Não diz isso — falei em voz baixa e assustada.

— Aquele bosque — disse ela com o mesmo tom estranho. — Ele impede a chegada dos outros ou nos prende aqui dentro? — Os olhos dela brilharam e percebi que ela estava com medo.

— Nós estamos seguras aqui — falei com firmeza, só não sabia se para convencê-la ou convencer a mim mesma.

Ela se virou para mim, repuxando os lábios em volta do cigarro ao tragar, os olhos fixos em mim, mas sem dizer nada por alguns segundos. E então:

— Eu sei que não conversamos sobre nossos passados. E isso é bom. Não deveria ser necessário. Nosso futuro começa aqui.

— Exatamente — falei com voz jovial, tentando animá-la. — E... nós podemos nos proteger, não é? Cuidar uma da outra?

Ela assentiu, os olhos ainda nos meus. Em seguida, apagou o cigarro na pia e andou até onde eu estava, ao lado da porta dos fundos. O rosto dela chegou tão perto do meu que por um momento maluco eu me perguntei se ela ia me beijar. Mas ela só tirou uma mecha de cabelo do meu rosto.

— Obrigada — disse ela suavemente. — Eu sinto o mesmo. Sem perguntas, sem mentiras.

Senti o calor subindo pelo meu pescoço até o rosto. Ela deu um passo para trás, limpou a garganta e andou na direção do fogão.

— Você é muito gentil, Rose — disse ela, de costas para mim, os ombros encolhidos. Vi o contorno da coluna dela pelo suéter. — Se eu tivesse te conhecido anos atrás, as coisas poderiam estar bem diferentes agora.

Fui até ela e coloquei delicadamente a mão no ombro dela.

— Pelo menos agora nós nos encontramos — falei. — Nenhum homem pode nos fazer mal.

Quem me dera que isso fosse verdade.

Na manhã seguinte, eu te deixei na escolinha da igreja. Você estava com suas galochas amarelas favoritas e o gorro rosa e vermelho que eu tinha tricotado para você. A manhã estava gelada, com gelo na calçada, e nós tivemos que andar com cuidado para não escorregar. O céu estava cinza, sem cor. Cumprimentei os outros pais segurando as mãos dos pequenos com um movimento de cabeça enquanto andávamos pela praça do vilarejo. Pais que eu nunca tinha me dado ao trabalho de conhecer. Quando chegamos à cruz do mercado, você teve que subir e descer os degraus correndo, como fazia toda vez que passava lá. Quando chegou no alto, você se virou, como se estivesse em um palco medieval.

— Cadê a Daffy? — você perguntou enquanto eu te ajudava a descer, com medo de você escorregar. Você só tinha dois anos e meio e algumas palavras eram difíceis de dizer. Daffy era a Daphne. Depois que você pronunciou o nome dela incorretamente pela primeira vez, ficou. — Daffy vem me buscar?

Eu adorava que você gostava da Daphne, mas não sabia se confiava nela o suficiente para te buscar na escolinha. Ela não saberia com quem tomar cuidado. Se ele viesse atrás de nós. Eu tinha repetido para mim mesma regularmente ao longo dos últimos três anos que ele nunca nos encontraria. Como saberia onde procurar? Mas isso não me impedia de me preocupar. Ele era um homem inteligente. Um homem rico. Devia dar os jeitos dele, os espiões. Eu nunca podia relaxar, nunca podia parar de olhar para trás.

— Um dia, talvez, querida, mas ainda não, está bem? E ela vai estar no trabalho.

Sua expressão se transformou até você ver sua professora, a srta. Tilling, e sair correndo até ela, com os cachos escuros, tão parecidos com os dele, voando.

Fiquei esperando a sra. Tilling levar você para a sala de aula, como fazia todas as manhãs, para ir embora. Quando tive certeza de que você estava segura, eu saí andando e parei no café da Melissa para comprar um chocolate quente. Melissa pareceu muito interessada na Daphne e queria saber tudo sobre ela. Eu tomei o cuidado de não falar muito. Melissa era uma das maiores fofoqueiras de Beggars Nook e, se Daphne estava tentando passar despercebida, o mínimo que eu tinha que fazer por ela era ser discreta.

Melissa fez cara de tédio quando percebeu que não ia arrancar nada de interessante de mim e se virou para atender outro cliente. Quando saí do café, esbarrei em Joel.

Joel, que, até ali, tinha sido meu salvador. Uma presença tranquilizadora. O primeiro homem em muito tempo em quem eu tinha confiado. Que, depois da primeira vez que nos vimos, sempre cuidou de mim, sempre perguntou se eu precisava de alguma coisa. Quando a neve caiu no ano anterior, ele bateu na minha porta e se ofereceu para tirar a neve da entrada da garagem. Era para ele que eu ligava quando tinha algum vazamento. Eu tinha permitido que ele entrasse na minha vida pequena. Mas, quando eu o imaginava passando a mão em Daphne e tornando a vida dela um inferno quando ela o repudiou, ficava tensa.

Eu estava prestes a passar por ele sem falar, mas ele me parou.

— Oi, Rose. Não tenho te visto ultimamente, como você está?

Eu tinha notado desde que a Daphne se mudou que ele não tinha aparecido para oferecer ajuda ou perguntar como eu estava. Consciência pesada, concluí.

— Eu estou bem — respondi secamente.

Ele parecia desanimado. Estava com um cachecol quadriculado puxado até o queixo e estava usando um casaco Crombie preto de lã. A ponta do nariz dele estava vermelha. Apesar da minha raiva dele, meu coração traiçoeiro me traiu e eu percebi que fui amolecendo quando lembrei como ele tinha sido gentil comigo.

Ele parecia perturbado.

— Eu fiz alguma coisa errada? — Ele enfiou as mãos nos bolsos. — Estou com a sensação de que você está brava comigo.

Mas as palavras de Daphne surgiram na minha mente e me lembraram de que ele era igual a todos os outros.

— Daphne me contou o que você fez — falei.

— Eu... O quê? — Ele pareceu genuinamente confuso. — Desculpa, não entendi.

— Ela disse que você... — Eu baixei a voz, apesar de estarmos a uns seis metros do café. — Que você agiu de forma inadequada.

Ele riu.

— Você está brincando, né?

— Eu pareço estar brincando?

O rosto dele se transformou.

— Daphne está mentindo. Eu nunca faria nada assim.

— Por que Daphne mentiria?

— Eu não sei. Eu... — Ele olhou para as botas e chutou um pedaço de gelo na calçada. O pescoço dele ficou vermelho. — Mas não é verdade. — Ele ergueu os olhos até os meus. — Eu não estou mentindo, Rose, te juro.

Eu sempre o tinha visto como um irmão mais velho protetor. Mas, não. Não. Eu não podia acreditar em nada que ele estava dizendo. Era a mesma coisa que tinha acontecido antes. Tinha começado com o encanto, as promessas, depois as mentiras e o controle, culminando em medo, intimidação e abuso.

Eu só conhecia Daphne havia dois meses, mas sabia que ela não mentiria sobre algo assim.

— Eu tenho que ir — consegui dizer. Quando saí andando, ele segurou meu pulso.

— Ei — disse ele baixinho. — A gente não pode deixar as coisas assim. Nós somos amigos, não somos?

Olhei para os dedos que envolviam meu pulso e ele me soltou e encostou o braço no corpo.

Eu saí andando, convencida de que estava certa sobre ele. Sobre todos os homens.

Eu tinha tanta certeza de que Daphne não mentiria para mim.

Agora, sentada aqui depois de tudo que aconteceu, escrevendo isto para você, eu queria do fundo do coração poder voltar no tempo.

25

Theo

Theo não consegue parar de pensar na conversa com Larry quando entra no carro. O para-brisa está cheio de flores de cerejeira que parecem confete, e ele liga os limpadores, apesar de não alcançarem o vão logo acima do capô.

Uma jovem acusa meu pai de assédio sexual e menos de um ano depois ela está morta.

Theo dá a partida e mexe no GPS para colocar o endereço de casa. Ele está prestes a se afastar do meio-fio quando vê Larry correndo na direção dele. Ele abre a janela.

— Eu me lembrei do nome dela. Da mulher que acusou seu pai. Não é Sandra. É Cynthia. Cynthia Parsons. Ela tinha 23 anos.

Vinte e três anos. Ele não achava possível se sentir ainda pior em relação àquilo tudo.

Theo agradece, se despede e vai vendo Larry ficar cada vez menor no retrovisor enquanto ganha a rua. De repente, ele odeia o pai com todas as suas forças. Ele agarra o volante com força e imagina que o couro sintético debaixo das mãos é o pescoço fino do pai. Mas Theo relaxa as mãos. Ele não é violento. Está com muita raiva do pai, mas sabe que nunca o machucaria: se fizesse isso, ele não seria melhor do que seu pai.

A mulher pode ter mentido. A ideia surge na cabeça dele e ele quer acreditar… ah, como quer. Mas não consegue. Ele pensa nela, Cynthia, lutando para ser ouvida em meados dos anos 1970, quando um homem como seu pai teria todo o poder. Se ele se recusar a acreditar nela agora, ele não vai ser diferente. Por um segundo louco, ele fica aliviado por sua mãe não estar mais viva para descobrir aquilo. O que ela teria feito se soubesse? Teria tido força para deixá-lo?

A música "R U Mine?", do Arctic Monkeys, começa a tocar no rádio e ele aumenta o volume para sufocar os pensamentos. O que fazer agora? Não faz sentido confrontar o pai. Ele não vai admitir nada para Theo. Só vai ficar com raiva de novo, defensivo e cruel.

Mas outro pensamento surge na cabeça dele.

Se seu pai é capaz de assediar alguém sexualmente, que outras coisas terríveis ele fez?

Jen está sentada na cama vendo *Friends*. Ele tinha parado no posto para comprar um saco enorme de Maltesers na volta para casa, como havia prometido, e os olhos dela se iluminam quando ele entra no quarto balançando a embalagem provocando-a, tendo tomado o cuidado de deixar colocar uma máscara alegre no rosto no lugar da expressão ansiosa antes de entrar no quarto.

— Perfeito — diz ela, os joelhos afundando no colchão quando estica as mãos e passa os braços em volta do pescoço dele. Ele sobe na cama e se deita de roupa ao lado dela.

— Como você está se sentindo? — pergunta ele quando ela se acomoda, abre o pacote e enfia um punhado na boca.

— Melhor agora — resmunga ela com a boca cheia de Maltesers e oferece um a ele. Ele faz que não.

Ela pausa a televisão, embora seja um episódio que eles dois já viram um montão de vezes e um dos favoritos do Theo, aquele em que as garotas perdem o apartamento para os garotos em uma aposta. É capaz de Jen conseguir citar cada fala. Ela chama de televisão de conforto e está certa. Ele não pode deixar de perceber que é o episódio em que Phoebe descobre que está grávida.

— E aí? — pergunta ela, engolindo. — Como foi? — A preocupação fica evidente nos olhos dela. — Você parece triste.

Ele dá de ombros.

— Eu não sou bom ator, né?

— O que Larry disse?

— Mais provas de que o meu pai é desprezível. Não que eu precisasse.

— Ah, amor.

Ele olha para ela, sua bela esposa, e de repente não quer contar para ela. Ele não quer que ela olhe para ele e lembre que ele é parente de um homem capaz de algo tão doentio. Ele não quer manchar o que eles têm, a vida inocente e descomplicada na casa vitoriana com os sonhos de bebês e cachorros. Ele pensa de novo nas fotografias na parede de Larry Knight, no futuro que ele quer tão desesperadamente com Jen e os filhos que virão, e no espectro do pai ameaçando macular tudo.

Mas ele não pode esconder dela. Ele se recusa a ser o tipo de homem que esconde coisas da esposa. Ele não é seu pai.

Ele conta tudo para ela.

Mais tarde, depois de eles se abraçarem, acabarem com o chocolate e fazerem promessas de não deixar que os pecados do pai dele destruam suas vidas, Theo tem uma ideia.

— Acho que a gente devia ir a Wiltshire. Pra conhecer essas pessoas que são donas do chalé. Meu pai está interessado em uma delas por algum motivo. Eu preciso saber por quê.

— Tem certeza? — diz Jen. — Talvez seja melhor deixar o passado enterrado.

Ele tira a perna da cama e se senta na beira de costas para ela.

— Eu não consigo.

Ele sente a mão dela no ombro.

— Tem a ver com a sua mãe?

Theo se vira para olhar para ela.

— Eu fico me perguntando sobre como ela morreu.

— O que tem?

— Foi acidente. Foi o que todos disseram. Mas e se ele fez alguma coisa com ela?

— Tipo o quê? Empurrou?

— Ele me empurrou da escada uma vez.

— Ah, amor...

— Eu não estou contando isso pra você ficar com pena.

Jen tira o cabelo louro-avermelhado do rosto.

— Eu sei que não. Você disse que seu pai estava trabalhando quando aconteceu.

— É que eu não consigo parar de pensar que ele pode ter dado o empurrão nela e ido trabalhar como se nada tivesse acontecido. Você sabe como ele fica quando está com raiva. Talvez não tenha sido intencional. E aí fingiu encontrá-la quando voltou pra casa. Ela... — A voz dele trava e ele faz uma pausa, constrangido. Ele não chora desde que a mãe morreu. — Ela estava morta havia horas quando ele chegou em casa, a polícia disse na ocasião. Mas, se ele é capaz de assediar uma mulher quando deveria estar fazendo um exame, se ele é capaz de empurrar uma criança e bater na minha mãe...

Ele pensa em Cynthia Parsons cometendo suicídio. Larry disse que ela pulou de um prédio de estacionamento de vários andares. Não há dúvida: seu pai é responsável pela morte dela mesmo que não a tenha efetivamente empurrado.

Jen massageia as costas dele.

— Você não pode pensar assim, amor — diz ela delicadamente. — Você mesmo disse que a morte da sua mãe o destruiu. Eu sei que seu pai tinha e tem a cabeça quente, mas seu trabalho era muito estressante e infelizmente descontava as frustrações em você e na sua mãe. Mas eu não tenho dúvida de que ele sempre amou os dois.

Ele assente com um nó na garganta. Lembra-se do choque e do desespero no rosto do pai no dia em que aconteceu.

— Descobrir sobre Cynthia mudou... tudo.

Eles ficam em silêncio, Jen fazendo carinho nas costas dele.

— Vamos — diz ela. — Vamos a Wiltshire conhecer essas pessoas. E, se elas não puderem nos dar uma luz, bom, seria prazeroso passar um fim de semana viajando. Acho que nós dois estamos precisando, você não acha?

26

Saffy

Depois que levo os detetives até a porta, ligo para minha mãe, mas cai direto na caixa-postal. Não deixo mensagem. Ela prometeu me ligar quando estivesse voltando para casa e ainda não são 17h. Eu me pergunto se o almoço dela com o meu pai foi produtivo e se ela conseguiu descobrir o endereço de Alan Hartall. Ela disse que me avisaria sobre os planos dela. Típico da minha mãe. Ela é tão inconstante que nem deve ter pensado que eu gostaria de saber quando ela vai voltar.

Estou à minha mesa quando uma batida na porta me sobressalta. Vou até a entrada e espio pelo vidro. Tem uma mulher bem-vestida com blusa de bolinhas do outro lado. Eu abro a porta um pouquinho.

— Sim?
— Saffron Cutler?
— Sou eu.
— Oi, meu nome é Nadia Barrows e eu sou do *Daily Mail*. Seria possível...
— Eu não estou interessada. Por favor, vá embora — digo com firmeza e fecho a porta antes que ela possa responder.

Volto para o meu escritório. Pela janela, vejo um grupo de uns cinco repórteres reunidos na extremidade da entrada da minha garagem. O nome de Neil Lewisham deve ter sido divulgado. Vão querer me perguntar sobre a vovó, aposto. Não tem persiana nem cortina na janela do escritório. Será que me veem? Isso é um pesadelo. Eu não quero ter que lidar com isso sozinha, com Tom no trabalho e minha mãe fora de casa. Apoio a cabeça nas mãos e solto um grunhido, tomada de náusea. Sinto Snowy roçar nas minhas pernas e me inclino para fazer carinho na cabeça dele. Ele sempre sente quando estou estressada.

Meu celular toca perto do meu ouvido e levanto a cabeça. Uma mensagem de texto do meu pai surge na tela. *Oi, querida. Eu te mandei por e-mail o arquivo de Sheila Watts. Almocei com a sua mãe. Ela me pareceu bem. Achei uns endereços de Alan Hartall em Broadstairs e ela foi para lá. Bjs.*

Eu não respondo. Só abro meus e-mails, tomada de adrenalina de repente.

Como prometido, meu pai tirou fotos do conteúdo do arquivo de Sheila Watts. Não tem muita coisa: alguns artigos de vários jornais diferentes da região de Kent sobre o afogamento e algumas folhas do que parece ser papel rasgado de um bloco pautado. Não consigo identificar a escrita, só tem pontos e símbolos. Reconheço como sendo taquigrafia. Já vi meu pai usar isso anotando mensagens telefônicas. Desço mais um pouco. A última foto é de um clipping de notícias de um jornal nacional, o mesmo onde meu pai trabalha. O trecho foi escrito em 1978 e não é sobre Sheila, mas sobre um crime do começo dos anos 1950. Passo os olhos no texto sem entender a relevância. Talvez tenha sido colocado no arquivo de Sheila por engano. Eu me encosto na cadeira, decepcionada. Não tem nada de novo ali. A não ser que haja algo nas anotações taquigrafadas. Estou prestes a fechar o e-mail quando uma coisa no último artigo chama minha atenção. A assinatura do artigo. Foi escrito por um Neil Lewisham.

Ligo para o meu pai na mesma hora. Pelo som de telefones tocando ao fundo e a agitação toda, sei que ele está na redação. Começo a contar tudo em frases rápidas e sem fôlego, até meu pai me interromper para me contar que acabou de ter notícias de uma "fonte". Claro que teve.

— Sua avó podia estar fora quando aconteceu — diz ele. — O fato de ele ter morrido quando ela morava na propriedade não quer dizer que ela necessariamente sabia. Não se tinha uma inquilina.

— Eu sei. Mas o estranho é que um artigo que você mandou foi escrito pelo mesmo homem — digo, com arrepios surgindo nos braços quando penso. — Parece que Neil Lewisham trabalhava no *Mirror* no final dos anos 1970.

— Bem que eu achei que o nome era familiar — diz ele. — Se bem que ele teria trabalhado aqui antes da minha época. Vou ver o que consigo descobrir. Ele talvez fosse freelancer. O artigo é sobre Sheila?

— Não. Parece uma nota qualquer. Não menciona o nome da Sheila. Ah — digo de repente, lembrando. — Você se importa de decifrar a taquigrafia da foto quatro pra mim?

— Sim, eu vi. Infelizmente, parece Pitman. Só sei taquigrafia Teeline. Mas vou perguntar. Algum dos caras mais velhos aqui deve saber.

— Obrigada, pai. — Sinto uma pontada de remorso. — Desculpa pedir isso. Você deve estar exausto. Sai que horas hoje? — Eu queria que ele arrumasse uma boa namorada. Minha preocupação é ele trabalhar demais.

— Você nunca precisa pedir desculpas por me pedir nada — diz ele baixinho. — E saio daqui a pouco. Ah, Saff, se você for incomodada por repórteres, diz que Euan Cutler do *Mirror* é seu pai. Isso vai fazer com que calem a boca!

Termino a ligação me sentindo melhor. Fico de pé e olho pela janela a tempo de ver os três jornalistas que restavam descendo a colina a pé.

Ligo para o celular da minha mãe de novo, mas ela não atende. É a terceira vez que ligo desde que os detetives foram embora. Estou me corroendo por dentro de ansiedade. Ela sempre atende quando eu ligo. E se aconteceu alguma coisa com ela? E se ela se encontrou com um Alan Hartall e ele não é um velhinho, mas um psicopata? Minha mãe é tão empolgada que não pensaria nos perigos. Ela acha que é invencível. A vovó me contava histórias de quando minha mãe voltava da cidade de carona na adolescência, e eu sei que ela só me contava como alerta, para eu ficar segura, mas ela nem precisava ter se dado a esse trabalho. Eu jamais seria tão irresponsável.

Deixo uma mensagem de voz pedindo para minha mãe me ligar com urgência, que eu tenho novidades.

Mas às 20h ela ainda não fez contato.

O sol está se pondo e os raios que restam cintilam no bosque dos fundos. O interior do chalé está escuro e sombrio, mas está cedo demais para acender as luzes. Tom manda uma mensagem para avisar que pegou o trem de 18h34 e deve chegar dentro de meia hora. Eu vou para a cozinha, faço um chá Red Bush e me encosto no armário feio da cozinha, reconfortada por ter Snowy, que se deitou na frente dos meus pés descalços. Estou começando a ficar inquieta ali agora. Essa é a realidade. Não só os corpos, embora isso já seja bem ruim, mas o detetive particular mais cedo e a insistência dele de que a vovó tem algum tipo de informação que o cliente dele quer de volta. Eu olhei nas caixas da minha avó de novo, mas não tem nada que seria importante a ponto de alguém contratar um investigador particular.

Vovó. Como ele não conseguiu nada de mim, pode ser que vá até ela. Eu bato com a caneca na bancada com tanta força que espirra líquido pela lateral e pego o celular no bolso. Ligo para a casa de repouso.

— Elm Brook, Joy Robbins falando.

— Joy, oi, aqui é Saffy. A neta de Rose Grey.

— Ah, oi, Saffy, como está…?

— Alguém tentou fazer contato com você sobre a vovó? Um sr. Davies, talvez?

— Hum… não, acho que não. Por quê?

— Algumas pessoas apareceram pedindo informações sobre a vovó. Um homem me abordou dizendo que era detetive particular, e eu só queria ter certeza de que ele não ia incomodar você ou a vovó, nem que ia à casa de repouso visitá-la.

— Ah, certo… Que estranho. Mas não se preocupe — diz ela, a voz breve e seca, tranquilizadora e profissional. — Nós não deixamos qualquer um entrar e fazer visita.

— Obrigada. E será que você poderia… pedir para falarem comigo primeiro, caso apareça alguém querendo falar com ela?

— Claro.

— Obrigada. E como está a vovó? Vou visitá-la amanhã de qualquer jeito, mas…

— Ela está bem. Está meio confusa hoje. Ficou me chamando de Melissa.

— Melissa?

Ela ri.

— Eu devo lembrar alguém que ela conheceu, só isso. Muitos residentes fazem isso. Amanhã a gente se vê.

Quando encerro a ligação, há uma batida na porta da frente e eu quase deixo o celular cair de medo. Em seguida, ouço a chave na fechadura, a voz de Tom cumprimentando Snowy, e fico fraca de alívio.

Isso é ridículo. Eu estou uma pilha de nervos. Ficar em casa sozinha o dia todo me deixou assustada.

Tom ainda está de capacete, com o qual ele fica meio ridículo, e sua expressão muda para susto quando me jogo nos braços dele.

— Ei, o que houve?

Eu o levo até a sala. Ele se senta no sofá para tirar o capacete. O cabelo está grudado na cabeça. Ele me olha sem falar enquanto ando pela sala, as palavras pulando da minha boca. Quando termino, ele me olha, os olhos faiscando furiosamente.

— Quem esse filho da puta de Davies acha que é? Se eu pudesse, eu matava.

— Tom...

— Como ele tem a coragem de te assustar assim?

— Estou mais preocupada em saber pra quem ele está trabalhando. Ele não quis me contar que tipo de informação a vovó supostamente tem. — Eu suspiro. — Não sei, parece que isso está crescendo igual a uma bola de neve. Tem alguma coisa maior acontecendo. Nós estamos nos afundando, ficando mais mergulhados na merda sem conhecer o todo? E agora a minha mãe foi pra porra de Broadstairs se encontrar com um homem que pode ou não ser o verdadeiro Alan Hartall e eu não tive notícias dela, e nosso quintal é uma cena de crime... isso sem falar dos jornalistas. Não consigo sair pela porta sem ser abordada. Tenho a sensação de estar em prisão domiciliar! — Estou sem fôlego depois da minha falação e afundo no sofá ao lado dele, a cabeça nas mãos, os ombros tremendo. — Eu queria ter ficado em Croydon — digo entre os dedos, lágrimas caindo pelas bochechas até a calça jeans. — Estou cansada de tudo, Tom. Era pra ser um novo começo pra nós. Para o bebê... Eu nem tenho mais vontade de entrar no quartinho por saber que dá pra ver o quintal. Ver aquele buraco onde os corpos estavam...

Tom me puxa para perto, o couro frio da jaqueta encostado na minha bochecha.

— Vou tirar folga amanhã. Não vou te deixar aqui sozinha.

Eu me sento, chocada. Tom nunca tirou um dia de folga no trabalho. Nem quando teve intoxicação alimentar e precisou levar um saquinho de vômito no metrô.

— Tom, você não pode...

— Acho que eu mereço, você não acha? E eu não quero que você fique sozinha amanhã. Posso continuar com a decoração. E vou ligar para os empreiteiros pra ver quando eles podem voltar e recomeçar a obra. Se eles nos enrolarem de novo, vamos arrumar outros. Aí a gente não vai mais precisar olhar para o buraco.

— Minha mãe já devia ter voltado... — Pensar na minha mãe me deixa enjoada de preocupação. — Que horas são?

Tom olha o relógio.

— Acabou de dar 20h30. — Ele se levanta e tira a jaqueta. — Não é a cara da Lorna se esquecer de ligar. É? Ela costuma viver grudada naquele celular.

— Pois é — digo e pego meu celular para tentar ligar para o número dela de novo.

Cai direto na caixa-postal.

Às 22h, ela ainda não está em casa.

Cada vez que ouço um carro, o que não é frequente, corro até a janela na esperança de ser um táxi, mas não é.

— Você acha que eu devia chamar a polícia? — pergunto ao Tom, que está sentado na frente da televisão assistindo a *A escuta* em DVD, embora nenhum de nós dois consiga se concentrar.

— A polícia não vai fazer nada. Não é preciso esperar 24 horas pra que investiguem o desaparecimento de um adulto?

Eu respiro fundo e sufoco o pânico. Não sei o que fazer, meu corpo está emanando energia nervosa. Sei que minha mãe é um espírito livre e nunca me preocupo com ela quando ela está na Espanha. Mas parece ter alguma coisa errada agora. Sei que ela teria me ligado; afinal, estamos juntas nisso agora.

Puxo a cortina cinza florida que tiramos do nosso apartamento de Croydon e que não cabe direito na janela. Está escuro lá fora. Não tem nem um poste de luz para iluminar o caminho, a lua é uma fatia crescente no céu, metade obscurecida por uma nuvem. A noite está pesada e opressora, como um cobertor grosso enrolado em volta do meu carro e da moto do Tom, tornando ameaçadoras formas que são inócuas.

— Não fica aí olhando pela janela — diz Tom delicadamente. — Tenho certeza de que ela está bem.

— Então por que ela não telefonou? — choramingo, as mãos apertadas nas laterais do corpo.

Não consigo afastar a sensação de que aconteceu alguma coisa ruim com ela. Uma coisa conectada a tudo aquilo.

Com o que nós fomos nos envolver?

27

Lorna

Lorna consegue um lugar na janela no trem de volta para Londres, segurando o macchiato de caramelo, grata por ninguém ter ocupado o lugar ao lado dela e ela poder se esticar. Ela está exausta e um pouco bêbada. Não devia ter tomado aquela última taça de vinho.

Agora, passa das oito e ela ainda tem que ir de Londres para Chippenham. Ela encosta a cabeça no vidro quando o trem sai da estação e vê o sol lançar manchas roxas e cor de pêssego no céu enquanto reflete sobre sua conversa com Alan e sua suspeita de que Daphne e Sheila são a mesma pessoa. Ela mal pode esperar para contar para Saffy.

Ela se senta ereta. Saffy! Não ligou para ela o dia todo. Droga, ela tinha prometido que ligaria na volta. Ela remexe na bolsa atrás do celular. Onde está? Ela tem tanta tranqueira na bolsa: notas fiscais velhas, cartões de visitas, um caderno, duas canetas, a carteira e maquiagem. Mas, por mais que ela procure, não está lá. Ela se encosta. Deve ter deixado cair, ou será que deixou na mesa quando foi embora? Ela geme e faz um homem sentado em frente sobressaltar. Sua vida toda está naquele celular. Ela não sabe nenhum número de cor. Quem sabe, hoje em dia? De repente, ela se sente nua e vulnerável sem ele e xinga em pensamento o mundo moderno, os avanços da tecnologia que a deixaram tão dependente de uma maquininha idiota. Ela luta contra a vontade de gritar. O que vai fazer agora? Ela só espera que haja um ponto de táxi em frente à estação de Chippenham, senão ela vai ter uma longa caminhada até Beggars Nook. São pelo menos oito quilômetros. E, sem o celular, ela não vai saber o caminho.

Não tem nada que ela possa fazer naquele momento, pensa ela enquanto vê o interior de Kent passar. Sua única opção é tomar o café e tentar relaxar.

***

São 23h quando seu segundo trem para na estação de Chippenham. Ela torce para que Saffy e Tom não estejam preocupados demais com ela. Sente uma pontada de culpa porque ambos devem estar acordados, já que ela não tem chave.

A estação está deserta: os outros três passageiros que desembarcaram com ela desapareceram na noite escura. Ela treme com o casaco de tweed e o aperta em volta do corpo, ciente dos saltos ecoando na plataforma vazia. Ela anda rápido, querendo chegar em casa agora, voltar para Saffy, contar para ela tudo que descobriu.

Na entrada, não tem nenhum táxi esperando. Só uma rua vazia. O que ela vai fazer agora? Poderia pedir o celular de alguém emprestado? Um jovem que ela reconhece do trem está esperando perto da saída, uma pasta no chão, com fones de ouvido e tênis Nike vermelhos, conflitando com o terno. A cabeça está curvada enquanto ele olha o celular.

Ela se aproxima dele, ciente de que deve parecer meio maluca. Ele tira os fones quando ela chega perto.

— Com licença. Posso usar seu celular pra chamar um táxi?

— Claro — diz ele sem sorrir. — Vou chamar um. Tenho um número no celular. Pra onde você quer ir?

— Beggars Nook.

Ele ri.

— Beggars Nook? Onde fica isso?

Ela força um sorriso.

— É um vilarejo aqui perto.

Ele liga para a empresa de táxis e coloca a mão sobre o microfone.

— Nome? — sussurra ele.

— Lorna — sussurra ela em resposta, sem saber direito por que está sussurrando. Ele olha para ela de um jeito estranho.

— Vai chegar em dez minutos — diz ele e encerra a ligação.

— Obrigada, fico muito grata...

— Tenho que ir, minha carona chegou — diz ele, correndo na direção de um Fiesta que encostou do lado de fora. Ela vê o carro se afastar, ciente de que está completamente sozinha agora.

Felizmente, ela não precisa esperar muito para o táxi chegar. Senta-se no banco de trás com alívio. São só quinze minutos para chegar em Beggars Nook.

— Qual é o número? — pergunta ele enquanto dirige pelo vilarejo na direção do chalé de Saffy.

— Skelton Place, 9. Ali em cima — diz ela vagamente.

Ela não consegue lembrar exatamente onde fica na colina. Ela paga e sai, o táxi vai embora, os faróis traseiros piscam e desaparecem quando faz a curva e ela fica na escuridão total. Ela se sente engolida. Por que não tem poste de luz? Ela começa a subir a colina. Sim, não é longe, ela diz para si mesma. Tem a trilha que leva ao bosque e a caixa de correspondência. Fica duas casas depois.

Ela ouve passos atrás de si e sua nuca fica arrepiada. Não tinha ninguém por perto quando ela saiu do táxi.

Acontece muito rápido. Surge uma mão por trás dela que lhe cobre a boca. Outro braço envolve seu peito, como uma barra de segurança de um brinquedo de parque de diversões. E ela está pensando que isso não pode estar acontecendo em um vilarejo rural como Beggars Nook. Ela não consegue nem gritar, a mão está firme demais no seu rosto. Ela tenta chutar, mas o braço a aperta e ela mal consegue respirar.

Ele a arrasta para trás na direção da trilha. Na direção do bosque. Ela tenta lutar, fincar os calcanhares no asfalto, mas ele é forte demais. O salto da sandália dela se quebra e se solta. Ela está com tanto medo que sente vontade de urinar. Fica calma, ela diz para si mesma. Fica calma, fica calma.

Eles estão no caminho agora, entre duas casas, escondidos entre cercas-vivas altas. Ninguém vai poder vê-la.

— Escuta — rosna ele, o hálito quente em sua orelha —, se você fizer o que eu mandar, não vou te machucar.

Ele vai me estuprar, pensa ela. *Desde que não me mate. Não me mate*, suplica ela em silêncio. Ela não pode abandonar Saffy. Ela vai ser avó.

— Eu preciso de informações sobre Rose Grey.

Ela fica tão chocada que, por um instante, se esquece de sentir medo. Aquilo não é um ataque aleatório. Ele conhece sua mãe. Ela reconhece a voz dele.

Ela só pode assentir.

— Você precisa perguntar onde ela enterrou as provas. É importante. Se você não perguntar a ela, vou machucar sua filha.

Ah, Deus. Não Saffy. Não.

— Qualquer coisa — murmura ela na mão dele.

— Vou tirar a mão agora. Se você gritar, eu volto. Se você procurar a polícia, eu vou saber. E você não quer que eu faça uma visitinha à Rose, quer? Eu sei onde fica a casa de repouso.

O sangue lateja nos ouvidos dela, mas ela assente. Ele tira a mão da boca de Lorna, mas continua segurando-a por trás com o braço, para que ela não possa ver o rosto.

— Eu preciso do número do seu telefone — diz ele.

— Eu... eu perdi meu celular.

— Ah, claro.

Ela tem vontade de chorar.

— Perdi, sim. Pode olhar minha bolsa. — Ainda está no ombro, presa lá pelo peso dele.

— Então liga para o número no cartão. Sua filha vai saber qual cartão.

Ele a solta com tanta força que ela cai para a frente, os joelhos batem no concreto e ela grita de dor. Ela ouve os passos dele se afastando na direção do bosque, mas não ousa se virar antes de ele sumir.

Ela se levanta. Suas pernas parecem marias-moles e tem um buraco no joelho da calça jeans, com sangue e terra escurecendo as beiradas. Ela manca para fora da trilha e vira à esquerda, para e pega o salto quebrado no caminho. Está tremendo toda. Os arbustos e cercas-vivas que obscurecem as outras propriedades também poderiam esconder um crime, ela pensa enquanto manca para casa. Ela poderia ter sido estuprada e assassinada bem ali naquela rua e ninguém teria visto nada.

Ela fica aliviada quando vê o número nove, a luz na sala ainda acesa, passando pela cortina mal ajustada na janela. Manca pela entrada de carros, o sapato sem salto afundando no cascalho. Antes mesmo de chegar, a porta se abre e sua filha está parada ali, uma mistura de horror e alívio no rosto.

— Mãe! — grita ela, se jogando em Lorna. — Ah, meu Deus, a gente estava tão preocupado. Você está bem? O que houve?

Ela consegue assentir enquanto Saffy a leva para dentro de casa e até o sofá. Tom está parado ao lado da lareira e a expressão dele quando a vê é tão horrorizada que ela luta contra a vontade de rir histericamente.

— Ele... me agarrou — diz ela. — Um filho da puta me agarrou. Ele devia estar esperando... Eu perdi o celular. Desculpa por não ter ligado.

— Ah, meu Deus! Não se preocupa com isso agora — diz Saffy, sentando-se ao lado dela e segurando sua mão. — Seu joelho está sangrando. Você está bem? Quem te agarrou?

— Acho que foi o mesmo cara de ontem. Ele disse que o nome dele era Glen.

Saffy franze a testa.

— De ontem?

Ela engole as lágrimas. Não pode chorar. Ela tem que ser forte para a filha, que parece apavorada.

— Ele me parou quando eu estava passeando com o Snowy. Pareceu agradável... mas, quando estava me afastando, eu o ouvi falar alguma coisa sobre a sua avó. Achei que tinha ouvido errado, mas...

Tom começa a andar de um lado para o outro.

— Isso é inacreditável. Nós temos que chamar a polícia. Saffy, qual é o número do detetive Barnes? — Ele já está com o celular na mão.

— Não! — grita Lorna e se levanta. Ela se equilibra no único salto e precisa se sentar de novo. O esmalte descascou e os pés estão sujos. — Nós não podemos chamar a polícia. Ele disse que saberia. Ele disse... disse que sabe onde sua avó mora.

Lorna conta tudo, ou quase tudo. Omite a parte em que ele ameaçou fazer mal a Saffy. Ela não quer assustar a filha mais do que precisa: esse monte de estresse e preocupação não podem ser bons para o bebê.

— Ele falou alguma coisa sobre a vovó esconder provas. E que queria saber onde.

— Provas? — O rosto de Saffy fica pálido. — Foi isso que ele disse? Papéis que a vovó tem?

— Eu... não sei. Acho que ele não falou de papéis, mas não lembro. Ele queria que eu perguntasse para a sua avó. Mencionou um cartão — diz Lorna. — Eu não sei do que ele estava falando.

Saffy inspira fundo.

— Aquele cretino. É o mesmo cara.

— O que você quer dizer?

— Eu encontrei uma pessoa mais cedo. Ele disse que era detetive particular e que tinha sido contratado por alguém pra encontrar um arquivo ou papel ou alguma coisa que a vovó tem. Ele tentou ser gentil no começo, mas fui ficando incomodada com o desenrolar da conversa. Ele... — Ela treme. — Ele foi bem intenso. Fiquei com medo no final. Quando estava indo embora, ele me deu o cartão dele. Dizia G. E. Davies... Glen. Só pode ser o mesmo homem. — Ela vai até a mesa de centro e pega uma coisa. — Aqui — diz ela e o entrega para Lorna.

— Ele não pode ser detetive particular de verdade — diz Tom, ainda andando de um lado para o outro. — Não se fica agarrando mulheres na rua.

Lorna pega o cartão da mão da filha. Parece rudimentar, não profissional. Ela o devolve.

— Ele disse especificamente *provas*...

Saffy puxa o cabelo, parecendo estressada.

— A polícia veio aqui hoje — diz ela, e Lorna escuta a filha contar sobre a visita. — Quando estavam indo embora, eu dei a eles o número de Davies e eles disseram que iam verificar. A gente devia contar sobre isso.

Lorna não consegue absorver tudo. Descobrir que a mãe morou ali quando pelo menos um dos homicídios aconteceu e agora aquilo. Devia ter alguma conexão. Ela se curva e tira os sapatos. Vai ter que ver se consegue colar o salto de volta.

— Em que Rose me meteu? — Tom para de andar, os braços cruzados, e fixa um olhar furioso em Lorna, como se fosse culpa dela. Ela é a mãe ali; ela precisa assumir o controle.

— Vamos todos pra cama — diz ela, se levantando. — Vou com você à casa de repouso amanhã, querida. Vamos ver o que conseguimos descobrir.

— Mãe...

Lorna levanta a mão e olha do rosto ansioso de Saffy para o irritado de Tom.

— Vocês dois precisam descansar — diz ela com sua voz mais autoritária. — Vamos conversar amanhã.

Ela sai mancando da sala e sobe a escada, o joelho doendo ao se mexer. Uma fúria cresce dentro dela. Como aquele homem ousa ameaçar sua família? Amanhã, pensa, ela vai comprar alarmes e spray de pimenta. Se aquele homem chegar perto da sua filha de novo, ela vai matá-lo.

28

Rose

Fevereiro de 1980

No dia seguinte ao meu encontro inesperado com Joel no vilarejo, a neve chegou.

Você me acordou entrando no meu quarto e pulando na minha cama, um anjo com a camisola branca comprida.

— Neve! Neve! — você gritou, me acordando e me puxando até a janela, o piso de madeira frio.

Você estava tão fofa, os olhos castanhos grandes arregalados de *ânimo* e o cabelo em mechas escuras caindo nos ombros. Flocos grandes e densos caíam rápido e se acomodavam na camada que já havia no chão. O céu estava de um branco perolado perfeito e dava a impressão de que o mundo estava embrulhado em uma colcha.

— Sem escolinha hoje! Eu que não vou sair com o tempo assim — falei, voltando para a cama e me aconchegando.

Você bateu palmas, empolgada.

— Boneco de neve!

— Sim, boneco de neve. Mas mais tarde.

Daphne apareceu na porta do quarto nessa hora, usando muitas camadas de roupas e meias grossas por cima da calça do pijama, que parecia um balão no alto e dava a impressão de ela estar usando uma bombacha. O cabelo comprido e claro formava uma auréola desgrenhada em volta do rosto.

— Está um gelo — disse ela, soprando teatralmente nas mãos.

— Neve! Neve! — você cantarolou, segurando as mãos dela e a puxando como se estivesse brincando de roda.

Daphne jogou a cabeça para trás e riu e, enquanto eu olhava vocês duas, senti o coração explodir de felicidade. Nós três, naquele chalezinho aconchegante e seguro, escondidas do mundo.

Nós não precisávamos de mais ninguém.

***

Nós acendemos o fogo na sala da frente e Daphne fez chocolate quente. Ela esquentou o leite no fogão enquanto eu remexia nos armários para ver se realmente tínhamos comida para os dias seguintes caso não desse para ir ao mercado. Eu comprava a maior parte dos alimentos no mercado da cidade, mas uma vez por mês tinha que ir ao Safeway grande na rotatória, a uns três quilômetros ao sul do vilarejo. Por sorte, eu tinha ido na semana anterior.

— Nós temos muitas latas de feijão e espaguete — anunciei. — E eu congelei uns pães ontem.

— Ainda tem a minha sopa — disse Daphne, me entregando uma caneca de chocolate quente.

Você já estava sentada à mesa da cozinha tomando o seu fazendo muito barulho, suas perninhas balançando. Debaixo da sua camisola dava para ver que você tinha colocado as galochas amarelas nos pés errados.

— Lolly, meu amor, você precisa se vestir antes de sairmos.

— Daffy — disse você, se levantando.

— Você é uma garota grande agora, pode se vestir sozinha — falei, revirando os olhos para Daphne, mas ela abriu um sorriso angelical para você.

— Claro que eu ajudo — disse ela, segurando sua mão. — Vamos, princesa Pirulito, vamos arrumar umas roupas quentinhas pra você vestir.

Ela sempre te chamava de Princesa Pirulito e você amava. Você a amava.

Daphne passou horas com você naquele dia, fazendo um boneco de neve no quintal. Eu vi um pouco pela janela, rindo com vocês duas quando a cabeça caía, o que acontecia com frequência.

— É mais difícil do que parece — disse Daphne com movimentos labiais. A neve continuou caindo nos chapéus de vocês e ficando no seu cabelo como se houvesse florezinhas brancas entrelaçadas nas suas tranças.

Eu me preparei e saí com relutância. Eu odiava o frio, mas Daphne não parecia sentir. E nem você, apesar de suas luvinhas estarem encharcadas e seu nariz e sua bochecha estarem vermelhos. Agora, a neve já estava até quase o topo das suas galochas. Daphne não tinha galocha e estava com as botas plataforma velhas, que não pareciam muito à prova d'água.

— Nós só precisamos de alguma frutinha e uma cenoura para os olhos e o nariz — disse ela para você quando terminou, se levantando, as mãos nos quadris para admirar o trabalho. Você entrou correndo e voltou triunfantemente com uma cenoura pequena e murcha e duas uvas grandes.

— Vocês duas parecem geladas até os ossos — falei. A neve tinha diminuído e agora só caía um floco ocasional até o chão. — Venham, vou fazer torrada com feijão.

Mais tarde, enquanto você brincava com seus ursinhos no quarto, Daphne e eu nos sentamos com uma xícara de chá junto ao fogo, os dedos dela ainda vermelhos do frio. Ela esticou as pernas no sofá e apoiou os pés no meu colo.

Eu enrijeci, constrangida pela intimidade. Mas Daphne não deu a menor bola para isso.

— Coloca as pernas aqui — disse ela, batendo no meu tornozelo. Eu hesitei, mas ergui os pés e os encostei na coxa dela. — Viu? Assim é mais confortável, não é?

Eu sorri para ela. Era mesmo. Parecia o tipo de coisa que se faria com uma irmã, mais nada. Completamente natural. Eu não precisava ficar constrangida. Eu relaxei na posição e sorri para ela por cima da caneca.

Eu conhecia Daphne havia menos de dois meses, mas ela tinha se misturado à nossa vida sem esforço. E agora, ali estávamos nós, à vontade uma com a outra. Nós podíamos ficar em silêncio como companheiras, sem a sensação de que a outra tinha que falar. Nós parecíamos saber o que a outra estava pensando ou sentindo e agíamos de acordo. De repente, me dei conta de que ela nunca me irritava. Ela era interessante, inteligente, independente e divertida. Era gentil e atenciosa, no jeito como brincava com você e fazia roupas para os seus ursos e bonecas e trazia presentinhos, como seu bolinho favorito ou pinhas do bosque que ela pintava de prateado e colocava no parapeito da janela. Ela passava horas curvada na frente da máquina de costura para fazer roupas para você. Na semana anterior, ela apareceu com uma costela-de-adão que era tão grande que escondia a cabeça dela quando a carregou pela porta. Agora estava no canto perto da lareira. Eu não tive coragem de contar que era péssima com plantas, elas quase sempre morriam aos meus cuidados.

— Você tem irmãs? — perguntei, esquecendo a regra de não fazer perguntas. Senti-a enrijecer, mas ela fez que não, para a minha surpresa.

— Não.

— Nem eu. E seus pais?

Daphne tomou um gole de bebida. O fogo estalava na lareira. A única coisa que eu sabia sobre ela era que ela tinha crescido no sul de Londres, não muito longe de onde eu tinha morado com meus pais, mas que se mudou de lá quando tinha onze anos. Desde então, disse ela, ela tinha morado "em toda parte".

Ela balançou a cabeça.

— É uma história longa e chata. Eu sou a pária da família. Sabe como é?

Eu não sabia, mas assenti mesmo assim.

Ela se virou para longe de mim sem dizer mais nada e ficou olhando para o fogo, os olhos enormes e tristes.

Depois de alguns minutos, ela fixou os olhos em mim de novo, algo mudando na expressão.

— Eu sempre fui reservada. Nos outros lugares em que fiquei, com as outras pessoas com quem morei, eu fiquei distante. Mas você... — Os olhos dela se suavizaram. — Você é a única pessoa de quem me permiti me aproximar, Rose. Em muito, muito tempo. Espero que você não faça eu me arrepender.

Eu me senti corar.

— Claro que não. Mas posso perguntar? Por que eu?

— Não sei. Sinto que somos parecidas.

Ela estava certa. Eu também sentia isso: as duas autossuficientes, determinadas a serem fortes, mas também machucadas. Ela era a primeira pessoa de quem eu me permitia me aproximar desde que fugi naquela noite terrível três anos antes. E tinha a sensação de que era o mesmo para Daphne.

Como filha única, eu nunca soube como era ter irmãos, mas a proximidade que senti com Daphne naquele momento foi como eu sempre tinha imaginado que seria. Olhei para ela e nos encaramos. Meu estômago tremeu. Eu sentia mais do que afeição de irmã por ela, eu sabia. Quanto mais a conhecia, mais profundos meus sentimentos ficavam. Senti as bochechas ficarem quentes com a ideia de que ela talvez percebesse.

Ela sorriu para mim.

— E também... com Lolly. *Nós três, é como a família que eu queria ter tido.*

— Eu também — falei, a voz cheia de emoções.

Nós sorrimos uma para a outra com timidez; ela esticou a mão e segurou a minha, apertando meus dedos delicadamente. Naquele momento, eu soube que faria qualquer coisa por ela: eu queria cuidar dela e protegê-la. Eu nunca tinha sentido aquilo por outra pessoa que não fosse você, e talvez Audrey. Ao olhar para trás agora, percebi que estava me apaixonando.

Aí você entrou correndo na sala com uma Barbie que estava tentando vestir. Você a colocou no colo de Daphne.

— Eu não consigo — você choramingou. Daphne riu e puxou você para as pernas enquanto vestia a boneca para você.

Foi um dia perfeito. Nós três encolhidas no sofá, felizes e seguras, o fogo crepitando e a neve caindo suavemente lá fora.

Queria que pudéssemos ter ficado assim, de verdade.

PARTE TRÊS

29

Theo

Na manhã de quinta-feira, Theo se vê inesperadamente sozinho no escritório do pai e aparece uma oportunidade que é boa demais para deixar passar.

A chance de bisbilhotar.

Não é o tipo de comportamento que Theo tenha tido antes. Não é do feitio dele. Nunca olhou o celular da Jen nem tentou xeretar nos e-mails dela, como alguns amigos e amigas fizeram com seus companheiros. A confiança mútua é muito importante para ele. E ele sabe que Jen pensa igual.

Meu pai é um potencial pervertido que está escondendo alguma coisa, diz ele para si mesmo em uma tentativa de aliviar a consciência.

Theo não tinha planejado ir à casa do pai naquele dia, principalmente depois da visita a Larry no dia anterior, mas a culpa o corroía por causa da discussão e, apesar de ele ter ficado acordado pela maior parte da noite anterior, a fúria e a decepção disputando a posição de emoção principal, a culpa conseguiu se infiltrar, como quando vamos quebrar um ovo e cai um pedaço de casca na tigela.

Jen abriu um sorriso de compreensão quando ele disse que ia passar no pai antes do trabalho.

— Ele é seu pai mesmo assim — disse ela baixinho antes de se despedir com um beijo.

Mas, quando ele chegou lá, não houve resposta, só Mavis, a empregada, saindo.

— Ele está no clube de golfe — disse ela. — Só vai voltar mais tarde.

Theo mostrou a mochila.

— Eu trouxe comida pra ele — mentiu ele. — Não se preocupe, eu fecho a porta quando terminar.

— Você é um bom filho — disse ela, dando um tapinha na bochecha dele com carinho e seguindo pelo caminho para pegar o ônibus.

Agora, no escritório do pai, ele se sente o pior filho do mundo. Mesmo quando criança, ele sabia que não podia entrar lá sem a permissão do pai.

Era proibido e um destino pior do que a morte se ele ousasse desafiar as ordens do pai. Não que ele fizesse. Ele não tinha interesse quando menino: era cheio de coisas chatas do trabalho do pai e troféus feios de golfe. Mas agora... agora, seu coração dispara de expectativa. Seu pai se recusa a lhe dizer qualquer coisa, mas ele sabe que aquela sala deve guardar muitos segredos.

Theo olha em volta, para os painéis de madeira nas paredes, para as estantes embutidas e o armário de vidro, para a mesa com o mata-borrão verde-escuro. Por onde começar? O que procurar? O local tem um cheiro característico, um odor almiscarado e caro misturado com lustra-móveis. É ridículo, mas Theo sempre achou que seu pai tem cheiro de *importante*.

Ele vai até a estante embutida na parede mais distante, atrás da mesa. Embaixo das prateleiras dos dois lados há portas de armário. Os mesmos armários em que seu pai estava remexendo na semana anterior, durante um de seus ataques de mau humor. Theo se curva e abre uma das portas. Há uma pilha de pastas Lever Arch dentro. Ele tira uma e passa os olhos nas páginas; parecem declarações de imposto de renda antigas. Ele coloca no lugar, tomando o cuidado de manter tudo na ordem certa. Ele tem certeza de que é o tipo de coisa que seu pai notaria. Tenta o outro armário, mas está trancado. Droga. Ele nem pensou nisso. Por que seu pai o trancaria se não fosse algo que ele não quisesse que ninguém visse? Mavis nem pode entrar ali para fazer a limpeza. Ele tenta as gavetas da mesa. Surpreendentemente, não estão trancadas, mas não tem nada de interessante, só algumas notas fiscais antigas presas por um clipe grande, uma caixa de canetas Bic, uma caneta tinteiro chique, alguns certificados do clube de golfe e um frasco de comprimidos. Ele pega e examina o rótulo. Remédio para pressão arterial. Ele nem sabia que seu pai tinha pressão alta. Theo coloca o frasco no lugar. Deve haver alguma coisa, pensa ele, os olhos percorrendo de novo o armário trancado. Ele precisa abrir, independentemente das consequências. Ele abre a gaveta de novo e encontra dois clipes de papel grandes, que ele entorta em um V e enfia uma ponta na fechadura. Ele já tinha feito aquilo antes com alguns amigos na escola, para abrir o armário de vidro que continha todas as medalhas de esportes; eles queriam fazer uma pegadinha com uma pessoa do time de rúgbi. Ele se lembra de ter precisado empurrar a ponta de um clipe para baixo enquanto sacudia o outro.

— Vamos lá, caramba, abre — diz ele por entre dentes. Ele finalmente ouve um estalo, sente um movimento e o armário se abre. Ele se senta sobre os calcanhares, chocado por ter conseguido.

Seu coração despenca. O armário está vazio. Tanto esforço e seu pai trancou uma porra de armário vazio. Ele olha ao redor como se aquilo fosse uma pegadinha e seu pai estivesse na porta rindo dele. Mas, não, ele está sozinho. Por que seu pai trancaria um armário vazio? A não ser, pensa ele, organizando os pensamentos, que seu pai tenha tirado o que havia ali e levado para outro lugar mais seguro. Ele espia dentro do armário e empurra com delicadeza as prateleiras dentro. A de baixo range na sua mão. Ele a inspeciona com mais atenção: está frouxa, mais parece um painel. Ele a empurra e a parte de cima se solta, revelando uma espécie de compartimento escondido. O coração de Theo dispara. Tem uma coisa ali: uma pequena pilha de recortes de jornal com uma pasta preta tamanho A4 em cima. Ele pega os recortes. Todos têm a data de 2004 e são de jornais locais sobre o acidente da sua mãe. Ele entende por que o pai quereria guardar, mas por que esconder? Talvez só tenha esquecido, pensa ele, colocando tudo no lugar.

Ele se vira para a pasta. Tem plásticos transparentes dentro. Ele folheia. Cada um dos quinze plásticos tem uma fotografia solta no fundo. Nada mais do que isso. Ele pega a primeira. É colorida, em tons outonais, de uma mulher mais ou menos da idade dele, e parece que ela não percebeu que a foto foi tirada. Ela está grávida, a gestação avançada. Pelo estilo de cabelo e roupas, parece ser no final dos anos 1960 ou começo dos anos 1970. Ele vira a fotografia, esperando encontrar uma data ou um nome, mas não há nada. Ele folheia o resto da pasta e só vê o mesmo: fotografias de mulheres tiradas sem elas perceberem. Mais nada. A última foto parece mais recente. De talvez dez anos antes, quinze, no máximo. Definitivamente do século XXI. Por que seu pai tem uma pasta com aquelas mulheres aleatórias?

Um pensamento surpreendente ocorre a Theo. Talvez seu pai as tenha molestado e agora ficou obcecado por elas. Será que as persegue? Vários cenários hediondos diferentes passam pela cabeça dele, como um storyboard de filme de terror, e ele fecha a pasta. Não, argumenta ele. Não pode ser. Se seu pai fosse um criminoso sexual em série, algumas daquelas mulheres não teriam se manifestado e feito uma denúncia? Até onde ele sabe, ninguém fez isso além de Cynthia Parsons. Ele se pergunta se alguma daquelas mulheres era ela. Abre a pasta de novo e volta para a primeira foto. Se ao menos ele tivesse outros nomes. Ele pega o celular no bolso de trás e, sem saber direito por quê, tira uma foto das primeiras cinco fotos.

O som de pneus sobre cascalho o faz pular; ele se levanta e olha pela janela do escritório. Seu pai está entrando com o Mercedes e parando ao lado do Volvo velho dele. *Porcaria.* Ele achou que tinha mais tempo. Seu pai vai ver o carro e saber que ele está lá. Na casa. Sozinho. Uma coisa que ele não fez desde que saiu de lá, depois da universidade.

Ele enfia a pasta em cima dos recortes de jornal, coloca a prateleira em cima e bate a porta do armário com o coração tão disparado que sente nos ouvidos. Ele tem medo de pensar em como o pai vai ficar apoplético se o pegar no escritório. Ele tenta trancar o armário de volta, mas nenhum movimento dos clipes funciona. Sua testa fica coberta de suor. Ele não tem escolha além de deixar assim e torcer para o pai pensar que se esqueceu de trancar.

Ele vai até a janela de novo. Seu pai está parado na entrada de carros com a testa franzida para o carro de Theo, a mão coçando a nuca. Ele olha para o escritório e Theo precisa se abaixar. Merda, será que ele foi visto?

Ele engatinha para longe da janela, desce a elaborada escada correndo, os tênis chiando no assoalho quando ele corre para a cozinha. Ele ouve a chave do pai na fechadura. Theo pega um copo de água e se senta à ilha, tentando recuperar o fôlego e fazer parecer que ele estava ali sentado o tempo todo.

As solas dos sapatos caros do pai ecoam no corredor. Ele aparece e preenche a passagem, com seu 1,90 metro.

— O que você está fazendo aqui? — rosna ele.

— Mavis me deixou entrar. Eu queria te ver, pedir desculpas pelo outro dia.

Seu pai o observa com cautela, como se sem saber se acredita.

— Ela me disse que você já ia voltar.

A mentira sai com uma facilidade surpreendente da boca de Theo, mas ele cora mesmo assim, como acontecia na escola quando ele era flagrado por algum professor.

Seu pai vai até a chaleira elétrica e a liga. Ele parece cansado. Há novas rugas debaixo dos olhos dele. Ele coloca as duas mãos na lombar e faz uma espécie de alongamento.

— Você está bem de comida? — pergunta Theo.

— Claro que estou. Eu sou um homem adulto. Eu sei me cuidar. Eu servi no exército.

Meu Deus, pensa Theo, revirando os olhos mentalmente, *esse papo de novo não*. Seu pai esteve no último grupo do serviço militar obrigatório e, quando Theo estava crescendo, ele nunca deixou que o filho esquecesse.

Ele vê o pai preparar uma xícara de chá; seus braços bronzeados estão musculosos na camisa polo. Ele sempre sentiu que sabia o tipo de homem que o pai era. Rigoroso, antiquado, brilhante, de família rica tradicional, educado e controlador. Mas não pervertido.

Nem perseguidor nem psicopata.

Você é essas coisas, pai?, pergunta ele silenciosamente.

Theo se pergunta, enquanto o observa apertando o saquinho de chá contra a lateral da caneca, se ele já amou o pai. Tinha pena, sim, tinha uma sensação de dever algo a ele, sentia-se responsável por ele depois que sua mãe morreu. Mas amor? Ele não tem certeza. Talvez quando era criança, quando ainda era cheio de esperança de que o pai pudesse gostar dele, de que pudesse se tornar o pai que ele sempre desejara. Ele percebe com um sobressalto que não gosta do pai. Ele é frio e duro, e Theo está de saco cheio de tentar criar desculpas para ele na própria mente.

Ele poderia sair andando dali agora sem nem olhar para trás. E, se não fosse o fato de que teria medo de sua mãe ficar decepcionada, ele faria exatamente isso. Ele duvida que seu pai se importasse se ele nunca mais o visitasse.

— Certo — diz Theo, dando um pulo do banco alto. — Já vou.

Seu pai se vira para ele com surpresa no rosto.

— Você não quer uma xícara de chá?

Ele hesita. Seu pai quer que ele fique? Ele é tão difícil de interpretar quanto uma estátua de pedra. Está propondo uma trégua? Aí ele se lembra das palavras de Larry, da reclamação de má conduta sexual de Cynthia Parsons. Lembra-se dos olhos vermelhos da mãe e dos hematomas que ela escondia. Lembra-se de como se encolhia na infância quando seu pai estava de mau humor. Mas aí, olha nos olhos azuis do pai, a parte branca amarelada pela idade, e sente uma pontada de compaixão. Ele é um homem velho. Deve ser solitário.

— Tá bom — ele se vê dizendo.

30

Saffy

Tom diz que está doente e falta no trabalho na manhã seguinte, como tinha prometido na noite anterior, apesar de eu dizer para ele que não havia necessidade.

— Eu só quero ter certeza de que ele não vai voltar — diz ele no café da manhã.

Está chovendo pela primeira vez em semanas e o chalé está frio e úmido. As janelas precisam ser trocadas, não que a gente consiga pensar nisso no momento com tudo que está acontecendo, sem mencionar o gasto. Já vai ser bem caro fazer a ampliação da cozinha, mas está entrando ar pelas molduras mal encaixadas e eu fico tremendo de pijama enquanto tomo um chá Red Bush, a única coisa que meu estômago segura, à mesa da cozinha. Estou exausta depois de passar a noite rolando na cama e preocupada com a minha mãe e o homem que diz ser Glen Davies.

— Eu não quero que você se meta em confusão por nossa causa — digo quando minha mãe entra.

Ela está com um monte de roupas nos braços. Eu nem tive a chance de perguntar como foi com Alan Hartall no dia anterior.

— Posso usar a máquina de lavar? — pergunta ela. — Estou ficando sem ter o que vestir. Ainda bem que eu trouxe um par de sapatos. Não acredito que minha sandália favorita quebrou.

— Me dá que eu conserto — diz Tom, se levantando e levando o prato e a xícara vazia para a pia.

Ele está com a calça jeans suja de tinta com buracos nos joelhos. Ele quer começar o quartinho. Sei que é o jeito dele de fazer eu me empolgar com o bebê e a casa de novo. De tentar tirar minha cabeça de todo o resto. Não suporto admitir para ele que estou me sentindo cada vez menos em casa ali.

Meu celular vibra ao meu lado e o número do meu pai aparece na tela.

— Sua mãe chegou em casa no fim das contas? — Essa é a primeira coisa que ele diz quando eu atendo.

— Sim. — Eu olho para a minha mãe, que me olha. — Ela perdeu o celular. Está... está tudo bem.

Não quero preocupá-lo mencionando que a minha mãe foi agredida e ameaçada no caminho de casa.

— É seu pai? Posso falar com ele? — diz ela, se levantando e pegando o celular antes mesmo de eu responder.

Ela o coloca no ouvido.

— Euan? Sim, sou eu. — Ela sai da cozinha, vai para o corredor e não sei mais o que eles estão dizendo.

— Que grosseria — digo para Tom, e nós rimos com inquietação enquanto ele senta na cadeira ao meu lado.

Ela volta cinco minutos depois e me devolve o celular. Não me conta sobre o que eles conversaram. Só faz uma xícara de chá e se junta a nós à mesa.

— Eu tive uma ideia — anuncia ela. — Acho que a gente devia ir pra Espanha. Você pode ficar comigo por um tempo.

Eu quase cuspo o chá.

— Você está brincando?

— Não acho seguro você ficar aqui.

— Mas e os nossos trabalhos? E a vovó? A gente não pode simplesmente... *ir embora*.

— Tem casas de repouso na Espanha — diz ela. — A gente pode levar a vovó.

— Se nós formos — diz Tom de forma pragmática —, nossos problemas ainda vão estar aqui quando voltarmos. Nós não podemos fugir, Lorna.

Esse é o problema da minha mãe. Ela passou a vida achando que tudo se resolve assim.

Do que exatamente ela quer fugir agora? Tem alguma coisa que ela não está me contando?

Minha mãe me conta sobre a visita a Alan Hartall enquanto dirijo para irmos visitar a vovó. Tom ficou em casa com Snowy para cuidar do chalé, dizendo que vai tirar o papel de parede do quartinho. Uma tristeza passou pelo rosto da minha mãe quando ele disse isso. Ela se lembrava do papel de parede. Foi dela quando ela era pequena, uma ligação com o passado.

Quando estávamos saindo, dei a Tom o número do detetive Barnes, para o caso de haver algum sinal de Davies se esgueirando em volta da casa. Quando chegar em casa mais tarde, vou ligar para ele para contar o que aconteceu com a minha mãe. Davies não pode atacar mulheres na rua e se safar.

— Então eu acho que Sheila Watts roubou a identidade de Daphne Hartall. Tenho certeza de que a mulher que morou com a sua avó é ela mesma.

— E ela mentiu pra vovó?

Ela dá de ombros.

— Sei lá. A gente pode tentar perguntar a ela quando chegarmos lá. De qualquer modo, eu pedi ao seu pai para ver o que consegue descobrir sobre Sheila Watts e Daphne Hartall.

— Eu já perguntei a ele sobre Sheila — digo, explicando sobre o arquivo e que encontrei o nome de Neil Lewisham em um artigo sobre outro caso. — Nós temos que procurar a polícia, de verdade — digo, sabendo que a minha mãe não vai concordar. — O detetive Barnes vai poder resolver tudo.

— Pra quem Davies está trabalhando e o que ele sabe? — diz ela. — Caralho, é de foder!

— Mãe!

— Bom, desculpa, mas é. E tentar arrancar qualquer coisa da sua avó é como arrancar dentes.

Está chovendo forte, os limpadores de para-brisa do meu Mini chiam enquanto trabalham arduamente. Tive que deixar o ar mais quente porque vi minha mãe tremendo com o casaco fino. Ela não quis pegar nenhum dos casacos de chuva do Tom ou meus. Os cachos escuros, tão parecidos com os meus, só que mais curtos, estão cheios de frizz.

Quando chegamos, a vovó está sentada na cadeira de sempre perto das portas de vidro que dão para o jardim; eu penso, como sempre, que ela deve sentir falta de mexer na estufa, de cuidar dos rabanetes e de plantar flores no terreno. O som da chuva caindo nas janelas Velux junto com o calor tropical dão ao aposento uma sensação aconchegante. Ela está usando um suéter verde que comprei no Natal dois anos antes. Na frente dela tem um quebra-cabeça inacabado, o que fizemos antes, com a foto do cachorro. O cabelo dela está fino e fofo como algodão em volta do rosto. Me dá um aperto no coração quando a vejo tão pequena e vulnerável, como é toda semana.

Ela sorri para minha mãe e para mim quando nos sentamos nas cadeiras ao lado. Mas é um sorriso educado. Do tipo que se dá para estranhos.

— Posso ajudar? — pergunta ela. Sinto a minha mãe ficar tensa ao meu lado.

— Vovó, sou eu, Saffy.

Seus olhos se iluminam.

— Saffy!

— E sua filha, Lorna — diz minha mãe.

— Lolly!

Limpo uma lágrima que caiu do canto do meu olho, torcendo para ninguém notar. Eu nunca a tinha ouvido chamar a minha mãe por aquele nome e me pergunto se ela regrediu ao passado, para quando a minha mãe era uma garotinha.

— Sim — diz minha mãe, o alívio evidente na voz. Ela segura as mãos da vovó nas dela. — É a Lolly.

— Desculpa, Lolly — diz a vovó, o rosto se transformando. — Eu sinto muito. — Lágrimas escorrem pelas bochechas enrugadas e meu coração parece que vai se quebrar.

— Por que você sente muito? — pergunta a minha mãe com gentileza, os olhos cheios de preocupação quando se desviam para os meus e voltam até a vovó. — Não precisa se desculpar por nada.

— A polícia vai voltar?

— Não se preocupa com a polícia. Eu cuido deles — diz minha mãe com firmeza enquanto pega um lenço de papel como um mágico e entrega para a minha avó. Ela sempre parece ter um, só não se sabe onde, considerando as roupas apertadas. Vovó o pega e limpa as lágrimas.

— Mãe — ela hesita e me olha com preocupação —, posso perguntar se você se lembra de um homem chamado Neil Lewisham?

Vovó olha para a minha mãe com os olhos grandes, mas não diz nada.

— E Sheila Watts? — pergunta minha mãe.

— Sheila Watts?

— Sim. Você já falou de uma Sheila, lembra?

Vovó se vira para mim, ainda secando as bochechas.

— Jean bateu na cabeça dela. Jean bateu na cabeça dela e ela não se levantou mais.

— Jean bateu na Sheila? — pergunto.

— Não. Jean bateu na Susan. Susan morreu — diz ela, parecendo impaciente agora, como se nós devêssemos saber do que ela está falando.

Susan? Quem é Susan?

— É da Susan o corpo no quintal? — pergunto delicadamente, sem querer assustá-la.

— Não sei se ela está no quintal — diz ela, franzindo a testa e picando o lenço com as mãos. — Não sei onde eles colocaram ela.

— Eles quem, vovó?

— As pessoas que vieram pra levá-la, claro. Não iam deixar ela sangrando, né?

Com o canto do olho, vejo a expressão perplexa da minha mãe.

— Então a Susan está morta? — pergunto. Meu estômago está contraído de ansiedade. A memória da vovó é como um vitral que se quebrou: os fragmentos não significam nada sozinhos, mas significariam tudo se fossem colocados na ordem certa. — Você se lembra do sobrenome dela? Dessa Susan?

— Wallace. O nome era Susan Wallace.

Ouço a inspiração da minha mãe.

— E você está dizendo que Jean matou Susan Wallace e a enterrou no quintal.

Vovó balança a cabeça, parecendo nervosa.

— Não, não, não, não enterrou. Não. Mas Jean bateu na cabeça dela. Ele bateu na cabeça dela e ela morreu.

— E isso aconteceu em 1980, quando você estava morando no chalé? — pergunta minha mãe, se inclinando para a frente.

— Eu... eu não sei... — Vovó começa a retorcer as mãos, o lenço agora se desintegrando no colo dela. — Eu não lembro quando aconteceu...

Está tudo tão confuso. — O rosto dela se franze e ela me olha. — Ei, quem é essa? — diz ela de repente, do nada, como se a conversa não tivesse acontecido. Ela está apontando para a minha mãe.

— É Lorna. Sua filha — digo, meu coração apertadinho.

— Ah, sim... sim...

Ela se vira para longe de nós a fim de olhar a janela molhada de chuva. Eu olho para a minha mãe.

— Acho que a perdemos.

31

Rose

Fevereiro de 1980

Nós passamos dias gloriosos presas no chalé, por causa da neve. Eu poderia ter vivido daquele jeito para sempre, só nós três, isoladas do mundo. Nós vimos filmes em preto e branco na televisão, comemos a sopa da Daphne e eu fiz um bolo especialmente para você. Era como ter um segundo Natal. Mas, no quarto dia, fiquei consternada de ver que as ruas estavam limpas, só havia um pouco de lama e montes de neve nas laterais, de um tom amarelado. Eu te levei para a escolinha, as calçadas escorregadias debaixo das galochas, a neve compactada em gelo.

Quando voltei para dentro do chalé, Daphne estava vestindo o casaco fino de retalhos, o cabelo comprido preso em um rabo de cavalo.

— Aonde você vai? — perguntei, surpresa.

— Trabalhar. Não posso ficar em casa pra sempre — disse ela, enfiando o gorro de crochê com firmeza na cabeça. — Por mais que eu queira. Eu não quero que Joel me despeça.

Fiquei surpresa de ele já não ter feito isso depois de ela ter recusado as investidas dele. Eu ainda estava tentando conciliar o Joel que eu achava que conhecia com o Joel sobre quem Daphne falou. Mas aí, como eu tinha passado a saber, eu sempre fui ingênua com homens no passado. Eu não podia mais confiar no meu próprio julgamento.

Eu me perguntei se Joel tinha medo do que Daphne poderia fazer se ele ousasse despedi-la: ela podia ser vingativa e determinada quando queria. Eu tinha visto como ela repreendeu os garis quando eles deixaram um dos nossos sacos de lixo e gritou com um dos adolescentes do vilarejo por ter chutado um pombo.

A casa ficava estranha e vazia sem ela. E eu me vi contando as horas até ela voltar, me distraindo colocando a louça na máquina, passando pano no chão da cozinha, depois indo até a praça do vilarejo para te buscar na escolinha. O mercado da esquina estava aberto, mas o café da Melissa ainda estava fechado.

Eu sabia que Daphne encerrava o trabalho às 17h, logo antes do bar abrir para a noite. Ela costumava chegar em casa às 17h30.

Mas às17h30 chegaram e passaram, e ela não voltou.

Já estava escuro, apesar de o reflexo da neve diminuir a escuridão. Era uma noite clara e dava para ver as estrelas no céu e a forma sombreada do bosque ao nosso redor.

— Cadê a Daffy? — você perguntou enquanto eu grelhava iscas de peixe.

Normalmente, Daphne comia conosco e você olhou com saudade para a cadeira vazia dela e o jogo americano que ela sempre usava, o que tinha flores roxas grandes.

— Ela deve estar chegando logo — falei, tentando manter a voz leve quando na verdade me sentia pesada de medo.

E se alguma coisa ruim acontecesse com ela? E se Joel, com raiva da recusa, tivesse feito mal a ela? Minha experiência anterior passou pela minha mente e eu tremi com o pensamento de ela poder estar passando por algo parecido.

Depois de esperar mais uma hora, não consegui mais suportar. Levei você até a casa de Joyce e Roy e perguntei se eles podiam cuidar de você até eu voltar. Eles ficaram felizes da vida de receber você, como eu sabia que ficariam, apesar de eu não querer te deixar. Mas eu não conseguia parar de pensar que Daphne estava em algum lugar encrencada. E aí, andei pela neve suja e derretida até o bar. Fiquei parecendo um farol junto ao bosque escuro atrás, as luzinhas penduradas do lado de fora e o brilho âmbar-amarelado saindo pelas janelas e refletido na calçada. O rio próximo estava preto e ameaçador e eu tive visões de Daphne caída dentro. *Não*, falei para mim mesma. *Ela não precisaria atravessar a ponte. É a direção oposta de Skelton Place.* Eu tremia dentro do casaco enquanto andava para mais perto do bar. Tentei espiar pelas janelas de vidro com vigas de chumbo, mas era difícil identificar feições, só dava para ver formas de pessoas em volta do balcão do bar. Achei que ela poderia ter ficado e tomado algo, embora ela normalmente fosse direto para casa. Para nós. E então me perguntei se talvez ela se interessaria por Joel, apesar do que tinha me contado. Senti uma pontada de decepção com ela nessa hora. Depois de tudo que dissemos, das promessas que fizemos sobre homens. Sobre não precisarmos deles nas nossas vidas. Que, dali em diante, nós ficaríamos juntas. Eu achava, eu tinha tido *esperanças*, que ela era como eu.

Respirei fundo para acalmar os nervos, pronta para enfrentar Joel.

— Rose.

Eu me virei. Havia uma pessoa junto aos arbustos perto da ponte.

Uma mulher saiu das sombras, mas ela não se parecia com Daphne. Ela tinha cabelo curto e castanho.

Eu levei um susto quando ela foi para a luz. Era Daphne. O cabelo louro comprido não existia mais.

— O que você está fazendo? O que fez com seu cabelo? — sussurrei.

Ela estava apavorada.

— É peruca. Eu a carrego sempre na bolsa — disse ela, olhando em volta furtivamente. — Ele me encontrou, Rose. Eu acho que ele me encontrou.

32

Theo

O restaurante está cheio, como sempre fica nas noites de sexta, e Theo mal tem tempo de pensar enquanto prepara frango com alho, batata sauté e seu tradicional bife Wellington. Ele costuma adorar o ritmo acelerado, a adrenalina percorrendo o corpo enquanto ele prepara pratos e grita ordens para os funcionários mais novos. Educadamente. Ele não é Gordon Ramsay. Mas hoje ele está com dor de cabeça, e sabe que é por falta de sono; apesar de seu pai ter sido cordial quando o pegou na cozinha no dia anterior e ter ficado conversando sobre trivialidades tomando chá, ele não conseguiu tirar da cabeça as palavras de Larry e aquelas fotografias aleatórias estranhas. Ele só está grato porque no dia seguinte vai ao vilarejo em Cotswolds com Jen, tentar descobrir mais sobre os corpos e a possível ligação com seu pai. Essa ideia o mantém em movimento. No mínimo, vai ser uma chance de viajar com Jen.

Ele ficou de pé durante as cinco horas de trabalho e só passa a se acalmar depois das 22h. Ele começa a arrumar tudo, seu amigo Noah falando sem parar sobre o filme que viu na noite anterior, quando Isla, uma das garçonetes, chega perto dele.

— Um cliente queria cumprimentar o chef — diz ela com um sorriso largo, quase orgulhoso, como se ele fosse o chef de um restaurante com estrelas Michelin.

Isso só aconteceu uma vez com ele, embora Perry, o outro chef, tenha passado por isso algumas vezes. Por sorte, Perry não está trabalhando naquela noite, e Theo sabe que o cliente só pode estar falando dele.

O restaurante é pequeno, há apenas umas dez mesas arrumadas de forma linear, duas a duas. Isla o leva pelo corredor, entre as mesas, a maioria ainda ocupada por grupos de pessoas na metade da refeição. Em uma do canto, perto das janelas do chão ao teto com vista para a rua, há um homem mais velho com uma familiar camisa Ralph Lauren e calça cáqui, sentado sozinho.

Theo fica paralisado. É seu pai.

— Aqui está ele — diz Isla, com um gesto de revelação. Ela dá um tapinha nas costas de Theo. — Nós temos muito orgulho do nosso chef. — Ela pisca e depois, felizmente, se afasta sem perceber que o cliente é o pai de Theo.

— O que... o que *você* está fazendo aqui? — pergunta Theo.

O prato do pai está vazio. Mesa oito, o pedido foi marisco. Ele está surpreso. Seu pai é o tipo de homem do tradicional jantar assado. Devia estar do nível dele se ele comeu tudo.

— Um pai não pode ir ao restaurante onde o filho é o chef? — Ele se encosta na cadeira e cruza os braços sobre o peito largo. — Bom trabalho, filho. Eu gostei.

Theo pisca, sem saber se ouviu direito.

— É que eu trabalho aqui há dois anos e esta é a primeira vez...

— Eu queria ver em pessoa — diz ele, olhando em volta. — Muito bom.

Ele está com um sorriso forçado na cara. Theo sabe que não é chique o bastante para o pai, então por que ele está fingindo? Por que ele foi até *lá*? Theo muda de posição.

— Eu, bom, eu estou feliz de você ter gostado, mas preciso voltar pra cozinha agora.

Seu pai assente. A iluminação forte do restaurante o faz parecer mais pálido ainda. Quando Theo estava prestes a voltar para a cozinha, ele diz:

— Eu amava sua mãe, sabe.

Theo para, o coração disparado.

— Eu sei que você acha que não.

— Eu nunca disse isso — diz Theo, perplexo.

— Eu nem sempre fui o melhor marido. — Os ombros dele estão firmes, rígidos. — Eu conheço meus defeitos. Mas nunca teria feito mal a ela.

Theo se lembra dos hematomas que sua mãe tentava esconder e sabe que o que seu pai está falando sobre a machucar *é besteira*. Ele se pergunta se seu pai acredita realmente no que ele mesmo está dizendo. Ele reescreveu a história na própria mente como forma de viver com as coisas terríveis que fez? Ou talvez a amasse, mas do jeito deturpado dele.

— A morte dela foi um acidente.

Theo fica gelado. Seu pai sabe. Sabe que ele entrou no escritório. Ele encontrou o armário destrancado. Por que outro motivo estaria ali agora falando sobre sua mãe?

— E Cynthia Parsons?

Escapa antes que Theo possa registrar o que falou. Ele se encolhe. Não devia ter tocado nesse assunto ali. Ele está no trabalho. Aquela conversa é importante demais para acontecer em um intervalo de cinco minutos.

A cor some do rosto do seu pai.

— O que você sabe sobre Cynthia Parsons?

— Eu sei que ela fez uma queixa sobre você — diz Theo, a voz baixa para não alertar os outros clientes.

Deve ser uma visão estranha, ele de dólmã branco de chef falando de forma tão intensa com um homem idoso. Os outros clientes vão achar que seu pai está fazendo uma reclamação. Pode passar uma imagem ruim.

— Isso foi há muito tempo.

— Assédio sexual — diz Theo com desprezo, sem conseguir manter o nojo fora da voz.

— Você não sabe nada sobre isso — rosna seu pai. — E eu gostaria que no futuro você me procurasse em vez de xeretar pelas minhas costas.

— Claro — diz Theo, dando de ombros, tentando não parecer abalado, quando seu coração está disparado e as palmas das mãos suando com a ideia de enfrentar o pai depois de tanto tempo. — Afinal, você é tão aberto para dar informações. Eu já tentei perguntar, mas você nunca é direto comigo.

— Me entristece você achar que precisa xeretar.

Theo cruza os braços sobre o peito. Será que ele deve negar? Não tem sentido.

— Eu sei que você entrou no meu escritório — diz seu pai com a mesma voz mortalmente calma. — Você deixou o armário destrancado.

— Por que você tem um arquivo sobre mulheres aleatórias e vários recortes de jornal sobre a mamãe?

O pai o encara, o rosto impassível. E Theo desconfia que ele deve ter ensaiado exatamente o que diria antes de chegar.

— Os artigos de jornal são velhos, da época da morte da sua mãe. Eu tinha até me esquecido deles. E o arquivo é de pacientes que eu ajudei ao longo dos anos, só isso. Você não entenderia, já que *não é* da medicina, mas a gente se apega às pessoas que ajudou. Eu queria me lembrar delas.

Algo ali *não faz sentido.*

— Então por que esconder e trancar tudo.

Seu pai faz um som de *pff* com a boca.

— Ah, para de bancar o *Columbo*, pelo amor de Deus. Você está fazendo tempestade em copo d'água. Eu só tinha me esquecido daquilo tudo. Você sabe que eu me aposentei anos atrás. — Ele cruza as pernas e olha para Theo com uma expressão arrogante.

Theo empurra o cabelo para trás, sentindo-se frustrado. Ele não pode deixar pai se safar daquilo. Não agora que ele está ali e tocou no assunto.

— Então Cynthia mentiu, foi?

Seu pai ajeita o joelho da calça.

— É complicado. Eu não fiz nada de errado. Ela tinha namorado, ficou histérica e tentou fazer parecer que eu agi de um jeito inadequado. Eu ainda não estava com a sua mãe. Foi antes de a gente se conhecer. Eu não preciso forçar mulheres a ficarem comigo, Theo.

Theo quer acreditar, mas não acredita. Ele está sendo gentil demais, atencioso demais. Como se estivesse encurralado.

— Então por que o artigo do jornal na sua mesa com a palavra *Encontrá-la* escrita? Por que…?

— *Por quê, por quê, por quê?* — diz ele com desprezo. — Eu achei que viria até aqui, seria legal e tentaria explicar. Mas, não, não basta para você, não é? Irritante. Igual à sua mãe. — Ele pega o casaco e se levanta.

— Olha, pai, essa é uma conversa para se ter em particular. Eu saio em meia hora. Posso ir até a sua casa e…

Mas, antes que ele possa terminar a frase, seu pai passa por ele, Theo perde o equilíbrio e cai na mesa de trás, que felizmente está vazia.

Seu pai se vira para ele, sem parecer nem um pouco culpado por ter machucado o filho.

— Não mexe mais nas minhas coisas, porra! Entendeu? — sussurra ele.

O restaurante faz silêncio, rostos virados para Theo quando seu pai sai e bate a porta.

33

Saffy

É fim de tarde da sexta-feira e escuto minha mãe na sala, ao telefone com Alberto. Ela teve que usar meu celular. O dela deve chegar no dia seguinte; ela conseguiu encontrá-lo ligando para o café em Broadstairs onde o perdeu. Por sorte, algum bom samaritano o entregou para os funcionários do bar. Parece que ela está dizendo para ele que vai ficar mais uma semana. Por mais que ela me irrite com toda aquela agitação, energia e falação incessante, eu sentiria falta se ela fosse embora no dia seguinte. A ideia dos longos dias no chalé sozinha, a imprensa lá fora, circulando como uma matilha de lobos, e de um detetive particular desclassificado se esgueirando no bosque, me deixa em pânico. Não ajuda em nada meus dias estarem ocupados com a criação de capas de livros sinistros. E ainda tem tanta coisa que nós não sabemos sobre a vovó, o passado e os cadáveres. Sobre Sheila, Jean e Susan. Está na cara que a vovó sabe alguma coisa e que está se misturando na cabeça dela, como aquele jogo que ela fazia comigo quando eu era pequena, em que a parte de cima de um corpo de desenho não combina com a parte de baixo. Eu tenho constantemente a sensação de estar um pouco ansiosa e não sei se são meus hormônios ou a situação toda, talvez uma mistura dos dois.

Liguei para o detetive Barnes na noite anterior e contei sobre o ataque de Glen Davies à minha mãe. Ela tentou me impedir, dizendo que ele a ameaçou para não procurar a polícia, mas era a coisa certa a fazer.

Abro um sorriso quando minha mãe aparece na cozinha, onde estou fazendo chá. Entrego-lhe uma caneca, que ela pega distraidamente. Eu terminei o trabalho do dia, não que tenha conseguido fazer muita coisa com a minha mãe botando a cabeça na porta do escritório de hora em hora perguntando se estou bem ou se preciso de alguma coisa.

— Acho que ele não está muito feliz — diz ela, tomando o chá, pensativa. — Acho que ele vai sair de casa.

— O quê? Por que você não volta correndo quando ele chama?

Ela faz uma careta.

— Não. Não só isso. Está faltando alguma coisa há um tempo. E ele, a minha vida lá, tudo isso parece a um milhão de quilômetros agora. E eu não posso ir embora. Ainda não. Sua avó sabe alguma coisa sobre isso, está na cara, e nós temos que chegar ao fundo de tudo. Descobrir o que ela sabe ou se está protegendo alguém.

— Seu chefe não vai se importar de você tirar outra semana?

— Meu chefe vai ficar bem. Ele me deve um monte de férias. Saffy — a voz dela está severa —, deixa comigo. Eu ainda não posso voltar pra Espanha. Não enquanto isso tudo não for resolvido.

Eu suspiro.

— Mas pode ser que nem seja.

— Claro que vai ser — diz ela com segurança. Porque as coisas sempre são resolvidas no mundo da minha mãe. Ela cuida pra que sejam. — Se sua avó souber de alguma coisa sobre os corpos, quem são e quem os matou, o medo a teria feito ficar calada todos esses anos. A polícia vai entender, tenho certeza.

Eu me viro, as mãos apertando a caneca, sentindo náusea. Da janela da cozinha vejo o buraco, a cova cavada. A descoberta horrenda que deu início a tudo aquilo. Nem os empreiteiros durões querem voltar e eu não os culpo. Temos que conviver com aquilo por um tempo, com o lembrete de que duas pessoas foram assassinadas ali. Eu queria tanto que não tivéssemos planejado a porra da ampliação da cozinha. Aí, teríamos ficado na alegria da ignorância, e nada daquilo estaria acontecendo.

Vou para a cama cedo, não são nem 22h. Ando ficando enjoada o dia todo e não sei se é a gravidez ou estresse.

Fico na banheira um tempo até a água esfriar. Estou com quase 18 semanas de gravidez e vejo uma barriguinha embaixo da água. Meu umbigo mudou de forma e está mais para fora do que o normal. Saio da banheira com cuidado e me seco, depois visto meu pijama mais confortável. Subo na cama e o edredom dá uma sensação deliciosa e fria na pele. Ouço Tom e minha mãe no andar de baixo, conversando. As vozes deles estão indecifráveis, mas sei que eles devem estar falando da vovó. Nossas conversas são só sobre isso no momento. Viro de lado e puxo os joelhos até a barriga. Devia ser um momento feliz, eu ansiosa pela chegada do bebê e arrumando a casa. Mas agora tudo parece sujo, cinzento. Fico de costas e olho em volta. Aquele era o quarto da vovó quando ela morava lá? Ela devia ficar com a cama na mesma posição, virada para a lareira de ferro na parede oposta e com a janela com vista para a entrada de carros à direita. Apesar do meu cansaço, me levanto e vou até a janela, puxo a cortina e me pergunto se Glen Davies ainda está se esgueirando lá fora.

Sinto um aperto no abdome e uma sensação de que me molhei um pouco. Eu me levanto e corro para o banheiro, o coração disparado, um calor subindo para o rosto com o pânico na hora que tiro a calça do pijama e me sento no vaso. Ah, Deus, ah, Deus... não consigo respirar. Tem uma mancha vermelha no meu pijama. Sangue. Não era para haver sangue.

— Tom! — grito.

Eu o ouço subir a escada. Ele entra correndo no banheiro.

— O que foi? O que...? — Ele deve ver o choque e o desespero no meu rosto, porque me ajuda com delicadeza a me levantar da privada. — Vai se vestir. Nós temos que ir ao hospital.

Coloco uma calça velha de moletom azul-marinho que não uso há anos e um suéter que não combina. Minha mãe aparece na porta, o rosto pálido.

— É o bebê?

— Eu não sei, eu não sei — grito enquanto prendo o cabelo com um scrunchie, a garganta seca. — Ainda é cedo, mãe. Eu só estou de 18 semanas.

Ela me envolve nos braços enquanto eu choro, mais um choramingo de medo, e fico agradecida, tão agradecida por ela estar ali.

A ida até o hospital é um borrão. Tom dirige rápido demais e a minha mãe me conforta no banco de trás.

— Você acha que eu estou perdendo o bebê? — eu fico perguntando.

— Eu não sei, querida, eu não sei.

Ela tira meu cabelo do rosto e me lembro de todas as vezes que ela fez isso quando eu era criança, quando eu acordava de um pesadelo ou quando ficava doente. E me lembro da vovó fazer o mesmo quando eu ficava com ela no verão, que me deixava subir na cama com ela se eu acordasse com medo no meio da noite.

— Não era muito sangue, foi mais uma mancha, sabe... — digo, tentando manter as esperanças.

— Vamos esperar e ver o que o médico vai dizer.

Não sabemos para onde ir e eu vou direto para o pronto-socorro, mas eles nos mandam para a maternidade. Devem ter ligado antes para pedir que ficassem nos esperando, porque uma enfermeira com expressão gentil nos recebe e me leva para uma ala onde duas mulheres, ambas em estágios diferentes de gestação, estão reclinadas em camas, presas a máquinas. O cheiro de desinfetante é sufocante. Estou apavorada demais até para chorar quando as enfermeiras me mandam deitar na cama. As palmas das minhas mãos estão suadas quando aperto a mão do Tom. Depois que explico sobre o sangue, a enfermeira se afasta e volta momentos depois com uma máquina de ultrassom. Ela puxa a cortina azul fina em volta de nós, agindo com muita calma. Meu corpo está ardendo, mas também está gelado de medo. Tom está pálido. Minha mãe fica do outro lado da cama, pela primeira vez sem saber o que dizer. A enfermeira, Gail, puxa meu suéter e eu dobro a cintura da calça de moletom para ela ter acesso ao meu abdome, minhas mãos tremendo. Ela abre um sorriso alegre, mas percebo pelo rosto dela que está preocupada, a expressão concentrada enquanto ela olha para a tela e move o transdutor na minha barriga. Meu peito está apertado; olho para Tom e balanço a cabeça com tristeza. *Nós perdemos.*

Gail olha para todos nós com um sorriso largo e tenho vontade de chorar de alívio.

— Os batimentos do bebê estão ótimos — diz ela. — Você pode estar com infecção urinária, o que pode ter provocado o escape. Vou colher um exame de urina, mas tome cuidado e fique de olho em outras coisas e, se houver mais sangramento, ligue pra nós na mesma hora.

Gail sai andando para pegar um frasco para eu urinar dentro, e minha mãe e Tom me abraçam ao mesmo tempo.

***

Quando chegamos em casa, com uma receita de antibiótico, depois da confirmação da infecção, e um número para ligar em caso de problema, já passava da meia-noite.

Nós entramos, Tom e eu ainda eufóricos de alívio.

— Eu nunca senti tanto medo — digo quando entramos no saguão.

O acontecimento botou tudo em perspectiva e de agora em diante vou fazer tudo que estiver ao meu alcance para proteger essa gravidez. Coloco a mão na barriga de forma defensiva, fazendo uma promessa silenciosa de manter o bebê seguro a qualquer custo.

Espero que Snowy venha correndo até nós, mas não há sinal dele.

— Está frio aqui — observa minha mãe.

Ela está usando apenas a jaqueta de tweed por cima de uma blusa bem aberta, mas ela está certa: tem uma corrente de ar vindo da parte de trás da casa. Tom acende a luz e anda pelo corredor na direção da cozinha. Quando abre a porta, eu o ouço ofegar.

— Que porra é essa?

Minha mãe me olha com preocupação, e a euforia que eu estava sentindo momentos antes desaparece e é substituída por inquietação. *Snowy*. Eu acelero o passo. Tom está parado no meio da cozinha com expressão de alerta. A porta dos fundos está escancarada. Snowy não está em lugar nenhum.

Tudo foi tirado das gavetas, aparentemente na pressa, e tem canetas, notas fiscais velhas, declarações de renda e todo o resto que enfiamos nas gavetas livres espalhadas no chão.

— Cadê o Snowy? — grito, olhando em volta freneticamente.

Minha mãe corre para a sala e volta correndo até nós.

— É melhor ligar pra polícia — diz ela, a voz tensa. — Parece que vocês foram roubados.

— Espera — diz Tom, pegando uma faca no cepo ao lado do micro-ondas. — Liga pra emergência e fica aqui. Podem estar aqui em casa ainda.

34

Rose

Fevereiro/março de 1980

Daphne estava arredia e tensa quando a levei para casa. A peruca estranha não ficava natural nela, parecia que um animal selvagem tinha pousado na cabeça dela. Ela ficava desviando o olhar para a cerca-viva, como se estivesse esperando que alguém pulasse de lá.

— Joel me disse que um homem entrou no bar e perguntou sobre mim — disse ela sem fôlego enquanto andávamos o mais rápido que podíamos.

Passei o braço em volta dela, tentando acalmá-la, mas sentia seu corpo tremendo. Ela parecia tão vulnerável, como quando a vi pela primeira vez, na véspera de Natal.

— Ele acabou me encontrando. Acho que eu devia ir embora, Rose. Devia me mudar.

Fui tomada por medo. Eu não queria que ela fosse embora.

— Você não pode tirar conclusões precipitadas. Ainda não. Não até saber mais — falei, tentando deixá-la mais calma, apesar de saber que, se fosse eu, ia querer fugir também. — Não volta para o trabalho no bar. Fica em casa por um tempo.

Ela assentiu, os ombros contraídos perto das orelhas.

— Vai ficar tudo bem — falei repetidamente enquanto andávamos para casa no escuro.

Quem me dera que eu estivesse certa.

Daphne ficou com tanto medo que não queria sair de casa. Ela ficava tensa cada vez que batiam na porta ou havia movimento na rua lá fora. O rosto dela vivia pálido e contraído e ela estava fumando mais do que o habitual. Eu passava horas tentando acalmá-la e, com o passar dos dias, achei que estava conseguindo e que talvez ela acabasse ficando.

Um dia, quando você estava na escolinha, ela veio falar comigo quando eu estava tirando o pó da sala.

— Eu preciso cortar isto. É fácil demais de me identificar.

O cabelo. O lindo e denso cabelo louro. O cabelo que eu invejava. O cabelo nos quais sonhava em passar as mãos.

Eu parei o que estava fazendo. Os olhos grandes e fundos dela estavam cheios de súplica.

— Você pode me ajudar? Eu não quero ir a um cabeleireiro.

Eu recuei, horrorizada.

— Você está brincando? Quer que eu corte seu cabelo?

— Por favor.

Como eu poderia recusar com ela me olhando daquele jeito? Eu queria ajudá-la. Queria que ela ficasse segura. Queria que nós três ficássemos seguras. Mas eu não era cabeleireira. Eu cortei sua franja uma vez e fiz tudo errado. Ainda estava crescendo.

— Eu tenho uma caixa de tinta. A cor é chocolate. Era a única cor que tinha no mercado. Comprei algumas semanas atrás por precaução. Ele tem menos chance de me reconhecer com o cabelo assim. Eu tive cabelo louro comprido na maior parte da vida.

Meu coração se contraiu.

— Tem certeza disso?

— Absoluta.

Ela deu um passo à frente e chegou tão perto que vi as sardas clarinhas no nariz dela, os pontos verdes nas íris. Meu coração saltitou. Ela segurou minha mão.

— Vem — disse ela, me levando para fora da sala e na direção da escada. — Vamos fazer isso antes de você ter que ir buscar a Lolly.

Até que *não ficou* tão ruim. Ficou melhor do que eu achei que ficaria. Quando eu era pequena, minha vizinha era cabeleireira em domicílio e eu via fascinada quando ela cortava, usando os dois dedos como uma espécie de régua junto da tesoura. O estilo combinou com o rosto de elfo de Daphne, mesmo eu tendo que ficar acertando. Mas ela não ligou. Ela parecia totalmente desinteressada na própria aparência. Eu entendia. Eu era igual desde que deixei minha antiga vida para trás. Era questão de sobrevivência.

Mas, quando você viu, chorou.

— Não, Daffy. Menino! — você disse para ela, seu rostinho se contraindo. Você sempre fazia isso quando eu mudava meu cabelo. Daphne ficou arrasada e eu dei uma bronca em você pela grosseria. Você saiu correndo para o quarto. Eu garanti a Daphne que você se acostumaria. E, claro, você se acostumou.

Naquele fim de semana, o primeiro de março, a neve tinha derretido quase toda, deixando só uns restos em terrenos mais altos, parecendo restos de cal. No sábado, Daphne saiu do chalé pela primeira vez em uma semana, mais segura depois de mudar o cabelo. Quando voltou, ela anunciou que tinha arrumado outro emprego.

— Na fazenda — disse ela enquanto tirava o casaco.

Ela deixou o cachecol listrado em volta do pescoço. O chalé ainda estava absurdamente frio e o tempo parecia alguns graus mais frio do que na semana anterior. Eu estava com o fogo aceso na sala, mas fazia pouca diferença para quem não estava sentado na frente dele. Eu vivia pensando em instalar aquecimento central; só que nunca parecia ser a hora certa de empregar estranhos, menos ainda deixá-los entrar no nosso chalé, na nossa casa segura, além do gasto.

— Mas é uma caminhada e tanto — respondi. A fazenda ficava do outro lado do vilarejo. — Que tipo de trabalho você vai fazer? — perguntei quando ela me entregou uma caneca. Estava tão frio na cozinha que dava para ver o vapor subindo.

— Uma coisa aqui, outra ali. Cuidar dos cavalos, limpar, esse tipo de coisa. Eu prefiro estar com animais do que com pessoas. Fora você e Lolly, claro.

Ela tomou um gole de chá e me olhou por cima da borda da caneca. Meu coração derreteu.

Daphne foi trabalhar na fazenda. Andava mais de dois quilômetros até lá todos os dias, ida e volta, o gorro de crochê enfiado no cabelo novo, fosse qual fosse o tempo, voltava para casa com cheiro de cavalo e palha, mas feliz, as bochechas coradas, os olhos brilhando. Livre, como um tigre solto na natureza depois de ficar em um zoológico, vagando pela fazenda, feliz por estar ao ar livre em vez de entocada em um bar, sentindo a mão boba do dono e sendo olhada pelos bêbados. Fiquei aliviada de ver que ela parecia menos ansiosa de ser encontrada.

— Por que você não vai também? — disse ela depois de estar lá alguns dias. — Seria divertido trabalharmos juntas. Eu fico muito sozinha, consigo ficar no meu canto. É tão bom não ter ninguém fazendo perguntas. O fazendeiro, Mick, é bronco, me deixa em paz. Tem outro cara lá, Sean. Ele também é novo, bonito, pra quem gosta desse tipo de coisa.

Mas era difícil eu arrumar um emprego. Você só começaria na escola em dois anos.

— Talvez quando Lolly começar na escola — respondi.

Eu havia calculado que tinha economias suficientes para fazer alguns consertos na casa com uma certa folga para me sustentar até lá. Eu não cobrava muito pelo quarto da Daphne; afinal, o chalé não era luxuoso. E ela pagava um terço da comida. Mas ela era boa com dinheiro, reparei. Era frugal, sempre comprava coisas em promoção quando podia; latas no mercadinho que estavam com desconto por causa da data de validade, sem mencionar o tanto que ela me fazia economizar em roupas para você com o que fazia na máquina de costura.

Agora, eu sabia que tinha sentimentos por Daphne. Sentimentos que não tinha desde meu último relacionamento com Audrey. Eu não tinha me permitido chegar perto de ninguém depois que ela me magoou daquele jeito. Mas não conseguia controlar o que sentia por Daphne. Eu não tinha ideia se ela sentia o mesmo. Às vezes, quando ela tocava na minha bochecha, chegava muito perto ou colocava os pés no meu colo quando estávamos no sofá, eu me perguntava se ela sentia. Mas eu estava morrendo de medo de fazer alguma coisa, sem querer atravessar aquele limite. Sem querer fazer com que ela fosse embora.

Nós estávamos tão felizes que nos esquecemos de ficar em alerta constante, apesar de devermos. Nós deveríamos ter tomado mais cuidado quando nos demos conta de que alguém estava procurando Daphne. Mas, com o passar das semanas, sem haver novos avistamentos de um visitante do sexo masculino ao vilarejo, nós caímos em uma sensação falsa de segurança, pensando ingenuamente que o disfarce dela nos manteria seguras. Como se um corte e uma cor de cabelo bastassem para a esconder. Como fomos burras.

Nós deveríamos estar preparadas, mas não estávamos.

Então, quando apareceu na nossa porta naquela noite tempestuosa do começo de abril, ele nos pegou desprevenidas.

35

Lorna

— Bom — diz um dos dois policiais uniformizados, andando pela sala onde Lorna e Saffy estão lado a lado, as mãos segurando canecas, a adrenalina e o medo as mantendo acordadas, embora as duas estejam exaustas. Elas ainda estão de casaco. Os dois policiais reviraram a casa por vinte minutos. — Parece que nada foi levado. Nem joias nem eletrônicos. Que invasão estranha.

Lorna troca um olhar com a filha. Ela tem certeza de que é coisa do filho da mãe, Davies. O conteúdo das caixas da mãe dela está espalhado no chão. Ele estava procurando a "prova" que parece convencido de que sua mãe escondeu no chalé. Se isso existir, ela se pergunta se ele encontrou. Talvez aí as deixe em paz.

Mais cedo, depois que Tom concluiu que não havia ninguém na casa, Saffy pediu que ele fosse procurar Snowy.

— E se a pessoa que invadiu a casa o machucou? — dissera ela, os olhos enormes e tristes no rosto branco.

Partiu o coração de Lorna. Depois de tudo pelo que Saffy passou naquela noite, aquilo era a última coisa de que ela precisava. Ela ama aquele cachorro danado. Tom esperou a polícia chegar para as deixar. Ele está fora há mais de 15 minutos e sua filha está mordendo os lábios esse tempo todo. Ela parece exausta, pensa Lorna, com olheiras escuras em volta dos olhos. Passa de 1h da madrugada. Lorna queria proteger Saffy daquilo tudo. Ela nunca foi particularmente rigorosa, não como sua mãe tinha sido. Não se importava se ela quisesse ficar na rua até tarde (não que Saffy quisesse) nem que comesse bolinho de chocolate no café da manhã ou tomasse vinho no Natal. Se Saffy fazia uma pergunta sobre o que estava acontecendo no mundo, sobre fome no terceiro mundo ou redes de pedofilia, ela sempre dava uma resposta sincera, por mais dura que fosse. Ela se lembra da mãe dizer para ela uma vez, quando ela era mais nova do que Saffy, já casada com Euan e morando a mais de 160 quilômetros de distância, em Kent, *Eu nunca vou parar de me preocupar com você. Não importa a sua idade.* E Lorna tentava não pensar assim quando Saffy era adolescente, sabendo como era ser sufocada por uma mãe amorosa, mas fundamentalmente superprotetora. Mas agora. Agora ela está mais preocupada com a filha do que jamais esteve. Ela finalmente entende o que sua mãe quis dizer tantos anos antes.

— Se eu fosse vocês — diz um dos policiais, de cabelo ruivo, bonito, um pouco parecido com o ator Damian Lewis —, eu trocaria a porta da cozinha. Não é muito segura. O invasor entrou dando um chute na fechadura. Estava no chão. Eu a coloquei de lado na cozinha. Alguém vai ter que consertar. Com o bosque lá atrás... — Ele balança a cabeça e guarda o caderno no bolso do uniforme.

— Eu sei, mas nós não tínhamos parado pra fazer isso porque íamos ampliar a cozinha — diz Saffy.

— Bom, eu trocaria pelo menos as fechaduras. E consideraria botar um alarme.

O coração de Lorna se aperta. Eles não vão ficar tranquilos enquanto a porta não for trocada.

O policial ruivo e o companheiro dele terminam o chá que Lorna preparou e vão embora. Lorna se sente vulnerável quando eles saem. Parece que eles são alvos fáceis.

— Nós vamos ter que contar ao detetive Barnes — diz Saffy com a voz fraca. — Nós duas sabemos que não foi roubo. — Ela parece jovem, toda encolhida dentro do casacão.

— A polícia vai fazer isso. Eu dei o nome dele a eles — diz Lorna. Ela se levanta e pega as canecas na mesa de centro para levar à cozinha.

A porta dos fundos, que Lorna tinha conseguido fechar enfiando um jornal embaixo, de repente se abre, deixando entrar um sopro de vento e chuva. Saffy dá um gritinho de medo e Lorna pula para longe da pia para ficar na frente da filha, pronta para defendê-la contra qualquer invasor, mas é Tom. Só Tom. O cabelo está escuro e grudado na cabeça por causa da chuva. Ele está com Snowy na guia. Lorna coloca a mão no coração disparado e respira fundo.

Saffy corre para os braços dele.

— Graças a Deus! Eu estava ficando tão preocupada. — Ela se curva e beija a cabeça molhada do Snowy. — Ah, meu garoto, meu homenzinho fofo. — Lorna faz uma careta; ela sente o cheiro do cachorro de onde está.

— Eu o encontrei farejando no bosque. Ele parece bem. Totalmente ileso — diz Tom, soltando a guia. Ele empurra a porta dos fundos contra o vento e apoia uma cadeira nela para que não se abra. — Isso vai ter que servir por enquanto. — Ele pega a fechadura na bancada. — Mas vou ter que recolocar isto. Tenho uns parafusos na caixa de ferramentas. — Ele sai da cozinha segurando a fechadura.

Saffy pega uma toalha velha e esburacada em um gancho e a usa para secar as patas de Snowy. Ele está com lama nas pernas, mas lambe o rosto de Saffy com carinho, feliz de estar em casa.

Tom volta com a caixa de ferramentas.

— Vou fazer isso logo — diz ele, pegando a furadeira elétrica.

— Brenda vai aparecer em um minuto pra reclamar do barulho — diz Saffy.

— Se ela aparecer, eu falo com ela — diz Lorna.

— E se ele voltar e chutar a fechadura de novo? — pergunta Saffy. — Não sei se vou conseguir dormir sabendo que alguém veio aqui e remexeu nas nossas coisas. Eu me sinto tão... invadida.

— Duvido que ele volte hoje — diz Tom, um parafuso entre os dentes.

— Isso mesmo. — Lorna queria falar com mais confiança do que sente. — Vamos, querida, você precisa dormir. Vamos resolver tudo de manhã.

Saffy assente e leva Snowy para o andar de cima com ela. Lorna fica na cozinha vendo Tom colocar a fechadura, um nó de preocupação no estômago. Quando termina, ele boceja.

— Meu Deus, estou exausto.

Ela fala para ele subir e diz que vai apagar as luzes do andar de baixo. Ela o vê subir e prepara um chá descafeinado. Senta-se no sofá desconfortável da sala na semiescuridão, cercada de bagunça.

Ela fica de joelhos e pega uma fotografia que foi jogada perto da lareira, da mãe com a misteriosa Daphne Hartall, que pode ser na verdade Sheila Watts, as duas posando no quintal. Parece frio, elas estão enroladas em cachecóis e casacos, os sorrisos largos. Ela se pergunta quem tirou a foto. Teria sido ela?

— O que estou deixando passar? — diz ela baixinho para as duas mulheres da fotografia. — *O que vocês fizeram?*

36

Lorna

Lorna acorda cedo na manhã seguinte. Ela tinha caído no sono no sofá, ainda de jaqueta de tweed, o casaco acolchoado de Saffy como edredom, a fotografia de Daphne e sua mãe apertada contra o peito.

O sol entra na sala pelas cortinas mal ajustadas, se espalha no chão e acentua as partículas de poeira no ar. Lorna olha para o relógio no pulso. Passa das 9h. Ela se senta e se espreguiça. Todos os músculos do seu corpo estão doendo. Não há movimento no andar de cima. Eles precisam dormir. Ela está feliz de ser sábado e eles não precisarem acordar cedo para trabalhar. Seu coração despenca quando ela repara na bagunça no chão, e tudo que aconteceu no dia anterior volta com tudo. Assim não dá. Ela precisa agir.

Ela se levanta e entra na cozinha. O ladrilho está gelado embaixo dos pés descalços dela. Ela fica aliviada de ver que a cadeira ainda está no lugar, embaixo da maçaneta.

Lorna abre a geladeira. Não tem leite. Ela vai andar até a cidade para comprar mantimentos. Isso ela pode fazer. Por Saffy e Tom. Coisas práticas para tirar o peso das costas deles.

Lorna coloca roupas limpas, pega a bolsa e sai silenciosamente do chalé. Quando faz isso, ela encontra o carteiro, um homem idoso com o uniforme de short e camisa do Royal Mail. Ele sorri gentilmente para ela quando entrega um envelope acolchoado. Seu celular. Ela estava perdida sem ele. Ela o recebe com agradecimento e o liga. Quase não tem bateria. Ela repara em dez chamadas perdidas de Saffy. Enfia o celular na bolsa.

O céu azul limpo engana: a brisa está fria. Ela toma o cuidado de ficar no meio da rua enquanto desce a colina para não ser puxada para nenhum arbusto. Cada vez que um graveto estala atrás dela, os pelos da nuca dela ficam em pé, mas é só alguém passeando com o cachorro ou um casal em uma caminhada matinal. Ela está dando asas à imaginação demais. Não pode fazer isso. Ela precisa ser forte, pela filha. No pé da colina, ela passa pelo Veado e Faisão. Tem um casal jovem sentado em uma das mesas de bistrô do lado de fora tomando café com espuma de leite. Eles a cumprimentam quando ela passa. Parecem apaixonados, como quem foi passar o fim de semana longe de casa, e ela pensa em Alberto. Ela ama a ideia dele mais do que o ama. Percebe que não se importa com o fato de que ele provavelmente está tirando as coisas do apartamento agora.

Quando passa pela praça, ela repara na igreja: fica em frente à cruz do mercado e atrás de um portão alto de ferro que está entreaberto. É uma igreja antiga linda, com torre, janelas de vitral e um cemitério pequeno com lápides elaboradas na frente. Ela para na amurada e olha para dentro. Sente uma pontada súbita de familiaridade. Uma lembrança voltando. De andar com a mãe. E ela está chateada. Tem lágrimas nas bochechas dela. A lembrança some, como uma aparição, e Lorna fica um tempo no portão, tentando trazê-la de volta. Mas não há nada, só um sentimento pesado que se acomoda dentro dela, uma tristeza profunda. Elas tinham ido a um enterro? Alguém que elas conheciam tinha morrido? Lorna luta contra as lágrimas enquanto diz para si mesma que está sendo ridícula. É só um sentimento, ela não tem ideia de por que se sente tão triste de repente.

Ela respira fundo e vai até o café do outro lado da praça, onde pede um latte, feliz de ver que quem está servindo é Seth. Ela tenta sufocar a melancolia que tomou conta dela e faz perguntas triviais para desfocar a mente da questão. Tem uma mulher idosa atrás do balcão com ele hoje. Ela deve ter pelo menos 80 anos, tem rosto redondo, papada e bochechas rosadas. Ela é corpulenta e ágil, apesar da bengala na qual se apoia enquanto observa Seth. Está usando óculos dourados pequenos e o cabelo grisalho volumoso está preso em um grampo. Ela abre um sorriso para cumprimentar Lorna.

— Eu sou Melissa, tia-avó do Seth — diz ela. — Eu era dona daqui 40 anos atrás. Não mudou muito ao longo dos anos.

Lorna fica mais ereta, a adrenalina correndo nas veias quando ela se apresenta.

— Eu vim visitar a minha filha, que mora em Skelton Place. Minha mãe morava lá muito tempo atrás. No final dos anos 1970.

— Ah, quem era sua mãe? Eu moro aqui a vida toda, pode ser que eu a tenha conhecido.

— Ela se chama Rose. Rose Grey...

Melissa fica boquiaberta.

— Lolly? — diz ela, sem fôlego.

Lorna engole em seco.

— Sim. Nós nos conhecemos?

Melissa une as mãos.

— Sim. Quando você era pequenininha. Muitas vezes... Ah, é tão bom te ver. Me conta, como está a Rose? Foi tão triste que eu nunca tive oportunidade de me despedir dela. E de você. Vocês foram embora correndo.

— Fomos? — Lorna se pergunta se teve alguma coisa a ver com os corpos.

Seth entrega o latte para Lorna.

— Que mundo pequeno — diz ele com uma risada enquanto Lorna paga.

— Muita gente morou neste vilarejo por décadas. Gerações — diz Melissa. — Seth não entende isso. A mãe dele foi embora anos atrás. Ele só está aqui para um emprego de verão porque eu conheço a dona. — Ela dá um tapinha carinhoso nas costas dele e ele sorri.

Mas Lorna ainda está atordoada. Ali está uma mulher que conheceu sua mãe quando ela era jovem. Ela não consegue acreditar.

— Como ela era, a minha mãe, naquela época? Você sabe por que ela foi embora tão de repente? — pergunta ela, determinada a botar a conversa no rumo certo, sem querer deixar a oportunidade passar.

— Ela nem se despediu. Só foi embora. Ela era um livro fechado. Muito tensa. Uma coisinha nervosa. Sempre preocupada com você. Uma vez, você saiu andando por aí na véspera de Natal e, sinceramente, achei que Rose ia ter um ataque cardíaco. Mas aí ela arrumou aquela inquilina e isso pareceu mudá-la. Ela ficou mais feliz. As duas eram unha e carne.

— Você se lembra de Daphne Hartall?

— Daphne! Isso mesmo. Eu não estava conseguindo me lembrar do nome dela. Sim, Daphne. Uma mulher atraente. Trabalhava na fazenda. — Ela baixa a voz e olha em volta furtivamente, apesar de não haver outros clientes no café. — Eu soube dos corpos no chalé. Uma coisa horrível.

Estão dizendo que um foi identificado e morreu em 1980. Fiquei chocada quando ouvi isso.

— Sim — diz Lorna. — Minha filha descobriu ontem. Você conhece o nome Neil Lewisham?

Ela franze a testa e balança a cabeça.

— Não. Acho que ele não era daqui.

— A minha mãe estava morando no chalé na época.

— Bom, estava — diz ela. — Mas eu não acredito que Rose soubesse algo sobre isso. Ela não faria mal a uma mosca. E ela tinha você, claro. Uma garotinha na casa... ela não teria feito nada que colocasse você em perigo.

— Ah, eu sei disso. Mas imagino que as pessoas vão falar.

— Vão. Mas muita gente não vai se lembrar da Rose. Eu a conhecia. Sempre tive vontade de protegê-la. Como ela está agora? Aposto que não consegue acreditar em nada disso, né?

— Ela... Bom, infelizmente, ela está sofrendo de demência e está agora em uma casa de repouso.

— Ah, sinto muito — diz Melissa. — Ela parecia uma mulher adorável. Você me lembra ela, sabe. Mais morena, claro.

Lorna sorri, apesar de lá no fundo sempre ter achado que não se parece em nada com a mãe. Rose tem pele clara, olhos bem claros, o corpo com menos curvas. Ela supõe que deve puxar o pai.

— Ela falava sobre o meu pai? — pergunta ela.

Melissa faz que não e a papada treme.

— Não. Ela era bem fechada sobre o passado. Acho que todo mundo supunha que ela era viúva, apesar de eu não acreditar.

— É mesmo? — Lorna fica surpresa. — Foi o que ela sempre me contou. Que ele morreu antes de eu nascer.

— Ela estava grávida quando chegou em Beggars Nook. E estava sozinha. Mas era cheia de segredos.

— Você sabia alguma coisa sobre Daphne? O que aconteceu com ela?

— Não. Não sabia nada. Ela vinha ao café de vez em quando, mas era tão fechada quanto Rose. Mais ainda, até. Elas ficavam na delas. Principalmente mais para o final.

— Mais para o final?

— Sim, antes de irem embora.

— Daphne foi antes da minha mãe?

— Eu sempre supus que elas tinham ido embora na mesma época. Que tinham ido juntas. Eu me perguntava... — Ela faz uma pausa. — Não. Não cabe a mim. Eu não sou fofoqueira e já tem tanto tempo.

Seth limpa a garganta e Melissa o repreende com bom humor.

— Se perguntava *o quê?* — insiste Lorna.

Melissa olha para Seth com vergonha.

— O mundo está tão diferente agora. Essas coisas são bem mais abertas. Mas elas eram... *feministas.* — Ela sussurra a palavra como se fosse algo de que ter vergonha.

Seth revira os olhos para Lorna.

— Esses coroas. — Ele ri.

Lorna não acha nada de mais. Ela gosta de pensar que é feminista. Por que Melissa faz parecer que é pecado? De repente, ela se toca.

— Você quer dizer que acha que minha mãe e Daphne eram amantes? — pergunta ela.

— Bem. — A pele corada de Melissa fica mais escura e ela cruza os braços debaixo dos seios fartos. — Eu não estou dizendo isso, mas as pessoas falavam, claro. Sempre se fala em um vilarejo desses.

Lorna toma um gole de latte para disfarçar o sorriso.

— Então você não sabe o que aconteceu com Daphne? — pergunta Melissa.

— Não. Minha mãe nunca falou dela. Só descobrimos sobre ela recentemente.

— Bom, manda um beijo pra Rose, por favor. Eu gostava dela. E de você. É ótimo ver que mulher linda você se tornou.

Agora, Lorna fica vermelha.

— Obrigada, gentileza sua. — Ela escreve o número do celular em um guardanapo e empurra sobre o balcão até Melissa. — Se você se lembrar de alguma coisa... é difícil perguntar pra minha mãe agora por causa da demência, mas qualquer informação que você possa ter... eu adoraria saber o que aconteceu com Daphne.

Melissa assente.

— Claro — diz ela, enfiando o guardanapo no bolso do casaco grosso.

Lorna compra alguns croissants e passa pela ponte para ir ao mercado comprar leite. Quando volta para o chalé, ela pensa na sua mãe e Daphne. Elas estavam apaixonadas e brigaram? Foi por isso que Daphne não fez parte da vida delas depois que elas foram embora de Beggars Nook e por isso que foram embora tão de repente? Até onde ela sabe, sua mãe nunca teve namorado. Por que ela achou que precisava esconder sua sexualidade de Lorna por todos aqueles anos?

Tem tanta coisa sobre sua mãe que ela não sabe, ela percebe. Nunca se deu ao trabalho de perguntar, mesmo quando já era adulta. Teria sido por ela ser autocentrada e se recusar a ver por trás da fachada envelhecida e contida de Rose? Que nem se importava? Ela só aceitou que não havia pai na vida. Aceitou a versão dos acontecimentos da sua mãe. Olhando para trás, ela consegue ver que havia inconsistências nas histórias da mãe. Ela deixava tudo simples, nunca elaborava. Não que Lorna tivesse perguntado. Ela nunca foi uma criança perguntadeira.

Culpa e arrependimento tomam conta dela. Todos aqueles anos desperdiçados quando ela poderia ter conhecido bem a mãe.

Quando chega ao chalé, a porta da frente está aberta e Saffy está parada nela, emanando ansiedade. Tem alguma coisa errada.

— O que foi?

Ela ainda está de pijama.

— A polícia ligou querendo falar com a vovó de novo. Querem ir até lá hoje!

37

Saffy

Minha mãe tentou me persuadir a ficar em casa, mas não posso. Eu tenho que estar lá quando a polícia falar com a vovó. Eu preciso protegê-la da melhor forma possível. Estou dirigindo e minha mãe está no banco do passageiro, emanando tensão. Eu sabia que a polícia ia querer falar com a vovó de novo, mas o fato de ser tão imediato me preocupa. Agora que eles sabem que Neil Lewisham morreu quando ela morava na casa, ela é suspeita?

— Eu não acredito que a vovó saiba sobre isso, você acredita? — digo quando seguimos na direção da rodovia. Minha mãe fica calada e eu me irrito. — Você acredita?

— Não sei. Eu acho que não, querida, mas...

— Mas o quê? — digo com rispidez. — Você não pode achar que a vovó é capaz de homicídio.

Minha mãe ri com deboche.

— Claro que não. Mas isso não quer dizer que ela não saiba de *alguma coisa*. Ela podia até estar lá quando aconteceu. Talvez até tenha ajudado a encobrir.

Eu me recuso a acreditar.

— A vovó é a pessoa mais sensata e que segue a lei que eu conheço. Não tem como. — Minha mãe contrai a mandíbula e sinto a irritação borbulhar dentro de mim. — Eu não acredito que você possa duvidar dela. Ela é sua mãe!

— Ela não é perfeita. É humana, como todos nós.

Aperto bem o volante, não confio no que eu mesma posso acabar dizendo, corrondo o risco de todos os ressentimentos que tive pela minha mãe por tantos anos ameaçarem pular da minha boca.

— E — continua minha mãe — ela menciona uma Jean que bateu na cabeça de alguém. Será que testemunhou alguma coisa?

— Claro que não! Ela só está citando nomes aleatórios!

— Ela estava certa sobre Sheila, não estava? Ela é real. Eu já te falei o que Alan disse... e que eu acho que Daphne na verdade era Sheila Watts.

— Nós não temos certeza disso. Agora você vai me dizer que acha que o outro corpo no quintal é da Daphne... Você acha que a vovó a matou também?

Minha mãe não diz nada.

— Você acha que é Daphne?

— Eu não estou dizendo isso. Mas falei com Melissa mais cedo e ela disse que sua avó e Daphne foram embora daqui na mesma época. Não quero pensar mal da minha mãe, assim como você não quer, mas temos que encarar os fatos.

— Isso é ridículo. Só porque você não bota fé na vovó. Só porque você nunca se deu ao trabalho... — Eu paro. Já falei demais.

Minha mãe fica em silêncio por alguns segundos. E diz:

— O que você quer dizer?

— Nada. Esquece.

— Não. Se você tem alguma coisa pra me dizer, *é melhor dizer*.

Eu me viro para a minha mãe. Ela está com os lábios apertados em uma linha de raiva. Nós não discutimos há anos, desde que eu era adolescente e ela gritava comigo por causa do meu quarto bagunçado.

— Tudo bem. Eu acho que você foi um pouco... negligente.

— Negligente?

— É. Você foi embora pra Espanha. Deixou uma senhora idosa solitária sozinha. Quase não veio visitar. Quantas vezes você viu a vovó nos últimos seis anos? Uma ou duas vezes por ano?

— Isso não é justo.

— É verdade. E eu? Quantas vezes você me viu? E quando vem visitar, você traz um dos seus muitos namorados horríveis. E você nem finge estar feliz com o bebê. — Agora eu peguei embalo e não consigo parar, apesar de estar sendo uma vaca. — Eu vi pelo seu rosto como você ficou decepcionada quando eu contei! Você se arrepender de ter me tido tão nova não quer dizer que eu sou igual. Você mal podia esperar se livrar de mim todo verão pra poder sair e agir como adolescente, deixar o papai e ficar com outros homens. E você ainda se pergunta por que eu sou mais próxima da vovó!

Há um silêncio chocado. Eu não acredito que falei. Não ouso olhar para a minha mãe. Não sou do tipo que gosta de confrontos. Devem ser os hormônios da gravidez. Mesmo assim, sei que é como me sinto há anos. É um alívio falar.

Nós seguimos em um silêncio tenso e desconfortável. Minhas pernas estão tremendo. Com o canto do olho, vejo minha mãe secar uma lágrima da bochecha e sou consumida pela culpa.

— Desculpa — digo. — Eu não quis dizer isso tudo.

— Quis, sim — diz minha mãe baixinho.

— São meus hormônios. Eu sinto tanta, tanta... *raiva*!

— Eu sei. — Ela abre um sorriso lacrimoso. — E concordo que nem sempre eu fui a melhor mãe. Eu cometi erros...

— Mãe, não!

— É verdade, e você também vai cometer. Não importa o que você pensa agora. Mas eu nunca me arrependi de ter você. Nem por um segundo. Eu odiaria que você achasse isso.

Eu engulo o nó que se formou na minha garganta.

Agora, chegamos a Elm Brook e eu entro no estacionamento. Quando coloco o câmbio no neutro, minha mãe cobre a minha mão com a dela.

— Está tudo bem entre nós?

— Claro — digo.

Se tremo só de pensar em ter um bebê aos 24 anos, não consigo imaginar o quão assustador deve ter sido para minha mãe aos 16 anos. Eu nunca devia ter dito aquelas coisas horríveis.

Joy nos recebe na porta com o cabelo desgrenhado de sempre. Ela parece mais estressada do que o normal, mas entendo o motivo. Ela provavelmente nunca teve que lidar com idas da polícia para interrogar um residente.

Minha mãe está séria quando entramos no saguão. O tapete feio com estampa de espirais está me deixando enjoada.

— A polícia chegou? — minha mãe pergunta a Joy.

— Lá dentro. — Joy indica a sala onde estivemos da última vez. — Vou buscar Rose. Ela ainda está no quarto. Ela não teve uma noite muito boa. Vou trazer chá.

A ansiedade se acumula no meu estômago.

— Como assim, ela não teve uma noite boa? — pergunto.

— Ela ficou acordando, gritando. Acontece às vezes. Eles esquecem onde estão. Se vocês não se importam de ir entrando — ela abre a porta e fica encostada nela para podermos passar —, vou buscar Rose.

O detetive Barnes já está na sala, com outra pessoa desta vez, uma mulher da minha idade. Eles estão sentados nas mesmas poltronas dos dois lados da lareira e se levantam quando entramos. Ele apresenta a mulher como detetive Lucinda Webb. Ela tem uma cabeleira acobreada que cai sobre os ombros da blusa estampada. Reparo que Joy colocou só duas cadeiras desta vez.

— Sente-se aqui — diz minha mãe, indicando uma das cadeiras. — Eu fico bem de pé.

— Tem certeza?

— Claro. Senta!

Estamos agindo de um jeito nada natural uma com a outra. Educadas ao extremo. Mas eu faço o que ela diz.

O silêncio é constrangedor e fico agradecida quando a porta se abre e Joy traz vovó para a sala. Vê-la me deixa com lágrimas nos olhos: ela parece tão assustada, como uma garotinha tímida. Tenho vontade de passar os braços em volta dela e levá-la para longe de tudo aquilo. Ela parece mais magra com o suéter rosa tricotado e a saia preguada, e fico preocupada de ela não estar comendo bem. Reparo que ela está com um colar dourado e com brincos combinando que eu reconheço e me pergunto se uma das cuidadoras os colocou nela de manhã para deixá-la bonita. Ela se senta ao meu lado e pisca rapidamente, como um filhotinho de pássaro.

Eu estico a mão e seguro a dela.

— Vovó...

— Quem é você? — pergunta ela, e sinto como se tivesse levado uma facada no coração.

— Sou eu, Saffy — digo, tentando não chorar.

Antes que ela possa responder, minha mãe se agacha ao lado dela.

— Mãe — diz ela. — Não precisa ter medo. A polícia só quer fazer mais algumas perguntas.

— Por quê? — pergunta a vovó e se vira para mim, perplexa, mas há reconhecimento nos olhos dela. Eu aperto sua mão.

— Está tudo bem, vovó — digo, acalmando-a.

Minha mãe se levanta e fica atrás de mim, o que faz os pelos da minha nuca ficarem de pé. Eu queria que houvesse uma cadeira para ela. Por que Joy não levou?

O detetive Barnes está com as mangas dobradas. Não está tão quente quanto da última vez, mas, mesmo assim, a testa dele está suada.

— Oi, Rose — diz ele. — Não tem nada com que se preocupar. Como sua filha disse, nós só queremos fazer algumas perguntas. Tudo bem?

— Acho que sim — diz ela, unindo as mãos na barriga. Joy volta com mais uma cadeira e a minha mãe se senta.

O detetive Barnes parece meio irritado pela interrupção. Quando Joy sai, ele continua:

— Rose, o nome Neil Lewisham te diz algo?

Vovó se vira para mim e eu abro um sorriso encorajador.

— Acho que não — diz vovó.

O detetive Barnes empurra uma fotografia pela mesa de madeira na nossa direção. Vovó olha para a foto, a mão ainda na minha, ossos finos e delicados. Eu me inclino para a frente a fim de olhar melhor. Tem um homem com cabelo claro curto nos olhando. Ele é simples, comum. Não tem nada nele que o faria se destacar. Ele está usando um sobretudo preto comprido; uma das mãos está enfiada em um bolso e a outra está segurando um cigarro ao lado do corpo.

— Esse é o homem que foi encontrado morto na sua casa, Rose — diz ele seriamente. — Nós achamos que ele morreu em 1980, quando você estava morando lá.

Os olhos da vovó estão arregalados de medo.

— Tudo bem, vovó — digo suavemente. — O que você lembra sobre esse homem?

— Ele estava atrás de nós — diz ela, se virando para o detetive Barnes.

Eu olho para ela, chocada. Eu tinha suposto que ela não o conheceria. Não consigo olhar para a minha mãe. Eu não contei à polícia sobre o arquivo de Sheila e o artigo nele com a assinatura de Neil Lewisham, pensando que poderia acabar implicando a minha avó.

— O que você quer dizer, Rose? — pergunta a detetive Webb, a voz gentil, e percebo que ela foi levada por isso. Toque feminino.

Minha boca está seca e eu ainda estou exausta depois dos acontecimentos da noite anterior. Reparo que Joy não levou o chá que prometeu.

— Você o machucou, Rose? Ou Daphne? — A voz de Lucinda Webb é tranquilizadora, como mel com água quente para uma garganta inflamada.

Vovó tira a mão da minha e enfia na cabeleira branca.

— Eu não lembro...

— Ele estava tendo um relacionamento com você? Ou com Daphne?

— Não, acho que não...

— Ele ia na sua casa, Rose? Você lembra?

— Ele estava com raiva — diz a vovó. Ela parece mais calma agora, com as mãos no colo. — Ele estava com raiva.

— Por que ele estava com raiva?

Eu enrijeço. Será que a vovó lembra mesmo? Ou está confusa de novo?

— Ele tentou nos machucar.

— Por que ele faria isso? — pergunta a detetive Webb.

— Porque ele descobriu sobre a Sheila.

Reparo que a minha mãe ficou calada. Não sei se devo dizer alguma coisa. E se meter a vovó em confusão?

— Quem é Sheila? — pergunta a detetive Webb com aquela mesma voz.

Vovó olha para o colo em silêncio.

Minha mãe me olha e volta o olhar para os detetives.

— Eu... acho que ela pode estar falando de uma mulher chamada Sheila Watts. Eu descobri recentemente que ela pode ter roubado a identidade de Daphne Hartall.

Os dois detetives se inclinam na direção da minha mãe.

— Prossiga — diz o detetive Barnes.

— Uma tal Sheila Watts se afogou no final dos anos 1970. Tinha um artigo sobre ela nas coisas da minha mãe. Eu pesquisei um pouco e, resumindo, parece que Sheila Watts pode ter fingido a própria morte e roubado a identidade da verdadeira Daphne Hartall.

Uma expressão de irritação aparece no rosto esburacado do detetive Barnes.

— Por que você não mencionou isso antes?

— Desculpe, aconteceram muitas coisas nos últimos dias. Eu pretendia contar.

O detetive Barnes parece meio envergonhado.

— Claro. — Ele fala com a vovó de novo, a voz séria, como a de um âncora de noticiário prestes a declarar o fim do mundo. — Neil Lewisham era jornalista investigativo. Ele costumava se meter em confusões e, de acordo com o filho, tinha uma relação turbulenta com a esposa. Ele veio até Beggars Nook naquele dia para ver Daphne porque ele descobriu que ela era Sheila Watts, Rose? — Há urgência na voz dele, como se ele soubesse que o tempo está se esgotando até a vovó se retrair de novo.

Vovó não diz nada. Sua boca está uma linha teimosa.

— Neil Lewisham descobriu sobre Daphne? — pergunta a detetive Webb para a vovó com a voz suave e líquida. — Que ela era Sheila, na verdade?

— Não — diz a vovó, olhando para os detetives e mexendo no colar no pescoço. — Ele descobriu sobre Jean.

Rose

Abril de 1980

Na véspera de Neil Lewisham aparecer na nossa porta, tudo foi perfeito.

A Páscoa caiu no primeiro fim de semana de abril. Nós passamos momentos maravilhosos comemorando, só nós três. Daphne cozinhou ovos que tinha ganhado na fazenda e nos sentamos à mesa da cozinha para pintá-los, você rindo das caras engraçadas que Daphne desenhou. Ela era muito boa. No domingo de Páscoa, nós escondemos ovinhos de chocolate ocos no jardim, o papel alumínio colorido em volta deles cintilando debaixo das plantas e arbustos. Foi um dia ensolarado, mas meio frio. Eu nunca vou me esquecer do prazer nos seus olhos e dos seus gritinhos de empolgação enquanto os procurava; Daphne e eu paradas junto da porta dos fundos do chalé, te observando com orgulho.

Mais tarde, à noite, enquanto você dormia, Daphne e eu ficamos conversando e bebendo vinho junto ao fogo. Ela se virou para mim, os olhos enormes na luz do fogo.

— Eu... eu quero te dizer uma coisa, Rose. Mas tenho medo de estragar nossa amizade.

Eu cheguei mais perto dela. Torcendo para ela dizer tudo que eu sentia.

— Não tem nada que você possa dizer que estragaria nossa amizade — digo baixinho.

Ela segurou minha mão e se aproximou de mim, de forma que nossos rostos ficaram a centímetros de distância. Tirou o cabelo do meu rosto com carinho. Eu me inclinei na direção dela, meu coração vibrando quando os lábios dela roçaram nos meus, ela me puxou para perto e me deu um beijo intenso. Ela segurou a minha mão e me levou para cima, para o quarto dela, onde fiquei até antes de amanhecer e só voltei para a minha cama para você não ficar assustada quando fosse me procurar ao acordar.

Eu queria ter absorvido todos os momentos maravilhosos daquele dia, esmiuçado cada segundo com uma lupa: a risada rouca de Daphne, seus gritinhos de prazer, o jeito como o sol refletia nos ovos com papel alumínio, o cheiro de chocolate e pólen na brisa. Eu daria qualquer coisa para reviver aquele dia sem parar.

Porque, no dia seguinte, tudo mudou.

Ele chegou na noite de segunda, bem quando eu estava botando você na cama.

Eu ouvi as vozes no corredor, mas estavam abafadas, apesar de eu ter certeza de que uma das vozes era masculina. Meu coração disparou. Nós nunca tínhamos visita. Eu terminei de botar você na cama e fechei a porta do quarto, o suor se acumulando nas minhas axilas só de pensar em quem poderia estar na porta. Era o homem de quem Daphne tinha tanto medo? Ele teria nos encontrado?

Eu corri para o andar de baixo com cenários diferentes se desenrolando na minha cabeça. Mas Daphne não estava com ninguém, estava sozinha.

— Quem era? — perguntei baixinho, sem querer te assustar. — Eu te ouvi falando com alguém.

Ela fez que não e foi para a sala. Eu fui atrás. Ela parou no meio da sala e envolveu o próprio corpo com os braços. O rosto dela estava tão pálido que parecia que ela ia desmaiar.

— É ele — sussurrou ela. — Ah, Deus, Rose, ele me encontrou. Ele me encontrou…

Um frio se espalhou pelo meu corpo.

— Onde… onde ele está agora?

— Ele foi pela lateral. Para o quintal. Falei que conversaria com ele lá. Eu não sabia o que fazer.

— Nós temos que chamar a polícia. — Fui na direção do telefone laranja ao lado do sofá. Mas ela me impediu antes que eu chegasse lá.

— A gente não pode. Você não vê? Não vai fazer diferença. Nunca fez. Não me ajudaram antes. Por que ajudariam agora?

Deixei minha cabeça pender.

Como eu gostaria de ter ligado para a polícia. Talvez, nada tivesse acontecido. O medo. Ele te leva a fazer coisas estranhas. Confunde o cérebro. E eu estava com muito medo havia muito tempo. Você precisa acreditar em mim quanto a isso.

Daphne botou a mão no meu ombro.

— Eu preciso falar com ele, tentar convencê-lo a me deixar em paz. Não sei se vai dar certo. — Ela soltou um soluço baixo. — Estou com medo, Rose. Ele... ele não é um homem legal.

As palavras dela conjuraram imagens do seu pai e das coisas que ele fez comigo. O que eu faria se ele decidisse aparecer aqui sem avisar, como esse Neil?

Puxei Daphne para os meus braços e beijei o topo da cabeça dela.

— Vai ficar tudo bem. Não vou deixar nada acontecer com você — falei com ferocidade. — Vamos resolver isso juntas. Vem. — Eu me afastei dela e segurei sua mão para puxá-la até a cozinha. Vi o homem no quintal, fumando. Eu não pensei na minha segurança nem, tenho vergonha de admitir, na sua naquele momento. Falei para mim mesma que Neil não estava interessado em nós. Era Daphne que ele queria. Daphne que ele estava procurando.

Abri a porta dos fundos e Daphne saiu para o quintal na minha frente.

— Oi, Jean — disse ele para ela.

A luz da cozinha se espalhou e iluminou o rosto dele. Ele era muito claro, com cílios transparentes. Estava usando uma jaqueta Harrington preta com uma camiseta branca por baixo e calça jeans. Estava com cheiro de bebida velha.

Jean?

— Quem é essa? — Ele inclinou a cabeça na minha direção.

— Minha melhor amiga — respondeu ela, se virando para me olhar.

Seu olhar grudou no meu e algo tácito passou entre nós. Nós éramos duas mulheres de trinta e poucos anos que se conheciam havia quatro meses (eu não tinha uma melhor amiga desde a escola), mas não foi o suficiente para englobar a intensidade dos meus sentimentos por ela.

— Melhor você tomar cuidado — disse ele para mim, os olhos apertados, mas o rosto com expressão arrogante. — Você não sabe do que essa mulher é capaz?

Lá vamos nós, pensei. Tentando fazer Daphne parecer a pessoa ruim. A errada. Eu tinha visto um filme em preto e branco sobre isso uma vez. Como chamavam isso que os homens faziam? Gaslighting?

Fiquei parada tremendo dentro do casaco e da saia comprida, sem dizer nada, só olhando para ele de cara feia. Ele deu uma baforada no cigarro e soprou a fumaça devagar e deliberadamente na minha direção. Senti um ódio intenso por ele naquele momento. Daphne foi na direção dele, mas eu segurei a mão dela e tentei puxá-la de volta.

— *Não precisa* — falei.

Ela balançou a cabeça. Fiquei surpresa com a submissão dela. Depois de tantas conversas sobre enfrentar homens. Ela se soltou e andou na direção dele. Estava magra com um suéter de algodão e calça jeans boca de sino. Ela estava com as botas confiáveis, que afundaram na grama quando ela parou ao lado dele, os dois de costas para mim. Senti o cheiro de uma fogueira em um quintal vizinho e, fora a luz da cozinha, estava preto como breu lá fora, o tipo de escuridão que só se tem no campo, sem poluição, quase nenhuma luz e o bosque denso atrás. As cercas-vivas dos dois lados eram altas e eclipsavam qualquer visibilidade dos vizinhos.

Eu estava pensando na hora? Planejando? Acho que, em algum nível, devia estar.

Eu esperei junto à porta dos fundos. Observando. Ouvindo. Como um animal prestes a atacar. As vozes deles chegaram a mim.

— Depois de todos esses anos — eu o ouvi dizer. Dava para ver a ponta do cigarro dele; um pontinho âmbar na escuridão, como um vaga-lume. — Eu sabia que ia te encontrar. Mesmo com aquele corte de cabelo feio pra caralho. Você não pode se esconder de mim. *Jean*.

— Meu nome é Daphne — disse ela com firmeza. Reparei em como os ombros dela se contraíram. O pescoço estava longo e elegante com o cabelo tão curto. — Não sei por que você fica me chamando de Jean. Eu não sou quem você pensa que eu sou.

Ele baixou a voz, mas eu o ouvi mesmo assim.

— Nós dois sabemos que é. — As palavras dele soaram ameaçadoras, embora eu não soubesse bem por quê. Ao menos não na hora. — Expor você vai fazer minha carreira.

Eu me perguntei o que aquilo queria dizer. E aí, fez sentido. Ele era policial. Não me admirava que Daphne não quisesse que eu chamasse a polícia. Ele era um deles. Homens que abusavam do poder. Homens em quem os outros acreditavam automaticamente.

Como Victor Carmichael.

Victor era a escória em pessoa disfarçado de membro respeitável da comunidade, médico. Ninguém teria acreditado em mim, e não nele. Ele tinha tentado estragar a minha vida e parecia que Neil tinha feito o mesmo com Daphne.

— Eu vou fugir de novo — eu a ouvi dizer, a voz pequena no escuro.

— E eu sempre vou te encontrar.

— Não desta vez.

— Fingir a própria morte. Isso foi inteligente, tenho que admitir. Mas você não é tão inteligente, Jean.

Meu sangue estava latejando nos ouvidos. Eu não queria que Daphne fosse embora. Percebi que a amava. Ela me fazia feliz. Eu não queria viver a vida sem ela. Queria continuar como era, nós três morando no chalé, em segurança... como estávamos até Neil aparecer e estragar nosso mundinho lindo.

Foi a ideia do Victor e da forma como ele tinha me tratado que me fez agir? Foi pensar em Daphne fugindo para sempre, sem nunca poder ficar comigo, conosco? Eu estava com tanta raiva, tão de saco cheio de ser impotente. Daquela vez, quis ser proativa. Não passiva. Eu quis estar no comando.

Eu só queria fazer tudo ir embora. Fazer com que *ele* fosse embora.

Eu o vi passar o dedo pela bochecha e pelo pescoço dela, o rosto perto demais do dela. Ele segurou os braços de Daphne e a empurrou contra a parede do chalé.

— Você é uma mentirosa — rosnou ele.

Eu vi o medo no rosto dela e aquilo me levou de volta para a época em que Victor bateu em mim pela primeira vez. Quando eu percebi que nem todos os homens eram gentis como meu pai tinha sido. Uma tola inocente.

Mas eu não era mais aquela pessoa. Você tinha me mudado. Daphne tinha me mudado. Eu precisava proteger ela e a vida que nós três tínhamos.

— Deixa ela em paz — falei da porta.

Foi como fotos sendo tiradas na frente dos meus olhos: o medo de Daphne, a expressão de desprezo no rosto de Neil, como se ele estivesse gostando do poder.

Eu não me lembro de pegar a faca de pão no cepo na bancada.

Não me lembro de andar pelo pátio e a enfiar embaixo da caixa torácica dele em um movimento veloz.

Foi tudo tão rápido.

Soltei a faca chocada com o que eu tinha feito, cambaleei para trás, vi o horror no rosto da Daphne.

— Sua puta — disse Neil com a voz rouca, caindo de joelhos no gramado. — Sua puta do caralho.

Ele segurou o cabo da faca que saía da barriga.

Minhas mãos voaram até a boca. Ah, Deus, ah, Deus, *o que eu fiz?*

Neil caiu para trás na grama, as mãos ainda segurando o cabo da faca. O sangue encharcou a frente da camiseta dele: uma flor carmim no branco. Era tanto sangue. Tive ânsia de vômito por causa do horror.

Daphne estava ao meu lado em um instante, o braço nos meus ombros.

— Está tudo bem — disse ela delicadamente. — Está tudo bem... ah, Rose, Rose...

— A polícia. Eu tenho que ligar pra polícia. — Eu parecia sem ar.

Neil estava caído no chão, as pálpebras pálidas tremendo. Daphne se curvou e tirou a faca do ferimento. Mas isso pareceu piorar as coisas, o sangue jorrou mais rápido do que antes, escorreu pelos dedos que seguravam a barriga, enquanto ele gemia.

Eu tirei o casaco.

— Rápido, vamos tentar estancar com isso.

Ela balançou a cabeça.

— Ele está morrendo, Rose. — A voz dela foi seca, direta, sem emoção.

— Eu preciso contar pra polícia — falei aos soluços.

— Não. Não precisa.

— Preciso. Nós podemos salvá-lo!

— Você quer salvá-lo? Um homem como ele? Um merda violento e nojento.

— Eu...

Fomos interrompidas por gemidos de Neil. Eu me ajoelhei e apertei o casaco enrolado na barriga dele. Quando fiz isso, ele segurou a minha mão com tanta força que me desequilibrou e eu caí para trás.

— Agora, vocês duas são assassinas — sussurrou ele, com cuspe voando da boca e caindo no queixo. — Vocês são iguais.

Uma pontada de choque.

— O quê?

— Ela é Jean Burdon — disse ele, o queixo indicando Daphne, que estava parada atrás de mim. — Jean Burdon.

— Cala a boca — sussurrei, a boca seca. — Para de falar. Estou tentando te ajudar. — Fiquei de joelhos e me curvei sobre ele. Ele me empurrou, mas eu não podia deixar que ele morresse. Fui tomada de pânico. — Daphne — gritei para trás. — Chama uma ambulância.

Ela se ajoelhou do meu lado.

— Eu não vou chamar ninguém, Rose — disse ela calmamente. Senti a mão dela no meu ombro. — Nós temos que deixar Neil morrer.

Os olhos dele estavam fechados agora e no rosto havia uma camada de suor. Estaria ele já morto? Eu estava tremendo incontrolavelmente. Não conseguia tirar os olhos dele, aquele homem de cera caído no meu gramado.

Daphne segurou meu braço e me puxou para me levantar.

— Se chamarmos uma ambulância, a polícia vai ser avisada e você vai ser presa — sussurrou ela. — Lolly vai ser tirada de você. Você nunca mais vai poder vê-la. Você não quer ser presa, Rose. Acredite em mim.

O que ela queria dizer? Estava falando por experiência própria?

Eu fechei os olhos. O que aconteceria com você se eu fosse presa? Quando eu os abri, Daphne estava me olhando, o rosto bonito sério. Ela segurou a minha mão, me trouxe de volta e me acalmou. Tirou o cabelo da minha testa, beijou meu rosto e meus lábios.

— Por favor, me escuta, Rose. — A voz dela estava baixa, suave. — É melhor assim.

Nós nos viramos para Neil, ficamos paradas ao lado dele enquanto a vida se esvaía do corpo dele.

Ele era filho de alguém. Irmão de alguém, talvez. Quem sabe marido. Pai. E eu o *matei*.

Eu tinha tido a chance de tentar salvá-lo, mas não fiz nada. Fiquei ali com Daphne, uma com os braços em volta da outra, chocadas demais até para chorar, e esperamos até termos certeza de que ele estava morto.

— O que a gente faz agora? — falei.

— Acho que a gente tem que enterrar — respondeu ela.

— Enterrar? — Fiz um ruído tenso. — Enterrar onde? No bosque?

— Não. No bosque, não. É perigoso demais. Alguém pode nos ver. A gente tem que enterrar aqui. No quintal.

Cobri a boca com a mão.

— Eu não consigo — falei por entre os dedos. — Não aqui, onde Lolly brinca. Não onde a gente escondeu os ovos de Páscoa... — Comecei a chorar nessa hora, lágrimas quentes escorrendo pelas bochechas.

— Rose — disse ela delicadamente. — Você não é uma pessoa ruim. Você estava me protegendo. — Ela botou a mão no meu rosto e limpou uma lágrima. — E eu vou ter uma dívida com você pelo resto da vida. Eu nunca vou esquecer o que você fez por mim. Mas agora você precisa ser forte. Por Lolly.

Eu assenti. Ela estava certa. Que escolha eu tinha?

Foi o que eu disse para mim mesma, pelo menos.

Foi só depois, bem depois, quando passamos horas cavando e enterrando um homem adulto junto com meu casaco manchado de sangue, que eu me permiti pensar no que Neil tinha dito quando estava morrendo.

Vocês duas são assassinas agora.

39

Saffy

— O que você quer dizer, vovó? — pergunto. — Quem é Jean?

— Jean Burdon — diz vovó, um tom de impaciência na voz. — Neil Lewisham achava que Daphne era Jean Burdon.

Reparo nos detetives trocando olhares de choque e ouço um ruído de choque da minha mãe.

— Quem é Jean Burdon? — pergunto, confusa.

Por que esse nome soa familiar? E aí, eu me lembro do artigo no arquivo de Sheila: era sobre uma Burdon. O primeiro nome era Jean? Eu só tinha passado os olhos. Não reconheci o nome e supus que tinha ido parar no arquivo errado. Senti vontade de me dar um chute. Eu devia ter lido direito. Se tivesse visto que dizia Jean, eu teria me lembrado das divagações da vovó.

Jean bateu na cabeça dela.

— Você ouviu falar de Mary Bell? — pergunta o detetive Barnes.

Eu faço que sim.

— Ela foi uma assassina de crianças condenada?

— Sim, e o caso de Jean Burdon era parecido, mas uns dez anos antes. Quando ela saiu da prisão ainda era jovem, ganhou uma identidade nova e nunca mais se ouviu falar dela. — Ele fala com a vovó: — É dela que você está falando, Rose? Jean Burdon que matou a amiga no começo dos anos 1950? No leste de Londres?

Eu me sinto abalada. Reparo que a minha mãe está olhando horrorizada para a vovó.

Vovó faz que sim e une as mãos no colo.

— E ela era? — pergunta a detetive Webb, se inclinando para a frente na cadeira. — Daphne era mesmo Jean Burdon?

— Eu... — Vovó retorce as mãos.

— Rose — diz a detetive Webb, apoiando os cotovelos na mesa. — Daphne matou Neil Lewisham?

Vovó repuxa os lábios. Uma sombra passa pelo rosto dela e eu me pergunto o que ela está pensando.

— Quem é Neil Lewisham? — Ela se vira para mim. — Quem são essas pessoas? — Ela balança um braço na direção da polícia e da minha mãe. Meu coração se aperta.

— Acho que a vovó chegou ao limite — digo, esticando a mão para pegar a dela.

— Rose, você lembra se Daphne matou Neil Lewisham? — insiste o detetive Barnes.

Ele parece desesperado para continuar o interrogatório, mas a vovó está balançando a cabeça, olhando para ele sem entender e se recusando a falar qualquer outra coisa.

Os detetives trocam olhares resignados.

— Vamos ter que continuar outro dia — diz o detetive Barnes para mim e para a minha mãe.

Só quando estamos saindo da sala é que eu escuto a detetive Webb murmurar para o colega:

— Acho que a gente tem que considerar que o outro corpo pode ser de Daphne Hartall.

— Você ouviu falar de Jean Burdon? — pergunto à minha mãe no caminho para casa. A tensão entre nós está quase palpável depois da nossa discussão mais cedo.

— Sim, claro — diz ela secamente. — Você era pequena demais, talvez. O caso de Jean Burdon foi ofuscado por Mary Bell.

— Quem Jean Burdon matou?

— Outra garotinha. Jean só tinha dez anos quando aconteceu. E a garotinha que ela matou também. Obviamente, foi antes da minha época, mas eu lembro que li sobre isso.

Fico enjoada.

— Deus, que horror. Imagina descobrir uma coisa dessas sobre sua inquilina.

Minha mãe assente seriamente.

— Você acha que Daphne matou Neil Lewisham porque ele descobriu que ela era Jean Burdon? — pergunto.

Minha mãe parece estar sofrendo.

— É possível. Principalmente se ele era jornalista. Faz sentido.

— Mas aí — digo, a boca seca —, se Daphne for o outro corpo, quem *a matou*?

Quando chego no chalé, Tom saiu com Snowy. Vou direto para o meu escritório e olho de novo o artigo que meu pai enviou do arquivo de Sheila. É um artigo pequeno escrito por Neil perguntando o que aconteceu com Jean Burdon e com entrevistas com pessoas sobre possíveis avistamentos.

Eu digito o nome de Jean Burdon no Google e vários resultados aparecem, a maioria de relatos de jornal acompanhados de fotos granuladas em preto e branco de uma garota de rosto gorducho e cabelo nos ombros. Eu clico em um link.

17 de fevereiro de 1951
THE DAILY MAIL
GAROTA DE 11 ANOS CONDENADA POR HOMICÍDIO

Uma garota de 11 anos foi sentenciada à prisão perpétua depois de ser considerada culpada de homicídio no tribunal de Old Bailey.

Jean Burdon permaneceu composta e sem expressão no rosto quando o veredito de culpada foi lido depois de uma deliberação de quatro horas do júri.

Jean Burdon é acusada de ter "atingido com um objeto contundente a têmpora" de Susan Wallace, de 10 anos, em um ataque não provocado no dia 20 de junho do ano passado. Susan foi encontrada morta em um prédio bombardeado abandonado por dois garotos que passavam.

O juiz Downing a descreveu como um risco perigoso para outras crianças e disse que ela ficará em uma unidade segura por "muitos anos".

Minha mãe entra no escritório carregando uma caneca de chá.

— Toma. Red Bush — diz ela, colocando-a com cuidado na mesa. — Não sei como você consegue beber isso. O cheiro me embrulha o estômago.

— Olha isso — digo, e minha mãe lê o artigo por cima do meu ombro. — Você acha que Daphne Hartall podia mesmo ser essa pessoa?

— Bom, é possível que Sheila Watts fosse a nova identidade dada a Jean Burdon.

— E vovó descobriu?

— Deve ter descoberto. Ela também mencionou uma Susan Wallace, não foi? Você lembra? Quando estava falando sobre Jean?

— Você não acha que ela está confusa porque foi um caso famoso e ela se lembra dele da infância? — pergunto com esperanças.

Minha mãe me olha com preocupação.

— Acho que não — diz ela. — Sinto muito.

Sinto as lágrimas vindo.

— A polícia vai achar que Daphne matou Neil Lewisham, não vai? E que a vovó descobriu e matou Daphne. Eles têm um motivo agora.

Minha mãe dá um tapinha no meu ombro.

— Vão precisar de mais provas antes de seguirem por esse caminho, não se preocupe — diz ela, mas não parece convencida.

— Você acha que o detetive particular está trabalhando para Daphne/Sheila/Jean ou seja lá qual for o nome? Isso caso ela não seja o outro corpo, claro.

— O que te faz dizer isso?

— Bom, Davies disse que o cliente está querendo uns papéis importantes e você falou que ele os chamou de prova. O que mais ele pode estar querendo dizer? Ele é violento. E a pessoa pra quem ele está trabalhando está desesperada.

— Eu contei à polícia tudo que sabemos sobre Glen Davies. Com sorte, vão falar com ele e fazer com que ele conte pra quem está trabalhando.

— Mas Daphne deve estar velha... — digo com dúvida, massageando a têmpora. Sinto uma dor de cabeça chegando.

Penso na vovó, não em como ela é agora, mas em como era quando eu era criança. Forte, confiável, meio reservada. Ela tinha mais segredos do que eu e minha mãe percebemos, obviamente. Mas ela era tão leal, tão protetora, como uma leoa. Se Daphne for o outro corpo e ela fosse mesmo Jean Burdon, ela podia ser perigosa, descontrolada. Seria possível que vovó a tenha matado para proteger a filha? Coloco a mão na barriga e lembro como me senti protetora na noite anterior, depois de voltar do hospital.

— Não acredito que vovó possa ser assassina — digo, pensando em voz alta. Eu me viro para a minha mãe, que se sentou na cadeirinha no canto. Ela não parece estar ouvindo. — Mãe?

— Nós precisamos conversar... sobre o que você falou no carro.

Eu me viro para o computador.

— Nós temos coisas mais urgentes em que pensar.

— Eu não quero que haja ressentimentos entre nós. Eu te amo tanto.

— E eu também te amo — digo. — A gente não pode esquecer? Foi uma discussão boba.

Minha mãe abre a boca para dizer mais, porém somos interrompidas por outra batida na porta. Nós nos olhamos. Meu primeiro pensamento é que é ele, Davies.

— Fica aqui — diz minha mãe, se levantando e indo até a porta. Eu me encosto na cadeira e a vejo olhando pelo vidro. — É um casal jovem — diz ela, parecendo intrigada.

— Não são jornalistas? É sábado à tarde. Quem mais poderia estar visitando a essa hora?

— Eles não parecem jornalistas.

Ela abre a porta. Eu me levanto e vou para o lado dela, me perguntando quem são. Fico surpresa de ver um casal com vinte e tantos anos ou trinta e poucos. É uma mulher pequena e bonita com um coque enrolado como um abacaxi na cabeça e um cara alto com uma cabeleira escura e olhos castanhos calorosos. Ele tem um rosto simpático e bonito e uma covinha quando sorri. É quase da altura do Tom e parece relaxado de camiseta e calça jeans.

— Oi — diz ele, corando um pouco. — Meu nome é Theo Carmichael e esta é minha esposa, Jen. — Ela sorri em cumprimento. — Eu sei que parece loucura e espero que vocês não se incomodem de aparecermos assim...

Olho para eles, perplexa. Eles são vizinhos? Testemunhas de Jeová?

— ... mas eu encontrei um artigo na mesa do meu pai outro dia. — ele me entrega o artigo e eu passo os olhos. É sobre os corpos encontrados no quintal e alguém sublinhou meu nome e o da vovó. E, embaixo, em caligrafia inclinada, há as palavras *Encontrá-la*.

— Que estranho — falei, entregando o artigo para a minha mãe. — Eu sou Saffron Cutler e a minha avó é Rose Grey. Você disse que achou isto na mesa do seu pai? Qual é o nome dele?

— Victor Carmichael. Acho que ele talvez tenha conhecido a sua avó. — Ele tem um leve sotaque de Yorkshire.

Victor. Estou tão chocada que não consigo responder.

— Minha avó falou sobre um Victor. Nós não entendemos de quem ela estava falando porque ela não lembrou o sobrenome. Ela tem demência agora — acrescento quando ele me olha com expressão intrigada. Eu observo os dois. — Querem entrar? — pergunto subitamente.

Eles assentem com gratidão e entram no saguão. Eu os guio até a sala.

— O que você está fazendo? — pergunta minha mãe com movimentos labiais.

— Eles parecem legais — eu sussurro. — Nós precisamos de respostas.

Theo e Jen se sentam no sofá e Theo coloca a mochila no chão.

— Querem uma bebida? — pergunta a minha mãe quando me sento na poltrona perto da janela.

— Não, obrigada — diz Jen. — Nós estamos no bar ali na rua e almoçamos tarde.

— Nós viemos de Yorkshire — diz Theo quando a minha mãe se senta na cadeira perto da lareira. — Olha, vou direto ao ponto: eu acho que meu pai está escondendo alguma coisa. Ele anda agindo de um jeito estranho. Bem — ele dá uma risada curta —, mais estranho do que o habitual. Não quis me dizer por que escreveu *Encontrá-la* no artigo, nem me deu informações quando pedi. Ficou muito na defensiva e irritado. E aí eu encontrei uma pasta escondida em um compartimento secreto do armário do escritório dele. Estava cheia de fotografias de mulheres. Eu queria saber se alguma delas é a sua avó.

Ele me oferece o celular e eu me levanto para pegá-lo da mão dele. Ainda de pé, eu olho. São todas de mulheres jovens e bonitas. Uma está grávida, com barrigão. Pela moda e pelos cortes de cabelo, parece que cobrem um período de vinte anos. — Não — digo, devolvendo o celular. — Nenhuma delas é a minha avó. — Eu me sento.

— Ah. — Ele parece decepcionado. — Você disse que sua avó mencionou um Victor? O que ela disse sobre ele?

Lanço um olhar constrangido para a minha mãe.

— Hum... — digo, me virando para Theo. — Ela disse alguma coisa sobre ele querer fazer mal ao bebê.

Theo parece chocado.

— Fazer mal ao bebê? Meu pai é médico. Ele pode ser muitas coisas — a expressão dele se fecha —, mas... fazer mal a bebês? — Jen pega a mão dele.

Nós caímos em um silêncio desconfortável até minha mãe dizer:

— Quantos anos tem seu pai? Minha mãe, Rose, tem setenta e poucos.

— Meu pai me teve velho. Minha mãe era bem mais nova. Meu pai tem 76.

— Então eles são da mesma idade. Será que tiveram alguma coisa em algum momento?

Theo dá de ombros.

— Eu não sei mesmo. Rose falou mais alguma coisa sobre o meu pai?

— Ela fica muito confusa — digo a título de explicação. — Ela menciona muitos nomes. Mencionou um Victor algumas vezes, mas, quando falou, ela pareceu, bem, com medo...

Theo empalidece.

— Com medo?

— Talvez com medo seja a palavra errada. — Eu franzo a testa, tentando lembrar. — Agitada. Ela disse que ele queria fazer mal ao bebê. Fez com que ele parecesse... desculpe, isso é meio grosseiro, mas ela fez com que ele parecesse não ser um bom homem.

Theo e a esposa trocam um olhar.

— Eu não acho que ele seja um bom homem — murmura ele, parecendo vulnerável de repente, e fico com pena dele.

— Tudo está tão estranho desde que os corpos foram descobertos — diz minha mãe. — Vocês ouviram falar de Daphne Hartall?

Theo faz que não.

— Ela era inquilina da minha mãe e também morou aqui em 1980. Nós achamos que talvez ela também fosse conhecida como Sheila Watts.

— Nunca ouvi falar — diz Theo.

Reparo que a mão dele ainda está entrelaçada com a de Jen. Vejo que eles estão tão desesperados por respostas quanto nós.

— Nós estamos tentando encontrá-la... bom, a polícia está — diz a minha mãe. — E tem outra coisa. Um homem abordou a mim e a Saffy nos últimos dias dizendo que é detetive particular, embora tenha me agarrado na rua e me puxado pra um canto quando eu estava voltando pra casa uma noite...

Jen solta um ofego.

— Que horror.

— Foi horrível — diz a minha mãe —, mas ele disse que o cliente o contratou para encontrar uns papéis que a minha mãe tem. Ele os chamou de *provas*.

— Provas? — Jen franze a testa.

— Sim, ele não explicou e eu fiquei apavorada.

— Qual era o nome desse homem? — pergunta Theo. — Ele disse pra quem estava trabalhando?

— Não — diz a minha mãe. — Ele se recusou a dizer, mas me deu o nome dele. Glen Davies.

— Espera. O quê? — Theo se senta mais ereto. — Glen Davies?

— Sim, foi o que ele disse — diz minha mãe. — E nós achamos que ele entrou aqui em casa procurando essas provas.

— Eu conheço um Glen Davies — diz Theo, o rosto empalidecendo mais. — Ele trabalha para o meu pai.

40

Theo

— Ele trabalha para o seu pai? — grita a mulher mais jovem. Saffron.

Ela está incrédula, os olhos castanhos grandes arregalados. Theo fica enjoado de pensar que o capanga do seu pai (como ele sempre o viu) esteve lá e aterrorizou aquelas mulheres.

— Sim — diz Theo, cruzando e descruzando as pernas. Ele deseja agora ter aceitado a bebida. Sua boca está muito seca. — Ele conhece meu pai há anos. Eu nem sei como. Antes dele, havia outro cara, um tipo parecido, ex-militar. Mas ele se aposentou. E eu sei de uma coisa: Glen Davies não é detetive particular.

— Então o que ele faz para o seu pai? — pergunta a mulher mais velha. Laura... ou era Lorna? Ele quase não conseguiu absorver tudo desde que chegou.

Theo dá de ombros. O que ele faz? Ele nunca teve certeza.

— Eu sempre supus que ele é tipo um segurança do meu pai. Ele vai à casa dele de vez em quando. Avalia os alarmes. Dá conselhos ao meu pai, esse tipo de coisa. Meu pai é um homem rico. Bem-sucedido na área dele.

— Bem. Glen Davies é um agressor, isso é uma verdade — diz Laura. Não, Lorna. Ele tem certeza de que o nome dela é Lorna. — Ele invadiu a casa quando minha filha precisou ir ao hospital. Parecia que estava esperando lá fora, esperando que a gente saísse. Tudo isso... — Ela levanta e anda pela sala, abrindo os braços. Theo a observa hipnotizado. Tem algo de muito familiar nela. Como se ele a conhecesse, mas não conseguisse se lembrar de onde. — ... tem que ter alguma relação com seu pai. E essas fotos... — Ela para, se aproxima de Theo e estica a mão. — Posso ver?

Ele faz o que ela pede. Todos observam com expectativa enquanto ela passa de foto em foto. Ela faz um som de frustração e devolve o celular a ele.

— Eu não reconheço ninguém. Estava com esperança de a minha mãe estar aí.

— Eu já olhei — diz Saffron.

— Eu sei. Eu só queria ver. — Lorna abre um sorriso de desculpas para a filha e Theo sente uma pontada de saudade da própria mãe.

Ele pega o celular de volta. Sente a frustração de Lorna.

— Você se lembra de mais alguma coisa que Glen tenha perguntado? Na noite em que ele... te pegou?

— Só sobre as provas. Só isso. Ah, e ele me ameaçou e disse que ia me machucar ou machucar Saffy... — ela faz uma careta — ... se eu contasse pra polícia.

Theo engole em seco e tenta sufocar o pânico crescendo dentro dele. Seu pai tem alguma coisa a ver com os homicídios que aconteceram ali? Talvez ele esteja no caminho errado com a pasta de mulheres. A não ser que elas sejam vítimas dele.

— Eu acho que a minha mãe estava fugindo de alguém. Uma mulher que a conheceu na época se lembra dela como uma pessoa tensa e cheia de segredos, e ela estava grávida quando chegou aqui — diz Lorna, sentando-se de novo. Ela emana energia nervosa, como fogos de artifício prestes a explodir.

— E você acha que ela estava fugindo do meu pai?

Lorna olha para a filha e para Theo.

— Estou começando a achar que sim agora. Minha mãe era muito arredia em relação ao meu pai. Disse que o nome dele era "William", mas nunca me mostrou fotos, nunca falava sobre ele. Parecia que ela queria esquecê-lo.

Theo pensa em Cynthia Parsons. Seria Rose vítima dele também? Uma ex que estava fugindo dele porque estava com medo? Uma ex que estava grávida?

— Amor — diz Jen delicadamente, colocando a mão no braço dele.

Ele sabe o que ela vai dizer. Ele também estava pensando o mesmo. Lorna é a cara do pai dele: o mesmo cabelo encaracolado, o nariz largo, o formato dos olhos e do queixo. O motivo de Lorna ter parecido tão familiar quando ele entrou na sala foi porque olhar para ela é como se olhar no espelho.

— Eu acho que Victor pode ser meu pai — diz Lorna antes que ele possa manifestar sua suspeita.

A mão de Saffron voa até a boca.

— Ah, meu Deus! — exclama ela, se levantando. — Claro!

— Eu também acho — diz Theo lentamente. — Você é muito parecida com ele.

Há uma pausa constrangida e Lorna diz:

— Então o bebê a quem ele queria fazer mal era eu? E se ele queria fazer mal a mim isso significa que ele também queria fazer mal à minha mãe? Por que ela fugiu dele?

Theo sente uma vergonha crescendo, vergonha por tabela. Ele quer dizer que não é como seu pai de merda.

— Eu acho que ele era abusivo com a minha mãe. Eu vi... hematomas. Ele era controlador, manipulador.

— Ele ainda está com a sua mãe? — pergunta Lorna.

Ele limpa a garganta.

— Ela morreu. Caiu da escada.

— Sinto muito.

Saffron ainda está de pé, olhando para ele com a boca aberta. *Minha sobrinha*, ele pensa.

— Então seu pai deve ser o cliente sobre o qual Glen Davies falou, né? — pergunta Lorna. Ela ainda está sentada na beira da cadeira, as sobrancelhas desenhadas franzidas, os cotovelos apoiados nos joelhos. — E, se for esse o caso, será que quer dizer que ele está envolvido nos homicídios?

Theo se mexe no sofá desconfortável. Porra. Os corpos no quintal. O recorte de jornal. Contratar Glen Davies para botar medo naquelas mulheres, pessoas da família. É o tipo de coisa desprezível que seu pai faria se fosse para se proteger. Mas homicídio? Nem nos seus sonhos mais loucos ele esperava isso.

Theo está exausto quando eles voltam para o quarto no Veado e Faisão. Cai na cama de dossel. Das janelas, eles têm vista do bosque. Sua garganta está doendo de tanto falar naquela tarde.

Jen sobe na cama ao lado dele.

— Não acredito — diz ela. — Você tem uma meia-irmã.

— E meu pai é um assassino em potencial — responde ele. Ele ainda fica enjoado só de pensar. — Por que outro motivo ele contratou Glen Davies? O que ele fez? O que ele quer tão desesperadamente que Glen encontre?

— Ah, meu amor — diz ela, se apoiando na dobra do braço dele e aninhando a cabeça em seu peito. — Sinto muito. Você acha que seu pai sabia que tinha uma filha?

— Não tenho certeza. Não consigo entender se ele tinha aquele recorte de jornal por causa dos corpos que foram encontrados e por ele estar prestes a ser descoberto por alguma coisa ou porque dizia para ele onde Rose está agora. Mas homicídio? — geme Theo. — É uma coisa bem diferente. E... — Ele para, sem conseguir dizer o que está pensando.

— O quê? — pergunta Jen, se sentando.

Ele respira fundo.

— Se meu pai é capaz de homicídio, o acidente da minha mãe ganha um aspecto bem diferente. — Ele também se senta e olha para a esposa. — Jen, e se meu pai matou a minha mãe?

Rose

Abril de 1980

Não consegui sair da cama por dois dias. Era como se eu estivesse tendo um colapso nervoso. Eu queria bloquear tudo, a imagem da faca entrando na lateral do corpo dele, o horror em seu rosto, o sangue que jorrou, o buraco que cavamos no quintal, o cheiro de terra molhada, as minhocas se contorcendo lá dentro, o barulho do corpo dele ao cair na cova improvisada. Tudo isso penetrou nos meus sonhos e os transformou em pesadelos. Meu ato, a morte dele, abriu um portal com todos os sentimentos e medos antigos.

Daphne foi incrível. Ela cuidou de você, te levou e buscou na escolinha, cozinhou para você, lavou suas roupas, te protegeu. Ela era a única outra pessoa no mundo todo em quem eu confiava para fazer essas coisas, fora, talvez, Joyce e Roy da casa ao lado.

— Rose, querida — disse ela, se sentando na beira da minha cama na noite seguinte —, você precisa comer alguma coisa.

Estava escuro e você estava dormindo profundamente, aconchegada na sua cama. Daphne tinha levado você para me dar boa-noite e eu te abracei junto ao corpo, como se a sua inocência pudesse curar meu coração sombrio. E depois eu ouvi suas risadas no corredor enquanto Daphne lia uma história no quarto, levando uma eternidade para fazer todas as vozes engraçadas.

Ela estava com um copo na mão.

— Beba isto. Eu botei um pouco de uísque dentro. Você está em choque, só isso. Vai ficar novinha em folha em poucos dias.

Novinha em folha. Era uma coisa tão atípica de Daphne. E eu percebi que ela estava tão perdida quanto eu.

— Eu sou uma assassina — falei, me sentando e pegando a caneca. — Eu ultrapassei um limite, tirei uma vida. Nunca vou superar isso.

Eu não conseguia parar de pensar no monte de terra fresca perto do piso do pátio, na área marrom na grama que marcava o túmulo. Como eu poderia ir ao quintal de novo? Ou olhar pela janela da cozinha com aquele lembrete constante?

— Você precisa — disse ela, a voz severa. — Você não pode ficar aqui sentindo pena de você mesma, Rose. Você é mãe. É a maior dádiva do mundo. Você tirou do mundo um homem ruim. É uma pena que a gente não possa fazer o mesmo com os outros.

Ela riu para mostrar que estava brincando, mas algo nos olhos dela me fez pensar que, se eu concordasse de repente, ela faria isso. Duas justiceiras trintonas.

— Eu não tenho estômago — falei, tentando forçar uma risada.

Ela tirou o cabelo da minha testa com carinho.

— Eu sei que não. Você é doce demais. Gentil demais. — Ela beijou a minha testa.

— Fica comigo esta noite? — pedi. — Eu não quero ficar sozinha.

— Claro.

Ela se deitou na cama comigo, de roupa, puxou o edredom sobre nós duas e se apoiou nos travesseiros. Senti os pés dela com meias nas minhas pernas nuas. Eu tomei o chá, o uísque quente descendo pela minha garganta.

— Cada vez que fecho os olhos, eu vejo o rosto dele.

— Eu sei — disse ela em tom calmante.

— Eu só quero que essas imagens sumam.

— Vão sumir.

— Vão? — Eu me virei para olhar para ela. — Você parece saber muita coisa sobre isso.

Eu hesitei. Precisava perguntar. Mas estava morrendo de medo da resposta. O que eu faria se Neil estivesse certo?

Eu segurei a mão dela, os ossos delicados debaixo dos meus dedos. Você e ela eram as duas únicas pessoas que eu amava no mundo inteirinho.

— Por favor, me conta a verdade. Não suporto mentiras. Chega de mentiras. Mas eu preciso saber. Neil estava certo? Você é Jean Burdon?

Ela me olhou por muito tempo, as pupilas enormes na luz fraca, obscurecendo boa parte das íris. Quando eu achei que ela não ia responder, ela falou.

— Você me amaria mesmo assim, Rose?

Amaria? Eu tinha você em quem pensar. Talvez, se não tivesse acabado de matar um homem, eu a tivesse expulsado de casa naquela hora.

— Eu preciso saber a verdade.

Os olhos dela se encheram de lágrimas.

— Eu não fiz de propósito — disse ela, a voz tão baixa que era difícil de ouvir. — Foi um acidente. Eu tinha dez anos. A minha infância... não foi boa, Rose. Mas eu nunca fiz mal a mais ninguém. Você precisa acreditar em mim.

Eu a encarei. Ela era criança. Eu não conseguia imaginá-la machucando ninguém agora. Tinha sido eu quem matou Neil, afinal. E eu estava tão apaixonada por ela que acreditaria em qualquer coisa que ela me contasse.

Passamos a maior parte daquela noite conversando. Ela se abriu para mim pela primeira vez desde que nos conhecemos. Ela me contou a história de Jean Burdon, a garotinha que os jornais chamaram de "maligna", que ela foi negligenciada e sofreu abuso físico do pai, que fora largada perto dos lugares bombardeados abandonados no leste de Londres.

— E aí, eu fiz uma amiga — disse ela, o rosto pálido no luar. — E fiquei tão feliz de ter encontrado alguém que gostasse de mim. Eu não tinha inteligência emocional. Não entendia relacionamentos, principalmente com outras crianças. Eu tinha uma raiva dentro de mim... — Ela soltou um chorinho baixo e eu apertei a mão dela para acalmá-la. — Então, quando Susan, esse era o nome dela, decidiu que não queria mais ser minha amiga, eu fiquei furiosa. Disseram que eu peguei um tijolo e bati na cabeça dela. Mas eu não me lembro de ter feito isso. Acho que posso ter dado um empurrão nela e ela caiu e bateu a cabeça.

— Ah, Daphne.

— Eu fui presa, claro. Bom, não era uma prisão de adultos. Era uma unidade de segurança. Fui reabilitada, felizmente, pelos adultos gentis e bem ajustados que me ensinaram o certo e o errado que meus pais não ensinaram. — Ela puxou a colcha até o queixo e tremeu como se estivesse lembrando.

— Deve ter sido horrível — falei.

— Foi menos horrível do que a casa em que eu fui criada.

Eu nem conseguia imaginar. Minha infância tinha sido linda, filha única de pais gentis e atenciosos.

Deixei Daphne falar naquela noite sobre a infância dela, sobre a vida. Que ela ganhou uma identidade nova como Sheila Watts, que tivera que roubar a identidade de Daphne Hartall do amigo Alan quando percebeu que o jornalista Neil Lewisham tinha descoberto quem ela era de verdade.

Eu não contei minha história para ela. Não naquela ocasião. Eu tinha guardado segredo por tanto tempo que dizê-la em voz alta teria sido demais.

E eu não queria que as coisas mudassem entre nós. Daphne talvez ficasse incomodada se soubesse minha história. Continuei deixando que ela acreditasse que eu era viúva, que meu "marido" tinha morrido antes de você nascer.

Eu não tinha contado a ela nem sobre a minha última namorada.

Audrey e eu ficamos juntas muito tempo. Nós não escondemos nossa sexualidade: não havia de quem esconder. Meus pais estavam mortos e ela vinha de uma família liberal e intelectual. Os pais dela eram acadêmicos. Mesmo nos anos 1970, com o amor livre e a revolução sexual, ainda havia quem nos julgasse, quem não visse problema em manifestar reprovação.

Mas, quando fiz trinta anos, eu quis a única coisa que Audrey não podia me dar.

Um bebê.

E foi aí que conheci Victor.

42

Lorna

— Nós temos que ligar para o detetive Barnes — diz Lorna logo cedo na manhã seguinte.

— Devemos incomodá-los num domingo? — pergunta Saffy do sofá, enrolada no roupão de veludo cor de berinjela, o rosto meio pálido.

Tom ainda está na cama. Eles ficaram acordados até tarde, conversando por horas depois que Theo e Jen foram embora. Lorna acordou às 7h e já falou no telefone com o chefe na Espanha para avisar que vai precisar de mais tempo de folga. Ele foi surpreendentemente compreensivo.

— Claro. Isso é importante — responde ela com firmeza.

Apesar de ainda estar cedo, o sol já está entrando pelas janelas e isso anima Lorna. Ela precisa disso depois das revelações da noite anterior. A única coisa boa que veio daquilo tudo é que ela talvez tenha um meio-irmão. Mas o resto... Victor Carmichael ser seu pai e as coisas desprezíveis que ele pode ter feito. Que tipo de homem mandaria um bandido como Glen Davies para botar medo nela? Sua própria filha? O tipo assassino, ela pensa. Teria ele alguma coisa a ver com os corpos do quintal? Estaria ele agora em pânico porque o passado está cobrando e ele está com medo de ser descoberto depois de tantos anos? Que "provas" a mãe dela tem contra ele?

E tem Saffy. Ela olha para a filha, que está olhando para uma distância média, roendo a unha do polegar. Todo o ressentimento que Saffy anda guardando, coisas de que Lorna nem estava ciente. Ela é uma mãe ruim? As palavras da filha ainda parecem uma ferida no seu coração. Ela não sabe como melhorar as coisas.

Lorna pega o celular na mesa de centro.

— Você pode botar a água pra ferver, querida? Eu vou ligar para o detetive Barnes.

Ela já tomou duas xícaras de café esta manhã e está agitada. Saffy volta a si com relutância, sai do sofá e vai para a cozinha. Ela a ouve mexendo nas coisas, abrindo armários e colocando canecas na bancada.

O detetive Barnes atende na mesma hora. Ela começa um relato dos eventos da noite anterior, falando tão rápido que ele precisa pedir que ela repita tudo.

— Uau, bom trabalho — diz ele quando ela termina. — Vamos enviar alguém para falar com Victor Carmichael hoje.

— Ele mora em Yorkshire...

— Isso não é problema. E, agora que nós sabemos pra quem Glen Davies trabalha, também não deve ser difícil encontrá-lo — diz ele.

Lorna sente uma onda de alívio. Ela anda em alerta constante desde que ele a agarrou na rua. Ela torce para ele ser preso.

— Como você pode adivinhar — acrescenta ele —, o cartão que ele te deu não era legítimo. O número deve ser de um celular descartável e tocou sem parar quando um dos meus homens ligou. Podemos providenciar um exame de DNA. Quando Theo volta pra casa?

— Ele vai ficar até amanhã. Eu tenho o número dele, sei que ele não vai se importar se eu te der.

— Ótimo. Vou te manter atualizada.

Ele encerra a ligação e Lorna se junta a Saffy na cozinha. Ela está olhando para a geladeira.

— Acabou o leite. De novo. Como estamos bebendo tanto? — resmunga ela.

— Desculpa — diz Lorna, lembrando. — Eu usei o resto no café que tomei mais cedo. Por que você não volta pra cama? Vou dar um pulo no vilarejo pra comprar mais. — Ela faz carinho no braço da filha, o veludo macio como um bicho de pelúcia debaixo dos dedos dela. — Vou preparar algo gostoso para o jantar. Algo nutritivo.

— Obrigada, mãe. Você pode levar Snowy?

Lorna concorda e vê Saffy andar pelo corredor e subir a escada, como se carregasse o peso do mundo nas costas.

Lorna está saindo do mercado segurando uma sacola de plástico quando esbarra em Melissa.

— Que ótimo te ver de novo — diz ela, abrindo um largo sorriso para Lorna.

Ela está com os óculos de leitura pendurados em uma corrente no pescoço. Lorna se pergunta como deve ser morar no mesmo vilarejo a vida toda. Ela não está ali nem há duas semanas e já está começando a se sentir oprimida.

— Depois de te encontrar no outro dia, eu fiquei pensando muito. — Melissa baixa a voz e se apoia na bengala. — Em Rose. E Daphne...

— Ah, é? — Lorna tenta não se encher de esperanças. Foi quase quarenta anos antes. O que Melissa poderia lembrar que seria útil?

— Quer vir tomar uma xícara de chá? Meu chalé fica logo ali, junto ao rio. — Ao lado da cruz do mercado, ela ouve uma criança pequena chorando e a voz de uma mulher a acalmando.

— Seria ótimo — diz ela.

Ela sente que Melissa deve estar solitária e querendo fazer um passeio pelas suas memórias. Vai dar a Saffy e Tom um tempo sozinhos. E ela gostaria de saber mais sobre como sua mãe era quando era mais nova. Assim como sobre a misteriosa Daphne. Ela precisa de uma distração até encontrar Theo e Jen mais tarde.

— Você se incomoda com cachorros? — pergunta ela, soltando a guia de Snowy do poste. — É da minha filha.

— Claro que não.

Melissa puxa a bolsa até o ombro. Ela anda devagar, se apoiando na bengala. Elas atravessam a ponte pequena e seguem o rio um pouco, Snowy parando para farejar o tronco de um salgueiro chorão, até chegarem a uma fileira de chalés do lado oposto do vilarejo à casa de Saffy. O chalé da Melissa é menor, com terraço, mas feito da mesma pedra de Cotswold e com todas as características que Lorna passou a esperar das propriedades em Beggars Nook.

Ela segue Melissa pela porta e direto até uma sala com teto de vigas baixas. É antiquada, com sofás floridos de braços grandes e pratos nas paredes, mas tem seu encanto. E é limpo e arrumado, o que é importante para Lorna. Ela não suporta bagunça. Pergunta-se se Melissa já foi casada e teve filhos.

— Fique à vontade — diz ela, indicando o sofá. — Uma xícara de chá?

Lorna diz que seria ótimo e se oferece para preparar, mas Melissa não aceita. Ela é intensamente independente e, sentindo-se obviamente mais segura na própria casa, deixa a bengala encostada na parede. Lorna se acomoda no sofá com Snowy aos pés.

Melissa volta com duas canecas e entrega uma para Lorna, depois senta o corpo volumoso em uma poltrona velha e desbotada em frente, junto da janelinha.

— Que lareira linda — diz Lorna.

É de ferro forjado com guarda do lado de fora. A cornija é cheia de bonequinhos e porta-retratos. Ela não consegue deixar de pensar quanto tempo demoraria para tirar o pó de tudo. Mas está impecável, não tem uma única partícula de poeira à vista.

— Obrigada. Nós temos em todos os aposentos. Mas eu nunca usei as dos quartos. Duvido que alguém use atualmente, mas os chalés foram construídos antes de haver aquecimento central. — Ela ri.

— Mas dá personalidade — diz Lorna, bebericando o chá e pensando nas lareiras na casa da Saffy. Ela se pergunta se as dos quartos são usadas desde que sua mãe morou lá. — Então me conta, o que você ia dizer em frente ao mercado?

Melissa coloca a caneca na mesinha lateral ao lado e repuxa os lábios, a papada balançando.

— Bom — diz ela —, ver você e pensar sobre Rose trouxe tudo *à tona de novo*.

— Trouxe tudo *à tona*?

— Aquele outono estranho.

Lorna tira o casaco. O dia está quente, mas Melissa está com o aquecimento ligado e a sala está abafada. Sua lombar está começando a ficar suada.

— O outono de 1980?

— É.

— De que forma foi estranho?

— Bom — ela cruza os braços sobre a barriga —, foi quando eu comecei a reparar que alguma coisa não estava certa. Com Rose.

— É mesmo? — Lorna se inclina para a frente e coloca a caneca na mesa. O chá a está deixando com mais calor.

— Como falei antes, ela era sempre calada, ficava na dela. Era óbvio que ela era uma mãe solteira dedicada. Ela nunca mencionava um marido.

Sempre parecia tensa e nervosa, excessivamente preocupada com a sua segurança. Mas estou me repetindo, eu já te falei isso. Apesar de Rose fazer todas essas coisas, ela tentava ajudar na comunidade mesmo assim. Era voluntária no café da igreja duas vezes por mês. Era do Women's Institute. E aí, no começo do verão, ela parou. Se isolou completamente de todos nós do vilarejo.

— E Daphne?

— Ah, nós ainda víamos Daphne por aí. Ela trabalhava um pouco no bar e na fazenda da região. De vez em quando, nós víamos vocês três juntas e sabíamos que Rose estava bem. Acho que ela achava que não precisava de ninguém além de Daphne. Elas eram tão... autossuficientes.

— E você achou que elas podiam ter um relacionamento?

— Eu acho que sim. Mas elas não se exibiam. Era uma época diferente.

— E o que você quis dizer com o outono estranho?

— Bom, foi uma coisa muito esquisita. Rose me procurou. Eu lembro que era a Bonfire Night. Havia um evento no vilarejo, lá na fazenda, com fogos e tudo. Eu a tinha visto lá com Daphne e com você. Rose parecia mais tensa ainda, mas eu me perguntei se o motivo era o fato de o evento ser grande. Acho que ela não gostava de multidões. Talvez não se sentisse segura. Mais tarde, bem depois, ela me pegou num canto e me disse que corria risco de vida.

— Ah, meu Deus — diz Lorna, ofegante. Ela não estava esperando isso. — Ela disse por quê?

— Foi depois que eu contei a ela que uma pessoa tinha aparecido no café a procurando. Ela perguntou quem era, mas eu não sabia o nome do homem; naquela época eu nunca o tinha visto. Mas eu o vi algumas vezes após Rose se mudar, só rondando pelo vilarejo. Depois, ele também deve ter ido embora, porque eu nunca mais o vi. Ela disse que tinha feito uma coisa e que estava com medo de tirarem você dela. Ela estava em péssimo estado, pra ser sincera. Foi tudo muito estranho. Tentei acalmá-la, mas ela estava tão arredia, com tanto medo de me contar qualquer coisa.

Era de Victor que ela estava com tanto medo? Lorna cutuca uma das unhas de gel. Ele a teria encontrado e foi por isso que ela partiu com tanta pressa? Sem se despedir de ninguém?

— O homem disse o nome?

Melissa faz que não.

— Não... não que eu lembre...
— E minha mãe mencionou o nome Victor pra você?

Melissa franze a testa.

— Não sei... talvez. Faz tanto tempo. Eu só lembro que ela ficou com muito medo depois que eu contei que havia alguém a procurando. Por quê? Quem é Victor?

— Eu acho que é meu pai. E que ela estava fugindo dele.

— Ah, que horror. Faz sentido agora. Ela parecia estar com muito medo naquela noite. Como falei antes, nós supomos que ela era viúva quando ela chegou no vilarejo.

Lorna se mexe no sofá.

— Não pode ser coincidência, pode? Ela descobre que alguém a está procurando e foge. — Ela suspira. — Eu não me lembro de muita coisa de quando morava aqui, nem da Daphne — diz Lorna. — Então elas devem ter se separado em algum momento quando eu ainda era pequena. Eu e a minha mãe, nós moramos em Bristol quando saímos daqui.

— Elas pareciam tão próximas.

— Por mais que eu a ame, minha mãe é engraçada. Em todos os anos que consigo lembrar, ela nunca teve um relacionamento. Nem com homem, nem com mulher. Ela se concentrava em mim e depois, quando saí da casa dela, na minha filha.

— Mas algo pareceu assustá-la na Bonfire Night — disse Melissa melancolicamente. — Ela disse... — ela olha para a lareira e franze a testa — ... algo muito estranho.

— O que ela disse?

— Ela disse: "Se acontecer alguma coisa ruim comigo, procura na lareira."

Lorna franze a testa.

— Lareira? Qual? A sua?

Ela ri.

— Não. Acho que não a minha. Supus que fosse a dela. Mas não sei...

O coração de Lorna dispara. A lareira. Ela devia estar falando das provas que Victor estava tão desesperado para encontrar. Era lá que estavam esse tempo todo?

— E... — ela mal consegue segurar a empolgação — ... você chegou a procurar?

— Não. Não, eu não dei muita bola. Depois que ela foi embora, eu soube que ela ainda era dona da casa e a estava alugando. Então não aconteceu nada de ruim com ela. Se tivesse... se, sei lá, ela tivesse sido encontrada morta na casa ou algo do tipo, aí sim, sim, eu teria feito o que ela pediu, mas ela foi embora e outras pessoas foram morar lá. Uns dez anos depois disso, em 1990, eu esbarrei em um corretor que estava olhando a casa e perguntei sobre Rose. Ele disse que ela ainda era a dona, que estava alugando Skelton Place. Eu supus que ela tinha fugido do homem de quem estava com tanto medo.

Deus, pensa Lorna, com lágrimas cegando sua visão ao pensar na mãe, sozinha e com medo, criando-a sozinha.

— Os corpos no quintal — disse Melissa subitamente. — Já sabem de quem são?

— Um era um jornalista chamado Neil Lewisham. E o outro ainda não sabem. Mas eu ando pensando. Talvez elas não tenham se separado e o outro seja da Daphne.

Melissa inspira fundo.

— Mas quem a teria matado?

Lorna olha para as mãos.

— Estou com medo de a polícia achar que foi a minha mãe...

— Não, não, isso não faz sentido — diz Melissa enfaticamente. — Rose jamais teria machucado Daphne nem qualquer outra pessoa, não sem chamar a polícia ou fazer alguma coisa.

— A não ser que não tenha sido a minha mãe quem a matou — diz Lorna, engolindo em seco.

43

Saffy

— O que você está fazendo? — pergunta Tom quando saio da cama e começo a me vestir rapidamente. — Achei que a gente ia ficar na cama até tarde. — Ele ergue as sobrancelhas de forma sugestiva. — Agora que Lorna saiu um pouco.

— Desculpa, eu quero ir ver a vovó. Estou sentindo necessidade de ir vê-la. De passar um tempo com ela.

— Nós vamos nos encontrar com Theo e a esposa dele mais tarde, lembra? Você vai voltar a tempo?

— Vou.

Coloco uma camiseta que não uso há uns dois anos, uma calça de moletom e prendo o cabelo em um coque desgrenhado.

Tom se senta. Ele está com o peito nu e sinto uma pontada de desejo, que passa na mesma hora. Minha cabeça está cheia demais de outras coisas.

— Eu vou com você. Não vejo sua avó há séculos e...

— Não — digo alto e percebo que fui meio grosseira. — Não — digo com mais suavidade. — Está tudo bem. Acho que a vovó vai falar mais se for só eu.

Ele me encara com ar de aflição.

— Estou preocupado com você, Saff. Isso tudo é muita coisa e agora você vai correr pra Bristol.

— Eu não vou demorar. — Eu me sento na beira da cama e calço meias esportivas. — Quero perguntar à vovó sobre Victor. Agora que eu sei mais. E pode ser mais fácil sem...

— Sem sua mãe lá?

Eu faço que sim com culpa.

Ele segura a minha mão.

— Está tudo bem entre vocês duas? Percebi uma certa tensão ontem quando voltei. Sei que vocês tinham acabado de ter uma conversa intensa com Theo e descoberto sobre Victor, mas... havia outra coisa, algo fervendo entre vocês.

— Nós tivemos uma espécie de discussão. Eu falei umas coisas que não devia ter dito.

— Ah, Saff.

— Eu sei. Não estou muito orgulhosa. Minha mãe se esforça. E eu a amo, mas...

— Ei — ele levanta as mãos —, não precisa explicar pra mim. Eu sei que as coisas são complicadas entre vocês duas.

— Minha avó era tão menos complicada, sabe? Ou — dou uma risada irônica — era o que eu pensava.

Ele me puxa para perto e me beija.

— Cuidado na estrada — diz ele. — E não demora, senão sua mãe vai ter rearrumado a casa inteira!

Quando chego, a vovó está na cama. Joy me conta que ela teve uma noite ruim e tento sufocar a ansiedade na boca do meu estômago quando sigo pelo corredor até o quarto dela. Millie, a enfermeira fofa da minha avó, me avisou que um dia ela poderia não me reconhecer mais, que os poucos momentos de lucidez ficariam mais raros até não existirem mais. Nós tivemos sorte até ali, eu sei. Um dia, ela vai ter esquecido tudo de vez e no lugar dela vai haver uma senhorinha que não lembra quem é e menos ainda quem eu sou. Uma senhorinha sem lembranças, passadas ou presentes.

Ela está sentada na cama, apoiada em dois travesseiros enormes, os cobertores enfiados embaixo das axilas. As mãos, cruzadas sobre as cobertas, parecem ossudas e frágeis, cheias de veias azuis, a pele como papel de arroz. Os olhos estão fechados; fico na porta e a observo por um tempo, as pálpebras claras, os cílios, antes longos e escuros, agora escassos, pousados nas bochechas rosadas idosas. Ela parece ter bem mais do que 76 anos, uma figura murcha na cama grande. Na mesinha tem uma fotografia minha quando adolescente, tirada no quintal da casa de Bristol, embaixo da macieira, abraçando o labrador preto dela, Bruce. Eu não vou ao quarto dela desde que ela se mudou no ano anterior. Ver a foto me dá um nó na garganta e eu preciso me concentrar para não chorar. Não quero que a vovó me veja chateada. Silenciosamente para não acordá-la, eu me sento na cadeira ao lado da cama. Na frente tem uma janela grande e vejo uma árvore florida lá fora, as pétalas cor-de-rosa ocupando metade do vidro. Ela vai gostar disso, penso, enquanto seguro uma das mãos frágeis. Queria poder voltar no tempo para uma época em que ela não estivesse demenciando. Tantos anos em que ficamos na sala, só nós duas, tantas oportunidades de conversar perdidas, para eu saber mais sobre o passado dela.

Tem uma bandeja acima da cama, como se ela estivesse em um hospital, contendo uma jarra de água e um copo. Sirvo um pouco caso ela queira quando acordar. E aí, fico sentada com ela. Apreciando o fato de sermos só nós duas. Como antigamente.

Estou no celular, lendo os e-mails de trabalho que tinha perdido durante a semana, quando escuto uma tosse. Levanto o rosto e vejo que a vovó acordou. Ela fica olhando para a frente por alguns momentos, tentando se localizar, até que repara em mim e arregala os olhos.

— Quem é você? — sussurra ela, a voz rouca.

Entrego a ela o copo de água e ela o leva aos lábios, a mão tremendo.

— Sou eu, vovó. Saffy. — Aponto para a foto. — Sua neta, lembra?

Mas só tem confusão nos olhos dela. Confusão e medo.

Eu começo a falar. Sobre Skelton Place, Snowy, minha mãe, a casa em Bristol com chapisco e estufa, qualquer coisa para ajudá-la a se lembrar de quem é.

— E você me mostrava seus tomateiros na estufa, lembra? Você me ensinou a plantar sementes e rabanete. — Preciso parar para engolir a emoção. — E agora eu vou ter o meu bebê.

— Bebê.

Ela sorri, seu rosto se ilumina todo e ela volta a ser a minha avó. Minha avó maravilhosa, gentil, moderada, que amava tricotar e cuidar do jardim, ver televisão durante o dia e mergulhar biscoito recheado no chá bem quente.

Eu me inclino para a frente e pego a mão dela.

— Você vai ser uma bisavó incrível, imagina só — digo, tentando manter a voz leve.

— Imagina só — repete ela, os olhos brilhando. Ela não está de dentadura e fica parecendo bem mais velha, a metade de baixo do rosto parecendo uma marionete. Seus olhos se enevoam de repente. — Você vai ser uma boa mãe, não vai? Vai cuidar do bebê?

— Claro que vou. E Tom vai ser um bom pai.

— Tom... Tom... — diz ela, e o reconhecimento fica evidente no rosto. — Tom é um bom homem.

— É mesmo.

— Você tem muita sorte. Neil não era um bom homem. Nem Victor.

Victor. Fico aliviada de ela ter tocado no assunto. É a minha deixa.

— Victor é seu ex-marido, vovó? — pergunto.

Ela solta uma risada.

— Claro que não. Eu nunca fui casada.

— Mas Victor é o pai de Lorna. O pai da Lolly?

Os olhos grandes e castanhos se encontram com os meus.

— Sim... sim, eu acho que é.

— Acha?

O rosto dela desmorona.

— Tudo é tão confuso... minhas lembranças nem sempre são claras.

— Eu sei — digo gentilmente. — Eu sei, vovó. — Os olhos dela se enchem de lágrimas e os meus acompanham na mesma hora. — Está tudo bem — digo. — Está tudo bem.

— Não está — diz ela quando as lágrimas caem dos olhos e escorrem pelas bochechas enrugadas. — Mesmo depois de todos esses anos, eu ainda sinto saudade dela.

Meu coração dói.

— Sente saudade de quem, vovó?

— Eu sinto saudade dela.

Eu me pergunto se ela está falando da Daphne.

— O que aconteceu com ela? — pergunto, embora não tenha certeza se quero a resposta.

E se ela confessar para mim agora que a matou e enterrou no quintal ao lado do Neil? O que eu faria com essa informação? Ela é uma mulher idosa agora e eu a amo. Quero protegê-la. De que serviria uma confissão? Pela primeira vez desde que aquilo começou eu não sei se quero chegar à verdade. Talvez os segredos fiquem melhor enterrados mesmo.

— Victor fez mal a ela, vovó?

Ela assente com lágrimas nas bochechas.

— Fez, sim. Ele não é um homem bom.

— Eu sei — digo. — Ele não parece.

— Ele a enganou — diz ela agora.

— Enganou Daphne?

Ela balança a cabeça.

— Não, não.

— Enganou você?

Ela olha para mim e pisca. Em seguida, estica a mão e prende meu cabelo atrás da orelha.

— Eu te amo — diz ela.

— Ah, vovó, eu também te amo.

— E eu amo Lolly. Não deixa o Victor encontrá-la — diz ela, fechando os olhos de novo. — Protege ela.

— Vovó, Victor é um homem velho agora. Ele não vai fazer mal a ela.

Quando ela abre os olhos, percebo que a vovó que eu conheço se foi e no lugar dela está uma estranha.

— Quem é você? — diz ela, como se a conversa que tivemos não houvesse acontecido.

Eu fico sentada munida de paciência e repito tudo que falei antes, torcendo para ela voltar para mim.

Depois, quando estou caminhando até o carro, recebo um telefonema do detetive Barnes.

Encontraram Glen Davies. Ele foi preso.

44

Rose

Verão de 1980

Meu medo e minha paranoia estavam piorando. Cada vez que havia um barulho, eu achava que era a polícia na porta, indo me prender. Cada vez que eu ia no vilarejo, ficava com medo de as pessoas estarem falando sobre mim, de saberem. Tinha saído no jornal um artigo sobre o desaparecimento de Neil Lewisham, e quando vi o rosto dele estampado na página eu tive que sair da loja, tomada de pânico. Eu não estava lidando bem mentalmente com o fato de que tinha matado um homem. Mesmo se eu tentasse me convencer de que tinha feito isso por um bom motivo.

Daphne foi incrível. Nos meses seguintes, ela se tornou a minha rocha. Ela encomendou umas placas de pedra com um pedreiro da região e me disse que ia "ajeitar" o quintal. Mas eu sabia o que ela estava fazendo. Ela estava aumentando o pátio para cobrir a área onde o corpo do Neil estava enterrado. Para que eu não tivesse mais que olhar para o pedaço de grama que destoava do resto do gramado.

— Onde você aprendeu a fazer todas essas coisas? — perguntei um dia quando ela entrou na cozinha depois de colocar as placas, uma mancha de terra em uma bochecha.

Ela olhou em volta para ter certeza de que ninguém estava ouvindo.

— Eu aprendi muita coisa na prisão — disse ela, as bochechas ficando vermelhas, e pareceu vulnerável nessa hora. — Fiquei muito tempo lá.

— Ah, Daphne.

Tentei permanecer forte por ela e por você.

Mas os pesadelos continuaram e eu acordava no meio da noite coberta de suor. O rosto de Neil virava o de Victor, e eu estava convencida de que ele nos encontraria. Afinal, Neil encontrou.

Eu ainda não tinha contado a Daphne sobre Victor, mas, quanto mais nos apaixonávamos, mais difícil era não falar sobre o meu passado.

Não que ela perguntasse ou pressionasse. Ela também não falava sobre a época em que era Jean. Era como se nós duas só quiséssemos viver no aqui e agora. Como se não existíssemos antes de nos conhecermos.

— Você precisa parar de se torturar por causa do Neil — dizia Daphne nas muitas ocasiões em que eu a procurava, tremendo e chorando, a culpa e o medo tomando conta de mim. Ela me puxava para os braços dela, me beijava e me garantia que tudo ficaria bem. — Ninguém vai saber — dizia ela, mas isso só me fazia sentir pior. Descontrolada e vulnerável.

Eu ficava intrigada porque Daphne não parecia se preocupar com Neil e o fato de que os restos podres dele estavam enterrados no nosso quintal. O desaparecimento dele saiu nos jornais, afinal. Ele era casado, tinha um filho pequeno. Mesmo com as placas de pedra novas, eu odiava ir lá fora e, toda vez que ia, as lembranças daquela noite voltavam com tudo. Foi difícil, principalmente naquele verão quente em que você queria ficar o tempo todo no quintal.

— Eu vou com ela — dizia Daphne, tocando no meu braço com delicadeza.

E eu ficava olhando como uma prisioneira da janela da cozinha quando ela se sentava com você, você enfiava sua pazinha na terra e fazia uma pilha de pedras, tentando não fazer caretas porque o corpo do homem que eu matei estava a menos de seis metros. À noite, eu sonhava que descia e via as placas de pedra tiradas revelando um buraco no chão, vazio, o corpo sumido. Outras vezes, eu tinha medo de não ter cavado fundo o bastante e alguma coisa, talvez um cachorro ou raposa, acabar cavando sem querer e expor o cadáver. Ou de ele estar vivo, de ter sobrevivido à facada e estar determinado a se vingar, ainda usando a camiseta manchada de sangue.

— Nenhum animal consegue cavar agora que botei as placas de pedra. Não se preocupe — garantia Daphne quando eu falava com ela.

Na maioria das noites, ela ia para o meu quarto quando você já estava dormindo. Era reconfortante ter o corpo quente dela junto ao meu. Eu não me sentia tão sozinha com meus pensamentos sombrios. Em uma noite quente e abafada de julho, quando estávamos nos braços uma da outra e só um lençol branco nos cobria, ela perguntou:

— Você acha que é bissexual?

Eu me ergui, me apoiei no cotovelo a fim de olhar para ela, o luar delineando as maçãs do rosto dela.

— Por que você está perguntando isso?

— Ora, você foi casada.

— Há, na verdade eu nunca fui casada.

Os olhos dela estavam enormes na meia-luz.

— O quê? Mas o pai da Lolly...

— Eu não sou viúva. Eu fugi dele. Ele era... é... um psicopata.

Eu a senti ficar tensa ao meu lado.

— Eu me perguntei mesmo se você também estava fugindo de alguém. Você sempre pareceu tão... arredia. Como eu, acho. Se bem que nós duas estávamos fugindo de situações bem diferentes, ao que parece. — Ela esticou a mão e tocou na minha bochecha. — Mas aí eu achei que talvez você só fosse tímida. — Ela afastou a mão e puxou o lençol até o peito. Os braços dela estavam bronzeados depois de tantos dias no quintal com você. — Então ele ainda está por aí, o pai da Lolly?

Eu assenti.

— O nome dele é Victor.

— Victor. — Ela saboreou o nome lentamente. — Que nome elegante.

— Nós não tivemos um relacionamento. Romântico — falei, para tentar deixá-la tranquila. — É... é complicado. — Eu não queria contar sobre Victor e o que ele tinha feito comigo. Não queria que isso existisse entre nós, como uma presença maligna, maculando o que nós tínhamos. — Antes dele, eu fiquei com uma mulher por muito tempo. Audrey. E você?

Ela riu no escuro.

— Eu fiz sexo com homens, mas sempre pareceu que tinha algo errado. Aí, percebi que eu preferia mulheres.

Senti uma pontada de ciúme.

— A gente não devia botar rótulos.

— Eu não estou fazendo isso. Só estava pensando sobre o pai da Lolly, só isso. Eu sempre quis filhos, mas estou com 40 anos agora.

Isso me surpreendeu. Ela parecia mais nova.

— É mesmo? *Não parece.*

Ela sorriu em resposta. Eu me deitei na cama e ficamos as duas embaixo do lençol, nos olhando. As sombras dançavam nas paredes atrás dela.

— Alguma hora passa? — sussurrei no escuro.

— O quê?

— A culpa. Por tirar a vida de uma pessoa.

Ela não disse nada de primeira e eu me perguntei se a tinha ofendido. Mas depois ela falou, a voz triste:

— Eu nunca vou me perdoar pelo que fiz com Susan. Eu paguei o preço. Cumpri sentença. Eu estraguei a minha vida. Mas nunca vou superar.

— Você era criança. Qual é a minha desculpa?

— Amor — disse ela suavemente, encontrando minha mão debaixo do lençol. — Você fez por amor.

Lorna

Saffy encara a mãe com a boca aberta.

— Na lareira? Qual? Tem quatro na casa.

— Eu já olhei naquela — diz Lorna com certa vergonha, indicando a lareira da sala e mostrando o pijama sujo para Saffy.

— Nós usamos essa aí com regularidade quando nos mudamos — diz Saffy, os lábios tremendo. — Qualquer coisa que tenha ficado aí já teria sido incinerada muito tempo atrás.

Tom entra na sala e entrega uma caneca de chá para cada. Lorna bebeu tanto chá que a boca parece estar peluda, mas aceita mesmo assim. Saffy pega a dela das mãos de Tom e ele se junta a ela no sofá. Saffy estava triste desde que chegou em casa depois da visita à avó. Ela disse que a avó está piorando, e Lorna sente uma pontada de culpa por não ter ido junto. Ela sabe que vai precisar voltar à Espanha em breve: seu chefe não vai deixar o emprego disponível para sempre, sem mencionar o apartamento e a situação inacabada com Alberto. Por outro lado, ela não quer deixar Saffy e sua mãe. As palavras da filha ainda doem quando ela pensa. Ela odiaria que Saffy achasse que ela a estava abandonando.

Saffy dá um pulo.

— Vamos olhar lá em cima — diz ela.

— Nós não podemos demorar — diz Tom. — Você não disse que vamos nos encontrar com o Theo às duas?

— Nós temos meia hora — diz Saffy. — É importante. Vem.

Lorna está prestes a se levantar da cadeira, mas hesita.

— O que vai ser essa prova? Uma arma de crime? Uma faca?

Saffy apoia as mãos nos quadris. Lorna vê agora o contorno claro da barriguinha.

— Não seja boba, mãe. Ele falou que era algum tipo de papel. É o que estamos procurando.

Tom franze a testa, mas também se levanta.

— Por que Victor estaria tão desesperado pra recuperar papéis velhos? O que podem dizer que o conectariam a uma cena de homicídio?

— Bom, vamos descobrir — diz Saffy com impaciência. Ela pega a mão de Tom. — Vem.

Lorna vai atrás de Saffy e Tom pela escada, com Snowy logo atrás latindo com empolgação, captando a adrenalina deles. Eles entram no quarto de Saffy e Tom primeiro. A cama está desarrumada e as roupas de Tom do dia anterior estão na cadeira perto da janela. Saffy vai até a lareira pequena de ferro.

— Eu olho — diz Tom, se adiantando. — Não quero que você faça esforço. — Saffy e Lorna o observam ficar nas pontas dos pés e tatear dentro da chaminé. Saffy grita e pula para trás quando ele desaloja uma aranha com cara de furiosa. — Não tem nada aqui — diz ele, tirando poeira e teias do cabelo.

— Vamos olhar o seu agora — diz Saffy. — Meu Deus, Mãe — acrescenta ela quando eles entram no quarto imaculado de Lorna —, você pode fazer bagunça, sabe.

A lareira é menor do que a do quarto de Saffy e tem um contorno de madeira, com flores entalhadas. Não demora para eles descobrirem que também não tem nada lá.

— O quartinho... — começa Lorna, mas Saffy já está no patamar.

O quartinho está vazio, exceto pelas caixas no canto. Lorna vê onde Tom começou a tirar o papel de parede.

— É engraçado que aqui era o meu quarto.

Ela vai até a janela e olha para o quintal. Tenta imaginar sua mãe lá com Daphne, cavando, enterrando um corpo. Mas não consegue. É como imaginar Snowy com uma cabeça humana.

— Não parece haver nada aqui também — diz Saffy. Lorna se vira e vê a filha tateando pela lareira e, acima dela, Tom enfiando a mão na chaminé. Eles parecem estar fazendo uma cena de comédia. — Vocês acham que Davies encontrou?

Lorna suspira.

— Talvez Melissa tenha se enganado. Foi muito tempo atrás.

Saffy para ao lado da mãe e Lorna passa um braço pelos ombros dela, apesar de precisar levantar o braço para isso. Elas ficam assim um tempo, no quarto que era de Lorna, olhando para a lareira como se tivesse todas as respostas.

Eles estão prestes a sair de casa para encontrar Theo e Jen quando o celular de Saffy toca.

Ela enfia a mão na bolsa e atende, dizendo com movimentos labiais que é o detetive Barnes.

O estômago de Lorna se embrulha. O que ele quer agora? Será que falaram com Victor?

— Certo — diz Saffy, lançando um olhar preocupado aos dois. — Entendo. E você tem certeza? Certo... — Ela prende um cacho atrás da orelha. — Sim. Tudo bem. Obrigada.

Ela aperta o botão para encerrar a ligação e coloca o aparelho na bolsa.

— O que foi? — pergunta Tom.

— A perícia verificou o outro corpo para comparar com os registros odontológicos que eles têm de Jean Burdon de quando ela foi presa, e o resultado acabou de chegar. Não bateu. Não é ela.

46

Rose

Setembro de 1980

O problema do amor é que ele cega. E eu estava tão cega pelos meus sentimentos por Daphne que parecia estar com vertigem.

Eu violei minha regra desde que fugi de Victor: proteger minha privacidade.

Mas uma coisa me incomodava.

Daphne sabia muito sobre mim.

E eu sabia muito sobre ela.

A identidade roubada, o fato de ela ser Jean Burdon, a prisão.

Eu sabia que a amava, mas nossos crimes nos uniriam? Dificultariam nossa separação caso uma de nós contasse sobre a outra?

O que aconteceria com ela se sua verdadeira identidade se tornasse de conhecimento público? Ela seria caluniada por justiceiros. A nova identidade dela depois de sair da prisão foi Sheila Watts. Mas ela tinha abandonado essa pele no dia em que se "afogou" e agora não havia oficiais de condicional tomando conta dela, nem tomando conta para ela não matar de novo. Não que eu achasse que ela faria isso. Eu confiava nela. Afinal, nós duas éramos assassinas agora. E ela era inocente, uma criança negligenciada e abusada reagindo. Eu devia ter me controlado aos 36 anos.

Não, era Daphne que tinha algum controle sobre mim. Ela podia levar a polícia até o corpo.

Mas eu garanti a mim mesma que valia a pena porque nosso amor era real: era puro, verdadeiro e eterno. Que nunca chegaria ao ponto em que nós duas teríamos que usar o que sabíamos como uma espécie de chantagem emocional para fazer a outra ficar. Daphne não era manipuladora. Ela não fazia joguinhos. Eu não precisava me preocupar.

Daphne não era como Victor.

Pelo menos, foi o que eu disse para mim mesma na ocasião.

***

Era uma linda manhã do começo do outono, quando as árvores estavam começando a perder as folhas. Você amava chutá-las a caminho da escolinha; o vilarejo ficava tão bonito, cercado de vermelho, dourado e marrom. Estava meio frio, mas tinha sol e, depois que deixei você, decidi pegar o caminho mais longo para casa pelo bosque. Estava tranquilo, o sol entrando pelas árvores, e quando enfiei as mãos nos bolsos do casaco forrado de pele de ovelha me senti tomada de felicidade. Quando fiz a curva do caminho que levava aos fundos do chalé, reparei em alguém no nosso quintal, junto do muro de pedra que o separava da floresta. Eu parei e me escondi atrás de um tronco grosso de árvore. Era Daphne. E ela não estava sozinha. Ela estava com um homem. Meu coração tremeu, meu estômago se embrulhou. Quem era desta vez? Outro jornalista determinado a descobrir a verdadeira identidade de Daphne?

Eu me perguntei se era Sean, um dos funcionários da fazenda. Eu não o conhecia, mas Daphne tinha feito amizade com ele no trabalho pelo que ela dizia. Parecia que ele dava coisas a ela: ovos que sobravam, uma lata de tinta, uma jarra de leite. Eu esperava que ele não estivesse furtando essas coisas, mas Daphne dizia que ele era "legal", o que, vindo dela, era um grande elogio. Passou pela minha mente que ele talvez estivesse interessado nela, mas eu confiava em Daphne. Sabia que ela me amava.

Mas, quando olhei melhor, percebi que era Joel.

As vozes deles chegaram a mim na brisa.

— Acho que você devia ir embora — ouvi Daphne dizer.

Eu me preparei para sair de trás da árvore. Ele a estava incomodando de novo? Mas a resposta dele me deixou grudada no chão.

— Não entendo por que você inventou aquelas mentiras sobre mim — disse ele, abrindo os braços com exasperação. Eu via, mesmo da minha posição, que ele estava genuinamente confuso. — Rose e eu éramos amigos e agora ela não fala comigo há meses. Se eu a vejo na rua, ela me evita.

— Isso é prerrogativa dela.

— Você a voltou contra mim inventando que eu sou um... um tarado.

— Não seja ridículo.

— Eu nunca dei em cima de você. Nunca te assediei. A única coisa que eu fiz foi te contar o que eu sentia pela Rose. Foi por isso que você fez aquilo? Pra nos impedir de ficar juntos?

— Bota nessa sua cabeça dura que ela não está interessada em você nem nunca vai estar, não importa o que você tenha dito para ela — sibilou ela.

A raiva no rosto dela me surpreendeu. Ela costumava ser tão serena, tão tranquila. Eu sempre admirei a paciência dela, a gentileza. Claro que ela não era santa. Vivia preocupada, como eu. Ela se irritava com injustiças e desigualdade. Era independente e capaz. Mas nunca era mesquinha nem injusta... ou era o que eu achava. Mas, se Joel estivesse falando a verdade, se ela tinha mentido sobre as investidas dele, a atitude de Daphne tinha sido muito manipuladora.

— Mas você não sabia disso, não é? Não na época. Você achava que ela podia gostar de mim também e decidiu atrapalhar. Você pode ter enganado todo mundo aqui, Daphne, com sua cara de sonsa, mas eu vejo direitinho o que tem aí por trás.

— Por que você não vai se foder? — rosnou ela. — Deixa a gente em paz.

Eu inspirei tão fundo que meu peito doeu. Esperei a reação do Joel. Mas ele só balançou a cabeça com tristeza.

— Espero que você não a esteja usando. Ela é uma boa pessoa.

— Claro que não estou.

Ele olhou para o chalé.

— Você tem um lugar legal aqui. Um teto. Amor. Uma família pronta.

Ela cruzou os braços sobre o peito. Estava usando um suéter castanho largo e uma calça justa creme que eu tinha comprado no aniversário dela. O cabelo estava começando a crescer e tinha chegado aos ombros, mas ela o manteve escuro. Eu gostava assim. As bochechas estavam vermelhas do frio e os olhos ardiam com intensidade. Ela estava linda.

— Eu amo a Rose.

— Espero que ame.

— Você parece estar com ciúmes.

— Talvez esteja.

Ela bateu com a ponta das minhas galochas, que ela usava para trabalhar, na terra.

— Bom, ela nunca teria se interessado por você, mesmo que eu não tivesse dito nada.

Ele suspirou.

— Mas pelo menos nós ainda seríamos amigos. Ou você também não quer isso?

— Eu não sei o que você quer dizer.

— Rose vê alguém que não seja você?

— Ela sempre foi reclusa. Isso não é culpa minha.

Ele balançou a cabeça.

— Melissa me contou que Rose raramente toca o sino na igreja agora. Nem vai ao Women's Institute.

— Essa decisão é dela. Não minha. Nós só queremos passar todo o nosso tempo juntas. Você não consegue lembrar como é? Aquela primeira onda de amor, quando um só quer saber do outro? Para de tentar fazer parecer que é outra coisa. Eu nunca impediria Rose de fazer nada que ela quisesse e vice-versa.

Eu não podia ficar parada ouvindo aquilo. Não parecia certo. Saí da sombra da árvore e segui até o quintal. Subi o muro e pulei na grama. O choque no rosto de Daphne foi tão cômico que precisei segurar uma risada.

— O que... o que você está fazendo? — disse ela com um susto quando andei até eles.

— Desculpa. Às vezes, volto por aqui. Gosto de andar sozinha no bosque. Eu achava que você ia estar no trabalho.

O rosto dela ficou muito vermelho.

— Eu... Sim, eu já estou indo. Joel deu uma passadinha. — Percebi que ela estava tentando descobrir se eu tinha ouvido a conversa. Mas eu mantive meu tom leve.

— Está tudo bem? — perguntei a Joel.

— Está. — Ele abriu um sorriso caloroso. — Que bom ver que você está bem, Rose. Se você precisar de alguma coisa — ele lançou um olhar significativo —, de qualquer coisa mesmo, você sabe onde me encontrar, né?

— Hum, claro...

— Que bom. Então já vou.

Nós ficamos vendo-o se afastar pelo gramado e desaparecer pela lateral do chalé.

— O que foi aquilo? — perguntei, me questionando se Daphne diria a verdade.

Mas ela esticou as mãos e me beijou profundamente em resposta, me puxando junto ao seu corpo.

— Eu tenho meia hora antes de precisar estar no trabalho. Vamos aproveitar que Lolly não está aqui — respondeu ela enquanto me puxava, segurava minha mão e me levava de volta ao chalé.

Mas não consegui me livrar da sensação que tinha surgido dentro de mim. Se Daphne tinha mentido e me manipulado em relação ao Joel, sobre o que mais ela não tinha sido honesta?

Theo

Na segunda, antes de ir trabalhar, Theo decide visitar o pai. Ele precisa de respostas agora que sabe sobre Lorna e Rose. Ele não o vê desde que seu pai saiu como um furacão do restaurante na semana anterior. Ele espera alguns minutos, irritado consigo mesmo por seu coração estar batendo mais rápido do que o normal. Então ouve o barulho de passos pelo corredor e a porta é aberta. Seu pai aparece com um suéter de golfe cor pastel com estampa de diamantes e calça cáqui.

— O que você quer?

— Você precisa me deixar entrar.

— Eu não quero falar com você. Foi você que mandou a polícia aqui? Eu devia saber. Sempre tão desconfiado. — Ele está prestes a fechar a porta na cara de Theo, mas Theo enfia o pé no vão antes que ele consiga.

— Na verdade, não fui eu. E, se você me deixa entrar, eu posso explicar — diz Theo, tentando parecer mais enérgico do que se sente.

Seu pai olha para o tênis de Theo bloqueando a porta.

— Parece que eu não tenho escolha — diz ele, chegando para trás. Ele se vira e sai andando rigidamente pelo corredor. Theo vai atrás até a cozinha. Está imaculada, como sempre. Não tem nada fora do lugar. Seu pai para na bancada no canto e coloca a água para ferver. — Seja rápido. Eu estou indo para o clube.

Theo se pergunta naquele momento se seu pai tem a capacidade de amar. Ele não consegue imaginar falar com seu filho do jeito que seu pai fala com ele.

— O que a polícia disse?

— Não muita coisa. Só fizeram um monte de perguntas.

— Sobre o quê?

Ele não diz nada, só fica olhando para Theo.

— Eu sei sobre Rose Grey. Sei que ela tem uma filha… que pode ser minha irmã.

Ele continua olhando Theo friamente.

— Eu sei que você mandou aquele valentão Davies ameaçar a família. Ameaçar sua própria filha, porra. Qual é o seu problema?

Seu pai parece surpreso. Theo nunca falou palavrão para o pai. E o bom garoto dentro dele, o menino que sempre quer agradar, se encolhe ao falar.

— Eu não sei do que você está falando. Você é tão parecido com a sua mãe. Deixa suas emoções tomarem conta de você.

— Pelo menos eu tenho emoções, diferente de você.

— Eu amava sua mãe. E amei Rose — responde ele.

Theo tem vontade de rir. Ele tem certeza de que seu pai não sabe o que é amor. Ele está confundindo posse com amor.

— Então quem foi Rose pra você?

— Ela foi... uma pessoa com quem eu tive um relacionamento. — Os olhos do seu pai tremem e Theo tem a impressão de que ele não está contando a verdade.

— E o que aconteceu?

— Ela estava morando comigo e foi embora quando estava grávida. Eu tentei encontrá-la, mas não era tão fácil naquela época. Não tinha celular, rastreamento, internet. Ela simplesmente... desapareceu da face da Terra. E aí, eu conheci a sua mãe e Rose pareceu menos importante.

— E a sua filha?

— Eu nem sabia se Rose tinha tido o bebê. Ela tinha mais ou menos a sua idade quando eu a conheci. Ela tinha vivido por aí. Estava só com seis meses de gravidez quando me deixou. E era tão... inconstante.

Isso não bate com o que Lorna disse sobre a mãe.

— Você está dizendo que achava que o bebê não era seu? Bom, eu tenho novidades. *É sim*. A semelhança com você e comigo é inconfundível. Era ela que você estava tentando encontrar? Era por isso que tinha aquele artigo na sua mesa ou tem mais coisas que você está escondendo de mim?

Seu pai coloca a mão na cabeça com cara de sofrimento e, naquele momento, parece menos o controlador autoritário de quem Theo sempre teve medo e mais um homem velho.

— É complicado. Eu pedi ao Glen pra investigar pra mim.

Ele fala isso como se estivesse discutindo algo trivial como o tempo.

— O que Glen faz, afinal? Ele disse que é detetive particular, mas isso é baboseira, né? Ele é só um golpista? Eu não sei o que a polícia te disse mais cedo, mas, se você tiver alguma ligação com ele, não vai ser bom pra você.

— Não seja ridículo. — Ele se vira de costas para Theo e faz o chá. Mas tem algo errado: as respostas do seu pai são propositalmente evasivas.

— E a prova? — pergunta Theo.

Seu pai não diz nada, mas Theo percebe um enrijecimento dos ombros. Uma hesitação quando ele coloca um sachê de chá na água.

— Prova?

Ele está tentando ganhar tempo, Theo percebe.

— É. Ao que tudo indica, seu *capanga* abordou Lorna, sua própria filha, na rua. — Ele cospe a frase, torcendo para seu pai ouvir a repulsa na voz. — Ele falou qualquer coisa sobre Rose enterrar provas. O que ele quis dizer?

Seu pai ainda estava de costas.

— Eu não faço ideia — diz ele, mas Theo ouve a mentira na voz dele.

— E, depois, Davies invadiu o chalé. Engraçado, não levara nada. Mas, obviamente, ele estava procurando alguma coisa.

Seu pai vira para ele e entrega uma caneca.

— Eu não sei nada sobre isso.

— Claro que sabe — diz Theo, pegando o chá. — Davies nunca faz nada se você não mandar. Você foi assim com a polícia? Eles vão perceber, pai. Você está ligado a Glen agora.

Seu pai olha para ele por cima da caneca. É a que Theo o presenteou de dia dos pais com um jogador de golfe dando uma tacada. Theo detecta algo nos olhos do pai: culpa, talvez? Remorso? Medo? Não tem certeza. Ele sempre foi tão difícil de interpretar. Tão fechado.

Theo toma o chá. Seu pai continua intimidador, ele percebe enquanto o olha. Mas ele é aposentado agora. Não pode mais fazer mal a Theo. Ele não tem controle sobre a vida do filho. Theo é totalmente autossuficiente: ele nunca esperou nada do pai. As coisas que fazia por ele vinham de uma sensação de dever e amor pela mãe. Sempre meteram na cabeça dele quando criança que ele tinha que amar e respeitar o pai, mas devia ser uma via de mão dupla. Ele sentia que *devia* amar o pai quando era criança e nunca questionou nada. Mas agora, se for para ser sincero consigo mesmo, ele não tem sentimentos assim pelo pai. Ele engole o chá.

— E as fotos das mulheres que você tinha no escritório?

— São só mulheres que eu ajudei. Eu gosto de guardar um registro, só isso. — A voz do pai parece tensa. — Eu te falei isso no restaurante.

— Tirando fotos sem elas saberem.

— Não é crime. Eu não fiz mal a ninguém.

— Então por que esconder?

Seu pai despeja o chá no ralo e quase joga a caneca na pia, o que faz um barulho alto.

— Já chega de interrogatório. Eu tenho que ir. — Ele passa por Theo. — Fecha a porta quando sair — diz ele por cima do ombro enquanto pega a bolsa de tacos de golfe ao lado da porta e a pendura no ombro. — E nem precisa ir xeretar no meu escritório. Você não vai encontrar nada.

— E homicídio, pai? — diz ele, indo atrás do pai pelo corredor. — Foi por isso que você mandou Glen procurar provas no chalé da Rose? — Está na ponta da língua perguntar sobre o acidente, mas ele decide não falar nada. Por enquanto.

Seu pai para, a postura rígida, e se vira lentamente para Theo, a expressão ameaçadora.

48

Lorna

Lorna está na cozinha preparando uma caçarola de legumes. Era receita da sua mãe, e cortar e picar a acalma, segura sua mente descontrolada. Ela tem tanto ruído indesejado na cabeça: os corpos, Victor, sua mãe.

Ela quase nem viu Saffy o dia todo: ela se trancou no escritório dizendo que precisava adiantar o trabalho.

Ela enfia a caçarola no forno. Lorna sente falta de carne. Ela não comeu nenhuma vez desde que chegou. Ela repara que Tom também só come peixe para agradar Saffy. Mas Lorna adoraria um belo e suculento cheeseburguer.

Quando volta para a sala, ela fica surpresa de ver Saffy no sofá.

— Terminou o trabalho?

Saffy esfrega os olhos.

— Estou exausta. Estou à minha mesa há oito horas direto, só fiz uma pausa.

Lorna sente uma pontada de preocupação.

— Você precisa ir mais devagar...

— Como? — choraminga ela. — Isso tudo foi uma distração tão grande! Eu estou atrasada. Não posso ser demitida.

Lorna aperta os lábios, sem querer dizer nada que irrite a filha. Saffy sempre foi tão controlada. Lorna sabe que aquilo tudo deve estar afetando-a, sem mencionar os hormônios loucos.

— Eu não consigo parar de pensar no que a polícia disse ontem — diz Saffy com um suspiro. — Sobre o corpo não ser de Jean Burdon.

— Ainda pode ser Daphne. Talvez sua avó tenha entendido errado quando disse que Daphne era Jean. Ou Daphne tenha mentido para ela.

— Mas aquele arquivo da Sheila. Tinha uma notícia sobre Jean Burdon escrita por Neil Lewisham. É uma ligação. E meu pai ligou mais cedo pra dizer que uma pessoa do jornal decifrou a taquigrafia e eram anotações sobre Jean e Sheila serem a mesma pessoa.

— A polícia vai descobrir — diz Lorna. O estômago dela ronca quando o cheiro da comida se espalha pelo chalé. — A gente precisa ter fé neles. No detetive Barnes.

Saffy suspira.

— Assim que a polícia descobrir, os jornalistas vão voltar com tudo, vingativos, como vespas. Eu sei que é só o trabalho deles, mas isso aqui são as nossas vidas.

— Eu sei.

Nos dias anteriores, eles perderam o interesse, mas Lorna tem mantido Euan atualizado por mensagem de texto, e ele avisou que costuma ser assim. Aí uma informação nova aparece e os jornalistas voltam.

Eles ouvem a porta da frente bater e Lorna repara que Saffy fica tensa. Tom bota a cabeça na porta da sala.

— Tem alguma coisa com cheiro bom.

— Você chegou cedo! — exclama Saffy com alegria, e Lorna sente uma pontada de inveja da forma como ela corre até ele e ele a toma nos braços.

Era para ela que Saffy corria quando criança, quando não era para a avó. Agora, é para Tom. Ele ainda está de capacete. É branco e parece um ovo. Ele o tira e balança o cabelo. Está meio úmido.

— Estou morrendo de fome — diz ele, e joga o capacete na cadeira. Lorna luta contra o impulso de pegá-lo e pendurá-lo no gancho no corredor.

— Só mais meia hora... — Ela é interrompida por uma batida na porta. Tom vai até a janela e espia. Ainda está claro lá fora, o sol está começando a descer atrás das árvores, o tipo de noite que Lorna ama, quando o calor do dia permanece no ar. — É uma mulher idosa com um cara jovem — diz ele.

Lorna vai até a janela ao lado dele.

— Ah, é Melissa e o sobrinho dela, Seth. — Ela vai até a porta e a abre. — Oi, entrem. — Ela os leva até a sala e os apresenta a Saffy e Tom.

Melissa está com um sorriso largo. Ela entrega um envelope a Lorna e olha ao redor, para os sofás modernos e o piso de madeira. Sua atenção volta para Lorna.

— Depois da nossa conversa, eu lembrei que tinha essas fotos — diz ela.

— Eu falei pra minha tia esperar até amanhã, mas ela insistiu. — Seth sorri e enfia as mãos nos bolsos da calça jeans.

— Eu achei que você ia gostar de ver — acrescenta Melissa. — É de quando Rose tocava o sino da igreja com a gente. Ela amava.

— Ela era tocadora de sino? — pergunta Saffy, erguendo uma sobrancelha de surpresa. — Ela nunca falou isso.

Lorna quer acrescentar que houve muitas coisas que sua mãe nunca falou, mas acha melhor não. Ela dá uma olhada. Tem um grupo de umas seis mulheres, inclusive Melissa bem mais jovem, sorrindo para a câmera, cada uma segurando um pedaço de corda no que parece ser o interior de uma torre de igreja. Deve ter sido tirada no final dos anos 1970 a julgar pelos cortes de cabelo e pela moda. Lorna olha as mulheres, mas não vê sua mãe.

— Ela está aqui? — pergunta ela, a testa franzida.

Melissa olha por cima do ombro dela.

— Sim, aqui está ela.

Ela aponta para uma mulher com cabelo comprido e ondulado. A foto pode ser velha, mas Lorna vê na mesma hora que não é sua mãe.

— Essa não é ela. Parece familiar, mas...

— Como assim? — diz Melissa, pegando as fotos da mão de Lorna.

— Sim, é ela aqui. E nessa...

— Quero ver — diz Saffy, indo até lá e pegando a foto da mão de Melissa. — Espera. Essa não é a vovó. — Ela se vira para Lorna, as sobrancelhas erguidas. — Essa... essa é a outra mulher nas fotos da vovó. É a Daphne.

Melissa ri.

— Isso é ridículo. Daphne não tinha vindo morar aqui quando essas fotos foram tiradas. Em 1978. Essa é Rose. Eu sei como a Rose era.

Uma mão fria agarra o coração de Lorna. Ela corre até a caixa que ainda está no canto da sala, a que elas não terminaram de olhar. Pega as fotos e mostra para Melissa, as mãos trêmulas.

— Aquela outra mulher, nessas fotos... — diz ela.

— Essa aqui? — diz Melissa, apontando para a mulher alta com cabelo escuro curto e pele branca. Sua mãe.

— Sim. Quem... quem é ela?

Saffy está ao lado dela.

— Mãe, não estou entendendo. Você sabe quem é. É a vovó.

Lorna segura a mão da filha e aperta.

— Quem é essa? — pergunta ela a Melissa de novo, apontando para a foto, a voz urgente, a náusea crescendo.

— Ora, é a Daphne, claro — diz Melissa, olhando para as duas como se elas fossem burras. Ah, tão burras. — É Daphne Hartall.

PARTE QUATRO

Daphne

Meu nome é Rose. É como penso em mim, mas essa maldita doença me faz esquecer coisas, me deixa confusa, distorce as coisas na minha mente. Eu só tenho as minhas lembranças, e elas estão desbotando como uma fotografia que ficou tempo demais no sol. Eu sou Rose há quase quarenta anos. Sou Rose há mais tempo do que fui qualquer outra pessoa.

Mas neste último ano as coisas ficaram confusas. Rostos que eu reconhecia viraram estranhos. E, quando esqueço o presente, eu penso naquelas outras identidades como pessoas separadas, como se não fossem parte de mim. Jean, Sheila, Daphne. Particularmente Daphne. Eu gostei de ser ela mais do que todas as outras porque ela teve amor.

Eu tive uma infância horrível. Isso não é desculpa, eu sei disso. Muitas pessoas têm infâncias horríveis, mas não viram assassinas.

Eu nasci Jean Burdon no dia 3 de agosto de 1939 em Stepney Green, Londres. Filha única de pais que se odiavam... e estavam cagando para mim. Meu pai era um bêbado, minha mãe era prostituta e eu aprendi coisas demais e cedo demais sobre homens e sexo. Na maior parte do tempo, eu era deixada sozinha, andando pelas ruas destruídas por bombas do East End, tentando ficar longe do caminho do meu pai para não levar uma surra só por respirar. Meu psicólogo da unidade de segurança dizia que quem sofre bullying muitas vezes passa a fazer bullying também. E foi assim comigo.

Susan Wallace foi minha primeira amiga. Minha única amiga. Ela era bonita e doce, e por um verão glorioso nós fomos inseparáveis. Os pais dela eram gentis comigo: deixavam que eu ficasse para o chá e, apesar de a família da Susan também ser pobre, eles tentaram me ajudar me dando um suéter que a sra. Wallace tinha tricotado ou me davam um pedaço de pão com geleia ou uma maçã. Um dia, Susan decidiu que não queria mais ser minha amiga. Ela tinha encontrado uma nova melhor amiga, ela disse. Uma garotinha que tinha se mudado para a casa ao lado da dela. A rejeição foi diferente de tudo que eu já tinha sentido antes e eu fui tomada por uma fúria quente e branca. Eu não tinha planejado matá-la. Só queria impedir que ela fosse embora.

O juiz do meu julgamento foi duro e insensível. Ele me rotulou como psicopata. Mas eu não acho que seja verdade. Eu li sobre psicopatas depois que saí da prisão; eles são incapazes de amor, de compaixão, de empatia. Eu sinto todas essas coisas. Meu problema sempre foi que eu amo *demais*.

Sim, eu fui Jean Burdon por quase trinta anos horríveis. E, sim, eu mal podia esperar para escapar dela, para me tornar Sheila Watts. Eu saí da prisão reabilitada e munida de uma nova identidade aos 28 anos. E tentei virar a página. De verdade. Eu fiquei longe das pessoas, tentei não ter relacionamentos e não criar laços, tentei me lembrar de todas as coisas sobre as quais o psicólogo tinha me avisado. E funcionou por um tempo. Eu me mudei para Broadstairs, em Kent, e vivi alegremente lá por alguns anos. Mas aí aquele jornalista começou a investigar e, de alguma forma, descobriu quem eu realmente era. Eu poderia ter contado a verdade para o meu oficial de condicional e teriam me realocado, me dado outra identidade, mas achei que fingir minha morte e pegar a identidade da irmã do Alan era uma opção bem mais simples. Assim, ninguém saberia quem eu era, nem o serviço prisional, nem os oficiais de condicional. Eu finalmente seria livre. Finalmente seria a pessoa que sempre quis ser, a ferozmente leal, de espírito livre, feminista que não leva desaforo para casa Daphne Hartall.

Eu me mudei para o oeste, primeiro para a Cornualha e depois para Devon, e acabei indo parar em um vilarejo chamado Beggars Nook.

E foi lá que eu cometi o maior erro da minha vida e violei todas as promessas que tinha feito a mim mesma.

Eu não só me apaixonei por Rose, mas também pela filha dela, Lolly.

50

Lorna

A mão de Lorna está tremendo enquanto ela segura a caneca. Ela tomou tanta cafeína nos últimos dez dias que está com a sensação de estar nadando nisso.

Sentado em frente a ela no sofá, ao lado de Saffy, o detetive Barnes está com uma expressão séria enquanto olha o caderno.

— Tem certeza?

— Tenho — diz Lorna. — Nós achamos que o corpo encontrado pertence a Rose Grey. Minha... — Ela engole em seco. — Minha mãe verdadeira.

— Sinto muito — diz o detetive Barnes, olhando para Lorna, os olhos azuis intensos cheios de solidariedade.

— Eu... Obrigada.

Ela não sabe pelo que ele sente muito. Pelo fato de que parece que a mulher que ela sempre achou que era sua mãe é uma assassina, afinal. Ou pelo fato de que sua mãe verdadeira provavelmente está morta.

Saffy quase não disse nada. Ela está sentada com as mãos no colo, o rosto contraído, as sobrancelhas escuras unidas de preocupação. Outro golpe para Saffy, pensa Lorna com tristeza. O quanto ela ainda aguenta?

— Rose... *Daphne...* ela pode ser inocente, sabe. Pode não ter matado a verdadeira Rose Grey, se é que aquele corpo é mesmo de Rose — diz ele. — Ainda pode ter sido Victor Carmichael, e isso é algo que vamos investigar, tenha certeza.

— Mas por que roubar a identidade dela? — pergunta Lorna.

— Pode ter sido a oportunidade de que ela precisava pra você ficar segura. Se Victor é seu pai e ela estivesse com medo dele por algum motivo...

— Acho que sim — diz Lorna, uma pontada de esperança se acendendo dentro dela, embora ela esteja tentando apagá-la. Ela não quer se decepcionar.

O detetive Barnes vai embora na mesma hora que Tom volta do passeio com Snowy. Está escuro agora e começou a chover. O pelo de Snowy está molhado na cara, como se fossem rugas. Lorna vê Saffy abraçar Tom e enfiar o rosto no peito dele como se estivesse tentando apagar as últimas horas da mente.

— Então — diz Tom, entrando na sala —, o que a polícia disse?

— Já colheram o DNA da minha mãe por causa do Theo — diz Saffy, abrindo um sorriso frouxo para Lorna. — Vão pegar DNA do corpo pra ver se há compatibilidade com o da minha mãe...

Ela se afasta de Tom e vai para perto da lareira. Lorna está preocupada com ela. Aquilo tudo não pode ser bom para o bebê.

Tom se senta no sofá e coça a cabeça.

— Merda, isso tudo é uma... merda.

— Eu sei — diz Saffy, se juntando a ele. Ela olha para Lorna, os olhos brilhando. — Mas, mesmo que a vovó não seja minha avó biológica — ela coloca a mão no coração —, eu a amo. Isso é errado?

— Claro que não, querida — diz Lorna, lutando contra as lágrimas. Ela se senta do outro lado da filha e a puxa para um abraço. — Eu não me lembro da minha mãe biológica. Só de imagens e só desde que cheguei aqui. É mais um sentimento. Um luto. E eu penso... — ela pisca para segurar as lágrimas, não pode chorar agora — ... que talvez seja a memória do luto pela minha mãe verdadeira. Quem sabe? Eu só me lembro dela... da *Daphne*.

— Você era tão pequena, mãe. Não tinha nem três anos. Eu preciso ir ver a vovó amanhã. Você vai comigo? — pergunta ela, olhando para Lorna com os olhos grandes e escuros, que lembravam a garotinha que ela foi um dia.

— Claro. Mas, querida, não espere respostas.

Quando chegam a Elm Brook no dia seguinte, elas ouvem a notícia de que Rose está piorando, na cama. Saffy se senta de um lado dela, Lorna do outro, e elas a veem dormir, as pálpebras tremendo, como se ela estivesse sonhando. Com outro mundo em que ela é Daphne Hartall, talvez.

— Ela está tão pequena — sussurra Lorna. — Cada vez que eu a vejo, ela está menor. E se ela for Daphne Hartall, Jean Burdon, ela deve ter quase oitenta anos.

Saffy não diz nada. Só olha para a mulher que conheceu todos aqueles anos como vovó. Lorna vê Saffy esticar a mão e segurar a da avó. Ela sente um conflito: aquela mulher não é parente de sangue delas, mas é a única mãe que ela conheceu. A única avó que Saffy conheceu, e o laço delas ainda está lá, ainda tão visível.

— Eu queria me lembrar da minha mãe de verdade — diz Lorna. Há um peso no peito dela. — É como se... ela, *Daphne*... — ela quase cospe o nome — ... tivesse apagado minha memória.

— Mãe! — Saffy parece chocada com a raiva na voz de Lorna.

Lorna se levanta.

— Vou buscar uma bebida — diz ela.

Ela não sabe se consegue fazer aquilo. Sentar-se ao lado daquela mulher acamada sabendo que ela mentiu para elas por tantos anos e talvez até tenha matado sua mãe verdadeira. Lorna está prestes a ir na direção da porta quando Rose abre os olhos.

— Vovó, sou eu, Saffy — diz a neta dela com delicadeza e amor.

Está óbvio que ela não as reconhece. Ela parece encolher mais na cama, como se estivesse com medo delas.

— Tudo bem, vovó, sou eu — diz Saffy com uma voz tranquilizadora, ainda segurando a mão da mulher idosa. — Sou eu, Saffy.

— Oi, *Daphne* — diz Lorna. Ela ouve a inspiração funda de Saffy, sente a reprovação. — Nós sabemos quem você é. Quem você é de *verdade*.

Mas a mulher idosa na cama só olha para elas, os olhos cheios de terror.

— Quem são vocês?

— Ela é sua filha, vovó. É a Lolly.

— Lolly? — Ela estica a mão para pegar a de Lorna. — É mesmo você? Você está tão crescida.

— O que aconteceu com a Rose? — pergunta Lorna com rispidez, se recusando a segurar a mão dela. Aquela mulher que não é mais a mãe dela.

— Eu sei que o outro corpo no quintal é dela.

Mas ela só pisca com a confusão estampada por todo o rosto.

— Meu nome é Rose — diz ela. — Meu nome é Rose. Meu nome é Rose.

Os braços de Lorna ficam completamente arrepiados. É como se repetir como um mantra fosse tornar aquilo verdade.

— Não é, não. É Jean. Você é Jean Burdon, não é? Pode admitir agora. Nós sabemos de tudo.

— Meu nome é Rose.

— Para — diz Lorna com rispidez. — Você nos deve a verdade.

— Mãe! — A voz de Saffy está dura. — Você está assustando ela.

— Eu não consigo fazer isso. Eu simplesmente... não consigo.

Lorna anda até a porta. Ela tem que ir embora. Vai esperar Saffy lá fora. Tudo em que ela acreditava. Tudo. Era uma mentira enorme.

— Lolly.

As duas se viram para a cama. Sua mãe está tentando se sentar, mas os olhos estão fixos em Lorna.

— Me desculpe — diz ela, a voz desesperada. Lorna fica chocada de ver lágrimas descendo pelas bochechas enrugadas. — Me desculpe.

— Por quê? — pergunta Lorna, a voz carregada e falhando de emoção. — Por que você fez isso?

Mas a mulher idosa na cama só olha para ela com uma expressão vazia, observando Lorna como se ela fosse uma estranha de novo.

Rose

Outubro de 1980

Desde a visita do Joel, a desconfiança começou a aumentar. Aos poucos no começo, como ferrugem em um carro, mas se espalhando de forma insidiosa, erodindo e manchando nossa relação. Eu precisava confiar completamente em alguém depois de Audrey e particularmente depois de Victor. Eu acordava de manhã com o rosto de Daphne ao lado do meu no travesseiro e tinha uma sensação ruim por dentro. Decepção. Talvez eu esperasse demais das pessoas, dela. Era difícil saber. Mas as mentiras. Como se pode conhecer alguém de verdade, amar alguém de verdade, se a pessoa mentia para você?

Enquanto a via dormir, eu só conseguia pensar em sobre o que mais ela tinha mentido.

Ela tinha mentido sobre Neil Lewisham. Tinha me feito acreditar que ele era um ex-namorado furioso e violento. Mas eu tinha feito muito diferente? Eu deixei que ela pensasse que eu era viúva quando nos conhecemos. E, olhando em retrospecto, ela nunca tinha dito que Neil era um ex. Eu que supus. E, agora, eu tinha matado Neil. Ela tinha me manipulado para fazer aquilo? Eu fiz o trabalho sujo para ela? Ela já havia matado antes, ela mesma tinha admitido. Se bem que ela disse que foi acidente, que ela tinha empurrado a pequena Susan Wallace de raiva, depois de uma discussão, e a menina caiu e abriu a cabeça nos tijolos soltos do local bombardeado onde elas estavam brincando. Eu nunca tinha pesquisado, nunca tive motivo para não acreditar nela. Mas, depois que ela mentiu sobre Joel, eu decidi ir até a biblioteca de Chippenham enquanto você estava na escolinha. Lá, consegui pesquisar imagens de jornais antigos; eu li todos os artigos sobre o julgamento, que ela tinha batido na cabeça de Susan Wallace com um tijolo, de forma deliberada e, de acordo com o promotor no discurso final, de forma brutal, e não uma, mas duas vezes, em um ataque não provocado.

Fiquei paralisada com as provas na minha frente, congelada.

Ela também tinha mentido sobre isso.

Senti vontade de fugir com você naquele momento. Deixar o chalé, deixar Beggars Nook e correr, correr, correr. Mas não consegui. O chalé era meu. Era o único bem que eu tinha. Eu nem tinha emprego. Não podia simplesmente ir embora.

Não, Daphne teria que ir.

Andei pela casa, planejando o que eu diria enquanto esperava que ela voltasse da fazenda. E aí, reparei em você brincando com suas bonecas Sindy no tapete fofo da sala. Você estava tão feliz, inocente. Eu não podia brigar com Daphne na sua frente.

Quando Daphne chegou em casa, só meia hora depois, você correu para os braços dela. Ela largou uma bolsa no chão antes de te abraçar.

— Daffy! — você exclamou.

Você pegou a mão dela e a puxou para a sala antes mesmo de ela conseguir tirar o casaco. Ela riu e se deixou ser arrastada, e eu fiquei com o estômago embrulhado.

Ela sorriu para mim com insegurança por cima da sua cabeça. Eu sabia que ela estava com medo de eu estar me afastando dela desde que descobri sobre Joel. Ela ficava tentando reafirmar que ele tinha confundido as coisas e sustentava que se sentia incomodada perto dele e que ele tinha dado em cima dela.

Mas eu não acreditava mais nela. Joel falou com sinceridade demais.

Eu entrei na cozinha sabendo que ela iria atrás. Ela fez exatamente isso, tirando o casaco e colocando a bolsa na bancada. As bochechas dela estavam coradas do frio.

— Ei, você — disse ela, se aproximando para me beijar. Mas eu me afastei antes que ela pudesse fazer isso. Os ombros dela murcharam com a rejeição. — Você ainda está brava comigo?

— Não sei — menti.

— Eu não entendo...

Ela deixou a cabeça pender e a franja caiu nos olhos. Ela estava tão frágil que meu instinto foi de ir até lá e a envolver com os braços. Mas não consegui. Eu virei de costas para ela e botei a chaleira no fogão.

— O que tem na bolsa? — perguntei.

— Ah. — Ela a abriu. — Sean me deu esse pedaço de carne.

— Ele está te dando muitas coisas ultimamente. Tem certeza de que ele pode?

— Mick, o dono, fica com muitas sobras. Ele não se importa.

Eu me senti mal com isso. Que tipo de fazendeiro dava o que produzia de graça? Seria outra coisa sobre a qual Daphne estava mentindo?

Mais tarde, na mesma noite, quando você estava na cama, nós duas estávamos sentadas no sofá juntas, uma em cada ponta como fazíamos quando nos conhecemos. Normalmente, nós ficávamos emboladas, um emaranhado de braços e pernas, como uma criatura de duas cabeças e oito membros.

— Eu tenho uma coisa pra você — disse ela e me entregou um livrinho com capa de couro. Eu o peguei e li o título em dourado gravado no couro. *Poemas de amor.* — Abre — pediu ela.

Eu fiz o que ela disse e fiquei surpresa de encontrar uma rosa vermelha prensada entre as páginas.

— Eu te amo tanto — disse ela. — Por favor, me perdoa.

— Então você mentiu?

— Foi burrice. Eu só queria ver se você gostava dele. Ou se gostava de mulheres. Bom, eu...

— Daphne, você precisa ser sincera comigo. Eu não posso continuar num relacionamento com você se você não for totalmente verdadeira.

— Eu sou. — Ela se aproximou de mim no sofá. — Claro que sou.

— E quando você era criança? Você disse que matou Susan Wallace por acidente.

— E foi.

— Eu li os artigos dos jornais.

Ela deu um pulo para trás como se eu tivesse dado um tapa nela.

— O quê? Você foi xeretar pelas minhas costas?

— Eu tenho uma filha de dois anos e meio.

A dor no rosto dela me destruiu.

— Você acha que eu faria mal a Lolly?

— Não. — Eu tinha ido longe demais, dava para ver isso. Eu sabia que ela te amava como se fosse filha dela. — Não, claro que não.

Ela correu até mim, se ajoelhou na minha frente e segurou as minhas mãos. Beijou-as e me olhou. Meu coração deu um salto. Ela era tão linda.

— Rose, me desculpe por ter mentido sobre o Joel. Foi burrice.

— Eu...

Ela me puxou para o chão com ela e passou as mãos pelo meu cabelo, os olhos intensos.

— Eu te amo. Eu nunca amei ninguém como eu te amo. Você tem que acreditar em mim.

— Eu acredito.

Os olhos dela se encheram de lágrimas.

— Você não pode me deixar. Eu ficaria perdida sem você.

— Daphne...

— Promete. Promete pra mim, Rose. Você não pode me deixar.

Eu hesitei, pensando no quanto estava determinada a pedir que ela fosse embora. Mas eu sabia que era só raiva. Eu a amava tanto.

— Eu não estou pensando em te deixar.

O rosto dela foi tomado de alívio.

— Ah, que bom.

Ela me beijou e passou os braços em volta de mim, o livro de poesia que ela tinha me dado deslizando do meu colo para o piso de madeira ao nosso lado. Ela se afastou e aninhou meu rosto nas mãos.

— Eu sei coisas demais sobre você — disse ela, o rosto sério.

— E eu sei coisas demais sobre você.

— Então estamos presas uma à outra, né?

Ela riu para aliviar a tensão, mas isso não ajudou a afastar a inquietação que tinha surgido em mim.

E talvez a gente pudesse ter ficado bem. Talvez a gente pudesse ter deixado aquilo para trás.

Se não fosse Sean.

52

Theo

Está escuro e chovendo quando Theo sai do restaurante. Desde que maio virou junho, só tem chovido, e ele precisa correr pela rua chuvosa até o carro, o casaco cobrindo a cabeça.

Faz dez dias desde o fim de semana em Beggars Nook. Dez dias desde que ele conheceu Lorna e Saffron, sua possível família. Lorna mandou algumas mensagens de texto para ele; como ele, ela ainda está esperando o resultado do exame de DNA. Ele está com sentimentos conflitantes: feliz por talvez ter uma irmã, pois ele sempre quis uma irmã ou um irmão, mas também com o medo nauseante de seu pai ser um assassino.

Seu pai ficou furioso, como ele sabia que ficaria, quando ele perguntou sobre os corpos. Ele gritou, disse que Theo devia controlar a imaginação fértil e saiu batendo a porta. Ele não teve mais notícias do pai.

Está tarde, quase meia-noite, e a rua está vazia. Seu Volvo está estacionado debaixo de um poste e o círculo de luz ilumina a chuva. Ele entra atrás do volante e bate a porta para se proteger do tempo ruim. O som da chuva batendo no teto do carro é ensurdecedor e ele está encharcado, exausto, quando liga o motor e aumenta o aquecedor. Está prestes a sair dirigindo quando seu celular vibra dentro do casaco molhado.

Ele pega o celular no bolso úmido. Um número desconhecido surge na tela. Quem estaria ligando àquela hora da noite?

— Alô — diz ele com hesitação.

— Sou eu.

A voz do seu pai está mal-humorada do outro lado da linha e Theo fica tão surpreso por ter notícias dele que não consegue falar por alguns segundos.

— Oi. Está aí?

— Estou. Desculpa, pai. Estou aqui. O que houve?

— Eu fui preso.

Então finalmente aconteceu. Seu pai não conseguiu escapar daquilo. Ainda assim, ele fica enjoado.

— Aquele filho da mãe do Davies está tentando botar a culpa de tudo em mim. De todos os crimes dele.

O estômago de Theo fica embrulhado. Todos os crimes? Quantos foram? A percepção gera uma pontada de choque em Theo.

— Você quer dizer que ele confessou? Que ele matou aquelas duas pessoas em Beggars Nook em 1980?

— Sim. Não. Não isso. Outras coisas.

A noite escura parece se fechar em volta de Theo com ele sentado no carro, a chuva batendo nas janelas. Ele treme.

— O que exatamente?

— Ele está tentando dar a entender que eu sou responsável pela morte da sua mãe.

Theo tem a sensação de que não consegue respirar. Ele puxa a gola da camisa.

— E? — ele consegue dizer.

— Claro que não é verdade. Eu não fiz nada de errado. Eu estava trabalhando naquele dia. Você sabe. Eu tenho álibi.

O álibi obviamente não se sustenta, pensa Theo, se o prenderam. Ele poderia ter empurrado sua mãe em uma discussão, talvez, depois ido trabalhar e fingido que ficou lá o dia todo.

— Por que Davies saberia se você matou a mamãe ou não?

Alguma coisa não fecha naquela conta. Davies descobriu e entregou seu pai? Ou Davies o ajudou a esconder? Davies trabalhava para seu pai em 2004 em vários papéis. Ele já foi apresentado como conselheiro legal, contador e chefe de segurança do seu pai ao longo dos anos. E agora, de repente, ele é um detetive particular. Theo nunca conseguiu entender qual é o verdadeiro papel dele.

— E agora... agora estão me interrogando sobre o suicídio de Cynthia Parsons. Acham que pode ter sido crime. — Ele não parece triste nem com remorso: parece furioso. — Mas eu não tive nada a ver com isso.

Theo passa a mão no rosto, a raiva fervendo dentro de si.

— Olha, me arruma um advogado. Ralph Middleton. Tem o número dele online. Ele... *Espera um minuto, porra, não terminei* — grita ele para alguém que está atrás dele, Theo supõe. — Olha, filho, eu tenho que ir. Meu tempo acabou. Liga pra ele. Por favor.

A linha fica muda. Theo olha para o para-brisa molhado de chuva e para a rua vazia. Uma imagem do rosto lindo da mãe aparece na mente dele, tão clara que é como se ele a tivesse visto no dia anterior. Por que seu pai quereria matá-la? Ela estava planejando deixá-lo? Tinha descoberto sobre o assédio sexual? Ou sobre as mulheres na pasta? Ou sobre os corpos em Skelton Place? Meu Deus, ele podia estar matando havia anos. Theo sente vontade de vomitar. Ele bate com a palma da mão no volante, uma dor intensa o percorrendo. Porra. Porra. Porra.

E, apesar da repulsa que sente pelo pai, Theo não consegue evitar a emoção que pesa no peito, que o sufoca até ele ser forçado a liberá-la no choro. Ele fica sentado ali um tempo, a testa apoiada no volante do carrinho frio, e deixa as lágrimas correrem. Ele não sabe bem por quem está chorando. Não pelo pai, que ele espera que apodreça na cadeia. Certamente pela mãe, cuja vida jovem seu pai roubara, e em parte por si mesmo, porque sua linda mãe tinha sido roubada dele.

Ele se endireita e limpa as lágrimas. O celular ainda está no colo e ele vê que tem uma mensagem de texto de Lorna, enviada horas antes, que ele não viu porque estava ocupado no restaurante. Ele aperta a tela, que se acende, iluminando o interior do carro.

Diz simplesmente: É oficial. Você é meu irmão.

53

Saffy

Sigo Tom para dentro do chalé e paro na soleira para sacudir o guarda-chuva. Está frio e úmido para junho. De trás da cerca-viva sai um homem e eu expiro alto achando que é Davies que foi liberado da custódia policial. Mas é só um aposentado passeando com o cachorro. Quando repara em mim, ele toca no boné em cumprimento e eu aceno sem muita empolgação antes de me virar e fechar a porta.

Nós acabamos de voltar, depois de deixar minha mãe no aeroporto. Ela anunciou de repente no dia anterior que tinha reservado um voo para hoje, que adoraria ter ficado mais, mas duas semanas já se passaram e ela não tem escolha além de voltar. Faltava falar tantas coisas quando demos um abraço de despedida. Nunca pareceu haver hora certa para continuar a discussão que tivemos no carro, ou para eu garantir que a amo. Depois de descobrir que a vovó na verdade é Daphne, tudo entre mim e a minha mãe ficou enterrado embaixo disso. Minha mãe não consegue entender direito o que sente sobre isso tudo, menos ainda remexer no nosso passado.

— Certo — diz Tom, se curvando e soltando a guia do Snowy. — Vamos pedir alguma coisa para o chá? Eu traçaria peixe empanado com batata.

— Vou sentir falta da comida da minha mãe — digo com melancolia enquanto tiro os tênis e o casaco acolchoado.

O chalé de repente parece grande demais e silencioso demais sem ela. Penduro o casaco no cabideiro ao lado do meu escritório. Tom faz o mesmo. Nós ficamos encharcados na corrida do carro até dentro de casa.

— Eu sei. Eu também vou sentir saudade dela. Ela é uma força a ser reconhecida. — Ele segue para a cozinha.

— Você acha que ela vai ficar bem? — pergunto, indo até a chaleira e sorrindo para mim mesma ao ver que a minha mãe botou a torradeira no canto. Ela não conseguia deixar as coisas onde estavam. — Deve ser um choque pra ela descobrir que a mãe não é mãe dela de verdade.

Olho pela janela para o quintal. Ainda estamos esperando confirmação de que o corpo pertence à verdadeira Rose Grey. O detetive Barnes disse que os resultados devem chegar no dia seguinte.

— O mesmo vale pra você — diz Tom gentilmente. — Você achava que Rose era a sua avó durante todos esses anos.

— Eu ainda a amo. Não consigo... — Eu engulo em seco, as lágrimas surgindo nos olhos. — Eu não consigo deixar de amá-la. Não esqueço tudo que passamos juntas, tudo que ela fez por mim, sabe? Mas quando eu penso que ela pode ter matado minha verdadeira avó...

— Eu entendo. — Ele vem até mim e passa os braços na minha cintura. — Mas eu não acredito, seja ela quem for, que ela seja uma assassina. Pode haver alguma outra explicação se o corpo for mesmo da verdadeira Rose.

— Ela matou quando tinha dez anos. Todas as coisas que eu achei que soubesse sobre a vovó estavam erradas.

Tom fica em silêncio enquanto digerimos isso.

— Nós lemos todas as matérias da época — diz ele depois de um tempo. — Ela teve uma infância horrível... sofreu abuso. E foi reabilitada.

Nós tivemos essa conversa muitas vezes desde que descobrimos sobre Daphne, claro. E sempre acabamos no mesmo lugar. Porque não dá para fugir do fato de que Rose, Jean, Daphne, seja lá qual for o verdadeiro nome dela, foi a melhor avó do mundo. As pessoas podem mudar, reverter suas circunstâncias, se adaptar a um novo estilo de vida.

— Eu acho que isso tudo fodeu com a minha mãe — falo. Eu tremo e sinto um frio até os ossos, e Tom me abraça mais apertado. — Eu acho que ela reprimiu lembranças da época. Ela tinha quase três anos. Não era um bebê quando aconteceu. Eu acho que isso explica por que ela está sempre fugindo. Como agora. Novamente, as coisas ficam difíceis e ela foge pra Espanha. Nós nos mudamos muito quando eu era criança. Eu nasci em Bristol, depois fomos pra Kent e depois pra Brighton, voltamos pra Kent e depois ela se mudou por toda a Europa. Acho que ela nem sabe de que está fugindo.

— Saff — diz ele gentilmente. — Ela não podia ficar aqui pra sempre. Ela tem uma vida na Espanha. Um apartamento. Um emprego. Ela tinha que voltar alguma hora.

Eu suspiro.

— Eu queria que a minha mãe tivesse visto a vovó pra se despedir antes de ir embora. A vovó não está bem. Estou com medo de ela morrer e a minha mãe não ter chance de se desculpar e...

— Amor — diz Tom, se afastando —, você não pode esperar que Lorna perdoe a sua avó só porque você perdoa.

— Eu sei...

— Ela ouviu mentiras a vida toda da pessoa em quem ela mais confiava no mundo.

Eu deixo a cabeça pender. Ele tem razão. Eu não posso culpar a minha mãe por ter tanta raiva da vovó. Mas eu também sei que ela vai se arrepender se não tiver oportunidade de acertar as coisas antes que seja tarde demais. Mesmo que seja só para ouvir o lado da vovó.

— A minha mãe e o Theo têm muita coisa em comum, não têm? Os dois com pais que mentiram pra eles?

— Mas essa é a questão — diz Tom, afastando um cacho da minha testa. — Sua avó não é a mãe da Lorna. Merda, eu não consigo imaginar como isso afeta a sua cabeça.

— Acho que sim. Está uma bagunça. Mas eu... eu não consigo sentir raiva de uma mulher velha e frágil, Tom, não consigo.

Tom se afasta de mim para fazer chá e eu fico olhando. As minhas emoções estão em um conflito tão grande. Eu entendo por que a minha mãe está tão chateada, mas todas as vezes que penso na vovó deitada na cama da casa de repouso, os olhos arregalados e assustados, eu lembro da mulher que cuidou de mim todos os verões, na mulher que não esperava que eu fosse alguém que eu não era, que me permitia ser esquisita, tímida, antissocial. Vovó me amava como se eu fosse neta dela de verdade, eu não tenho dúvida disso. Ela era sempre tão gentil, tão carinhosa. Protetora. Comigo, com as plantas e com os bichos. Não... não tem como ela ter matado a verdadeira Rose. Eu me recuso a acreditar. Ela sempre protegeu a mim e à minha mãe.

— Mas me entristece ela não poder ser honesta — digo, pegando a caneca de chá da mão do Tom e envolvendo as mãos no calor. — Pelo livro de poemas que encontramos, ela obviamente amava Rose. Talvez nunca a tenha esquecido.

— Na verdade, é bem triste — disse Tom pensativo, tomando um gole. — Ela sofreu por ela todos esses anos.

Meu coração se aperta.

— E pensar que elas já estiveram aqui, Tom. Bem nesta cozinha.

Eu vou até a janela e coloco a mão no vidro, como se fazer isso me conectasse a elas, ao passado, como se a minha mão estivesse tocando as marcas invisíveis que elas deixaram.

— Você acha que ela matou Neil Lewisham?

— Eu acho que talvez uma delas tenha feito isso. E a outra a protegeu.

— Meu Deus.

Eu respiro fundo, o vidro frio debaixo dos meus dedos, vendo as gotas de chuva caírem pela janela. Do lado de fora, a chuvarada deixou o céu com neblina e escondeu o bosque ao longe, mas pelo vidro eu as imagino lá fora, duas criaturas etéreas no quintal, Daphne e Rose, enterrando seus segredos.

Mais tarde, depois de comermos peixe empanado com batata, que buscamos de carro no vilarejo vizinho, e de eu falar com a minha mãe, que me garante que chegou bem em San Sebastián, eu subo para tomar banho de banheira. Quebrar o banheiro velho foi uma das primeiras coisas que fizemos quando descobrimos que a casa era nossa, depois botamos uma banheira com pés de garras e um chuveiro. Eu coloco a mão na barriga. O bebê chuta regularmente agora, bolhinhas dentro da minha barriga. Estou na metade da gravidez. Nós temos outra ultrassonografia marcada para a semana seguinte. Às vezes, não consigo acreditar que chegamos tão longe. Escuto o murmúrio da televisão no andar de baixo. Tom está vendo um jogo de futebol. Eu saio do banho e me enrolo no roupão atoalhado. E entro no quarto da minha mãe. Ela o deixou arrumado, tirou o lençol e enfiou na máquina de lavar antes de ir embora de manhã. Não há nada que diga que ela esteve ali, fora um aroma suave do perfume almiscarado dela. Não sei se são meus hormônios, mas sinto saudade dela de uma forma que nunca senti antes, nem mesmo quando criança, deixada com a minha avó nos longos verões.

Entro no quartinho dos fundos, o que vai ser do bebê. O quarto que era da minha mãe quando ela era Lolly. Quem alugou o chalé da vovó nunca o usou, só como depósito. Vou até a lareira, me lembrando da nossa corrida louca pela casa procurando provas que Davies tinha certeza de que tínhamos. Toco na madeira quente. É igual aos móveis planejados no quarto da minha mãe: pinho, entalhado com flores delicadas. Está coberto de poeira. Fico surpresa de minha mãe não ter entrado lá para limpar. Vou na direção da janela, mas, quando faço isso, tropeço em um prego para fora do piso e me seguro em um canto da cornija para não cair. Eu me endireito, a mão ainda na cornija, quando reparo que se soltou um pouco da parede. Olho melhor. Com o coração acelerado de empolgação, eu puxo. Tem alguma coisa escondida embaixo. É tipo um buraco onde a lareira encosta no tijolo. Está escondido pela cornija, mas percebo que tem alguma coisa ali. Uma coisa escondida.

— Tom! — grito. — Tom!

Ouço os pés dele batendo na escada de madeira e ele entra correndo no quarto, sem fôlego.

— O que foi? Você está bem? É o bebê?

— Acho que eu descobri onde a vovó pode ter escondido as provas — digo. — Rápido, me ajuda a levantar isso.

Ele corre para o meu lado e juntos levantamos a cornija, que solta do resto da lareira e revela um buraco na chaminé. Ele a coloca com cuidado no chão, tossindo porque a poeira se espalha. No buraco tem um envelope pardo coberto de teias. Enfio a mão para pegá-lo, sem me preocupar com aranhas, insetos e mais nenhuma das coisas que normalmente me preocupariam.

— Não acredito que nós encontramos — digo, olhando para Tom em estado de choque, segurando o envelope A4 como se fosse o cálice sagrado. E minha visão fica borrada. — Eu queria que a mamãe estivesse aqui. — De repente, fico nervosa com o que aquilo pode revelar sobre a vovó ou a verdadeira Rose.

Fico de joelhos e Tom faz o mesmo; nós dois ficamos sentados no piso. Tiro o que tem dentro do envelope. É uma pasta com capa de couro, com plásticos transparentes. Abro com hesitação e ofego. Mulheres nuas. Fotos tiradas com o que parece ser uma câmera Polaroid. Todas as mulheres parecem estar dormindo. Algumas parecem estar de camisola de hospital, puxadas para mostrar os corpos nus. Meu estômago se contrai.

— Ah, meu Deus — digo, entregando-a para Tom.

Ele se encolhe.

— Que porcaria é essa? Parece que cada foto tem um número. — Ele fecha a pasta. — Olha, aqui, na frente da pasta. Tem o nome de uma clínica.

Eu me inclino para ler. Em letras douradas há as palavras Fernhill Fertility Clinic.

— Você acha que é a clínica do Victor? Será que tem alguma coisa a ver com o que Theo encontrou no escritório do pai? Você se lembra de todas aquelas mulheres? Algumas estavam grávidas. Merda. Tom, você acha que a verdadeira Rose foi a essa clínica?

— Inseminação artificial?

— Faz sentido, não faz? A vovó e a verdadeira Rose eram amantes. Talvez Rose e Victor não tenham tido um relacionamento... — A implicação disso me ocorre de repente.

— Você precisa ligar para o Theo — diz Tom seriamente.

— Essa deve ser a prova de que Davies falou. Não é sobre os homicídios. Mas outra coisa. Algo relacionado à clínica do Victor.

— Como a verdadeira Rose conseguiu isso?

Eu balanço a cabeça. Tanta coisa continua sem fazer sentido. Por que alguém tiraria fotos daquelas mulheres nuas? Foram consensuais? Eu sinto que não. Parece clínico demais, as mulheres dormindo... ou anestesiadas, as pernas apoiadas como se no meio de um procedimento.

Coloco a mão no coração. Está disparado debaixo do meu roupão. E reparo em outra coisa dentro do envelope. Um outro menor. Branco. Lacrado. Do tipo que se usaria para enviar uma carta. Eu o viro. Na frente só tem duas palavras em caligrafia floreada: *Para Lolly*.

54

Rose

Novembro de 1980

E assim, ao que parecia, ele tinha nos encontrado. Acho que era inevitável. Nós não podíamos nos esconder para sempre, você e eu, Lolly. Era só questão de tempo.

Ninguém se metia com Victor Carmichael e se safava.

Mas eu tive a alegria de não saber no começo de novembro. As coisas tinham se ajeitado entre mim e Daphne. Eu continuava acordando no meio da noite às vezes, o pijama colado no corpo suado, o coração disparado depois de sonhar com matar Neil. E, quando isso acontecia, Daphne estava ao meu lado, meu anjo, me acalmando e aninhando até eu voltar a dormir. Eu tinha aceitado o fato de que a culpa viveria comigo para sempre, minha sombra. E esse era o preço que eu tinha a pagar.

Eu ainda tinha minhas dúvidas sobre Daphne, claro que tinha. Mas eu a amava. E queria acreditar nela. E, em grande parte, eu acreditava. Desde o incidente com Joel ela não me deu mais motivo para duvidar dela. Mesmo que mentisse às vezes sobre coisas bobas, tipo que tinha conseguido coisas "de graça" na fazenda (ou, mais especificamente, de Sean), nada que valesse muito dinheiro, coisas como ovos e leite, mas mesmo assim não me caía bem.

Um dia, ela me ligou da fazenda perguntando se eu a buscaria com meu Morris Marina. Ela tinha ganhado duas caixas de sobras de azulejos, ela disse. Ela estava tão alegre quando chegou no carro carregando as caixas. Naquele fim de semana, ela tirou os azulejos marrons feios que havia em volta do fogão e da pia e vi, impressionada, quando ela colocou os novos na parede.

— O que foi? — Ela riu quando viu a expressão de admiração no meu rosto. — Você não acreditaria nas coisas que eu aprendi na prisão.

Era um lembrete claro do passado dela e engoli a sensação inquieta que se aninhava no meu peito cada vez que ela mencionava a prisão. Não que ela fizesse isso com frequência. E nunca na sua frente.

Você amou os azulejos novos; tinham muita cara de chalé de fazenda, com porcos e ovelhas, mas animaram a cozinha escura.

No dia seguinte, uma quarta-feira, Daphne foi comigo te levar na escolinha porque era o dia de folga dela. Haveria um show de fogos de artifício à noite e ela estava desesperada para irmos. Eu estava meio preocupada de te levar; você nunca tinha visto fogos de artifício antes e eu achei que você poderia ficar com medo. Mas Daphne me convenceu de que seria divertido, apesar de eu odiar multidões.

Nós vimos você entrar saltitando com a srta. Tilling.

— Escuta, Daph, sobre esta noite — falei. — Você não acha que Lolly é meio pequena...

Fomos interrompidas por Melissa, que estava saindo do café e vindo na nossa direção com um copo de isopor na mão.

— Olá, garotas — disse ela e olhou diretamente para nossas mãos dadas.

Constrangida, eu me afastei de Daphne, embora ela estivesse com uma expressão desafiadora. Eu sei que ela teria continuado segurando a minha mão, sem se importar com o que Melissa pensava. Melissa não podia ter mais do que quarenta e tantos anos, mas ela era tão antiquada na visão de vida. Ela nunca entenderia nosso relacionamento.

— Rose, que bom que te encontrei — disse ela, ignorando Daphne completamente. — Apareceu um homem no café segunda-feira te procurando.

Meu coração parou.

— Sério? Ele... disse o nome?

Ela só balançou a cabeça.

— Não. Ele só perguntou se eu te conhecia.

— Como ele era?

Ela pareceu pensar por alguns segundos.

— Bom, era bonito, eu acho. Cabelo escuro. Alto.

Victor. Só podia ser ele.

— Você contou pra ele... — eu engoli, a garganta seca — ... alguma coisa?

Ela me olhou com expressão de pena.

— Não, claro que não.

— Obrigada — falei, com uma onda de carinho por ela. — Muito obrigada.

Ela bateu no meu braço de um jeito tranquilizador.

— Achei ele encantador. Mas — a expressão dela se fechou — ele parecia determinado a te encontrar, Rose.

Eu lutei para segurar as lágrimas. Senti Daphne chegando mais perto de mim.

— Por favor — falei, a voz trêmula. — Por favor, não conta nada pra ele sobre mim.

Melissa observou meu rosto com os olhos escuros.

— Claro que não — disse ela seriamente.

Eu agradeci e saí andando antes de começar a hiperventilar na frente dela.

— Você acha que é Victor? — sussurrou Daphne junto ao meu ombro. Ela precisou correr para me acompanhar.

— Quem mais seria? — falei com rispidez, mas me senti culpada quando vi a mágoa no rosto dela. — Desculpa, me desculpa. É que... — Eu soltei um soluço. — Ele me encontrou. Depois de três malditos anos ele me encontrou.

— Rose, calma, você está me assustando. Para! — Ela segurou meu braço. — Para — disse ela de novo, com mais delicadeza desta vez. Agora, já estávamos na metade da colina a caminho do chalé. Não havia mais ninguém por perto, mas eu tremia como se Victor estivesse logo atrás. — Escuta, foi dois dias atrás. Ele deve ter ido embora. Onde ele mora?

— Yorkshire — falei, secando as lágrimas. *É* onde eu morava com Audrey, para ficar perto da família dela. Eu fui feliz lá até o conhecer.

— Certo. Então talvez ele tenha vindo até aqui, mas ninguém falou nada e ele voltou pra casa.

— Eu... eu não sei, mas isso não é a cara do Victor. Se ele achar que estou aqui, não vai desistir.

Ela segurou a minha mão.

— Vem, vamos pra casa conversar. Se você quiser que eu pegue Lolly mais tarde, eu pego. Ele não vai saber como eu sou, né?

Eu assenti e deixei que ela me levasse para casa. Lá dentro, ela me colocou à mesa de pinho na cozinha e fez uma xícara de chá.

— Nós podemos nos mudar se você quiser — disse ela, me entregando uma caneca e se sentando ao meu lado. Nós ainda estávamos de casaco e botas.

— Eu não posso vender o chalé. Principalmente agora com... com...

— Eu não consegui dizer o nome do Neil. Nós estávamos presas lá.

— A gente poderia alugar então. Morar em outro lugar. Uma cidade. Mais fácil de se esconder.

— E se alguém encontrasse... *ele*?

— Se nós alugássemos a casa, nós não deixaríamos nenhum inquilino cavar o quintal. Podemos botar no contrato.

Fui tomada de náusea.

— Daph, eu preciso ser sincera com você. Sobre Victor.

Ela tirou a franja do rosto.

— Como assim?

— Ele... Nós não tivemos um envolvimento romântico. Nós nunca fizemos sexo. Ele era meu médico.

— Seu médico? Não entendi.

— Ele era meu médico na clínica de fertilidade. Mas ele...

Eu engoli em seco. Eu tinha tentado tanto tirá-lo da cabeça nos três anos anteriores. O quão traída me senti. O medo. Tudo ainda estava muito recente. As ameaças que ele fez de te tirar de mim.

— Ele fez uma coisa horrível.

Ela esticou a mão por cima da mesa para segurar a minha.

— O que... o que ele fez?

— Ele me enganou.

— Como?

Foi um alívio revelar o segredo que eu estava escondendo por todos aqueles anos. Eu contei tudo para ela.

Quase quatro anos antes, Audrey e eu procuramos a clínica do dr. Victor Carmichael em Harrogate em busca de tratamento de fertilidade. Ele pareceu gentil e cuidadoso quando explicamos nossa situação e garantiu que já tinha ajudado casais do mesmo sexo. Quando um doador anônimo foi escolhido, ele marcou meu procedimento. Audrey e eu sempre concordamos que quem engravidaria seria eu.

Quando penso nas consultas com Victor, era óbvio que ele tinha passado a gostar de mim. Inocente, achei que ele gostava da minha companhia porque nós tínhamos mais ou menos a mesma idade. Só depois eu percebi que não era isso.

Eu engravidei rápido, embora com 33 anos eu fosse mais velha do que era considerado normal para meados dos anos 1970. Foi caro e precisei usar uma parte do dinheiro que meus pais tinham deixado para mim, mas fiquei tão feliz que deu certo.

E aí, Audrey partiu meu coração.

Ela devia ter ficado feliz da vida de eu ter engravidado tão rápido, mas, conforme minha barriga foi crescendo, ela se retraiu até acabar admitindo que não aguentaria ser mãe. Que não era aquilo que ela queria. Ela foi embora e voltou a morar com os pais. Eu fiquei arrasada, com medo, sozinha e estava com quatro meses de gravidez. Na consulta seguinte com Victor, eu caí no choro e confessei tudo para ele. Nós ficamos amigos. Ele ia me ver, para conferir se eu estava me alimentando direito e para me levar para passear: idas ao teatro, jantares em restaurantes que eu nunca tinha podido pagar. Eu gostava da companhia dele. Ele era um homem inteligente e encantador. E eu não pensei que aquilo era passar do limite da relação paciente/médico, embora agora eu veja como fui ingênua. Mas eu estava sofrendo tanto, e me sentindo tão solitária, que fiquei agradecida pela atenção dele. Afinal, ele sabia que eu era lésbica. Quando chegou a hora de renovar o contrato de aluguel do meu apartamento, ele me convidou para morar com ele.

— Eu tenho uma casa grande e linda — disse ele. — E sou solteiro. Me deixa cuidar de você. Você não deveria ficar sozinha num momento desses.

Fiquei surpresa de ele ainda estar solteiro. Aquele homem bonito e disponível devia ter mulheres à beça na dele. Mas, quando perguntei, ele brincou que era viciado em trabalho e não tinha tempo para esposa e filhos, não enquanto estava se dedicando ao consultório. A casa dele era linda, em uma das melhores ruas de Harrogate. Eu não podia dizer não. Talvez se meus pais estivessem vivos ou se eu tivesse amigos na região (nós tínhamos nos mudado para lá alguns meses antes de eu engravidar para ficar perto da família da Audrey), eu talvez tivesse resistido. Mas eu estava abalada e apavorada... ah, era tão ingênua e admirava Victor. O respeitava.

Infelizmente, ele não tinha me respeitado.

Foi tudo bem no começo. Nós nos dávamos bem quando estávamos juntos. Mas aí ele ficou possessivo: quando eu saía, ele perguntava aonde eu estava indo e com quem. Eu trabalhava no cinema, distribuía sorvete depois dos filmes B, e quando fiz amizade com uma mulher ele começou a agir com ciúmes. E foi aí que percebi meu erro. Eu podia não ter sentimentos românticos pelo Victor, mas ele tinha por mim. Outras coisas que comecei a notar: ele começou a me dizer o que eu devia comer, usar, o quanto precisava dormir. Eu não conseguia respirar. E, se eu não seguisse os "conselhos" dele, ele passava os dias seguintes me ignorando, batendo portas e me dando gelo.

Uma noite, depois que voltei tarde do trabalho, ele veio para cima de mim, me acusou de ser irresponsável e disse que eu devia agir como a mãe que em breve seria. Eu fiquei olhando para ele em estado de choque. Era para sermos amigos, mas parecia que eu estava em uma relação controladora. Nós discutimos e eu falei para ele cuidar da vida dele, que ele era meu amigo, não meu amante, e certamente não era o pai.

Eu nunca vou esquecer como ele me olhou. Com uma expressão arrogante, de quem sabe um segredo que eu não sabia.

— Na verdade — disse ele, retorcendo os lábios com crueldade —, eu sou.

— O que você está querendo dizer? — perguntei, mas uma mão fria estava apertando meu coração quando caiu a ficha do que ele tinha feito.

— Por que usar um doador anônimo de esperma se você podia me ter? — disse ele. Ele falou com tanta naturalidade. Sobre inserir o esperma dele no meu colo do útero sem meu consentimento. — Por que você está me olhando assim? Não é ilegal.

Eu gritei com ele, falei que ele tinha me violado, mentido para mim. Ele ficou me olhando falar, os olhos frios, como se eu não passasse de uma criancinha fazendo birra. Corri para o andar de cima e comecei a arrumar minhas coisas, pensando em para onde eu poderia ir. Eu ficaria em um hotel e compraria um imóvel; eu tinha dinheiro guardado e estava planejando mesmo fazer isso com Audrey. Não consegui quando ela foi embora, mas eu não podia ficar ali. Quando eu estava arrumando as coisas, ouvi a chave girar na porta do meu quarto. Ele tinha me trancado lá dentro.

— Eu não vou te deixar ir embora — disse ele pela porta, a voz calma, sinistra. — Você está grávida do meu filho.

Eu nunca tinha sentido tanto medo na vida. Ele levava comida, dizia que estava fazendo aquilo para o meu próprio bem, que me amava, queria se casar comigo. Ele não quis ouvir quando eu falei que nem conseguia pensar nele daquele jeito.

— Eu nunca vou te deixar ir embora, Rose — disse ele.

E eu percebi que teria que ser inteligente. Teria que enganá-lo como ele tinha me enganado. Então, eu fingi que pensaria no assunto. Quando ele passou a confiar em mim o bastante para me deixar em casa sem trancar as portas, eu planejei minha fuga. Primeiro, eu tentaria encontrar algum tipo de "apólice de seguro" para o caso de ele me encontrar algum dia. Um homem como Victor, pensei, devia ter cometido erros no passado. Revirei o escritório dele e, quando achei que nunca encontraria nada, eu achei. Uma pasta na gaveta dele. Parecia inofensiva, com o nome da clínica gravado na frente. Mas, quando abri, deixei cair, tamanho o susto. Eram fotos de mulheres, as pernas apoiadas em mesas de um dos consultórios dele, o consultório ao qual eu tinha ido. As fotos pareciam ter sido tiradas com câmera Polaroid e sem consentimento: as mulheres estavam todas de camisola de hospital, como se ele estivesse no meio de um procedimento e tivesse decidido fotografar as genitálias delas para uso pessoal. Não era uma coisa que um médico normal faria. As mulheres pareciam dopadas. Fiquei embrulhada; ele era mesmo o monstro que eu tinha passado a imaginar. Eu me perguntei se eu era uma delas, mas não queria olhar. Meu estômago ficou tão embrulhado que precisei me segurar para *não vomitar*.

Pensei em procurar a polícia naquele momento. Estava óbvio por aquelas fotos que ele teria a licença para exercer medicina cassada, que talvez fosse até preso. Mas eu tinha medo e me sentia intimidada por ele. Não podia correr o risco de ele tentar e conseguir se safar. Ele era um médico respeitado e podia ter destruído as provas de que eu tinha passado por uma inseminação artificial. Ele mentiria, manipularia, diria que tínhamos um relacionamento e que o bebê era dele.

Minha única alternativa era fugir para o mais longe possível levando a pasta comigo.

A meia hora seguinte foi a mais assustadora da minha vida, enquanto eu arrumava meus pertences como louca em duas malas e deixava muita coisa para trás. Eu chamei um táxi e pedi que me pegasse a duas ruas dali. O tempo todo, meu coração estava disparado, porque eu esperava que Victor aparecesse a qualquer minuto e me impedisse. Quando corri pelas ruas, puxando as duas malas, eu pensei nele correndo atrás de mim, meu coração batendo loucamente. Só me senti segura quando entrei no táxi e subi no trem, sabendo que cada quilômetro me levava para mais longe dele.

Eu não vim direto para Beggars Nook. Fiquei em uma pensão em Chippenham enquanto escolhia corretores e procurava uma propriedade que eu pudesse pagar: Skelton Place, 9.

Escondido.

Ou era o que eu pensava.

Até agora.

Lorna

O apartamento parece vazio sem as coisas do Alberto. Lorna anda por ele com tristeza. Mais anos da vida desperdiçados com o homem errado. Seu coração está apertado, mas ela sabe que não é por causa dele. É por causa da filha e do genro que ela deixou na Inglaterra. Ela está cansada de pular de país em país e de homem em homem. Quer ficar perto de Saffy e do bebê, quando ele ou ela chegar. Criar raízes pela primeira vez. Theo e Jen surgem na mente dela. Um irmão que ela nunca soube que tinha. Ela também quer ter uma relação com eles, apesar dos segredos sombrios escondidos no passado. E, mais do que tudo, ela quer compensar Saffy por não ter estado presente quando ela era criança. As palavras da filha de vez em quando surgem na mente dela quando ela está fazendo coisas rotineiras.

Ela poderia alugar alguma coisinha no Canal de Bristol para não ficar muito longe de Saffy. Sim, decide ela quando se senta na beira da cama e tira as botas. Ela vai fazer isso. No dia seguinte logo cedo ela vai botar o plano em ação: o aluguel lá é flexível. Ela pode sair quase que imediatamente. De repente, ela fica animada com a ideia.

Ela pega a fotografia de Daphne e Rose na frente do chalé, com as calças boca de sino e as regatas. Daphne, a mais alta das duas, está com o braço passado em volta dos ombros de Rose. Saffy tinha lhe dado a foto antes de ela ir embora. Ela não consegue parar de olhar, de examinar o rosto bonito da mãe verdadeira, procurando alguma semelhança. Desde que elas descobriram a verdade, Lorna sonha com ela, a mulher pequena e bonita com cabelo castanho-claro e olhos de chocolate, como os dela e de Saffy. Imagens de uma vida surgem na cabeça dela, no subconsciente, quando ela está dormindo: caminhadas pelo bosque de mãos dadas com a verdadeira mãe, estar na praça do vilarejo ouvindo cantigas de Natal e tomando chocolate quente. Ela não sabe se são lembranças ou seu cérebro imaginando cenários que ela queria que fossem verdade. A tristeza que ela sentiu em Beggars Nook quando tentou lembrar o passado. Aquilo foi real. Ela estava de luto pela mãe, a mãe verdadeira, e nem sabia.

Mais cedo, ela teve notícias do detetive Barnes. O resultado de DNA tinha chegado.

Ele disse que o DNA tirado do segundo corpo era compatível o suficiente com o de Lorna para indicar que era da mãe dela.

Não foi surpresa, mas Lorna caiu no choro mesmo assim quando recebeu a notícia.

Quando coloca a foto na mesa lateral, seus pensamentos são interrompidos pelo celular tocando. O nome de Saffy surge na tela e seu coração dá um pulo.

— Alô, querida, você está bem?

— Mãe! — Saffy parece estar sem fôlego. — Nós encontramos! A prova que Davies estava procurando. A prova que Rose escondeu na lareira. É... — ela engole em seco — ... é uma pasta com fotos de mulheres nuas.

— Como assim?

— Parece que o Victor sedava as vítimas quando ia fazer algum tipo de procedimento. E tirava fotos delas. Nuas.

O estômago de Lorna se embrulha.

— Ah, meu Deus.

— Sinto muito.

Lorna se sente tonta.

— Você entrou em contato com a polícia?

— Vamos entrar. Mas... eu também encontrei outra coisa.

— O quê?

— Uma carta. Com seu nome no envelope.

Uma carta do além-túmulo, da sua mãe verdadeira. Lorna se levanta e anda pelo quarto.

— Abre!

— Tem certeza?

— Claro. Claro. Eu preciso saber o que diz.

— Tudo bem, espera. — Ela ouve o barulho de um envelope sendo aberto e Saffy volta para a linha. — Bom, é uma carta comprida.

— O quanto?

— Tem umas cinco páginas. De papel A4. Frente e verso.
— O que diz?
— Você quer que eu leia tudo?
Sim.
— Não. Não, não faz isso. Vai demorar uma vida.
Ela ouve o movimento de páginas.
— Devo ler e aí... Ah, meu Deus! — Saffy ofega.
— O quê? O que é?
— Rose diz aqui que matou Neil Lewisham. Mãe, é uma confissão.
Lorna cai na cama, as pernas fracas.
— Você vai ter que mostrar pra polícia. Vai ter que contar tudo. E vai ter que dar a pasta do Victor. Merda, eu sabia que não devia ter voltado. Eu não devia ter vindo pra cá.
Ela ouve a inspiração intensa de Saffy.
— Ah, mãe — diz ela, a voz triste. — Só estou passando os olhos, mas, na carta, Rose... Parece que Victor a encontrou.

56

Rose

Bonfire Night, 1980

Decidi esconder a pasta na cornija solta da lareira do seu quarto. Nunca tinha encaixado direito porque faltavam tijolos atrás. Eu não contei a Daphne onde coloquei. Era melhor que ninguém soubesse.

— Amanhã — disse ela, parada na frente do fogão, mexendo uma frigideira cheia de cenoura, batata e brócolis —, vamos ver sobre alugar Skelton Place. E podemos arrumar um lugar pra morar em Bristol. Uma cidade grande. Vai ser mais fácil se esconder.

— Tudo bem — concordei.

Uma rua anônima movimentada onde todas as casas fossem iguais. Um lugar onde ninguém soubesse nossos nomes. Eu devia ter feito isso desde o começo. Não devia ter ido para Beggars Nook.

— Mas hoje — disse Daphne, virando o corpo para mim, a colher de pau na mão — vamos ao show de fogos de artifício e vamos agir normalmente. Por Lolly. Está bem?

Eu assenti.

— Que bom — disse ela. — Que bom. A gente consegue. Vai ficar tudo bem.

Eu não tinha tanta certeza. Era como se o meu mundo estivesse se fechando e eu me sentisse claustrofóbica no vilarejo. No chalé. No lugar onde sempre me senti mais segura.

— Eu acho que você devia usar minha peruca antiga — disse ela de repente. Ela estava parada na pose de flamingo familiar, as mangas dos suéteres meio caídas sobre as mãos. — Pra esconder esse seu lindo cabelo ondulado.

Eu ri. Meu cabelo era sem vida, não se destacava muito.

— Vou usar um gorro. Vai estar frio e escuro e, se Victor estiver rondando por lá, vai ser difícil ele me reconhecer.

Ela me observou com a testa franzida.

— O quê? — perguntei, envergonhada de repente.

— Nada. — Ela balançou a cabeça. — É só que você é mais forte do que pensa, Rose Grey.

— Não sei...

— É, sim — disse ela, a voz mais suave agora. — O jeito como você escapou do Victor. Sério, estou impressionada. — Ela jogou um beijo e voltou a cozinhar.

Havia uma sensação de expectativa no ar quando nós três seguimos para o vilarejo à noite. Você estava andando entre nós, como sempre, segurando as mãos das duas, enquanto Daphne conversava com você sobre maçã do amor. Olhei para Daphne por cima da sua cabeça. Ela parecia relaxada e feliz. Sem nenhuma preocupação. Já meu estômago parecia o interior de uma máquina de lavar, e todas as vezes que eu ouvia um grito de risada ou um cachorro latindo, eu me encolhia. Não era só com Victor que eu estava preocupada. Era com a ideia de começar uma vida nova longe do vilarejo, com toda a familiaridade dele. Eu estava começando a questionar a ideia da mudança para Bristol. Era algo que Daphne sempre quis fazer. Eu acho que ela tinha medo de que, se a gente ficasse lá, alguém acabasse indo procurar Neil... e descobrisse quem ela era. Mas eu nunca tinha gostado de cidades grandes, apesar de ter crescido em Londres.

Mas Daphne estava certa sobre uma coisa. Se Victor tivesse me encontrado, não teríamos alternativa além de nos mudar.

O show de fogos de artifícios aconteceria em um campo perto da fazenda onde Daphne trabalhava. Era uma caminhada meio longa, principalmente para você, mas você não reclamou. Estava empolgada com a perspectiva de doces e fogos. Nós seguimos a multidão pela praça do vilarejo, atravessamos a ponte e fomos na direção da fazenda.

— Ontem, no trabalho, Sean me disse que haveria cachorros-quentes e uma fogueira — disse Daphne para você. Você deu gritinhos de empolgação e apertou nossas mãos. Você era pequena demais para ir no ano anterior.

Sean de novo. Daphne falava muito sobre ele. Ele morava em Chippenham e ia até lá todos os dias. Ela dizia que o via como um irmão mais novo, mas eu tinha medo de ele não ser uma influência boa para ela. Desde que ele começou na fazenda, ela vinha levando mais coisas para casa. Coisas sobre as quais eu não sabia se Mick ficaria feliz se soubesse. Ela podia ter amigos, claro. Eu nunca quis ser uma companheira controladora. Mas não conseguia controlar a inquietação. Era mais seguro manter nosso círculo o menor possível. E, apesar de eu não conhecer Sean, eu já tinha decidido que não confiava nele.

— Está bem cheio — falei, tentando afastar a ansiedade da voz.

— Acho que os vilarejos vizinhos também devem ter vindo — disse ela.

Eu me irritei.

Não consegui me divertir. Fiquei olhando Daphne levar você pelo campo, indo de uma barraca a outra enquanto eu ficava para trás, como uma segurança em alerta, ainda morrendo de medo de Victor estar me procurando. Estava escuro com uma garoa no ar. Eu via o pompom do seu gorro rosa e vermelho balançando enquanto você seguia Daphne, a mão segura na dela.

— Não solta da mão dela — falei para Daphne. Devo ter falado com severidade, porque Daphne arregalou os olhos de surpresa e mágoa enquanto dizia que sim, claro que faria isso.

— Eu protegeria esta criança com a minha vida — disse ela.

Fiquei atrás de vocês duas quando vocês pararam na barraca de maçã do amor.

— A gente não devia comer um cachorro-quente primeiro? — perguntei, me inclinando, mas Daphne já estava colocando a maçã na sua mão ávida.

— Desculpa — disse ela com movimentos labiais por cima do ombro, sem parecer nada arrependida.

Eu estava magoada demais para comer e não me incomodei quando Daphne passou direto pela barraca de cachorro-quente e foi pela multidão com você até a frente. A fogueira enorme já estava acesa, a fumaça subindo e se dispersando na noite úmida. As pessoas se empurravam ao nosso lado, segurando copos de isopor, e ouvi a música baixa e metálica vindo de uma das barracas próximas. Você ficou pulando na nossa frente, a empolgação palpável, até eu ter que botar as mãos nos seus ombros para te fazer parar.

— Você vai se cansar. — Tentei rir, mas a risada entalou na minha garganta.

Daphne se inclinou e sussurrou no meu ouvido:

— Devo buscar uma bebida pra nós? Um chocolate quente ou algo assim? Está um gelo e talvez a gente tenha que esperar um tempo.

— Eu... — Fiquei nas pontas dos pés e olhei em volta com ansiedade. — Não sei. Você pode se perder de nós.

— Eu te encontro, não se preocupe — disse ela.

E sumiu, se movendo sem esforço no meio das pessoas com o casaco remendado de veludo e a boina de crochê, e me lembrei da noite, quase um ano antes, em que a vi pela primeira vez na praça e meu coração cantou.

Eu me virei para você.

— Daffy foi buscar uma coisa pra beber — falei, sem saber se estava tentando tranquilizar você ou a mim mesma. Eu segurei sua mão com força.

— Não — você disse, soltando. — Não quer.

— Não, segura a minha mão — falei com rispidez, mas senti culpa na mesma hora. — Por favor, Lolly, eu não quero que você se perca.

Você se virou de costas para mim para continuar comendo a maçã, mas deixou que eu segurasse a sua mão. Onde estava Daphne? Ela estava demorando. Eu queria que estivéssemos em casa, na segurança do chalé.

— Olá, olá — disse uma voz ao meu lado. Era Melissa, segurando uma garrafinha de bolso. — Não é emocionante? E quanta gente.

— Hum — falei, olhando por cima do ombro dela para ver se enxergava Daphne. Eu me virei para Melissa com uma ideia. — Ainda bem que encontrei você. Isso vai parecer estranho. — Eu baixei a voz e virei o corpo para longe de você, para você não ouvir —, mas o homem que foi me procurar no café, estou com medo de ser uma pessoa que eu conhecia. Uma pessoa... de quem eu fugi.

— Ah, meu bem, sinto muito. Eu não sabia.

Eu levantei a mão. Precisava botar pra fora antes que eu mudasse de ideia.

— Eu fiz uma coisa burra, muito burra. A minha vida — falei — pode estar em... — a palavra seguinte eu falei só com movimentos labiais para você não poder ouvir — ... perigo.

Melissa ergueu as sobrancelhas.

— Como assim?

— Se acontecer alguma coisa comigo...

— Ora, nada vai acontecer com você, querida, não seja boba!

— Escuta. Por favor. Se alguma coisa acontecer, a prova está na lareira. Você consegue se lembrar disso? É muito, muito importante.

Ela pareceu horrorizada.

— Eu... vou lembrar. Mas estou preocupada com você. Tem alguém pra quem eu possa ligar? Pra polícia?

— Não! — Eu quase gritei. Você se virou e eu sorri para você. Quando você voltou a olhar para a fogueira, eu falei em tom baixo: — Não. Por favor, nada de polícia. Tenho certeza de que está tudo bem, mas só por garantia.

Ela me olhou com preocupação, mas concordou.

— Ah, lá está a Maureen. Desculpa, meu bem, tenho que ir.

Ela se virou para longe de mim, provavelmente aliviada de ter encontrado alguém mais normal com quem conversar. Eu estiquei o pescoço para ver se conseguia ver Daphne. Ela estava demorando uma eternidade para voltar com as bebidas. Aí eu a vi, perto da barraca de cachorro-quente, conversando com uma pessoa. Meu coração disparou. Parecia um homem. Alto, moreno. Era... Era *Victor*? Não, não, claro que não. Aquele homem era mais novo, estava de galocha e jaqueta impermeável. Daphne estava sorrindo e ele também, pelo jeito como jogava a cabeça para trás e tocava no braço dela. Senti uma onda de ciúme. Eles estavam *flertando*?

— Mamãe, quando vai começar?

Eu voltei a atenção para você, a inquietação crescendo nas minhas entranhas como bactérias.

— Daqui a pouco, meu bem. Daqui a pouquinho.

— Estou enjoada. — Você colocou a maçã pela metade na minha mão.

— Não estou surpresa — falei, tentando manter a voz leve. — Ah, olha! Olha, vai começar.

Você estava distraída pelo foguete que cruzou o céu acima das nossas cabeças em raios rosados e roxos.

Nessa hora, eu senti uma mão no meu ombro. Dei um pulo, mas era só Daphne. Ela encostou a bochecha fria na minha.

— Desculpa — disse ela. — Toma.

Ela me entregou um copo de isopor e eu larguei a maçã do amor no chão, sufocando a culpa que senti por jogar lixo no chão para poder pegar o copo e também segurar sua mão.

— Com quem você estava conversando?

Ela franziu a testa.

— Ninguém. Por quê?

— Eu te vi. Com um homem.

— Um homem? — Ela pareceu confusa por alguns momentos antes de aparentemente lembrar. — Ah, sim, era o Sean.

— O que ele estava fazendo aqui? Ele veio lá de Chippenham?

Ela deu de ombros como se não fosse nada de mais. Passou pela minha cabeça que ela não o tinha levado até mim para nos apresentar. Ele sabia sobre mim? Sobre nós? Falei para mim mesma que eu estava sendo boba. Claro que ela teria contado. A não ser que ele pense que ela é minha inquilina e mais nada.

Ela deu uma risadinha.

— Acho que ele está meio a fim de mim. Mas é útil.

Olhei para ela chocada. O que tinha acontecido com todos os princípios feministas dela? Com as conversas sobre "nós não precisamos de homens" que tínhamos com frequência?

— O que foi? — Ela riu e tomou um gole de bebida. — Ele me ajuda a carregar as coisas pesadas.

— Meu Deus, Daphne. — Eu me virei para longe dela.

As palavras seguintes dela foram sufocadas pela explosão de fogos e eu me abaixei para estar na sua altura. Eu não queria olhar para Daphne. Você estava olhando atentamente, a boca aberta de surpresa quando um foguete explodiu em uma confusão dourada e amarela, mas você cobriu as orelhas com as mãos.

— Está alto demais?

Você fez que não.

— Bonito.

Eu ignorei Daphne pelo resto do show, sem nem saber direito por que eu estava irritada com ela. Eu estava com ciúmes por ela ter flertado com um homem? Ou era porque ela parecia tão despreocupada de Victor aparecer ali e de eu poder estar em perigo? Quando ela estava preocupada com Neil, eu fiquei do lado dela. Eu *matei* por ela. E, em troca, ela estava agindo como se a minha situação fosse uma grande piada.

Quando terminou, eu segurei sua mão e me virei, esperando que Daphne estivesse atrás de nós. Mas ela tinha sumido.

Rose

Bonfire Night, 1980

Percorri o campo com os olhos procurando Daphne. Ela não podia ter ido longe. Obviamente, eu a tinha chateado com a minha frieza. Nós raramente discutíamos. Nunca tínhamos muito motivo para discutir, morando na nossa segura casinha com você. Mesmo com o espectro do Neil pairando sobre nós. Mas, agora que Victor estava potencialmente na área, tudo tinha mudado. Eu estava de novo em alerta total.

— Mamãe, cansada — reclamou você enquanto eu te puxava pelo campo.

As pessoas estavam se dispersando e nós fomos passando no meio delas, procurando Daphne, mas também prestando atenção em Victor. Você ainda estava tomando seu chocolate quente, mas meu copo estava vazio.

— Desculpa, meu bem, mas nós precisamos voltar pra casa o mais rápido possível — falei, tentando esconder o medo na voz.

Por que Daphne tinha sumido e nos deixado se ela sabia que eu estava com medo por causa do Victor? Quando tentamos sair do campo, havia um gargalo de todo mundo tentando passar pelo portão ao mesmo tempo e não tivemos alternativa além de parar e esperar. Olhei em volta com ansiedade: estávamos cercadas de pessoas por todos os lados, todas batendo os pés com impaciência e reclamando alto da demora. Eu observei todos os rostos de homens procurando o do Victor e agarrei sua mão com força.

— Não solta — falei para você com a minha voz mais severa.

Finalmente, a multidão seguiu em frente e dei um suspiro de alívio quando as pessoas se dispersaram, mas feliz de ainda haver gente suficiente para nos proteger se Victor estivesse ali.

Mas, quando estávamos andando pela rua principal e subindo a colina na direção de Skelton Place, todo mundo já tinha desaparecido e estávamos só nós duas.

— Estou com medo, mamãe — você disse, segurando minha mão com força, e meu coração se partiu.

Você deve ter sentido meu medo, porque normalmente não ficava assustada assim. Você olhou para as cercas-vivas altas e para o bosque em volta com olhos arregalados e apavorados. Em algum lugar distante, uma coruja piou.

— Parece que está mais tarde porque a lua está escondida atrás das nuvens hoje — falei, tentando manter a voz alegre. — São só oito horas.

— Estou cansada.

— Estamos quase em casa, falta pouco, só subir mais um pouco a colina. Quer vir nas costas?

Você assentiu com avidez e eu me curvei para você subir. Você passou os bracinhos no meu pescoço e eu segurei seus tornozelos.

— Vamos lá — falei, tentando fingir ser um cavalo enquanto subia a colina meio correndo, apesar de as minhas pernas estarem quase se dobrando de exaustão. O medo do Victor aparecer de repente de trás de um arbusto me dava adrenalina para seguir em frente.

— Cadê a Daffy? — você perguntou quando o chalé apareceu. Meu coração despencou quando vi que não havia luz nenhuma acesa.

— Nós a perdemos — falei, a voz pequena na escuridão. — Mas não se preocupe, ela não deve estar muito atrás.

Você pulou das minhas costas quando abri a porta.

O chalé estava frio, escuro e vazio. Eu estava tensa, como se alguém estivesse prestes a pular em cima de mim. Acendi a luz da entrada. O casaco da Daphne não estava pendurado. Onde ela estava? Uma imagem dela e Sean passou pela minha mente e eu a afastei.

Acendi todas as luzes do andar de baixo. As janelas estavam opacas. Haveria alguém lá fora, olhando para dentro?

Eu tremi. Um fogo de artifício explodiu no céu e me deu um susto.

— Vem, Lolly, vamos pra cama — falei, pegando sua mão e te levando para o andar de cima.

Eu te coloquei na cama e li uma história, mas você pegou no sono antes de eu terminar. Eu beijei sua testa e tirei seu lindo cabelo cacheado do rosto.

Outro barulho lá fora me fez pular. Não parecia fogos de artifício. Estava vindo do quintal.

Com cuidado, eu me levantei da sua cama, fui até a janela e puxei a cortina rosa de guingão.

Fiquei paralisada de medo.

Havia um homem no meu gramado olhando para a casa.

Era Victor.

58

Theo

— Certo — diz Theo ao telefone, olhando para Jen, que empurrou os óculos de sol por cima do cabelo e ergueu as sobrancelhas em questionamento.

Ela está deitada na espreguiçadeira no jardinzinho deles, as pernas expostas esticadas.

— Ele foi acusado? — Ele está parado no pátio, com o sol batendo no pescoço. — E — ele baixa a voz — agora foi transferido para a prisão de Wakefield?

As portas de vidro que levam à sala de estar e jantar estão abertas e ele entra na sombra, com medo de os vizinhos ouvirem. A imprensa *já demonstrou interesse*.

— Isso mesmo — diz Ralph, o advogado do pai. Ele tem voz grave e Theo imagina que ele seja o tipo de pessoa que gosta de um bom vinho e de noites na ópera, embora nunca tenha visto o sujeito. — Por causa da seriedade das acusações. Ele está em prisão preventiva até o julgamento. Foi acusado de homicídio além de assédio sexual.

— E a fraude da fertilização? — Theo ainda não tem todas as peças do quebra-cabeça, só as que eles conseguiram encaixar pelas provas que Saffy encontrou.

— Sim, também parece provável. Embora seja uma área mais cinzenta. Com todo o interesse da imprensa, várias mulheres procuraram a polícia. Ele faz isso há anos.

Theo fica enjoado. As fotos daquelas mulheres que ele tinha encontrado no escritório do pai eram um catálogo. Um jeito para ele lembrar exatamente quem tinha inseminado artificialmente com o próprio esperma. As outras mulheres, as da pasta que Saffy encontrou... Ele não consegue suportar pensar nisso.

Ralph deve confundir o silêncio de Theo com preocupação porque diz:

— Sinto muito, as coisas não parecem boas para o seu pai. Eu recomendei homicídio culposo no caso de Caroline, pois ele diz que não tinha intenção de matá-la, que foi acidente. Que eles discutiram, ela ia deixá-lo e ele a empurrou de raiva. Ela tropeçou e caiu escada abaixo. Se ele se declarar culpado, não vai haver julgamento, mas você sabe como seu pai é.

Theo sente um nó na garganta ao ouvir o nome da mãe. Não demorou para seu pai admitir o crime. Theo ficou surpreso, ele acreditava que seu pai iria para o túmulo alegando inocência. Mas parece que as provas foram muitas para que ele negasse: o testemunho de Glen Davies sobre uma confissão, o álibi não se sustentar ao haver maior escrutínio e um vizinho que se lembrou de ter falado com seu pai naquela manhã, mais tarde do que a hora que ele disse ter saído para o trabalho.

— E o assassinato de Rose?

— A polícia ainda está examinando as provas. Na carta que Saffron Cutler entregou, Rose escreve que estava com medo de que Victor a tivesse encontrado, que o tinha visto no quintal na Bonfire Night. Mas a carta termina depois disso. Podemos supor, claro, que ele a encontrou e que foi por isso que ela não pôde terminar a carta. Mas, obviamente, isso pode não ser suficiente no tribunal. No entanto, uma testemunha, uma tal Melissa Brown, disse que um homem que batia com a descrição do Victor estava procurando Rose nos dias anteriores ao desaparecimento dela. Qualquer novidade eu te aviso.

— E Cynthia Parsons?

— Não há provas suficientes para indicar que a morte dela não tenha sido suicídio — diz ele.

Ao menos ele admitiu ter causado a morte da minha mãe, pensa Theo. Se ao menos ele admitisse ter matado Rose, Lorna e Saffy teriam paz de espírito.

— Ele me perguntou se você gostaria de visitá-lo — diz Ralph, a voz hesitante de repente.

— Ele matou a minha mãe — diz Theo. — Espero que ele apodreça na cadeia.

No quintal, Jen o está observando com atenção, apesar de ele não ter certeza se ela consegue ouvir o que ele diz.

— Eu sei. Mas eu tinha que perguntar. Enfim, vamos nos falando e eu te aviso a data do julgamento quando seu pai fizer o apelo.

— Obrigado pelas informações — diz Theo, encerrando a ligação.

A verdade é que ele só quer justiça. Ele quer que seu pai pague pelos crimes. Ele afunda em uma cadeira, o celular ainda na mão. Uma sombra paira sobre ele e ele vê Jen parada na porta, obscurecendo o sol.

— Você está bem, amor?

Theo faz que sim. Suas mãos estão suadas e ele deixa o telefone cair na mesa.

Jen se senta no colo dele e passa os braços pelo pescoço. Ela está com cheiro de bronzeador de coco. Ela não diz nada. Nem precisa.

— Eu sou parente daquele filho da mãe — diz ele com um suspiro.

— Você não é como ele. Você é sua mãe todinha. Lembre-se disso. E você não está sozinho. Lorna deve estar sentindo a mesma coisa agora que sabe que ele é pai dela.

— Verdade.

Ainda bem que havia Lorna. Ele tem falado com ela com frequência por telefone desde que ela mandou a mensagem avisando que ele é irmão dela.

— Davies foi acusado de vários crimes também — diz ele, puxando Jen para perto. — Tenho a sensação de que ele fez algum tipo de acordo, mas está sob *acusação* de agressão e intimidação, não só com Lorna e Saffy, mas também outras mulheres. Fraude, fingir ser um oficial da lei, invasão de domicílio... a lista é enorme.

Ele sente Jen tremer.

— Você acha que vai visitar seu pai? — pergunta ela gentilmente. — Mesmo que seja só pra perguntar por que ele discutiu com a sua mãe? E se era verdade que ela planejava o deixar?

— Eu nunca mais quero olhar na cara dele — diz ele com intensidade. — Eu o odeio. E ele nunca vai ser sincero. Nunca vai explicar por que fez essas coisas. Ele vai dar desculpas, vai tentar culpar a minha mãe.

— Sinto muito. Não consigo nem imaginar como deve ser.

Pelo menos, ele tem Jen, aquela mulher maravilhosa, Theo pensa. Que sempre o apoiou e em quem ele confia incondicionalmente.

— Acho que vou ligar pra Lorna pra contar tudo.

— Claro. — Ela aperta o ombro dele com carinho e pula do colo dele.

— Vou seguir com meu bronzeamento.

Ela sorri para ele por cima do ombro quando sai para o quintal. Theo a vê se afastar. Os ombros dela já começaram a ficar vermelhos. Ele sabe que ela só vai ficar satisfeita depois de ter passado pelo menos mais uma hora lá fora, apesar dos avisos dele sobre câncer de pele. Filho de médico, afinal.

Mais tarde, Theo vai visitar o túmulo da mãe. O cemitério está mais movimentado do que costuma estar em um sábado, o que ele atribui ao bom tempo. Tem casais andando pelo local de braços dados, famílias com crianças pequenas e carrinhos. Seu coração se aperta. Ele quer tanto aquilo para si e para Jen. É uma ironia cruel para ele que seu pai tenha sido ilegalmente o pai de tantas crianças e ele, Theo, não consegue nem engravidar a esposa. E se pergunta por que seu pai fez aquilo. Ele leu sobre outros casos de médicos que cometeram fraudes em fertilização; ele nunca tinha ouvido falar. O complexo de Deus costuma ser um motivo. Isso resume perfeitamente seu pai.

Quando chega ao túmulo da mãe, ele se ajoelha para tirar as flores velhas do vaso e colocar rosas frescas.

— Pegaram ele, mãe — diz enquanto arruma as rosas no vaso. — Ele admitiu que te empurrou e acho que vão pegá-lo pela morte da Rose também. Eu... — A voz dele falha. — Eu nunca vou entender o que aconteceu naquele dia. Nunca vou *entendê-lo*. Mas prometo, mãe, eu prometo que, se tiver sorte de ser pai, eu vou ser tudo que ele não foi.

Ele toca na lápide brilhante de mármore, lembrando-se da última vez que viu a mãe: no fim de semana antes de ela morrer. Ela tinha parado na porta de casa e colocado uma bolsa de bolos de batata com carne e de lasanhas nas mãos dele. Foi ela que o fez querer ser chef. Ela lhe deu um abraço enorme, como se soubesse que seria o último. Depois, ficou acenando até ele sair da entrada da garagem, o sorriso escondendo a dor que ela devia estar sentindo.

— Me desculpe — diz ele, um nó se formando na garganta. — Me desculpe por eu não saber do que ele era capaz. Me desculpe por não ter podido te salvar.

59

Daphne

Agosto de 2018

Duas mulheres vêm me visitar hoje. Elas têm cabelo escuro e cacheado e uma é mais velha do que a outra. A mais nova está com um macacão jeans e parece que talvez esteja grávida. A mais velha está de vestido laranja. As duas são bonitas. Mas todas as mulheres jovens são bonitas para mim, com a juventude, a agilidade e os quadris que não doem quando elas andam.

— Vovó — diz a mais nova, sentada ao lado da minha cama.

Eu tenho ficado muito na cama. Meu corpo não está forte e eu não sei o porquê. Eu tusso e o rosto da mais nova se contrai de preocupação. Ela está mordendo o lábio inferior. A mais velha está com uma expressão hostil. Ela me lembra alguém. A expressão que ela faz, a decepção nos olhos. Ela me lembra Rose.

— É Saffy — diz a grávida.

Saffy. Saffy. O nome significa alguma coisa. Ela está me chamando de vovó. Ela deve ser a minha neta. A outra deve ser a mãe dela. Elas são tão parecidas. Mas eu não tive filhos. Eu sei disso. Eu me lembraria disso. A mais nova está chorando. Não sei por quê. Tem lágrimas escorrendo pelo rosto dela e caindo nas pernas do macacão jeans, criando manchinhas escuras. Para quem são suas lágrimas, minha querida?, tenho vontade de perguntar. Mas minha boca não se mexe. As palavras não saem.

A mulher mais velha para atrás dessa Saffy e aperta os ombros dela.

— Mãe — diz ela, me olhando. — É Lorna. Lolly.

Lolly. Claro que é Lolly. A minha Lolly, meu amor.

— Eu queria que você lembrasse — diz ela baixinho. — Eu queria que você lembrasse o que aconteceu com Rose, por que você assumiu o nome dela.

Claro que eu lembro.

— Pra te proteger — digo de repente, e os olhos dela se arregalam de surpresa.

Minha voz está rouca. Eu falo como uma velha. As mãos sobre o meu lençol estão enrugadas e cheias de veias. Eu sou uma velha. Claro que sou. Por que fico me esquecendo disso?

Lolly se aproxima pelo outro lado da cama e coloca as mãos sobre as minhas.

— Eu quero tanto te perdoar — diz ela. As mãos dela estão quentes sobre as minhas frias. — Principalmente agora. Nós nunca vamos saber de verdade o que aconteceu naquela noite — diz ela para mim.

Eu a encaro. Não tenho certeza de a que noite ela está se referindo. Eu fecho os olhos. Dói deixá-los abertos. Meu peito dói e meus pulmões também. Ouço as vozes delas, embora pareçam distantes. Mas elas estão falando de Skelton Place. E de Rose.

A minha Rose.

Percebo que estão falando de um julgamento que vai acontecer. E de Victor Carmichael. Elas estão falando da noite em que Rose morreu.

E, apesar da dor no meu peito e da dor nos meus pulmões, eu começo a falar.

Eu senti que Rose estava se afastando de mim. Foi a mesma sensação que tive quando era criança. Quando eu era Jean. Susan se afastou de mim também e eu sabia que a mesma coisa estava acontecendo com Rose. Começou depois que ela matou Neil, vendo em retrospecto. Ela não era assassina. Não botava as coisas ruins que tinha feito em uma caixinha no porão da mente, para não serem mais vistas nem pensar mais nelas. Não como eu fazia. Era uma dádiva. Foi o que me ajudou a seguir com a vida. Mas Rose não conseguia fazer isso. Rose precisava acreditar que era uma boa pessoa, que era gentil, que iria para o céu um dia. Eu amava isso nela. A inocência. Era revigorante vindo de onde eu tinha vindo. Mas às vezes também era inacreditavelmente irritante. Ela esperava demais das pessoas. Ninguém era só bom ou só ruim, mas Rose era muito preto no branco. E eu percebi que, depois que ela descobriu quem eu realmente era, ela começou a rever os sentimentos que tinha por mim. Superou a questão porque também tinha matado, mas podia se consolar pensando que tinha agido por lealdade e amor. Por proteção e legítima defesa. Meu caso foi por raiva, medo e por aquela sensação enraizada de abandono.

Não sei o que eu achei que estava tentando fazer ao flertar com Sean. Eu nunca me interessei por ele nem por um segundo, mas queria deixar Rose com ciúmes, acho, fazer com que ela percebesse que me amava. Que precisava de mim. E aí, no show de fogos de artifício, reparei no jeito como ela me olhou. Foi frio, distante. Como se ela estivesse de saco cheio de mim. Fiquei tão magoada que não suportei ficar perto dela. Assim, saí andando, me perdi na multidão. Quando reparou que eu tinha sumido, ela nem pareceu tão preocupada. Só segurou a mão da Lolly e saiu andando no meio das pessoas para casa.

Eu andei um pouco pelo vilarejo, tentando organizar meus pensamentos, torcendo para que Rose sentisse minha falta, percebesse que éramos feitas uma para a outra. Eu esperava que, quando eu voltasse, ela estivesse com tanto medo do Victor que concordaria que precisávamos ir embora juntas. Para uma nova vida longe dali.

Quando voltei, Rose estava andando pela cozinha, o rosto pálido. Ela estava com uma faca na mão. Estava parecendo um cavalo lindo e imprevisível prestes a empinar ou sair correndo.

— Aí está você! — sibilou ela assim que eu entrei. — Como você pôde sumir daquele jeito? Você sabia que eu estava apreensiva com Victor por aí.

— Rose — falei com gentileza, indo até ela, a mão esticada para acalmá-la.

— Eu o vi! — exclamou ela. — Ele estava no quintal. — Ela balançou a faca.

Andei até a janela da cozinha. O quintal estava vazio. Como eu sabia que estaria.

— Rose. Querida. Larga a faca. Não tem ninguém no quintal.

— Você... você... — A mandíbula dela estava contraída e ela estava tremendo de medo. Ou de raiva. Não dava para saber. — Pra onde ele foi? O que você disse pra ele?

— A gente tem que ir embora, Rose — falei. — Agora que Victor sabe onde você está...

— Você sabe que isso não é verdade — sibilou ela, os olhos faiscando.

— Por favor, Rose. Você está exagerando...

Foi a pior coisa que eu poderia ter dito. Ela começou a me acusar nessa hora, de mentir, de manipulá-la.

— Eu não devia ter confiado em você — disse ela. — Joel estava certo.

Fiquei muito magoada com as palavras dela.

— Mas nós nos amamos.

— Isso foi um erro — disse ela com desdém. — Eu tenho que pôr Lolly em primeiro lugar. Você tem que ir embora. Você e Sean...

— Não existe nada entre mim e Sean. Do que você está falando?

— Acabou. Quero que você vá embora. Agora!

— Eu... O quê? — Eu não conseguia acreditar no que ela estava dizendo. — Você está terminando comigo?

— Eu não confio em você — disse ela com tristeza, mas colocou a faca na bancada com a mão trêmula. — Desculpa, Daphne. Eu te amo, mas não confio em você. Eu acho que você mente. E — ela limpou as lágrimas dos olhos — eu não consigo mais continuar com isso.

Aquilo não podia estar acontecendo. Eu tinha achado que tinha encontrado a felicidade que sempre desejei. A família que sempre quis. Perder Rose era uma coisa, mas perder Lolly também? Eu amava aquela menininha como se ela fosse minha.

— Eu não vou deixar você terminar comigo — falei, indo até ela e tomando-a nos braços. — Nós nos amamos.

— Eu acho que nós precisamos romper. Começar de novo.

— Você não pode — choraminguei.

Ela se afastou de mim e limpou os olhos. O cabelo ondulado caiu sobre os ombros. Ela era mais baixa do que eu uns cinco centímetros e pareceu pequena e frágil naquele momento. Eu fiquei desesperada. Precisava que ela visse que estava cometendo o maior erro da vida dela.

— Nós sabemos tanto uma sobre a outra — falei.

— Ah, não vem com essa — disse ela. — Isso não vai mais colar. Você não tem como provar que eu matei Neil.

Ela começou a me acusar de um monte de coisas. De manipulação e mentiras sobre Sean. Ela tinha descoberto, minha doce e inteligente Rose. Eu a tinha subestimado.

Nessa hora eu soube que ela nunca me perdoaria. Que eu a tinha perdido. Foi acidente.

Assim como a morte de Susan Wallace foi acidente.

Ela passou por mim. Estava se afastando.

E eu só sabia que não podia deixá-la ir. E não podia deixar que ela levasse Lolly.

Fiquei furiosa. Aconteceu com um movimento rápido. Eu peguei a chaleira, a de ferro fundido que usávamos na chapa do fogão, e bati na parte de trás da cabeça linda dela. Ela caiu para trás, como se desmaiando, os olhos abertos de surpresa, desmoronando nos meus braços. Tarde demais, percebi o que tinha feito. E eu a abracei enquanto ela morria. Eu a abracei, chorei e falei que a amava. Sem parar. Porque era verdade. E, fora Lolly e, anos depois, Saffy, eu nunca amei mais ninguém.

Quando termino de falar, Lolly está me olhando horrorizada, a boca aberta e lágrimas caindo pelas bochechas. E percebo que falei em voz alta. Eu contei para aquela mulher incrível, para aquela pessoa maravilhosa, que eu amo como se fosse minha filha, que eu matei a mãe verdadeira dela.

Saffy, minha neta gentil e atenciosa, está segurando a minha mão. E, apesar de tudo que eu acabei de contar, ela não solta. Vejo Rose nela. A mesma astúcia, inocência e fé. E espero não ter destruído isso nessa doce criança.

— Eu sinto muito — falo, a mente dolorosa e terrivelmente lúcida naquele momento.

Porque a verdade é que minha mente sempre esteve mais lúcida do que eu quis que elas acreditassem. Não me entenda mal, eu tenho demência: meu cérebro fica confuso e esquecido e eu não reconheço as pessoas que eu conheço, as pessoas que eu amo. Mas, quando tenho um desses momentos claros e perfeitamente lúcidos, eu me lembro de muito mais do passado, do que fiz, do que qualquer uma delas pensava.

E, agora, elas sabem. Elas sabem a verdade, *a minha verdade*, antes que eu afunde mais dentro de mim mesma, porque um dia eu não vou ter controle sobre como eu a revelo. E eu queria que elas soubessem que eu não sou uma assassina de sangue frio, eu não sou uma psicopata, que o juiz errou sobre mim tantos anos atrás. Eu fui uma boa mãe e uma boa avó.

E que, apesar de tudo, eu amava Rose.

Amava de verdade.

60

Epílogo

Um ano depois

Lorna observa a família reunida no quintal de Skelton Place, 9. A porta dobrável da cozinha nova está aberta e Snowy está sentado do lado de dentro, na sombra, apreciando o frio dos ladrilhos novos, a cabeça apoiada nas patas. Às vezes, especialmente em dias quentes de verão como hoje, é difícil acreditar no que aconteceu ali quase quarenta anos antes.

Ocasionalmente, quando fecha os olhos à noite, ela tem visões de Daphne ajoelhada no quintal, levantando as pedras do pátio para enterrar Rose ao lado de Neil. Às vezes é tão nítido que ela se pergunta se é uma lembrança reprimida e se ela testemunhou tudo. É algo em que ela está trabalhando com Felicity, sua psiquiatra. Não surpreende que Daphne não tenha vendido o chalé e que ele tenha ficado vazio por um tempo antes de ela alugá-lo. Ela não podia correr o risco de encontrarem os corpos.

Mas ela não quer pensar nisso hoje. Porque hoje a cena no quintal é uma cena feliz. O sol está alto no céu limpo e ali, no gramado, brincando com a filha de nove meses, Freya, estão Saffy e Tom. Tom abriu o tapete colorido de brincar na grama e ela está sentada, como a rainha que se tornou para todos eles, com o vestidinho amarelo, cercada de bichos de pelúcia e mordedores. Saffy está deitada ao lado dela, apoiada em um cotovelo. Lorna sabe que Saffy está surpresa com o quanto ela ama a menininha. E isso lhe deu uma confiança nova, uma vida que Lorna fica feliz em testemunhar. Ao lado deles, em duas espreguiçadeiras, olhando com um riso bobo, estão Theo e Jen, grávida. Eles tiveram sorte logo na primeira fertilização in vitro e o bebê vai nascer em oito semanas.

As coisas deram certo para todos, ela pensa, olhando em volta, um copo de Pimm's na mão. E ela está feliz por eles, de verdade. Está feliz de estar morando na Inglaterra, pela primeira vez na vida se estabeleceu em Portishead. Até comprou um apartamento próprio com vista para a marina, no mesmo prédio do apartamento que ela alugou quando voltou da Espanha... e às vezes, principalmente em dias quentes, parece que ela está em outro país. Finalmente, proprietária de um imóvel. E ela está mais perto de Saffy do que em qualquer outra época. Depois que Saffy deu à luz, elas tiveram uma conversa bem honesta.

— Eu a amo tanto que dói — dissera Saffy, segurando a filha recém-nascida nos braços na cama de hospital. Ela tinha ficado olhando para Lorna com lágrimas nos olhos. — Desculpa. Eu lamento tanto pelas coisas que eu falei, por ter duvidado de você. Você é a melhor mãe do mundo. E agora eu sei... o amor que eu sinto por Freya. Deus, eu morreria por ela.

— Como eu morreria por você.

E elas sorriram uma para a outra por cima do cabelinho fino de Freya. Um sorriso de compreensão. De mãe para mãe.

Elas se encontram pelo menos uma vez por semana: às vezes, Saffy vai até Portishead, ou Lorna vai até o chalé. Elas estão próximas de um jeito que Lorna nunca ficou com Daphne. Sempre houve um abismo entre elas que ela nunca soube explicar. Mas, agora, ela sabe o porquê. Em algum nível inconsciente, ela devia saber que Daphne era uma impostora.

Ela está se consultando com Felicity a cada duas semanas, e ela tem sido ótima para ajudar Lorna a lidar com as questões, principalmente a preocupação de ser filha de dois assassinos, não que ela coloque Rose e Victor na mesma categoria. E Felicity a fez ver que ela não tem um coração sombrio, que não é genético. Mas fez Lorna entender que ela foge dos problemas e tem dificuldade em desenvolver relacionamentos românticos. Isso é algo em que ela vai trabalhar no futuro. Ainda há uma fagulha entre ela e Euan, ele até já foi ficar com ela na casa nova. Ela não sabe aonde vai dar, se vai dar em algum lugar, mas está animada para descobrir.

— Então... — diz Theo, erguendo o copo. Tom está na churrasqueira no canto, uma pinça na mão, que ele ergue em vez de um copo. — À justiça.

— À justiça — todos repetem.

— E ao futuro — diz Lorna, e Jen faz carinho na barriga e segura a mão do Theo.

No dia anterior, eles souberam que o julgamento do Victor, que tinha se prolongado por semanas, finalmente acabou. Victor se recusou a se declarar culpado de homicídio; a declaração de homicídio acidental foi recusada. O julgamento prosseguiu e ele foi julgado culpado pelo assassinato de Caroline Carmichael, assim como assédio sexual contra as mulheres da pasta. Vinte mulheres diferentes. Ele será sentenciado no mês que vem. Lorna sabe que Theo não foi visitá-lo e ela também não vai. Ela não tem interesse em conhecer o tal pai.

Nunca houve provas suficientes para acusar Victor pelo assassinato de Rose. O coração de Lorna pesa quando ela pensa em Daphne, deitada na cama da casa de repouso, admitindo o que tinha feito. Foi a primeira vez que ela sentiu que a mulher que ela sempre achou que fosse sua mãe dizia a verdade. Nem ela nem Saffy contaram à polícia sobre a confissão de Daphne. Talvez tivessem se Victor não tivesse sido acusado.

Ela morreu alguns dias depois. Pneumonia. A morte dela foi bem mais difícil para Saffy do que para Lorna. Saffy tinha conseguido perdoar Daphne, com o coração gigante que tinha, mas Lorna não sabe se algum dia vai conseguir. Daphne tirou a mãe de Lorna, uma mãe da qual ela mal se lembra, e isso parte seu coração.

Ainda é uma lacuna o que ela deve ter passado depois que a verdadeira Rose desapareceu de repente. Ela espera que Felicity consiga desbloquear algumas das lembranças, por mais dolorosas que sejam. Quando ela começou a chamar Daphne de "mãe"? Ela deve ter chorado pela verdadeira mãe. Deve ter se sentido abandonada e confusa, e não tem como perdoar Daphne por isso. Mesmo que Daphne tenha dedicado a vida a cuidar dela. A traição é algo que ela nunca vai superar.

Ela vira o Pimm's e vai até a cozinha pegar água. Ela não pode beber muito; vai ter que voltar para casa dirigindo depois. Ela anda pela cozinha, que foi reformada: tem armários lindos estilo Shaker em cinza-claro com bancadas de pedra branca. Ela sabe que Saffy se sente culpada; ela vive dizendo que a casa é de Lorna. Mas Lorna está feliz que Saffy fique com ela. Está satisfeita no apartamento com vista para o mar. Ela arrumou um emprego como gerente de um hotel elegante em Bristol e fez novos amigos. Quando Daphne morreu, Lorna herdou o resto do dinheiro dela, e era mais do que ela pensava. Dinheiro que ela obviamente tinha tirado de Rose fingindo ser ela. Foi suficiente para ela comprar o apartamento à vista.

Depois da prisão do Victor, Lorna se perguntou se Saffy queria mesmo ficar em Skelton Place. Mas sua filha disse que se sentia próxima de Rose morando ali. E, em homenagem a ela, plantou uma roseira no canto do quintal. Começou a crescer bem, o topo chegou ao muro de pedra.

— Você está bem, mãe? — Saffy aparece ao lado dela, com Freya no colo sugando uma girafa de plástico. Quando vê Lorna, ela estica os braços gordinhos e a avó a pega com satisfação, apreciando o calor do corpinho da neta. — Você parece meio... melancólica hoje.

Lorna faz caretas para Freya e se vira para a filha.

— Eu só estou pensando em tudo, só isso.

Saffy vai até a geladeira grande em estilo americano para encher o copo de Lorna de água.

— Por que você não fica aqui esta noite? Você pode ficar no quarto da Freya e ela pode dormir com a gente. Theo e Jen vão ficar.

— Eu sei, mas... eu vou ler a carta hoje. Acho que está na hora, né? Eu estou adiando há muito tempo.

Saffy dá um sorriso solidário e assente.

— Tem uma coisa que eu preciso te contar sobre isso — diz ela, parecendo envergonhada.

A carta. Ela a guardou em uma gaveta, sem conseguir enfrentar a ideia de lê-la. Ela sabe que vai ser perturbador, mas agora se sente pronta.

— O quê?

— A última página. Eu não dei pra polícia na época. Desculpa. Você vai ver o porquê quando ler. Quando me devolveram a carta, eu coloquei a última página de volta antes de te entregar. Isso foi antes... bem, antes da vovó nos contar o que ela contou. Eu fiquei com medo de envolver ela. Foi errado da minha parte.

Lorna franze a testa.

— Não entendi.

— Você vai saber quando ler — diz Saffy. — Eu só estava tentando proteger a vovó. Eu a amava mesmo.

— Eu sei que amava, meu bem. E eu também. Eu preciso me lembrar disso.

Elas ficam juntas, de braços dados, com Freya entre elas mordendo o brinquedo.

— Eu gosto de pensar que Rose está aqui — diz Saffy, olhando para o quintal. — A verdadeira Rose. Cuidando de nós.

Lorna sorri para a filha. Sempre romântica.

Mas ela espera que seja verdade mesmo assim.

Mais tarde, quando está de volta ao seu apartamento, ela se serve de uma taça de vinho e vai para a varanda. O sol está se pondo e ela vê casais e amigos, todos bem-vestidos, saindo para a noite. Ela ouve as risadas e conversas de pessoas sentadas em volta das mesas nos restaurantes do outro lado da rua. Sim, é disso que ela gosta, ela pensa enquanto se acomoda para ler a carta. Ela gosta de se sentir no meio das coisas. Que em volta dela casais estão tendo seu primeiro encontro, ou quem sabe o último; amigos estão comemorando ou relembrando. Ela se pergunta que tipo de pessoa ela teria se tornado se sua mãe verdadeira não tivesse morrido.

Ela tira a carta do envelope. Está escrita em folhas de papel A4 pautado, amarelado com o tempo, com dois vincos horizontais, e ela fica olhando por um minuto para a caligrafia floreada da mãe, imaginando-a se sentando para escrever quase como se fosse um diário. Ela passa o dedo com carinho sobre a palavra "Lolly" e seus olhos pousam na primeira frase:

O vilarejo nunca tinha estado tão bonito quanto na noite em que eu conheci Daphne Hartall.

Enquanto lê, ela quase ouve a voz da mãe, melodiosa e tranquilizadora, como se ela estivesse sentada bem ali ao lado, e lembra-se de todas as histórias de ninar que achou que tinha esquecido. E, quando o sol desce e as estrelas aparecem, ela segue mergulhada no mundo da mãe, e vai descobrindo sobre o caso de amor com Daphne, o medo de Victor e a noite dos fogos. A noite em que ela morreu.

E a última página, a peça final do quebra-cabeça que Saffy escondeu da polícia, em uma tentativa equivocada de proteger a mulher que ela sempre achou que era sua avó.

Quando termina, ela segura a carta junto ao peito e olha para a lua refletindo na água da marina, com lágrimas nas bochechas, sentindo que finalmente entendeu tudo.

Agora você sabe, minha garota amada, minha Lolly. Você sabe de tudo. Minha confissão. Meus pecados.

E, se você estiver lendo isto, se tiver encontrado esta carta, junto com as provas do homem de quem eu fugi, temo que signifique que algo de ruim aconteceu comigo.

Porque eu não confio mais na mulher que eu amo, sabe. Eu descobri hoje que ela me manipulou e mentiu pra mim da pior maneira e acho que ela fez isso ao longo de todo o nosso relacionamento. Ela disse que me amava e, do jeito torto dela, acho que ama. E não tenho dúvida de que ela te ama. Mas hoje ela se rebaixou ainda mais. Tenho medo de que nada se afaste de Daphne Hartall com vida.

Estou escrevendo isto ao lado da sua cama enquanto você dorme, seu abajur de cogumelo brilhando no escuro e suas pálpebras tremendo enquanto você sonha. Eu não quero te deixar, minha preciosa filha. A ideia de ficar sem você dói demais. E eu nunca me separaria de você por vontade própria, saiba disso.

Agora, depois dos fogos, eu achei que Victor tinha me encontrado. Mas eu estava enganada. Quando tive coragem de olhar de novo pela janela do seu quarto, vi que o homem no meu gramado não era Victor. Eu o reconheci do show de fogos. Era Sean. E, naquele momento, me dei conta de como fui burra de confiar nela. Ele se parecia com Victor de longe, como Daphne sem dúvida sabia. E desconfio que Daphne tenha mandado que ele ficasse lá para me assustar, para me fazer pensar que Victor tinha me encontrado. Acho que ela também o mandou até o café de Melissa, sabendo que Melissa me contaria que tinha alguém me procurando. Talvez ela quisesse que o meu medo nos aproximasse, me fizesse me mudar para a cidade com ela. Eu acho que ela sabia que eu estava tendo dúvidas sobre ela. Que eu estava prestes a mandá-la embora.

E eu estou, como dizem, entre a cruz e a espada. Porque envolver a polícia significaria que eu seria presa pelo assassinato de Neil Lewisham e você seria tirada de mim. Então, eu decidi ficar e lutar.

E, se der errado, se eu não vencer essa luta, quero que você saiba o quanto eu te amo. Eu te amo mais do que qualquer coisa no mundo todo. Eu realmente tentei ser a melhor mãe que podia. Proteger você. Eu tomei decisões burras. Mas não sou uma pessoa ruim, acredite em mim, por favor.

Seja forte, minha querida, minha menina. Você não é um produto meu e do Victor. Você é uma pessoa independente. Seja a mulher que eu gostaria de ter sido, minha linda Lolly.

*Todo o meu amor eternamente,
Mamãe*

AGRADECIMENTOS

Comecei a escrever *A casa dos sonhos* durante o primeiro lockdown, quando tudo era incerto e assustador. Eu estava educando duas crianças em casa e me perguntava se conseguiria me concentrar pelo tempo suficiente de terminar um romance. A decisão de situar esta história em 2018, quando não estávamos em meio a uma pandemia e tendo esse outro mundo para onde escapar me ajudou mentalmente, e por isso os personagens Saffy, Lorna, Theo, Rose e Daphne sempre serão especiais para mim.

Este livro não teria sido possível sem as pessoas a seguir. Primeiro, Juliet Mushens, que, além de ser uma agente brilhante, inteligente (e que se veste bem), é uma pessoa especial, amiga e companheira amante de gatos! Não havia ninguém melhor para ajudar a guiar minha carreira de escritora e eu tenho muita sorte de ser parte do Time Mushens. Além disso, tenho uma dívida com Liza DeBlock, da Mushens Entertainment, por ser tão paciente com a minha falta de organização!

A Maxine Hitchcock, minha maravilhosa editora, que deixou este livro mil vezes melhor do que teria sido com as edições atenciosas, inteligentes e perspicazes, o encorajamento e a gentileza. Mal posso esperar para outro encontro em Bath! Além disso, a Clare Bowron, a rainha dos cortes, por toda ajuda na segunda e na terceira edições. Um agradecimento enorme ao resto da equipe brilhante da Michael Joseph: Rebecca Hilsdon, Bea McIntyre, Hazel Orme, Lucy Hall, Ella Watkins e todo mundo dos times de vendas, marketing e arte pelo trabalho árduo e pela criatividade. Sou muito grata a tudo que vocês todos fazem.

Aos meus editores estrangeiros, especialmente a Penguin Verlag na Alemanha, a Harper nos Estados Unidos, a Nord na Itália e a Foksal na Polônia pela confiança contínua em mim.

Aos meus brilhantes amigos de escrita, a equipe de West Country, Tim Weaver e Gilly Macmillan pelas ligações pelo Zoom, almoços em bares, mensagens de texto, risadas e conselhos, e a Gillian McAllister, Liz Tipping e Joanna Barnard pelos memes engraçados, mensagens de WhatsaApp e encorajamento. E aos meus outros amigos por todo o apoio contínuo — não vou listar todos aqui por medo de esquecer alguém, mas estou ansiosa pelas nossas noitadas no futuro!

Obrigada, como sempre, à minha família e à família do meu marido, principalmente minha mãe e irmã por lerem os livros antes de serem publicados e pela revisão meticulosa da minha mãe! Ao meu marido, Ty, por discutir pontos da trama comigo e ser totalmente sincero quando acha que algo não vai dar certo, e aos meus dois filhos Claudia e Isaac, de quem tenho tanto orgulho. Amo tanto vocês.

Um agradecimento enorme a Stuart Gibbon da Gib Consultancy por responder pacientemente às minhas perguntas sobre procedimentos policiais relacionados a corpos enterrados décadas antes e como detetives tratariam uma suspeita vulnerável.

A todos os meus leitores, muito obrigada por comprarem, pegarem na biblioteca e recomendarem meus livros, e por todas as mensagens nas redes sociais. Receber notícias de vocês anima meu dia.

Aos blogueiros e críticos por todo o apoio, pelas divulgações em blogs e por tirarem tempo de ler e resenhar meus livros, sou muito agradecida.

E, finalmente, a três mulheres maravilhosas que infelizmente não estão mais conosco. Minha bisavó, Elizabeth Lane, minha avó, Rhoda Douglas, e minha tia-avó, June Kennedy. As três foram mulheres importantes na minha vida e todas infelizmente terminaram com a doença cruel que é o mal de Alzheimer. E, embora, folgo em dizer, elas não tenham sido enterradas em quintais, a força e o espírito delas me inspiraram a escrever sobre Rose.

Direção editorial
Daniele Cajueiro

Editora responsável
Mariana Rolier

Produção editorial
Adriana Torres
Júlia Ribeiro
Allex Machado

Revisão de tradução
Gabriel Demasi

Revisão
Fernanda Lutfi

Projeto gráfico de miolo *Larissa Fernandez*
Leticia Fernandez

Diagramação
Alfredo Loureiro

Este livro foi impresso em 2024, pela Vozes, para a Agir.
O papel de miolo é Avena 70g/m² e o da capa é cartão 250g/m².